❊ | KRÜGER

Lo Malinke

Vier Frauen und ein Sommer

Roman

KRÜGER

Erschienen bei FISCHER Krüger

© 2017 S. Fischer Verlag GmbH, Hedderichstr. 114,
D-60596 Frankfurt am Main

Satz: Pinkuin Satz und Datentechnik, Berlin
Druck und Bindung: CPI books GmbH, Leck
Printed in Germany
ISBN 978-3-8105-3034-9

Für Til,
für die Chance

Es ist lange her, dass ich normal sein wollte.
Ich hab's probiert, aber es war nichts für mich.

Wie alle anderen, John Burnside

JENNY

Es war seltsam, Sex zu haben, während die eigene Mutter sich auf der anderen Seite der Wand die Zähne putzte, dachte Jenny. Steffen umfasste ihre Brüste und bewegte sich schneller. Jenny versuchte, nicht daran zu denken, dass sie gleich in die Küche hinuntergehen musste, um das Frühstück für die Kinder vorzubereiten. Ihre Mutter gurgelte und spuckte aus. Die Wand zwischen Schlafzimmer und Gästebad war dünn wie Pappe. Noch etwas, das gemacht werden musste, sobald sie das Geld dafür zusammenhatten. Jenny starrte auf das schielende Katzengesicht mit der goldenen Vierzig, das über der Kommode schwebte. Der Luftballon war zur Decke gestiegen, als Jenny die Schnur losgelassen hatte, aber offensichtlich ging ihm bereits die Luft aus.

Jennys Mutter lebte seit zehn Jahren mit ihrem neuen Partner in Westdeutschland und kam selten zu Besuch. Werner war ein schwerer Mann mit schwitzigen Händen, der viel über Heizungsanlagen sprach und über das Jahr, in dem er für seine Firma den Bau eines Spaßbads in den Arabischen Emiraten beaufsichtigt hatte. Jennys Mutter hatte allen Ernstes vorgeschlagen, dass Jenny zu Werner *Papa* sagen sollte, aber obwohl sie Werners Großzügigkeit ihren Kindern gegenüber schätzte, hatte Jenny das Wort einfach nicht über die Lippen gebracht. Vielleicht, weil sie es in ihrem Leben noch nie zu irgendjemandem hatte sagen können. Jennys Art, sich bei Werner dafür zu entschuldigen, war, dafür zu sorgen, dass er immer eine seiner geliebten Dosen *Schwip Schwap* in ihrem Kühlschrank fand, wenn er mit Lilo zu Besuch war.

Steffen brummte und rieb seine Nase an Jennys Nacken. Lilo hatte gehofft, bei den Vorbereitungen zu Jennys Geburtstagsparty helfen zu können, und saß, seitdem klar war, dass ihre Tochter sich eine solche Party verbat, beleidigt in Jennys Küche und beschwerte sich über den Kaffee, den Jenny zu stark machte, und die Kinder, denen Jenny zu viel Freiraum ließ. Das zumindest war ein Problem, das Jennys Mutter nie gehabt hatte. Lilo hatte immer in der Angst gelebt, dass die Existenz einer Tochter ihre Chancen bei ihren häufig wechselnden Bekannten beeinträchtigen könnte, und hatte Jennys Freiheit deshalb stets enge Grenzen gesetzt. Sie hatte ihr beigebracht, sich zu Hause leise zu verhalten, niemanden mit Fragen oder vorlauten Antworten zu belästigen und ihre perfekte Ordnung durch nichts zu stören. Dass Jenny noch am Tag ihres achtzehnten Geburtstags sechshundertvierzig Kilometer zwischen sich und ihre Mutter gebracht und sich geschworen hatte, dass es niemals, niemals weniger sein würden, war kein Zufall gewesen. Jenny ertappte sich noch heute dabei, wie sie geräuschlos durch ihr eigenes Haus ging, als könnte ihre Mutter auch hier jeder-

zeit ihr erschöpftes *Ich kann dich hören!* rufen. Jenny hatte
die Kinder und Steffen mehr als einmal zu Tode erschreckt,
als sie, ohne dass sie sie hatten kommen hören, plötzlich neben ihnen aufgetaucht war. Jenny bewunderte das kreative
Chaos, in dem Steffen und die Kinder sich wohl fühlten,
aber sie ertrug es nur, wenn es sich auf Steffens Werkstatt
in der alten Remise und auf die Kinderzimmer beschränkte.
Damit Jenny zur Ruhe fand, musste das Haus aufgeräumt
sein. Damit Jenny sich auch mit Gästen wohl fühlte, musste
es *perfekt* sein.

Steffen schob Jennys linkes Bein etwas höher. Sie spürte seinen Bauch warm und vertraut an ihrem Rücken. Der
Luftballon hatte weiter an Höhe verloren und war bis zur
zweiten Kommodenschublade herabgesunken. Die Katze
zog einen säuerlichen Flunsch.

Vierzig. Jenny hatte schon vor Monaten Falten an ihren
Ohren bemerkt, die dort vorher nicht gewesen waren. Als
wäre ihre Kopfhaut ins Rutschen geraten und würde nur
noch von ihren Ohren daran gehindert, sich um ihre Fuß-
knöchel zu sammeln. Das war wohl, was Altwerden wirklich
bedeutete: Von nun an würde es nicht mehr besser werden.
Toast konnte nie wieder Brot sein.

Am Abend vor ihrem Geburtstag hatte Jenny so getan,
als würde sie das unterdrückte Kichern der Kinder nicht
hören, die unter der Anleitung ihrer Mutter einen Kuchen
für sie backten, und hatte sich mit einem Buch ins Bett gelegt. Sie hatte damit gerechnet, sich stundenlang schlaflos
im Bett wälzen zu müssen, war aber gleich erschöpft einge-

schlafen, als Steffen sich neben sie gelegt hatte. Jenny hatte längst ihren Frieden mit der Tatsache gemacht, dass ihre Mutter als Mutter eine ziemliche Niete gewesen war, aber dennoch ließ sie es immer wieder zu, dass Lilo sie durch ihre bloße Anwesenheit an den Rand der totalen Selbstaufgabe brachte. Dieses demonstrative Staunen ihrer Mutter über jede Entscheidung, die Jenny traf (und sei sie noch so nichtig), das besorgte Stirnrunzeln vom Beifahrersitz aus, wenn Jenny vor dem Supermarkt rückwärts einparken musste, das kleine, überraschte Lachen, das sie ausstieß, wenn Jenny in Steffens Gegenwart eine Meinung äußerte, die von seiner abwich. Jenny konnte während der Besuche ihrer Mutter die Augen oft schon beim Frühstück kaum noch offen halten. Immerhin liebte Lilo ihre Enkelkinder, und sie mochte Steffen. Sie hatte großen Männern immer schon anerkennend hinterhergesehen und dabei Seufzer ausgestoßen, als würde ihr Zwergpinscher ihr gerade die Füße lecken. Dass ihre Mutter auch Steffen mit einem solchen Seufzer bedachte, machte Jenny jedes Mal Gänsehaut.

Jenny war überrascht gewesen, als Steffen ihre nackte Schulter an diesem Morgen mit Küssen bedeckt und sie dann zu sich herumgedreht hatte. Er hatte ihr T-Shirt nach oben gestreift und ihre Brüste geküsst. Jenny war nicht wirklich in Stimmung gewesen, aber sie hatte ihn machen lassen. Sie wollte ihn nicht entmutigen. Seit Wochen hatten sie es nicht mehr miteinander getan. Der Stress, das Wetter, Steffens Schichtarbeit. Dieser Morgensex war Steffens Geburtstagsgeschenk für sie, und Jenny erinnerte die Mühe, die er sich dabei gab, an die Höflichkeit, mit der er alten Damen beim Einsteigen in die Straßenbahn behilflich war.

Jenny hätte es an diesem Morgen genügt, nach einem flüchtigen Kuss und einem routinierten *Ich hab dich lieb* aufzustehen und einfach den Tag zu beginnen. Er würde auch so schlimm genug werden.

Steffen leckte ihr linkes Ohr. Jenny nahm an, dass er das in irgendeinem Film gesehen hatte, und widerstand dem Verlangen, ihr Ohr trockenzureiben. Die Idee, nach fast sechzehn Ehejahren noch spontan Lust füreinander zu empfinden, glich dem Versuch, eine todkranke, alte Frau am Leben zu halten, indem man sie fortwährend rüttelte.

Nach zwei Geburten sah Jennys Körper an keiner einzigen Stelle mehr so aus, wie sie es für angemessen hielt (die Dehnungsstreifen auf ihrem Bauch erinnerten sie an ein in der Sonne gebleichtes Zebrafell), und Sex war auf ihrer Liste der Dinge, die zum Überleben notwendig waren, weit nach hinten gerückt.

Steffen schien sich vorgenommen zu haben, Jennys Geburtstagsmorgen mit seinem gesammelten erotischen Können zu vergolden: Er schob seine Hände unter Jennys Pobacken und ließ sie rhythmisch auf und ab wippen. Die seltsamen, hohen Laute, die er dabei von sich gab, erinnerten Jenny an das Gezwitscher der Sittiche, die sich vor einigen Wochen in der Pappel am Ende der Straße niedergelassen hatten. *Hüüp! Hüüp! Hüüp!* Alle gaben vor, die exotischen Neuankömmlinge zu lieben, in Wahrheit aber wünschte die gesamte Nachbarschaft ihnen einen grausamen Tod, wenn sie unter hysterischem Kreischen wieder einmal sämtliche Motorhauben mit ätzenden weißen Haufen überzogen hatten.

Jennys Mutter föhnte sich jetzt die Haare, die sie am Abend zuvor auf Lockenwickler aus rosa Schaumstoff gedreht hatte. Steffens Bewegungen wurden schneller.

»Vierzig«, hatte ihre Mutter geseufzt und sich eine Zigarette gedreht. »Die Titten sind nicht mehr so straff, aber die Schwänze sind auch nicht mehr so hart.«

Jenny und ihre Mutter hatten auf der Kiesfläche hinterm Haus gesessen, auf der eines Tages das Holzdeck entstehen sollte, das für Jenny der eigentliche Grund gewesen war, das baufällige Siedlungshäuschen zu kaufen. Jenny wusste, dass ihre Mutter gerne mit ihr sprach, als wären sie nicht Mutter und Tochter, sondern beste Freundinnen. Aber abgesehen davon, dass sie das nie sein würden, hätte Jenny am liebsten jedes Mal laut aufgeschrien, wenn ihre Mutter sexuelle Erfahrungen mit ihr austauschen wollte.

Steffen stöhnte erlöst auf und rollte sich auf den Rücken. Jenny wartete, bis sie das sanfte Flopp hörte, mit dem er das Kondom abzog, und drehte sich zu ihm um.

»Und?« Steffen sah Jenny erwartungsvoll an.

»Was und?«

»Bist du gekommen?«

»Fast«, sagte Jenny und sah an Steffens enttäuschtem Gesicht, dass er sie in diesem Moment für eines von diesen undankbaren Geburtstagskindern hielt, die ihre Geschenke achtlos entgegennahmen und weglegten, ohne sie auszupacken.

»*Du* hast gesagt, wir sollen was Neues ausprobieren«, brummte Steffen verstimmt.

»Es ist komisch, wenn ich dein Gesicht dabei nicht sehe.«

»Es war *deine* Idee«, beharrte Steffen.

»Es war *toll*, okay?«

Steffen schüttelte zwei Tic Tac aus der Dose. Seitdem er den Kindern zuliebe auf das Rauchen verzichtete, waren sie sein Ersatz für die Zigarette danach.

»Mein erster Sex mit einer Frau über vierzig.«

»Ich bin nicht über vierzig!« Jenny setzte sich auf.

»Ulf sagt, Frauen über vierzig sind nicht mehr so orgasmusfähig, weil sie nicht mehr reproduzieren müssen. Das ist genetisch.«

»Wenn man seiner Freundin glauben darf, weiß Ulf nicht gerade besonders gut Bescheid über weibliche Orgasmen.« Jenny verfluchte sich innerlich dafür, diese Information preisgegeben zu haben, die ihr Ulfs Freundin nach dem dritten Gin Tonic anvertraut hatte. Sie würde sich von Sina einiges anhören müssen.

Jenny zupfte ein Papiertaschentuch aus dem Spender, der neben ihr auf dem Nachttisch stand, und schnäuzte sich gereizt. Steffen verschränkte entspannt die Hände hinter dem Kopf.

»Ulf sagt, Frauen über vierzig sind dankbarer.«

»Dankbarer wofür?«

»Für alles. Für Sex, auf jeden Fall. Weil es ihnen nicht mehr so oft passiert.«

»Dann sag Ulf, dass das nicht an den Frauen über vierzig liegt.« Jenny wünschte, Steffen würde aufhören, ständig diesen Idioten zu zitieren, der mit ihm im Rettungswagen saß und der der Letzte war, den Jenny sich in einem Notfall als alles entscheidende Hürde zwischen sich und dem Tod gewünscht hätte.

»Ulf sagt, Sex über vierzig ist entspannter, weil die Erwartungen nicht mehr so hoch sind.«

»Wenn Ulfs Erwartungen an sexuelle Erfüllung so gering sind, solltest du vielleicht besser *ihn* vögeln.« Autsch. Das war bissiger herausgekommen als beabsichtigt.

»Na dann, happy birthday.« Gekränkt schwang Steffen sich aus dem Bett und verschwand im Bad.

Jenny ließ sich in die Kissen sinken und zog die Decke über den Kopf. Sie konnte fühlen, wie die Erschöpfung der letzten neununddreißig Jahre ihr bleischwer in die Beine fuhr, und wünschte sich plötzlich einen dieser freundlichen Treppenlifte, auf dem sie hinunter ins Erdgeschoss fahren würde. Oder einfach nur irgendwohin.

BRITTA

Die fetten Frauen bewegten sich schwerfällig durch das Wartezimmer. Wie Nilpferde unter Wasser. Die Haare strähnig, die Blicke leer. Mit unsicheren Schritten tappten sie auf den nächsten freien Stuhl zu und ließen sich fallen. Sie stießen ein sattes Grunzen aus und stemmten ihre geschwollenen Füße in den Teppichboden, um ihre Rücken näher an die Lehne zu bringen. Sie waren zu erschöpft, um sich umzusehen oder zu grüßen. Ihre Blicke blieben auf die Stelle vor ihnen gerichtet, an der sie ihre Füße vermuteten. Mit der für Hochschwangere typischen Bewegung griffen sie aufstöhnend hinter sich, wenn sie sich setzten, und wenn sie aufstanden, bäumten sich ihre Körper auf, und ihre Bäuche schoben sich in die Mitte des Zimmers und zerrten ihre Besitzerinnen hinter sich her. Ein paar Kinder rutschten mit Holzautos über einen Teppich, auf dem die Grundrisse von Straßen und Häusern aufgemalt worden waren. Ein kleines Mädchen riss mit verträumtem Blick die aktuelle Ausgabe des Lesezirkels in Fetzen. Ihre Mutter schien nicht mehr die Kraft zu haben, sie davon abzuhalten. Das Wartezimmer roch nach Schweiß, saurer Milch, Feuchttüchern und voller Windel. Britta tat nicht einmal mehr so, als würde sie sich dafür interessieren, dass Reese Witherspoon ein New Yorker Restaurant verlassen hatte, ohne zu zahlen, und starrte die Frauen unverhohlen an. Sie alle schienen in einem Tagtraum gefangen zu sein, der sie weit, weit weg von hier brachte, oder sie waren kurz davor, vor Erschöpfung einzunicken. Eine der Frauen hatte während der letzten zehn Minuten mit winzigen Bissen einen Müsliriegel gemampft und leckte jetzt völlig ungeniert die letzten Schokoladensplitter aus der Silberfolie der Verpackung.

Britta seufzte. Wenn man sich hier umsah, konnte man die vieldiskutierte Tatsache, dass immer mehr Frauen immer länger damit warteten, ein Kind zu bekommen, fast für ein Gerücht halten. Alle hier waren mindestens zehn Jahre jünger als sie. Britta hatte nie die klassische Entscheidung zwischen Kindern und Karriere treffen müssen. Für sie war es immer die Karriere gewesen. Sie hatte in Viktor einen Partner gefunden, der Kinder zwar zu mögen schien, aber zu Brittas Erleichterung nie auf die Idee gekommen war, eigene haben zu wollen. Dann feierte Britta ihren siebenunddreißigsten Geburtstag, im Haus einer Freundin, die einen Vierseithof irgendwo in Brandenburg gekauft hatte und dort Ziegen und Seidenhühner hielt, die aussahen wie verwahrloste Pudel. Irgendwann nahm ein Kinderchor vorm Scheunentor Aufstellung und sang *Wie schön, dass du geboren bist*, dreistimmig, und Britta brach vor all ihren Freunden in Tränen aus. Sie hatte an diesem Tag nicht mehr aufgehört zu weinen. Ob es am Alkohol oder an ihrem Geburtstag lag oder an den entzückenden blonden Kindern, die aussahen wie aus einer Werbebroschüre für den Lebensborn – unterbrochen durch Schnappatmung und Ströme von Rotz hatte Britta ihren beunruhigten Freundinnen an diesem Abend immer wieder entgegengeheult: »Ich will ein Bä-hä-häi-by!«

Sie hatten alles versucht. Während Brittas fruchtbarer Tage hielten sie das empfohlene Minimum von zweimal täglich Sex ein. Sie hielten sich an die empfohlenen Stellungen (Missionar oder von hinten, die Empfangende winkelt ihr Bein an!) und stopften Kissen unter Brittas Po, sobald Viktor seine Pflicht erfüllt hatte. Britta ließ sich die letzten

Amalgamfüllungen entfernen, da Frauen, die diese ticken-
den Zeitbomben in ihren Zähnen trugen, angeblich seltener
Eisprünge hatten. Viktor und Britta lebten ihr Leben nach
Brittas Eisprungkalender. Nach über acht Monaten war
Britta noch immer so unschwanger wie zuvor. Dann begann
ihre Odyssee durch die Kinderwunschkliniken. Die Ärzte
befragten Viktor und Britta nach ihren Krankengeschich-
ten (kerngesund), ihrer psychischen Verfassung (je länger
das Baby auf sich warten ließ, umso schlechter) und ihrem
Sexualleben (vorhanden, wenn auch in der letzten Zeit eher
pflichtbewusst). Brittas Urin wurde untersucht, Ultraschall-
und Hormonuntersuchungen folgten. Brittas absolute Fa-
voriten waren die wiederholten Bauch- und Gebärmutter-
spiegelungen. Als der Arzt seine Prostata abtastete und ein
Spermiogramm erstellte, bekam Viktors Entschlossenheit,
Britta zu schwängern, erste Risse. Sie merkten es beide. Und
sprachen nicht darüber. Als alle Untersuchungen ohne Befund blieben, schien es nur noch einen Grund für das Aus-
bleiben der Schwangerschaft zu geben: Die Worte ZU ALT!
ZU LANG GEWARTET! SELBST SCHULD! rollten auf
Britta zu und begruben den größten Teil ihrer Hoffnung unter sich. Den größten. Aber nicht alle. Noch längst nicht alle.
Britta schluckte Hormone, unterwarf sich einer strengen
Diät mitsamt einem zermürbenden Zyklusmonitoring und
hatte weiter Sex mit Viktor. Fürchterlichen Sex. Sex, dem
die Liebe fehlte. Sex, der sich anfühlte wie Flaschenabfül-
lung. Viktor fühlte sich vergewaltigt durch Brittas Wunsch
nach pünktlicher Besamung, das hatte er bei einem Abend-

essen mit Freunden einmal gesagt, und alle hatten gelacht. Nur Britta nicht. Sie wusste, dass Viktor das Lachen lange vergangen war. Wie sie sich bei alldem fühlte, fragte Viktor schon längst nicht mehr. Sie hatten aufgehört, miteinander zu reden, irgendwo in einem der zahllosen Wartezimmer hatten sie die Worte verloren und waren Fremde geworden. Sie hatten aufgehört, miteinander zu schlafen, Monate bevor auch die dritte IVF erfolglos blieb. Brittas Körper hatte begonnen, auf die starken Hormongaben und den Stress mit nässenden Hautausschlägen zu reagieren. Waren sie abends allein zu Hause, gingen sie sich aus dem Weg und vermieden jede zufällige Berührung, höflich, wie Reisende in einem überfüllten ICE. Tagsüber taten sie alles, um so lange wie irgend möglich in ihren Büros zu bleiben. Das Leben miteinander, nur Britta mit Viktor und Viktor mit Britta, war für keinen von ihnen mehr zu ertragen.

»Kwittkowski in die eins!«

In Ermangelung einer Aufrufanlage brüllte die Sprechstundenhilfe den Namen der nächsten Patientin ins Wartezimmer. Britta zuckte erschrocken zusammen. Eine junge Frau mit riesigem Bauch und fettigen Haaren wankte an Britta vorbei in den angrenzenden Behandlungsraum. Die Frau links neben Britta griff zur Fernbedienung und schaltete den Fernseher ein, den jemand unter die Decke des Wartezimmers geschraubt hatte. Britta sah sich selbst auf dem knallorangen Sofa des Morgenmagazins sitzen. Die Schwangere, die rechts neben Britta saß, hatte bemerkt, dass der Fernseher lief, und sah mit stumpfem Blick erst Fernseh-Britta, dann Britta-Britta an, ohne Anzeichen eines Wiedererkennens. Britta seufzte erleichtert auf. Schwangerendemenz war eine feine Sache.

Fernseh-Britta lächelte verlegen und drückte sich in die Rückenlehne des Sofas, als sich die junge Moderatorin mit buttergelbem Haar (Marion, Melanie, Melitta, oder so ähnlich) vertraulich zu ihr herüberbeugte.

»Britta, du bist seit Jahren eines der beliebtesten Gesichter unseres Senders, erfolgsverwöhnt, glücklich verheiratet – jetzt fehlt eigentlich nur noch eins, um dein Glück perfekt zu machen!«

Britta sah die professionell geheuchelte Begeisterung, die in Marion-Melanie-Melittas Augen funkelte, hörte die routinierte Moderatorinnenstimme, die immer kurz davor schien, in gutgelauntes Kichern umzuschlagen, und wünschte sich, ihr Fernseh-Ich würde so viel Verstand besitzen, Privates privat sein zu lassen.

»Halt die Klappe, halt die Klappe, halt die Klappe«, murmelte Britta inständig und versuchte, mit reiner Willenskraft das Geschehene ungeschehen zu machen.

»Mein Mann und ich, wir üben fleißig. Drücken Sie uns die Daumen.« Fernseh-Britta strahlte. »Sie werden die Erste sein, die es erfährt.«

Britta sank enttäuscht zurück. »Nie hält sie die Klappe.«

YÜZIL

»Du kannst es dir immer noch überlegen.«

»Anne, ich bin dreiundzwanzig. Die einzigen, die in meinem Alter noch bei ihrer Mutter leben, heißen Lothar oder sind geistig eingeschränkt.«

»Ich will ja nur, dass du nichts überstürzt.«

»Du willst mich für die nächsten vierzig Jahre im Keller anketten und mit Köfte füttern.«

»Es ist ein sehr trockener Keller.«

»Anne, ich muss.«

»Seni seviyorum, mein Schatz.«

»Ich hab dich auch lieb, Mama.«

Yüzil warf ihr iPhone auf den Schreibtisch, wo es unter einen Stapel Patientenakten rutschte. Es konnte nicht sein, es *durfte* nicht sein, dass ihr Sohn am anderen Ende der Stadt seine Umzugskartons in den Miettransporter lud und mit seinen Freunden auf seine erste eigene Wohnung und sein neues Leben anstieß. Sie hatte ihn doch gerade erst in ihrem Bauch in die Schule mitgenommen, wo sie sich darauf vorbereitete, ihr Abitur nachzuholen. Sie hatte ihn sich doch eben erst vor die Brust geschnallt und ihn mit in die Vorlesungen der medizinischen Fakultät geschleppt, wo sie ihn unter den ungläubigen Blicken ihrer Dozenten und Kommilitonen stillte, wenn er unruhig wurde und leise vor sich hin brabbelte.

Yüzil ließ sich in den Bürostuhl fallen und drehte sich missmutig um sich selbst. Sie war eine der Mütter geworden, vor denen sie ihre Patientinnen immer gewarnt hatte. Narzisstische Monster, die ihre Kinder als verlängerte Körperteile ihrer selbst betrachteten und nicht begreifen konnten, dass ihre Kinder eines Tages auf und davon gingen, ohne auch nur den Hauch von Bedauern zu spüren. Yüzil wollte es ja verstehen. Aber sie konnte nicht. Warum sollte ihr Kind die gemeinsame Wohnung verlassen wollen, wenn sie es nicht wollte? Wohin wollte er gehen, wohin sie nicht mitging? Was gab es zu erleben, wenn sie es nicht mit ihm erleben konnte? Sie war eine Teenagermutter gewesen, eine türkische noch dazu, und es war die härteste und die beste Zeit ihres Lebens gewesen.

Als Philipp ihr gesagt hatte, dass er ausziehen würde, hatte Yüzil vor Schreck innerlich aufgeschrien. Dann hatte sie gelächelt und ihm zu seiner Entscheidung gratuliert. Sie hatte das heruntergekommene WG-Zimmer im vierten Stock einer Ostberliner Mietskaserne begutachtet und ihm zu der Aussicht beglückwünscht, die auf Mülltonnen und eine krummgewachsene, pilzzerfressene Fichte hinausging. Yüzil war immer stolz darauf gewesen, dass Philipp und sie nicht nur Mutter und Sohn, sondern auch Verbündete waren, Geheimagenten im Kampf gegen die Welt da draußen, Freunde, Schicksalsgenossen, Blutsbrüder. Philipps Entscheidung, sie zu verlassen, hatte Yüzils Herz gebrochen, und sie hatte sich von jetzt auf gleich so alt gefühlt, dass sie sich im Treppenhaus auf dem Weg nach unten bei ihrem Sohn hatte unterhaken müssen. Ihr war die Pille eingefallen, die Pipi Langstrumpf schluckte und mit der sie auf ewig Kind blieb, und sie hatte sich gewünscht, es gäbe sie für alleinerziehende Mütter, die Gefahr liefen, ihr einziges Kind an die Welt zu verlieren, auf Rezept.

Rezept! Yüzil kramte den Rezeptblock hervor und stellte eine Sechsunddreißiger-Packung Eisentabletten auf Frau Kwittkowski aus. Dann riss sie das Fenster auf und versuchte, tief und ruhig zu atmen. Sie fühlte sich, als würde sie ersticken. Was waren das für herzlose Mütter, die ihre Kinder mit einem Lächeln in die Welt hinausschickten und sich ohne Not der Möglichkeit beraubten, ihre Töchter und Söhne vor Drogen, falschen Freunden und Geschlechtskrankheiten zu schützen? (Yüzil war Gynäkologin, und es gab nichts, was sie nicht schon einmal gesehen hatte.) Das alles war die Schuld ihrer Eltern. Can und Merve hatten vor vierzig Jahren eine jahrhundertealte Tradition unterbrochen und waren allein in die Fremde gezogen. Wären sie geblieben, wo sie hingehörten, wäre Yüzils Sohn als Teil einer riesigen Sippe von Bauern und Ziegenhirten aufgewachsen, die ihre Mandelbaumplantagen bestellten und ihren Käse machten und sich in ihrem Leben nie weiter von ihrem Dorf entfernten als bis zum nächsten Marktflecken. Ihr Sohn hätte wie alle diese Männer ein Mädchen aus einem der benachbarten Weiler gewählt und wäre mit ihr in sein Dorf zurückgekehrt, wo er sein Haus direkt neben das Haus seiner Eltern gebaut und nie aufgehört hätte, seine Mutter zu ehren, bis sie ihrem Schöpfer gegenübertrat. Can und Merve hatten eine uralte Kultur mit Füßen getreten, und Yüzil war diejenige, die dafür büßen musste.

Yüzil ignorierte das rote Lämpchen an ihrer Telefonanlage, das seit geraumer Zeit hektisch blinkte. Sollte ihre Sprechstundenhilfe zur Hölle fahren. Sollten ihre Patientinnen zur Hölle fahren. Die ganz besonders. Sie alle hatten noch Jahre vor sich, in denen sie ihre Kinder an sich drücken und den Duft ihrer Haare in sich aufnehmen konnten. Sie konnten sie aufheben, wenn sie fielen, und trösten, wenn sie traurig waren. Sie konnten sie in den Schlaf singen und ihnen Geschichten erzählen, alles außer Konkurrenz. Keine Freundin, die interessanter, kein Job, der wichtiger, kein Ort, der spannender war. Diese Jahre, in denen die eigene Mutter eine ganze Welt war. In denen sie die *ganze* Welt war. Wo es jenseits von ihr nichts gab. Oder nichts, was ihr gleichkam. Und diese fabelhafte, wundersame Zeit voller Liebe und Einverständnis sollte für Yüzil nur läppische dreiundzwanzig Jahre gedauert haben? Allahs Wimpernschlag, in den sie ein ganzes Leben pressen sollte?

Yüzils Eltern hatten sich für ihren Enkel gefreut, sie hatten seine Tatkraft und seinen Mut gefeiert, so wie sie ihn sein ganzes Leben lang auf Händen getragen hatten.

Aber was war mit ihr?

Es sollte Traueranzeigen für Frauen wie sie geben, die ihre Kinder an ein neues Leben verloren. Hier ruht Yüzil Gündem. Überflüssig, vergessen, nutzlos, alt.

Yüzil graute davor, in ihre Wohnung zurückzukehren und Philipps Zimmer leer vorzufinden. Die Umrisse alter Tesafilmstreifen an den Wänden, mit denen ihr Sohn Poster von Hertha BSC und Fenerbahçe Istanbul aufgehängt hatte, die Abdrücke der seltsamen türkischen Stilmöbel auf dem Teppichboden, die Can und Merve für ihren Enkel gekauft hatten und von denen er sich aus Liebe zu ihnen nie hatte trennen wollen. Sie würden jetzt in seiner neuen Wohnung stehen, und seine neuen Freunde würden sich über sie lustig machen, und Philipp würde es mit einem Lächeln quittieren, denn so war er – voller Liebe und Treue und frei von Eitelkeit. Yüzil fühlte, wie ein Meer von Tränen an die Rückseite ihrer Augen drückte.

»Frau van Ende wäre dann die Nächste.«

Yüzils Sprechstundenhilfe hatte eingesehen, dass ein rotes Lämpchen an der Telefonanlage für ihre Chefin zu leicht zu ignorieren war, und steckte ihren Kopf durch die Tür. Yüzil straffte die Schultern und winkte die nächste Patientin herein.

BRITTA

Nach all der Zeit, die sie in Praxen und Kliniken verbracht hatte, hatte Britta gelernt, ihre Ärzte zu lesen, und sie hatte Mitleid mit ihnen. Die meisten von ihnen hatten ihren Beruf ergriffen, um Menschen zu helfen. Sie hatten sich durch ein jahrelanges Medizinstudium gekämpft, um Patienten zu heilen, und saßen doch oft genug vor ihnen, um all ihren Hoffnungen ein Ende zu setzen und ihre schlimmsten Albträume wahr werden zu lassen. Britta kannte ihn nur zu gut, diesen

Moment, wenn die Ärzte ihre Köpfe senkten und vorgaben, noch etwas in der Patientenakte notieren zu müssen, während sie den Mut suchten, ihr zu sagen, dass sie auch dieses Mal nicht schwanger geworden war.

»Britta, es tut mir leid, aber es hat auch dieses Mal nicht geklappt.« Doktor Gündem schlug Brittas Akte zu und faltete die Hände. »Ich weiß, dass alle behaupten, dass vierzig die neue dreißig ist«, Doktor Gündem probierte ein schiefes Lächeln, »aber leider hat das noch niemand unseren Eierstöcken gesagt.«

Der peinsame Moment, in dem man merkt, dass ein Scherz, der eigentlich die Spannung lösen sollte, so vollständig danebengeht. Wie ein Betrunkener, der im Stehen pinkelt und mit einem Mal spürt, dass seine Socken feucht werden. Britta konnte sehen, wie Doktor Gündem vor sich selbst erschrak. Für eine Frau, die auf ihrem Gebiet als Koryphäe galt, verfügte ihre Ärztin über erstaunlich wenig soziale Kompetenz. Es war schon fast wieder komisch, ihren panischen Blick hinter den Brillengläsern zu sehen und zu spüren, wie verzweifelt sie hoffte, dass Britta sie aus dieser Situation erlösen würde.

»Wir hatten unsere Hoffnung in die letzte Hormontherapie gesetzt.« Britta hatte versucht, nicht zu vorwurfsvoll zu klingen. Das war ihr gründlich misslungen.

Doktor Gündems rechte Hand flatterte hinauf zu ihrem Hals, wo sie kurz über die filigrane Goldkette fuhr und hinunter auf ihren linken Unterarm, den sie nervös zu kneten begann. »Britta, Sie müssen das verstehen. Wenn wir Ihnen noch mehr Hormone verabreichen, gehen Sie nicht mit einem Baby hier raus, sondern mit einer dritten Brust auf dem Rücken.«

Doktor Gündem lachte ein nervöses und abgehacktes Lachen, das in ein trockenes Husten überging. Britta sah gespannt und auch ein klein wenig schadenfroh zu, wie ihre Gynäkologin sich um Kopf und Kragen redete.

»Sie wissen, es gibt andere Optionen. Adoption. Leihmutterschaft.«

»Ich dachte, das ist illegal?«

»Das ist vollkommen richtig.« In der Tiefe von Doktor Gündems Kehle schien ein kleines, fassungsloses *Oi* zu sitzen und dringend herauszuwollen.

Britta beschloss, dass dieser Moment lang genug gedauert hatte, und lächelte ihrer Ärztin traurig zu. »Vielleicht wollte ich einfach nur glauben, dass ich noch eine Chance habe.«

»Britta, es tut mir leid, aber die Chance, in Ihrem Alter auf normalem Wege schwanger zu werden, liegt bei höchstens zehn Prozent.«

»Doktor Gündem, meine Chance, auf normalem Wege schwanger zu werden, ist gerade auf null gesunken.«

Britta sah den ratlosen Blick ihrer Ärztin.

»Viktor hat mich verlassen, und sein Sperma hat er mitgenommen.«

JENNY

Jenny schmierte Brote und sah ihrer Mutter dabei zu, wie sie sich an der Kaffeemaschine zu schaffen machte. Lilos Haare lagen wie ein makelloser, kastanienbrauner Helm um ihren Kopf, ihrem perfekten Make-up und der teuren Seidenbluse sah man an, wie viel Mühe und Zeit sie auf ihr Aussehen verwendete. Trotzdem sah sie nicht einen Tag jünger aus als zweiundsechzig. Vielleicht lag es an ihrem hageren Körper, dem sie seit dreißig Jahren nicht ein Gramm Zucker oder Fett gegönnt hatte. Oder an dem mürrischen Zug um ihren Mund, der zwei tiefe Linien in ihre Kinnpartie gegraben hatte. Lilo schaufelte fünf Löffel Kaffeepulver in die Filtertüte, zögerte kurz und nahm einen wieder heraus. Der Kaffee, den ihre Mutter kochte, sah aus wie Wasser, das zu lange in einem rostigen Eimer gestanden hatte. Jenny konnte die schlappe Brühe nicht ertragen, die Lilo den ganzen Tag in großen Pötten in sich hineinschüttete, und gab vor, lieber Tee zu trinken (Jenny hasste Tee). Ihre Mutter ahnte, dass Jenny sie belog, und hatte damit noch etwas, das sie ihr übelnehmen konnte.

Sosehr Jenny sich auch bemühte, sie hatte an ihrer Mutter nie etwas Mütterliches entdecken können. Für Jenny war sie eher so etwas wie eine ständig schlechtgelaunte, ältere Schwester, vor deren unberechenbar wechselnden Stimmungen man auf der Hut sein musste.

Lilo schaltete die Kaffeemaschine ein und lehnte sich an den Küchentresen. »Vierzig. Mein Beileid.«

Jenny holte den Butterkäse aus dem Kühlschrank (ohne Rinde, für Benni) und den vegetarischen Brotaufstrich (für Kim) und nahm sich vor, alles was ihre Mutter heute an Gift verspritzen würde, zu ignorieren. Sie hatte Geburtstag. Es war ihr Tag. Und sie würde nichts tun, um dem Furor ihrer Mutter noch mehr Nahrung zu geben.

»Du solltest dir langsam überlegen, was du mit dem Rest deines Lebens anfangen möchtest.«

»Dem Rest meines Lebens?« Dreißig Sekunden. Immerhin, sie hatte es versucht. »Ich bin kein abgelaufener Joghurt, Mama. Ich bin Hausfrau und Mutter, und ich bin es gern. Und aus freien Stücken.«

»Das ist es ja, was ich nicht verstehe. Es dauert nicht mehr lang, und Kim und Benni sind aus dem Haus.«

»Benni ist acht, Mama. Er wird noch mindestens zehn Jahre bei uns wohnen.«

»Und dann bist du Ende vierzig und nur noch eine alte Hausfrau. Und du wirst den beiden peinlich sein.«

»Du bist Hausfrau, und du warst mir nie peinlich.«

»Kind, ich war dir immer peinlich.«

Das stimmte, wenn auch aus ganz anderen Gründen, als ihre Mutter annahm. Jenny hatte nie verstanden, warum sich ihre Mutter immer wieder Männer suchte, die sie nicht einmal besonders zu schätzen schien (sie hatte für alle ihre Lebensgefährten Spitznamen gehabt, und keiner war besonders schmeichelhaft ausgefallen). Vielleicht, weil sie ihr das Leben bieten konnten, das sie für angemessen hielt. Das, was ihre Mutter in diesen Tauschhandel einbrachte, war ein gepflegtes Äußeres und eine merkwürdig bedürftige Freundlichkeit, die Jenny unerträglich fand.

»Du hättest studieren können«, fuhr Lilo fort.

»Ich wollte Kinder, Mama. Ich wollte Mutter sein.«

»Das wird allgemein überschätzt.«

»Danke, Mama. Aber es muss nicht jeder Karriere machen.«

»Du liebe Güte, wir leben nicht mehr im Mittelalter. Du hättest beides haben können.«

»Vielleicht bin ich einfach nicht so ehrgeizig wie du.«

Das war gelogen. In Jenny brannte ein Ehrgeiz, der sie manchmal selbst erschreckte. Aber nach Kims Geburt war Jenny wie besoffen gewesen vor Mutterglück und hatte sich nicht vorstellen können, ihre wunderschöne Tochter auch nur für halbe Tage allein zu lassen. Und Benni war ein überängstliches, schwieriges Kleinkind gewesen, und als sich das langsam gelegt hatte, schien es an Fotolaboranten Mitte dreißig keinen Bedarf mehr zu geben. Sie hatten das kleine Haus am Stadtrand gekauft und sich vorgenommen, es Schritt für Schritt zu renovieren. Und auch hier hatte es immer irgendeinen Notfall gegeben, der Jennys ganze Aufmerksamkeit und Zeit beanspruchte. Und die Zeit raste. Sie verging, und jedes Jahr ein bisschen schneller.

»Ich sage das nicht gern, aber du wirst auch nicht jünger.«

Von wegen. Ihre Mutter sagte das sehr gern. Sie schien innerlich vor Freude zu beben bei diesem Satz. Sie war nicht mehr die Einzige, die alt wurde! Jetzt hatte es endlich auch ihre Tochter erwischt, die auf alles eine Antwort hatte – nur darauf nicht.

»Häbbie Börsdäi!« Benni und Kim kamen die Treppe herunter. Sie trugen den Kuchen, den sie am Abend zuvor mit Lilos Hilfe gebacken hatten. Der Schokoguss war über Nacht grau geworden, aus seinen Rändern tropfte eine schleimige Flüssigkeit, und in seiner Mitte brannte eine rosaweiße Vierzig.

Ihre Kinder. Wie groß die beiden jetzt schon waren. Kim war mittlerweile vierzehn, fast schon eine junge Frau, die erschrocken *Mama!* rief, wenn Jenny sie oben ohne im Bad überraschte, und sich ein Handtuch vor die noch kaum vorhandene Brust presste. Ihre Tochter war außerdem viel zu schön, um wirklich ihr biologisches Kind sein zu können. Jenny vermutete seit längerem, dass irgendjemand im Krankenhaus ihr Kind aus dem Babybettchen genommen und stattdessen diese erdbeerblonde Schönheit hineingelegt hatte. Sie war unglaublich stolz auf ihre Tochter, die sowohl beißenden Witz als auch ein gutes Herz besaß. Selbst wenn sie das zur Zeit gut zu verbergen wusste und ihrer Mutter meist mit der amüsierten, wohlwollenden Nachsicht begegnete, die Betreuer den ihnen anvertrauten geistig Behinderten entgegenbrachten.

Benni war gerade acht geworden und die dunkelhaarige Entsprechung seiner großen Schwester. In den zwei Wochen, die sie jedes Jahr in einem Holzbungalow auf Rügen verbrachten, nahm seine Haut einen olivfarbenen Ton an, und das Grün seiner Augen strahlte hinter seinen unerhört langen Wimpern umso kräftiger. Jenny fand, dass sie und Steffen unverschämt gutgelungene Kinder bekommen hatten, und es gab Tage, an denen sie mit den Gesichtern der beiden am liebsten Plakatwerbung gemacht hätte.

Benni hielt Jenny eine selbstgebastelte Glückwunschkarte entgegen, die über und über mit Strass besetzt war. Ihr Sohn liebte alles, was glitzerte, funkelte und rosa war. Als Steffen ihn einmal zum Handballtraining mitgenommen hatte, hatte Benni angefangen zu schluchzen, entsetzt über die harten Stürze auf dem Platz. Steffen hatte Benni in den Arm genommen und gefragt, wohin er denn lieber gehen würde. Seitdem fuhr er ihn dreimal in der Woche zum Ballettunterricht, wo Benni der einzige Junge in einer Armee kleiner, schnatternder Ballerinen war und sich sichtlich wohl fühlte. Steffen hatte es geschafft, seine Enttäuschung vor seinem Sohn zu verbergen, und Jenny liebte ihn dafür. Nur manchmal fing sie Steffens wehmütigen Blick auf, wenn er bei einem Handballspiel Jungs sah, die vor Freude krähend auf den Schultern ihrer Väter in die Halle geritten kamen. Es gab ihr jedes Mal einen Stich.

»Du musst die Karte lesen!«, rief Benni aufgeregt.

»Eine Jahreskarte fürs Hallenbad!« Jenny hoffte, dass niemand ihr die Enttäuschung anmerkte.

Ihre Mutter lächelte schadenfroh. Natürlich. Diese Frau, ansonsten ignorant bis zur Selbstverleugnung, hatte, was Jenny betraf, einen Röntgenblick. »Da hast du jetzt was Eigenes. Fast so gut wie ein Jodeldiplom.«

Kim gab Jenny einen Kuss und packte ihre Sporttasche.

»Wer mit mir fahren will, muss jetzt am Auto sein!«
Steffen kam in die Küche und legte Jenny den Arm um die
Schulter.

Jenny hielt ihm die glitzernde Karte hin. »Deine Idee?«

»Du wolltest doch immer ein Hobby. Und es ist gut für
deinen Rücken.«

Was war falsch an einem gemeinsamen Abendessen in einem romantischen Restaurant? Einem Wochenende in Rom
oder meinetwegen auch Kopenhagen? Sogar im Herbst! Ab
vierzig schien auch der Glamour der Geschenke abzunehmen.

»Ihr seid lieb, lieb!« Nacheinander drückte Jenny ihren
Kindern einen Kuss auf die Wange. Benni grinste verlegen,
Kim wischte sich mit gespieltem Ekel den Ärmel ihres
Sweatshirts übers Gesicht. Jenny steckte ihnen die Pausen-
brote in ihre Taschen.

»Mach dir einen schönen Tag.« Steffen drückte Jenny einen Kuss auf den Scheitel, schnappte sich Kims Sporttasche
und Bennis Schulranzen und trieb die beiden vor sich her
durch die Tür. Jenny war wieder mit ihrer Mutter allein.

»Es wird nicht mehr lang dauern, und die beiden gehen
durch diese Tür, *ohne* noch einmal lieb zu winken.« Jennys
Mutter spülte ihre Kaffeetasse aus. »Und rechne nicht mit
Dankbarkeit. Für Mütter gibt es keine.«

»Ich wollte nie, dass meine Kinder dankbar sind. Ich will,
dass sie glücklich sind.«

»Hast du das aus einem Kalender?« Ihre Mutter spülte
ihre Kaffeetasse aus und stellte sie auf das Abtropfgitter.

»Wahrscheinlich ist es jetzt eh zu spät für dich. Komm nur nicht heulend zu mir gerannt, wenn dein Mann eine andere gefunden hat, die nicht den ganzen Tag mit ungewaschenen Haaren in der Küche sitzt und Geschirrhandtücher bügelt.«

»Wann fährst du gleich noch?« Jenny wandte sich um und schüttete Lilos Kaffeebrühe in die Spüle.

Ihre Mutter verließ kopfschüttelnd die Küche.

»Und ich habe noch nie Geschirrhandtücher gebügelt«, rief Jenny ihr hinterher.

Sie sah sich in ihrer Küche um. Ihre Küche, ihr Haus, ihre Kinder, ihr Mann. Und was sonst? Hatte sie sich zu früh mit zu wenig zufriedengegeben, und jetzt war es zu spät? Sie hasste sich für diese Gedanken – aber ihre Mutter noch ein bisschen mehr. Nur was, wenn sie recht hatte und das *alles* war?

»Herzlichen Glückwunsch.« Jenny beugte sich über den Kuchen mit der brennenden Vierzig, die bereits halb im Kuchen versunken war, und blies die Kerze aus. Das Wachs spritzte über den fleckig grauen Schokoguss und machte die ganze Sache vollends ungenießbar.

MELLI

Ihr Kleid war aus elfenbeinfarbener Seide, das Mieder mit belgischer Spitze besetzt, die Schleppe ein fast acht Meter langer cremefarbener Traum. Es schien, als könnte sie mit einem einzigen Schwung ihrer Hand die gesamte Kathedrale damit bedecken, als hätte der Stoff das Licht, das durch das Opaion der Kuppel fiel, aufgesogen und in ein perlmuttfarbenes Leuchten verwandelt, es sah aus, als könnte die Prinzessin darin fliegen. Diana Frances Spencer stieg aus der Kutsche, und während die Brautjungfern ihre Schleppe richteten, winkte sie den Schaulustigen und den Fotografen zu und sah unendlich glücklich aus.

Melli hatte die VHS-Kassette mit der Hochzeitszeremonie der zukünftigen Princess of Wales so oft abgespielt, dass eines Tages ein feiner, weißer Rauchfaden aus dem Schlitz des Videorekorders gestiegen und schließlich unter Mellis entsetzten Schreien das gesamte Gerät in Flammen aufgegangen war. Das war jetzt fast fünfunddreißig Jahre her, Melli war damals fünf gewesen, doch sie hatte bis zum heutigen Tag nichts gesehen, das schöner war als dieser Moment, dieser Wimpernschlag der Geschichte auf den Treppenstufen vor der Kathedrale von St. Paul's, von wo ein schüchternes Mädchen der unfassbaren Zahl von einer Milliarde Menschen zuwinkte, die ihr allesamt vor ihren Fernsehgeräten von Herzen alles Gute wünschten. Auch heute musste Melli sich zusammenreißen, um nicht in ihr Smartphone zu winken, wenn sie die Szene auf YouTube verfolgte. Melli hatte diese nicht ganz fünfundzwanzig Sekunden so oft gesehen, dass sie sie in fünfundzwanzig Sequenzen hätte unterteilen und jede einzelne differenziert beschreiben können. Und doch waren die tatsächlichen Bilder jedes Mal wieder so unendlich viel schöner als Mellis Vorstellung davon. Als kleines Kind und dann als junges Mädchen war Melli wie selbstverständlich davon ausgegangen, dass auch sie später heiraten und – viel wichtiger – ein Brautkleid tragen würde, das sich anfühlte wie der zufriedene Seufzer einer Seidenraupe und aussah wie federfeiner, stoffgewordener Eierschaum. Aber dazu war es seltsamerweise nie gekommen. Seltsam, weil Melli so fest damit gerechnet hatte. Seltsam, weil auch alle ihre Freundinnen davon ausgegangen waren. Es war nie etwas wirklich Schwerwiegendes passiert. Es hatte keinen Mann in Mellis Leben gegeben, der ihr kurz vor dem Jawort gestanden hätte, bereits eine Frau und drei kleine Töchter in Paderborn oder eine Affäre mit seinem Fußballtrainer zu haben. Es hatte sie einfach nur keiner gefragt. Ein paar von Mellis Männern waren nicht lang genug geblieben, um die Sache überhaupt in Betracht zu ziehen. Ein paar hatten gespürt, dass Melli sie nur als Übergangskandidaten betrachtete, und waren klug genug gewesen, es gar nicht erst zu versuchen. Überraschend viele waren weitergezogen, um kurz darauf andere Frauen zu heirateten. Mit Ende zwanzig waren Mellis Fehlschläge noch Futter für skurrile Partyanekdoten gewesen. Mit Ende dreißig war Melli das Lachen vergangen. Sie hatte nach Gründen gesucht und zu glauben begonnen, es läge daran, dass sie etwas molliger war als andere. Sie hatte versucht abzunehmen, aber ihr Körper hatte sich allen Versuchen widersetzt, durch Diäten, Ernährungsumstellungen oder sogar Sport überschüssige Pfunde zu verlieren. Mellis Arme blieben speckig, beim Lachen zeigte sich weiter ein leichtes Doppelkinn, und ihre Brüste ließen sich beim Joggen auch durch den stärksten Sport-BH nicht davon abhalten, Melli aus dem Gleichgewicht zu bringen. Melli war ein verträumtes, stämmiges Kind gewesen. Heute war sie eine hübsche, rundliche Frau Ende dreißig, deren Oberschenkel beim Gehen leicht aneinanderrieben. Sie hatte den Traum, mit einer Kutsche vor einer Kirche vorzufahren und am Arm ihres Vaters zum Altar zu schreiten, noch nicht aufgegeben. Aber er war über die Jahre in die Ferne gerückt – etwas, das anderen passierte, nicht ihr. Ein Tag, den Melli wie durch eine Milchglasscheibe bestaunen konnte, zu dem ihr jedoch niemand Zutritt gewährte.

Dann hatte Melli Martin kennengelernt. Sie leitete die Dessous-Abteilung des Kaufhauses, in dem Martin sich gerade anschickte, ins obere Management aufzusteigen. Eine Weihnachtsfeier und sechs Plastikbecher Glühwein später landeten sie zum ersten Mal zusammen im Bett. Beziehungen unter Angestellten wurden von der Leitung des Kaufhauses nicht gern gesehen, aber immerhin geduldet, und Melli und Martin waren in den ersten Monaten diskret genug, um den üblichen Klatsch erst gar nicht aufkommen zu lassen. Als sie ihre Beziehung schließlich öffentlich machten, ließ die fehlende Begeisterung bei ihren Kollegen Melli fast ein wenig gekränkt zurück.

Martin sah gut aus. Fast ein bisschen zu gut für Melli, wie eine jüngere und dünnere Kollegin aus der Schuhabteilung dann doch noch meinte, sagen zu müssen. Aber die Weiber aus der Schuhabteilung waren verbitterte, neidische Schlampen, die auch nach dem dritten Mal Duschen noch nach alten Socken rochen, das wusste jeder.

Martin war charmant und ehrgeizig und vor allem – solo. Aber Martins Ehrgeiz, so schnell wie möglich innerhalb des Unternehmens aufzusteigen, ließ ihn auch ängstlich bemüht sein, keine Fehler zu machen. Er brauchte lange, um sich zu entscheiden, da er jede Entscheidung auf mögliche Konsequenzen untersuchte, und seine Art, in Winkelzügen und Taktiken zu denken, anstatt rundheraus zu sagen, was er eigentlich wollte, ließ ihn manchmal, so hatte es eine Kollegin aus der Haushaltsabteilung Melli gesteckt, bevor sie in den Ruhestand verschwand, wie einen intriganten kleinen Kriecher aussehen, der er – das fand jedenfalls Melli – nicht war. (Die Zicken aus der Haushaltswarenwelt waren noch schlimmer als die Schuhschlampen. Kein Wunder, was sollte man auch von jemandem erwarten, der ausschließlich Kundenkontakt zu mürrischen Hausfrauen über fünfzig hatte? In die Welt der Töpfe, Pfannen und Nähgarne verirrte sich kaum ein Mann, und die *netten* Frauen bestellten ihre Woks online.)

Melli dagegen konnte sich den Luxus der Unentschiedenheit nicht leisten. Melli hatte seit frühester Kindheit einen Plan gehabt. Sie wollte die perfekte Hochzeit mit dem perfekten Bräutigam und dem perfekten Brautkleid, und dieser Plan erforderte das reibungslose Zusammenwirken so vieler verschiedener Faktoren, dass Melli zu einer Meisterin im Organisieren, Durchdenken, Vorausschauen und Improvisieren geworden war. Die Damenunterwäscheabteilung war eine harte Schule gewesen. Melli war jahrelang durch das Stahlbad weiblicher Ängste und Neurosen gegangen und perfekt gewappnet daraus aufgetaucht (die Damenwäsche hatte die höchste Abbruchrate unter allen Ausbildungsplätzen des Kaufhauskonzerns, da hielt nicht einmal die Müllbeseitigung mit). Es gab wenige Situationen, in denen Menschen verletzlicher waren als während der Anprobe von Unterwäsche vor einer fremden Person, und Melli hatte gelernt, wie man diesen Menschen die Angst nahm und sie sanft in die richtige Richtung schob, ohne dass sie merkten, dass gerade eine namenlose Verkäuferin darüber entschied, in welcher Unterwäsche sie sich an diesem Abend ihrem Partner zeigen würden.

Da Martin das Talent besaß, Talent in anderen zu wittern (und auszubeuten, wie die frühpensionierte Haushaltsware gemurmelt hatte), verließ er sich schon nach wenigen Wochen bei Entscheidungen, die ihm nicht geheuer waren, auf Mellis Urteil. Drei Monate nach ihrer ersten gemeinsamen Nacht bat er sie, bei ihm einzuziehen. Ohne eine Sekunde zu zögern, packte Melli ihre Sachen und zog zu ihm. Das Brautkleid, das seit Jahren in seiner Plastikhülle in Mellis Kleiderschrank hing, bunkerte sie bei einer Freundin. Sie wollte Martin nicht schon beim Einzug verschrecken. Denn für Melli war Martin der *Kandidat*. Er passte ihr wie ein lang getragener Turnschuh. Solange die Dinge gut für ihn liefen, war Martin nett und unkompliziert. Er roch gut und war besser im Bett als alle seine Vorgänger. Er schlief so oft mit Melli, dass sie sich begehrt, aber nicht so oft, dass sie sich in ihrem Tagesablauf gestört fühlte. Sex mit Martin war manchmal experimentierfreudiger, als Melli es gebraucht hätte, aber er fand oft am Wochenende statt, nach ein paar Gläsern Rotwein beim Italiener, wenn Melli sich sowieso in großzügiger Stimmung befand. Vielleicht fand Melli es manchmal ein bisschen beunruhigend, wie schnell sie und Martin nach den ersten gemeinsam verbrachten Wochen zu einer Routine gefunden hatten. Aber auf der anderen Seite bestätigte das auch ihre Überzeugung, dass man einander auf dieser Welt suchte und fand.

Martins Wohnung war ein bisschen zu sachlich, aber dennoch geschmackvoll eingerichtet. Melli legte ihre bunten Kelims auf die spiegelnden Fliesenböden, strich die Wände in Cappuccino und Aubergine und fühlte sich zu Hause. Martins Eltern lebten im Badischen und waren mit Martins vier älteren Geschwistern und deren Familien so beschäftigt, dass sie nur selten zu Besuch kamen. Sie waren reizende, ein bisschen langweilige Leute aus einem Weinort, in dem nach achtzehn Uhr kein Bus mehr fuhr und einem in der örtlichen Kreissparkasse der Kontostand noch über den Schalter zugerufen wurde.

Melli konnte nicht mit letzter Gewissheit sagen, was stärker war – ob Martin und sie einander liebten oder eher *brauchten*. Aber das beunruhigte sie immer nur kurz. Dann sah sie Martin, der im Kaufhaus mittlerweile sowohl für Public Relations als auch für Innen- und Außenwerbung zuständig war, wie er mit einem Tross von Mitarbeitern und Fotografen durch ihre Abteilung zog, und ein warmes Gefühl machte sich in ihr breit. Martin war derjenige welcher. Punktum. Er würde am Altar stehen, mit seinem ältesten Freund scherzen, während er auf sie wartete. Und wenn Melli dann die Kirche betrat, würde er sich zu ihr umdrehen, er würde sie in ihrem Brautkleid sehen, und in seinen Augen würde Melli (und alle anderen) in rascher Folge ungläubiges Erstaunen, wilde Freude und die sanfte Gewissheit sehen, dass dort die Frau seines Lebens auf ihn zukam. Mellis Freundinnen würden weinen – ach was! –, alle Frauen in der Kirche würden gegen die Tränen ankämpfen (und den Kampf verlieren). Ein Kinderchor würde *Morning has broken* singen, zwei Fotografen und vier professionelle Kameramänner, von denen einer einen schwenkbaren Kameraarm um die Hüfte geschnallt trug, der es ihm ermöglichte, vor Melli herzugehen, um das glückliche Strahlen in ihren Augen aufzufangen, würden den schönsten Tag in Mellis Leben für alle Ewigkeit festhalten. Sie würden ihn auf CDs pressen oder per Dropbox digital zugänglich machen, um den Gästen – und vor allem Melli – die Gelegenheit zu geben, diese Stunden wieder und immer wieder zu erleben.

Iiiieeeep! Die Kasse gab einen schrillen Warnton von sich. Mellis Kollege Rico tippte ratlos auf der Weichgummifolie herum, die die Tasten vor Abnutzung schützte.

»Das hat sie noch nie gemacht!«

Rico, ebenso niedlich wie ahnungslos, schlug mit der flachen Hand auf die Digitalanzeige, so wie Mellis Großmutter immer auf ihren alten Schwarzweißfernseher eingeprügelt hatte, wenn *Der große Preis* mal wieder durch gräuliche

Schlieren entstellt wurde und Wim Thoelkes Stimme nur noch als dumpfes Quaken durch den Äther drang.

Melli bückte sich seufzend unter den Verkaufstresen und wackelte wahllos an irgendwelchen Kabeln.

»Zieh den Stecker raus und steck ihn wieder rein«, rief Rico optimistisch. »Vielleicht funktioniert sie dann wieder.«

»*Vielleicht?*« Melli kam wieder unter dem Tresen hervor. »Ich dachte, ihr jungen Dinger seid mit Computern groß geworden?«

»Nur die mit Pickeln.« Rico rümpfte in Erinnerung an im Wachkoma durchstandene Informatikstunden die Nase. »Ich war zu hübsch für Computer.«

»Melli? Hast du kurz Zeit?« Martin stand vor dem Tresen und zog ein kummervolles Gesicht.

Warum musste immer *noch* etwas passieren, wenn die Kacke gerade am Dampfen war? Warum hielt es das Universum für eine gute Idee, den Menschen fünf Bälle gleichzeitig zuzuwerfen, um damit zu jonglieren, wenn *einer* doch gereicht hätte?

Melli warf Rico einen Blick zu, den er nur zu gut kannte.

»Ich bin schon weg.«

Melli kannte sich gut genug, um zu wissen, dass sie Rico hinterher jedes mit Martin gesprochene Wort berichten würde; und Rico wusste das auch. Trotzdem schlenderte er jetzt aufreizend langsam zu einer Kundin, die ratlos ein Leibchen in den Händen wendete, das gerade einmal ihren rechten Oberarm bedecken würde

»Ich bin zum Chef bestellt worden.«

Melli wunderte es immer wieder, wie Martin gleichzeitig flüstern und am Rande der Hysterie sein konnte.

»Angeblich ist er mit unserer Performance nicht zufrieden.«

Melli tippte wahllos auf den Tasten der Registrierkasse herum in der Hoffnung, damit etwas bewirken zu können *und* genug Gelassenheit auszustrahlen, um Martin wieder zu beruhigen. »Du machst dir zu viele Sorgen.« Melli schnupperte. Hatte sie Geruchshalluzinationen, oder roch es von unter der Kasse her nach verbranntem Gummi? »Kreimann war schon Chef, als ich hier angefangen habe. Er weiß, dass die Werbeabteilung Tüten-BHs in der Originalverpackung abfotografiert hat, bevor du gekommen bist und alles umgekrempelt hast.« Melli sah, dass Martin auf seiner Unterlippe kaute und lächelte ihn aufmunternd an. »Du bist super, okay?«

Martin schien nicht überzeugt. »Werbekampagnen sind immer nur so super wie die Verkäufe, die sie gerieren.«

»Umgangssprache«, murmelte Melli automatisch.

»Wie das, was sie einbringen«, verbesserte sich Martin, der auch jetzt noch hin und wieder vergaß, dass er seine Zeit nicht mit Werbern in einer Public-Relations-Fortbildung verbrachte. Früher war er bei jeder passenden und unpassenden Gelegenheit in völlig unverständliches Product-Placement-Kauderwelsch ausgebrochen, was alle Umstehenden ratlos zurückgelassen hatte. »Und die Zahlen sahen in der letzten Zeit nicht besonders prickelnd aus.«

Melli stellte immer wieder mit Erstaunen fest, wie ernst

erwachsene Männer ihren Job nahmen. Als hinge ihr Leben (oder das irgendeines anderen) davon ab, ob ihr Chef ihnen ihr tägliches Fleißsternchen in ihr Aufgabenheft klebte.

»Nenn mir ein Kaufhaus, bei dem es besser aussieht.« Melli wühlte in einer Schublade nach der Gebrauchsanweisung. Sie war keine Elektrotechnikerin, aber ein technisches Gerät dieser Größe, das nach verbranntem Plastik roch, in einer sechshundert Quadratmeter großen Etage voller Stoffe mit hohem Elastan-Anteil schien selbst ihr keine gute Sache zu sein. »Wir sind ein Kaufhaus. Eine aussterbende Gattung. Wir sind ganz einfach nicht mehr sexy genug.« Melli merkte sofort, dass diese Art Betrachtung für Martin im Moment etwas zu düster war.

»Ich hab keine Ahnung, was ich denen sagen soll«, presste Martin zwischen zusammengebissenen Zähnen hindurch.

Melli richtete sich auf. Sie war kurz davor, Martins Hände zu nehmen und sie beruhigend zu tätscheln. »Sag ihnen, die Wäsche, die sie hier verkaufen wollen, ist für magersüchtige Zwölfjährige gemacht. Und die gehen im Zweifel lieber in die nächste Shoppingmall. Sag ihnen, von den Frauen, die zu uns kommen, können das Zeug genau null Komma null Prozent tragen.«

»Und?«

Sagenhaft, wie erstaunt ihr Freund sich etwas anhörte, das Melli ihm schon Hunderte Male erklärt hatte. Wie so oft beneidete Melli Männer um das angeborene Talent, Sachen, die ihnen nicht wichtig erschienen, einfach auszublenden.

Und sie verfluchte sich und die übrigen Frauen auf diesem Planeten, für die das, was *andere* sagten, automatisch einen viel höheren Stellenwert hatte als alles, was sie selbst gerade noch für richtig und wichtig gehalten hatten.

»Und«, Melli erlaubte sich einen genervten Seufzer, »das heißt, dass sie ihr Angebot umstellen müssen. Sexy Wäsche für *richtige* Frauen! Große Größen für *sexy* Mamas! Schnitte, die sich *unseren* Körpern anpassen und nicht denen von mangelernährten tschechischen Barbiepuppen, deren Frühstück aus gewässerten Wattebäuschen besteht.«

»*Sexy Mamas?*« Martins Blick war anzusehen, dass das zwei Zustände waren, die in seiner Vorstellung völlig unvereinbar waren.

»Ich weiß nicht.« Martin sah sich vorsichtig um, als sei er im Begriff, etwas schockierend Unanständiges zu sagen. »Das klingt nach Hausfrauenerotik.«

»Hausfrauenerotik!« Melli war kurz davor, die Geduld mit ihm zu verlieren. »Was ist falsch an erotischen Hausfrauen?«

Martin wich erschrocken zurück. Eine ältere Dame sah hinter einem Wäscheständer voller Stützstrümpfe neugierig zu ihnen herüber.

Melli stemmte beide Hände auf den Tresen und lehnte sich vor, wie eine empörte Marktfrau, die sich aufgefordert sah, die Frische ihrer Fische zu verteidigen. »Sag ihnen, wenn sie wollen, dass Frauen ihre Wäsche kaufen, müssen sie Frauen fragen, welche Wäsche sie gern *hätten*. Sag ihnen, wenn jede Hausfrau in der Stadt, die sich sexy fühlen möchte, bei uns auch nur *einen* Schlüpfer kauft, müssen sie ihre Lagerkapazitäten erweitern und nicht abbauen!«

Martins Augen wurden glasig, und sein Blick ging ins Leere, wie immer, wenn er kurz davorstand, etwas Grundlegendes zu begreifen. »Wenn der Markt dich abhängt, such die Marktlücke.«

»Endlich vastehn wa uns.« Mellis Stoßseufzer kam in breitestem Berlinerisch, ein Dialekt, den sie sich mühsam abtrainiert hatte und normalerweise zu verbergen suchte. Wer aussah wie eine pfundsfidele Brandenburger Kartoffel, sollte nicht noch wie eine sprechen, hatte ihre Schwester gesagt, die gertenschlank war und nach Düsseldorf geheiratet hatte.

»Und jetzt ab mit dir.« Melli sah sich um, ob jemand sie beobachtete, und hielt Martin ihre Wange hin. »Mach sie fertig.«

Martin streifte Mellis Haar mit einem flüchtigen Kuss. Melli wusste, er war in Gedanken schon auf dem Weg zu seinem nächsten Triumph. Sie brummte zufrieden. Vielleicht hatte sie nie den Wunsch nach Kindern verspürt, aber Martin zu sehen, wie er mit ihrer kleinen Idee in den Aufzug stieg und sie, bis er in der Chefetage wieder ausstieg, zu ihrer maximalen Größe aufgeblasen haben würde, erfüllte sie mit mütterlichem Stolz. Vielleicht war ihr Freund nicht der einfallreichste Kreative, aber er war ein begnadeter Verkäufer.

Seltsam erschöpft von der Anstrengung, einen kleinen Mann wieder groß gemacht zu haben, lehnte sich Melli an den Korb mit den Kleiderbügeln. Mit einem dumpfen *Wump!*

Wump! Wump! meldete sich die Registrierkasse zurück und spuckte einen meterlangen Bon mit astronomischen Beträgen für Seidenstrümpfe, Hüfthalter und Damenslips aus. Melli tauchte unter den Tresen und zog den Stecker.

JENNY

Steffen war früh aufgebrochen, um vor seiner Schicht Kim und Benni an der Schule abzusetzen. Das Haus war aufgeräumt, sauber und schrecklich still gewesen. In der Obstschale hatte wie ein Vorwurf der Gutschein für die Jahreskarte gelegen. Jenny war fast ein wenig gekränkt, dass Steffen glaubte, sie könnte sich über freien Eintritt für ein in die Jahre gekommenes Hallenbad freuen, das nach Fußschweiß und muffigen Unterhosen roch. Der Gutschein befand sich in derselben Geschenkekategorie wie Badesalze und Stützstrumpfhosen und erinnerte Jenny auf ungute Weise an ihr häufiges Klagen über einen steifen Nacken und Besenreiser an ihren Fußgelenken. War das das Bild, das Steffen von ihr hatte? Eine meist mürrische Frau Anfang vierzig, die beim Shoppen Klamotten, die ihr eigentlich gefielen, wieder zurück an den Ständer hängte, weil sie Angst hatte, darin zu jugendlich zu wirken? Vor ein paar Wochen hatte Jenny sich einen Trenchcoat gekauft, in dem sie sich vor der Spiegelwand des Shops trendy und urban gefühlt hatte. Als sie ihn

48

dann zum ersten Mal trug, sah sie aus wie eine der beigen Omas, die ihre Einkaufstrolleys hinter sich herzogen und in ihren gedeckten Farben bei starker Sonneneinstrahlung oft von Autofahrern übersehen wurden.

Jenny hatte den Gutschein eingesteckt und war aufs Fahrrad gestiegen. Genug. Schluss mit dem Gejammer. Es gab doch gar keinen Grund zu klagen. Sie war einfach nur hysterisch. Eine Auswirkung dieses schauderhaften Geburtstagmorgens. Sie war nicht sie selbst. Das Hallenbad war der Ort, an dem ihre Kinder schwimmen gelernt und das Seepferdchen gemacht hatten. Dort hatten sie und Steffen ihrer Tochter applaudiert, als sie sich getraut hatte, vom Dreier zu springen, und Benni beim Babyschwimmen zum ersten Mal vor Glück kreischen gehört. Es war *nett* von Steffen, sie mit seinem Geschenk daran zu erinnern, wie schön es gewesen war, mit zwei kleinen, aufgeregten Kindern und Rucksäcken voller aufblasbarer Reifen und Schwimmflügel in die Schwimmhalle einzumarschieren, wie eine glückliche, kleine Armee, und sich dort den Nachmittag über wie im Urlaub zu fühlen, den man sich nicht hatte leisten können. Und es war *wirklich* höchste Zeit, etwas gegen ihre Rückenschmerzen zu unternehmen, die nach Meinung der feisten, russischen Physiotherapeutin, zu der Jenny letztens gekrochen war, von »null Musekelmassä, um die Wirrrbel ihrer Säule zu stitzen« kamen.

Jenny würde heute Muskelmasse aufbauen, sie würde ihre Wirbelsäule stützen und im Schwimmbadbistro eine Schale Pommes mit Mayo bestellen!

Als Jenny ihr Rad vorm Hallenbad angeschlossen hatte, öffneten sie gerade die Türen. Sie hatte fünfundzwanzig Bahnen geschafft, bevor sie mit ein paar alten Damen Richtung Dusche getrottet war. Jenny war dankbar, dass ihr Körper heute nicht mit denen sechzehnjähriger Teenager konkurrieren musste. Die alten Damen, die neben ihr unter der Dusche standen, waren mindestens Mitte siebzig, auf jeden Fall aber in dem Alter, in dem auch Jenny beschlossen hatte, ohne Rücksicht oder Reue aus dem Leim gehen zu wollen. Mit routinierten Bewegungen hoben die Damen ihre Brüste an, um sich darunter zu waschen, und fuhren mit dem Waschlappen vorsichtig über die dunkelvioletten Krampfadern an ihren Unterschenkeln.

»Er ist also stundenlang da unten zugange. Schließlich kommt er hoch und sagt: ›Tut mir wirklich leid, aber ich kann deine Klitoris einfach nicht finden.‹«

»Na, ohne Taschenlampe ist das ja auch nicht mehr so einfach.«

»Und ich sage: ›Ach Gottchen, ich hab das Ding schon so lang nicht mehr gebraucht, vielleicht hab ich es einfach nur verlegt!‹«

Die Damen brachen in wieherndes Gelächter aus, in das sie Jenny miteinbezogen. Jenny grinste zu ihnen hinüber. Warum die Leute wohl immer so viel Wert darauf legten, in Würde alt zu werden? Diese prachtvollen Weiber zeigten, wie man es auch *ohne* Würde schaffte, und es sah nach verdammt viel Spaß aus. Jenny wollte sich gerade mit ihrem Leben versöhnen, als sie am unteren Rand ihrer linken

Brust einen Knoten spürte. Der Druckknopf der Dusche schnappte mit einem leisen Geräusch zurück. Der Wasserstrahl stoppte. Jenny fröstelte. Sie tastete noch einmal unter ihrer Brust. Sie konnte den Knoten mit den Fingerspitzen leicht hin- und herschieben. Sie atmete tief ein und griff nach ihrem Handtuch.

BRITTA

»Zum dritten Mal in Folge Anchorwoman des Jahres! Liebe Britta, ich gratuliere dir im Namen der Sendeleitung und des gesamten Teams!«

Brittas Team applaudierte pflichtschuldigst. Udo, ihr Redaktionsleiter, überreichte Britta einen mit Glitzerspray überzogenen Blumenstrauß, aus dem eine goldene Drei ragte. Britta, die während Udos Ansprache nicht gewusst hatte, wohin mit ihren Händen, war froh, endlich nach etwas greifen zu können. Udo küsste Britta erst auf die rechte, dann auf die linke Wange und dann noch einmal auf die rechte. Britta nahm an, dass er sich das in seinen Frankreichurlauben abgeschaut hatte, die er in seinem Haus irgendwo bei Marseille verbrachte, einem wuchtigen Neubau, der mit seiner vorgesetzten Kalksteinfassade so tat, als stünde er schon seit dem vorletzten Jahrhundert dort, und dessen Bilder Udo bei jeder passenden und unpassenden Gelegenheit herumzeigte. Britta hasste das ständige Küsschengeben, das gerade bei Film- und Fernsehleuten weit verbreitet war. Jeder küsste jeden, auch wenn man sich erst seit fünf Minuten kannte, und das Alle-haben-sich-so-unglaublich-lieb-Gefühl, das damit behauptet wurde, machte es fast unmöglich, jemanden für den Mist, den er verbockt hatte, zu kritisieren. Denn wer krittelte schon an jemandem herum, der ein *so lieber Freund* war? Man hatte sich doch gerade erst geküsst! Konfliktvermeidung durch überzogene Nähe. Das kannte Britta schon von ihrer Mutter, und es war für keine von ihnen beiden gut ausgegangen.

Britta atmete tief ein. Udos Atem roch nach den Salmiakpastillen, die seine Alkoholfahne überdecken sollten und mit denen er noch niemanden hatte täuschen können. Brittas Rücken versteifte sich, als Udo ihr jetzt mit zwei Fingern über die Wange streichelte, eine Geste, die nicht väterlich gemeint war (Udo war nur fünf Jahre älter als Britta), sondern herablassend. Udo hatte sich selbst Hoffnung auf den Anchorposten gemacht und sich, als die Sendeleitung sich gegen ihn und für Britta entschieden hatte, gekränkt aus dem Sprecherdienst zurückgezogen. Den Redakteursposten, der ihm daraufhin angeboten wurde, stellte er seitdem als seine eigentliche Berufung dar, aber Britta (und jeder andere im Studio) ahnte, dass die Aussicht, als Redakteur in einer verglasten Kabine *vier Meter über allen anderen* sitzen zu können, den Ausschlag gegeben hatte. Udo war kein schlechter Kerl, er war auch kein schlechter Journalist gewesen, aber er hatte nie die Lockerheit erreicht, die ein Anchor vor der Kamera brauchte.

52

Britta war es immer schwergefallen, Menschen mit einem Kamerateam zu verfolgen und ihnen das abzuringen, was sie partout nicht sagen wollten. Sie hatte es gehasst, Politiker mit Fragen zu belästigen, die sie mit herablassendem Lächeln und routinierten Phrasen parierten. Die Arbeit im Schneideraum, die endlosen Redaktionskonferenzen. Britta hatte sich zu Tode gelangweilt. Sie hatte sich danach gesehnt, Bedeutung zu haben, eine Aufgabe zu finden, einen Unterschied zu machen, und sie war kurz davor gewesen zu glauben, dass ihre Entscheidung, Fernsehjournalistin zu werden, ein einziges großes Missverständnis war. Dann kam der Tag, an dem der Moderator der Morgennachrichten sich mit einer Erkältung krankgemeldet hatte und Britta, die gerade ihre Sprecherausbildung abgeschlossen hatte, für ihn einspringen sollte. Es war ein ereignisloser Tag im Herbst, und der damalige Redaktionsleiter hatte etwas von schlechter Nachrichtenlage und einem Auffahrunfall im Hunsrück gemurmelt und dass bereits alle Texte auf den Teleprompter übertragen worden waren, so dass Britta sie nur noch ablesen musste. Es war der elfte September 2001. Die Ereignisse in New York, die die Weltöffentlichkeit an diesem Tag erschüttern und die Welt, wie sie war, für immer verändern sollten, waren zunächst noch wirre dpa-Meldungen von Flugzeugabstürzen in den Vereinigten Staaten. Doch wenige Minuten später trafen die ersten Bilder der brennenden Türme des World Trade Centers in der Redaktion ein, von Flugzeugen, die in Wolkenkratzer rasten, von Menschen, die wie Spielzeugfiguren in die Tiefe stürzten.

Über die Fernsehbildschirme jagte plötzlich eine infernalische Welle von sich immer weiter steigerndem Terror. Die Sendungen, die normalerweise auf die Morgennachrichten folgten, wurden eine nach der anderen aus dem Programm genommen, und Britta fühlte sich unter dem Ansturm von immer grausameren, immer herzzerreißenderen Bildern und Nachrichten wie die Insassin eines Wagens, der ungebremst auf ein Stauende zuraste. Britta funktionierte auf Zuruf, las von Zetteln, die ihr von weinenden Regieassistenten im Minutentakt gereicht wurden, immer neue Gräuel ab, leitete Schalten zu Korrespondenten vor Ort, deren Stimmen vor Entsetzen brachen, sah Mitglieder ihres eigenen Teams hektisch nach New York telefonieren, wo Kollegen, Freunde, Familienangehörige vermutet wurden, die nicht erreicht werden konnten oder zu denen der Kontakt immer wieder abbrach. Alle Welt schien zu telefonieren, jeder schien jemanden zu kennen, der jemanden kannte, der sich zu diesem Zeitpunkt vielleicht in einem der Türme oder in unmittelbarer Nähe aufhielt. Britta sah, wie sich das Studio, in dem sich sonst nur noch die Kameramänner und ein gelangweilter Aufnahmeleiter aufhielten, mit Maskenbildnerinnen, Technikern, und Kabelträgern füllte, mit Köchinnen aus der Kantine, die junge Praktikanten in die Arme nahmen, mit den Kollegen, deren Sendungen immer weiter verschoben und schließlich abgesagt wurden. Alle starrten Britta an, die nicht wagte zurückzuschauen, aus Angst, die eigene Furcht in ihren Augen gespiegelt zu sehen. Als Britta das Pult Stunden später völlig erschöpft einem Sprecherkollegen überließ, hatten ihr die Menschen im Studio spontan applaudiert. Sie nahmen Britta in den Arm, einer nach dem anderen, und Brittas einzige Erklärung dafür war, dass sie Mitleid mit ihr hatten. Die junge Moderatorin, die an ihrem ersten Tag vor der Kamera immer wieder in Tränen ausgebrochen war, die sich die Hand vor den Mund gepresst hatte, um ihr Schluchzen zu unterdrücken, als die Bilder einer Mutter gezeigt wurden, die versuchte, mit ihrem blutenden Baby auf dem Arm der giftigen weißen Staubwolke zu entkommen, die sich immer wieder von den Kameras abwenden musste, als sie mit einem Feuerwehrmann telefonierte, dessen gesamte Einheit in den glühenden Trümmern der einstürzenden Türme ums Leben gekommen war. Britta spürte die Umarmungen, Hände, die ihre drückten, und konnte sich an kaum etwas erinnern, das sie in den letzten Stunden gesagt oder getan hatte. Sie wusste nur, dass sie versagt hatte.

Aber das hatte sie nicht. Sie hatte nicht versagt. Es überschlugen sich die Stimmen, die die Einfühlsamkeit, die Würde, die vertrauenerweckende Ruhe der jungen Sprecherin lobten, die es verstanden hatte, auf das Unvorstellbare, dessen Zeuge man gerade geworden war, nicht mit den üblichen Phrasen, sondern mit Worten zu reagieren, die halfen, das Gesehene nicht nur mit dem Intellekt, sondern auch mit dem Herzen zu begreifen. Die Szene, in der Britta sich von der Kamera abgewandt hatte, um still zu weinen, wurde zu einem ikonischen und später immer wieder aufgerufenen YouTube-Clip. Der Satz, den Britta allen ihren Interviewpartnern an diesem Tag mit brechender Stimme und in etwas unbeholfenem Englisch mitgegeben hatte, »Our hearts are breaking for you«, fasste all die Gebete und Wünsche zusammen, die jeder, der die Geschehnisse an diesem Tag vor dem Fernseher mitverfolgt hatte, im Stillen gedacht hatte.

In das Erstaunen über die Souveränität, mit der die junge Moderatorin diese Stunden gemeistert hatte, mischte sich bei den Verantwortlichen im Sender die Erkenntnis, dass man für Britta, die an diesem schrecklichen Tag vor der Kamera ohne Scheu geweint, gehofft, Anteil genommen und manchmal, wenn die Bilder zu grauenhaft für Worte gewesen waren, auch einfach nur geschwiegen hatte, unbedingt eine Aufgabe finden musste. Wenige Wochen später übernahm Britta einen frei werdenden Moderatorenposten in einem Politmagazin, zwei Jahre danach wurde sie wie selbstverständlich die jüngste Frau, die je ein Sender auf einen Anchorposten gehoben hatte. Britta war endlich angekommen. Die Frau, die von ihrem damaligen Freund spaßhaft als soziale Analphabetin bezeichnet wurde, weil sie auf Partys oft auf dem Sofa einschlief, die nicht das geringste Talent für harmlosen Smalltalk besaß, sondern dazu neigte, aus einem einfachen Partygespräch ein Verhör zu machen, zeigte sich als begnadete Kommunikatorin, sobald eine Kamera auf sie gerichtet war. Britta, die sich oft über ihre Unzulänglichkeit in banalen Alltagsbegegnungen geärgert hatte, fühlte, dass sie hier, unter größtem Druck, ganz bei sich war. Außerhalb des Studios fühlte sich Britta oft so, als spiele sie sich nur, als stelle sie nur eine Version von sich dar, die die anderen von ihr erwarteten. Im Studio, hinter ihrem Pult, einem Interviewgast gegenüber, vor der ganzen Welt, war sie sie selbst. Diese Arbeit war für Britta ihr eigentliches Zuhause. Besser als jedes, das sie bis jetzt gehabt hatte. Und alle, die sie in den folgenden Jahren in einer Talkshow, in einer Nachrichtensendung oder im Interview mit den Großen der Welt erlebten, wussten, dass sie für diesen Job geboren war.

»Ich freue, freue, freue mich so für dich!« Nadine, die seit einigen Wochen das Wetter moderieren durfte, umarmte Britta in der ihr eigenen Überschwänglichkeit und drückte ihr eine Statuette in die Hand, die dem *Oscar* nachempfunden war und genau deshalb so armselig wirkte.

Udo tätschelte noch einmal Brittas Unterarm und klatschte in die Hände. »Und damit zurück an die Arbeit!«

Udo hakte sich bei Nadine unter, die nervös kicherte. Arm in Arm verließen sie das Studio. Brittas Maskenbildnerin puderte Brittas Nasenflügel und Kinnpartie, nahm ihr Blumen und Statuette ab und verschwand wieder. Britta rückte ihr Jackett zurecht und versuchte, ihre Moderation zu lesen, die über den Teleprompter lief.

»Fabian?«

Britta wandte sich an einen der gutaussehenden, jungen Männer, die die Fernsehstudios dieser Welt zu bevölkern schienen.

»Philipp«, korrigierte der junge Mann sie. Er konnte nicht älter sein als zwanzig, zweiundzwanzig.

»Wo ist Fabian?« Britta sah sich suchend um.

»Es gibt keinen Fabian.«

»Der neue Aufnahmeleiter?«

»Steht vor Ihnen. Philipp.« Der junge Mann, den Britta, wie sie sich jetzt erinnerte, flüchtig in der Kantine wahrgenommen hatte, wo er mit einer der Regieassistentinnen geschäkert hatte, und der, wie Britta sich ebenfalls erinnerte, sich ihr als Philipp, der neue Regieassistent, vorgestellt hatte, grinste amüsiert.

»Ich bräuchte den Teleprompter *etwas* größer.« Britta hasste es, Fehler zu machen, und versuchte, ihre Unsicherheit mit geschäftsmäßiger Kühle zu überspielen, die ihr jetzt leider etwas zu zickig geriet. Nicht zum ersten Mal. Philipp führte das Mikrophon seines Headsets zum Mund.

»Wir bräuchten den Teleprompter für Frau van Ende bitte vier Punkt größer!«

Er hatte es so laut gesagt, dass sich Kameramänner und -frauen ein schadenfrohes Grinsen nicht hatten verkneifen können. Auch an der perfekten Britta van Ende nagte also der Zahn der Zeit. Nicht mehr lang bis zur Lesebrille, schienen ihre Gesichter zu sagen.

»Die Schrift ist kleiner als sonst«, verteidigte Britta sich überflüssigerweise.

»Natürlich.« Philipp riss die Augen auf und nickte ernst.

Dieser kleine Scheißer hatte wirklich die Chuzpe, sie vor allen Leuten zu verarschen!

»Kommt nicht wieder vor, Frau van Ende.« Philipp legte zwei Finger an eine imaginäre Hutkrempe und salutierte.

Frau van Ende. Britta lächelte eisig. Für wie alt hielt

dieser Möchtegern-Regieassistent sie eigentlich? Und *wieso* interessierte sie das überhaupt?

»Und Ruhe bitte!«

JENNY

Jenny spürte die kühle Glätte der Einweghandschuhe, mit denen die Ärztin ihre Brust abtastete. Jenny ging schon seit Jahren zu ihr, sie hatte sowohl Kim als auch Benni auf die Welt geholfen. Jenny versuchte, nicht daran zu denken, dass Yüzil vielleicht auch diejenige sein würde, die ihr sagte, dass sie diese Welt in nicht allzu langer Zeit würde verlassen müssen.

Als Benni noch klein war, hatte Jenny einmal mit ihm in Yüzils Wartezimmer gesessen, und er hatte mit ausgestrecktem Finger auf eine Frau gezeigt, die ihr Kopftuch abgezogen und ihren kahlen Kopf gerieben hatte. »Mama, warum hat die Frau keine Haare?«, hatte Benni laut gefragt. Jennys ganzer Körper hatte sich vor Scham zusammengekrampft, aber die Frau hatte Benni angelächelt und geantwortet, dass sie ihre Haare wegen einer schlimmen Krankheit verloren habe, aber bald wieder ganz gesund sein würde, sehr bald sogar, und dass ihre Haare dann wieder zurückkommen würden. Wo sind sie denn hin, hatte Benni weitergefragt, und die Frau, deren Gesicht von der Chemo aufgeschwemmt und grau war, hatte gelacht. Sie sind über die ganze Welt verstreut, hatte sie gesagt, aber sobald es mir wieder bessergeht, finden sie den Weg zu mir zurück. Sie hatte Benni, der seinen Blick nicht von ihrem kahlen Schädel lassen konnte, aufgefordert, ihr über den Kopf zu streichen, und als Benni überraschend zärtlich seine Finger über die Schläfe der Frau hatte gleiten lassen, war sie plötzlich in Tränen ausgebrochen. Erschrocken hatte Benni seine Hand weggezogen, aber die Frau hatte ihn umarmt und erklärt, das seien glückliche Tränen, weil seine Finger so schön kitzelten. Jenny hatte die Frau nie wiedergesehen, und sie hatte sich nicht getraut, nach ihr zu fragen, obwohl sie oft an sie denken musste.

»Es war klug, dass sie gleich vorbeigekommen sind.« Yüzil streifte die Handschuhe ab und warf sie in einen Klappmülleimer, dessen Deckel sich einmal um sich selbst drehte und dann langsam zur Ruhe kam. »Da ist ein kleiner Knoten im unteren Geweberand.«

Jenny streifte ihr T-Shirt über.

Yüzil setzte sich an ihren Schreibtisch. Sie griff nach der Maus, ließ den Computerbildschirm aufleuchten und legte ihre Finger auf die Tastatur. »Das ist noch kein Grund zur Beunruhigung.«

Jenny lächelte unglücklich. »Noch?«

»Nach dem Tastbefund würde ich auf ein Fibroadenom schließen. Das ist ein harmloser Knoten, den viele jüngere Frauen bekommen.«

»Ich bin vierzig.« Jenny setzt sich auf den Stuhl vor Yüzils Schreibtisch.

Yüzil hielt kurz inne, dann fing sie an zu tippen.

Jenny sah sich um. Es gab nichts Persönliches in diesem Raum. Kein Foto auf dem Schreibtisch. Kein alberner Pokal von irgendeinem Doktorinnen-Kegelwochenende (aber vielleicht waren Ärztinnen auch gar nicht in Kegelclubs). Es gab nicht einmal den üblichen Ficus im Tontopf. Jenny wusste, dass Yüzil einen erwachsenen Sohn hatte und dass sie der Stolz ihrer Familie war, die über die ganze Stadt verteilt Cafés, Bäckereien, Kioske und natürlich Dönerläden betrieb und mit Yüzil ihre erste Akademikerin hervorgebracht hatte. Wann immer Yüzil ihre Familie erwähnt hatte, war es von dem schicksalergebenen Seufzen der ewigen Tochter, Nichte, Enkeltochter begleitet worden, die alles, was sie tat, nur Stunden später in das brummende Netzwerk ihrer Großfamilie eingespeist und beurteilt sah. Trotz dieser starken familiären Bindung gab es in Yüzils Behandlungsraum nicht einen einzigen Hinweis darauf, dass in ihrer Welt noch etwas anderes existierte als ihre Patienten. An den Wänden hingen Plakate, die zu Impfungen gegen Gebärmutterhalskrebs aufriefen, regelmäßige Darmspiegelungen empfahlen oder vor der steigenden Herzinfarktrate bei Frauen warnten.

An wie vielen verschiedenen Krankheiten man sterben konnte! Die Natur schien in dieser Hinsicht unendlich kreativ zu sein. Jenny wurde plötzlich bewusst, wie sorglos sie bis jetzt durch ihr Leben gegangen war, wie achtlos gegenüber den Krankheiten, die an jeder Ecke lauerten und nur darauf zu warten schienen, einer eben noch gesunden Frau Ende dreißig (Anfang vierzig, meinetwegen) den Garaus zu machen. Es war so ungerecht! Sie hatte ja noch nicht einmal die Hälfte von alldem gemacht, was sie vorhatte. Jenny hätte nicht sagen können, was genau sie eigentlich noch alles vorhatte, aber sie spürte, dass hier versucht wurde, sie um den ihr zustehenden Anteil zu bringen. Sie war immer anständig gewesen, sie hatte für SOS-Kinderdörfer und amnesty international gespendet, sie hatte ihre Rundfunkbeiträge gezahlt und war nie länger als acht Monate am Stück im Dispo gewesen. Sie hatte zwei Kinder geboren, war ihrem Mann treu gewesen, sie hatte für fremde Menschen den Lift aufgehalten, die sich zum Dank so langsam auf ihn zubewegten, dass die anderen Fahrgäste bereit gewesen waren, Jenny für ihre Freundlichkeit zu lynchen. Sie hatte die Nachbarn gegrüßt und – mehr oder weniger – ihre Mutter geehrt. Sie war eine von den Guten! Jenny hatte nicht den Hauch einer Idee, was sie hier eigentlich sollte. Sie konnte unmöglich krank sein. Nicht *jetzt*. Noch nicht. Es war zu früh. *Viel* zu früh.

Yüzil nahm die Finger von den Tasten und sah Jenny an. »Wir machen ein paar Tests. Dann wissen wir mehr.«

MELLI

Die ganze Abteilung sah aus wie ein Schlachtfeld. Melli, Rico und die anderen Verkäuferinnen hatten bis zuletzt verzweifelten Männern geholfen, die die Konfektionsgröße ihrer Frauen und Freundinnen nur vage angeben konnten, indem sie mit ihren Händen einen Kreis formten, mal größer, mal kleiner. Melli sah die Frauen schon vor sich, die zwischen den Jahren empört ihre Abteilung stürmen würden, um Unterwäsche umzutauschen, in die sie leider nicht mehr, oder Gott sei Dank noch nicht hineinpassten. Warum waren Männer immer so schrecklich ahnungslos, wenn es darum ging, was ihren Frauen gefiel. Rico hatte seufzend beteuert, dass sich in dieser Angelegenheit auch bei schwulen Männern die Spreu vom Weizen trennte, und vorausgesagt, dass sein Freund Arne sein Geschenk für Rico auch vorsorglich mit dem Kassenzettel übergeben würde.

Dieses Weihnachtsfest war das erste, das Melli und Martin zusammen feiern würden. Sie hatten vereinbart, den ersten Weihnachtsfeiertag bei Mellis Eltern und den zweiten bei Martins Familie zu verbringen und gleich danach für eine Woche nach Marokko zu fliegen. Melli konnte es nicht erwarten, in den Chor all der gestressten Pärchen einzustimmen, die alljährlich den unmöglichen Spagat wagten, sowohl *ihre* als auch *seine* Familie zufrieden zu stellen, um sich dann erschöpft, aber im Bewusstsein, zusammen eine erfolgreiche Schlacht geschlagen zu haben, im Wartebereich des Flughafens aneinanderzukuscheln. Melli war sich bewusst, dass es ziemlich schäbig war, so zu denken, aber sie hoffte, dass sich genug einsame Single-Frauen über die Feiertage in das nordafrikanische Fünf-Sterne-Resort geflüchtet hatten, die sie um ihren attraktiven Lebensgefährten beneiden würden. Sie stand endlich auf der anderen Seite des Dating-Elends und wollte jetzt die langersehnte Ernte einfahren.

Mit einem letzten Mausklick schickte Melli die Tagesabrechnung in die Buchhaltung. Sie wünschte Rico und den anderen ein frohes Fest und fuhr mit dem Lift in die Etage, auf der sich Martins Büro befand. Sie wusste, dass er wie immer länger arbeiten musste, aber dieser 24. Dezember war ihr erstes gemeinsames Weihnachten und musste gefeiert werden. Melli war sich sicher, dass Martin den Urlaub nutzen würde, um ihr einen Antrag zu machen. Sie war sich sicher, weil sie bei ihren bisherigen Freunden ebenso sicher gewesen war, dass sie ihr *keinen* machen würden. Vielleicht kannten sie sich noch nicht besonders lang, aber auch Martin musste inzwischen gemerkt haben, dass Melli die perfekte Frau für ihn war, seine ideale zweite Hälfte – die starke Frau, die ein Mann brauchte, dessen Ehrgeiz größer war als seine Begabung.

Melli zog gerade die zwei schwarzen Dosen Prosecco aus ihrer Handtasche, die sie seit Tagen im Kühlschrank des Aufenthaltsraums versteckt gehalten hatte, als sie ein langgezogenes Stöhnen hörte. Wann immer sie sich später an diesen Moment erinnerte, würde Melli sich für den Gedanken schämen, der ihr als Erstes durch den Kopf geschossen war. Sie dachte, dass, sollte Martin in diesem Augenblick auf der anderen Seite der Tür an einem Herzinfarkt sterben, er ihr keinen Heiratsantrag mehr würde machen können. Mit einem ängstlichen »Martin?« öffnete Melli die Tür zu seinem Büro. Ihr Blick fiel auf den großen Flachbildfernseher, auf dem Martin seine Präsentationen zeigte und auf dem jetzt die Aufzeichnung von Matthias Steiners Olympiasieg von 2008 lief. Mit einem gewaltigen Stöhnen riss der Gewichtheber die zweihundertdrei Kilo und ließ sich dann mit einem Aufschrei über die Hantelstange fallen, bevor er mit dem Foto seiner kurz zuvor verstorbenen Frau das Stadion und die ganze Welt zu Tränen rührte. Melli griff zur Fernbedienung und schaltete den Fernseher aus. Sie verstand nicht, was vor sich ging. Für einen kurzen Moment glaubte sie, noch immer das angestrengte Stöhnen des Gewichthebers hören zu können. Dann drehte sie sich um und sah ihren Freund und zukünftigen Verlobten, der mit heruntergelassener Hose vor dem Schreibtisch und zwischen den Schenkeln einer rattendünnen Verkäuferin aus der Lederwarenabteilung stand und sie überrascht anstarrte.

»Melli-Mäuschen! Spinnt die Kasse wieder?«

YÜZIL

Auf der Fensterbank, in der Küche ihrer Eltern, stand ein Plastikweihnachtsbaum und blinkte bunt und aufreizend unregelmäßig. Yüzils Vater Can trug eine Nikolausmütze, an deren Spitze sich eine rote Leuchtbirne befand, die ebenfalls blinkte. Yüzils Mutter Merve schaufelte Köfte in eine Schüssel und stellte die dampfenden Hackfleischbällchen auf den Küchentisch, der sich vor türkischen Festtagsspeisen bog. Acma, die süßen Brötchen, die Merve ihr immer auf Klassenfahrten mitgegeben hatte, dunkel gebratene Kartoffelfrikadellen, Ali Nazik, die anatolischen Auberginen, Cans Lieblingsbrot, das schwere Ayran mit schwarzem Sesam, Bohca, die kleinen Schafskäsetaschen, die ihr Vater immer mit so viel Chili würzte, dass Yüzils Tante Esme nie vergaß zu sagen, dass sie *zweimal* brannten, hahaha.

Can und Merve setzten sich zu Yüzil an den Tisch. Ihre Mutter schob Yüzil einen riesigen Batzen Börek auf ihren Teller. Yüzil stocherte mürrisch mit der Gabel darin herum. Obwohl ihre Eltern darauf bestanden hatten, dass ihre Tochter auch deutsche Freunde zu sich nach Hause einlud und sie auf eine Schule geschickt hatten, in der türkische Kinder eine Seltenheit gewesen waren, war sich Yüzil schon früh ihrer Andersartigkeit bewusst gewesen. Warum ihre Eltern Wert darauf legten, auch sämtliche christlichen Feiertage zu begehen, war Yüzil noch heute schleierhaft.

»Iss!« Merve stupste Yüzil energisch an die Schulter.

»Ich werde nie verstehen, warum ausgerechnet wir Weihnachten feiern.« Yüzil schob ein Stück Börek auf die Gabel und roch daran. Sie spürte den ungläubigen Blick ihrer Mutter auf sich.

»Wir sind integriert!« Yüzils Vater wies mit ausgestrecktem Finger auf die verstaubte Plastiktanne im Fenster. »Wir feiern Weihnachten!«

»Aber wir sind Moslems«, protestierte Yüzil.

»Nicht an Heiligabend«, donnerte ihr Vater zurück.

»Delilerin dolu olduğu bir dünyada yaşıyorum«, murmelte Yüzil trotzig. *Ich lebe in einer Welt voller Verrückter.*

»Und sprich Deutsch«, rief Merve. »Oder sollen die anderen Kinder über dich lachen?«

Yüzils Eltern waren damals wie so viele der sogenannten Fremdarbeiter mit zwei Pappkoffern in den Zug gestiegen, um sich und ihren Kindern ein besseres Leben zu schaffen. Ihre Mutter war im sechsten Monat gewesen und trug auf alten Fotos den Ausdruck grimmiger Entschlossenheit im Gesicht. Can, dünn und mit einem gewaltigen schwarzen Schnurrbart unter der Nase, strahlte so unverstellt hoffnungsfroh in die Kamera, dass es Yüzil noch heute einen Stich gab. Zwei Monate später kam Yüzil im Berliner Urbankrankenhaus auf die Welt. Eine Tochter. Onkel und Tanten sprachen heute noch mit leichter Enttäuschung von Yüzils Geburt, zumal sie Can und Merves einziges Kind bleiben sollte. Merve beschloss mit dem ihr eigenem Pragmatismus, dass dann eben ihre Tochter, ihre deutsche Tochter, das beste aller Leben haben sollte. Sie sollte, anders als sie selbst, anders als Can, zur Schule gehen, eine Ausbildung machen, einen Beruf ergreifen, eine Karriere haben, wie sie für die Tochter eines anatolischen Bäckers und seiner Frau aus einer Bauernfamilie sonst nicht vorgesehen war. Als Merve und Can bemerkten, dass es Yüzil schwerfiel, den Gesprächen ihrer Mitschüler zu folgen, beschlossen sie, von nun an auch zu Hause Deutsch zu sprechen. Can und Merve gingen noch einmal zur Abendschule und paukten Vokabeln, bis sie ihre

Muttersprache in ein blumiges, phantasievolles Deutsch verwandelt hatten, das voller wundersamer Übertragungen aus dem Türkischen war und bis heute nichts von seinem Enthusiasmus eingebüßt hatte.

Merve fasste Yüzil am Kinn. »Sag mir, Tochter, warum ziehst du so ein Gesicht?«

»Weil mein Sohn mich nicht mehr liebt«, platzte es aus Yüzil heraus. Sie versuchte, sich zu beruhigen, und stopfte sich ein Stück Börek in den Mund. Die Anwesenheit ihrer immer aufgeregten Eltern führte auch bei Yüzil zu ungewohnt dramatischen Ausbrüchen.

»Du redest einen Unsinn, Tochter, der hanebüchen ist!« Can machte eine wegwerfende Handbewegung und schüttelte erregt den Kopf. »Mein Enkel zieht nicht aus, weil er seine Mutter nicht mehr liebt! Er zieht aus, weil er ungestört sein möchte! Mit seiner Freundin!« Yüzils Vater breitete die Arme aus und strahlte über das ganze Gesicht.

»Er hat keine Freundin«, stieß Yüzil empört hervor.

»Mein Enkelsohn ist gebaut wie ein Tiger! Wie ein Hengst«, fuhr Can fort.

Yüzils Mutter fand den Vergleich offensichtlich passend und nickte gerührt.

»Wahrscheinlich hat er mehrere Frauen gleichzeitig! Einen Harem! Wie Süleyman der Prächtige!« Can sprach alle seine Sätze so, dass sie mit einem Ausrufungszeichen zu enden schienen. Seine Begeisterungsfähigkeit war sein hervorstechendstes Merkmal, und soweit es seinen Enkel betraf, waren ihr keine Grenzen gesetzt.

Merve schenkte süßen Tee nach. »Dein Sohn ist kein Kind mehr, Yüzil. Er ist jetzt ein Mann.«

»Und schön wie der Prophet!« Can hob beide Hände zum Himmel.

Verbittert verzogen sich Yüzils Mundwinkel. »Mein Kind ist erwachsen, und ich bin eine alte Frau.« Sie schob ihren Teller von sich.

Can schob ihn wieder zurück. »Noch mehr von einem Unsinn aus deinem Mund, mein Kind«, rief Can und schlug mit der flachen Hand auf den Tisch. Die Joghurtsoße hüpfte in ihrer Schale und spritzte auf die Tischdecke. Eilig betupfte Merve die Flecken. »Deine Mutter, die ist eine alte Frau! Sieh sie dir an! Das Haar spröde wie Stroh, und sie geht so krumm wie ein Ast!«

Yüzils Mutter verdrehte genervt die Augen und wischte weiter an der Tischdecke herum.

Can ignorierte ihre Blicke und fuhr fort. »Aber du? Du bist jung und schön, meine Tochter! So schön wie mit siebzehn!«

»Mit siebzehn war sie im sechsten Monat schwanger und hatte Füße wie ein krankes Kamel.« Merve rührte Zucker in Yüzils süßen Tee und reichte ihr das Glas.

Can war verstummt. Es war für ihn damals nicht leicht gewesen zu akzeptieren, dass seine Teenagertochter schwanger war. Er hatte auf eine sofortige Heirat gedrängt, aber als er den Vater seines ungeborenen Enkelkindes kennengelernt hatte, einen weizenblonden, pickligen Computernerd, der so schockiert war von der Aussicht, Vater zu werden, dass

69

er ständig in Tränen ausbrach, war Can so entsetzt gewesen, dass er kurz mit den Eltern des Jungen um Unterhaltszahlungen gefeilscht und ihn seitdem nie wieder erwähnt hatte. Zwischen ihm und seinem Enkel war es Liebe auf den ersten Blick gewesen. Während Yüzil ihr Abitur nachgeholt und ihr Medizinstudium begonnen hatte, war es vor allem Can gewesen, der sich um das Baby – die Sonne seines Alters, wie er es nannte – gekümmert hatte.

»Geliebte Tochter, höre, was deine Mutter dir zu sagen hat.« Merve tätschelte Yüzils Hand. »Du hast ein Kind bekommen, als du selbst noch eins warst. Du bist trotzdem eine erfolgreiche Frau geworden, mit einer Karriere, mit einer eigenen Praxis, mit einem schönen Auto, mit einer großen Wohnung.« Yüzils Eltern waren nie von falscher Bescheidenheit, wenn es um Yüzils Erfolge ging. »Und du hast einen wundervollen Jungen großgezogen.«

»Allah'a şükür!« Can nickte mit tränenfeuchtem Blick, gerührt von der Großartigkeit seines Enkelsohns. Allah sei Dank!

»Aber deine schlechte Laune, Tochter, die ist nicht zu ertragen.« Merve blickte ihrer Tochter fest in die Augen.

»Ich habe keine schlechte Laune«, verteidigte Yüzil sich schwach.

»Du hast die Laune einer Kröte aus Güzelkent!« Yüzils Vater war berüchtigt für seinen reichhaltigen Schatz an türkischen Sprichwörtern. Yüzil vermutete allerdings stark, dass die Hälfte davon nur ihm bekannt war.

»Alle haben Angst vor deiner schlechten Laune, meine

Tochter«, bekräftigte Merve noch einmal. Sie setzte sich auf und strich sich die Bluse glatt. »Also färb dir die Haare, rasier dir die Beine und such dir einen Mann, bevor es zu spät ist.« »Maschallah!« Can reckte zustimmend die Hände zur Decke.

BRITTA

»… wünschen wir Ihnen und Ihren Lieben gesegnete Weihnachtsfeiertage und ein frohes Fest.«

Die Kameras waren kaum auf Rot gesprungen, als Britta sich mit einem eilig gereichten Feuchttuch das Studio-Makeup aus dem Gesicht gewischt und den Sender durch einen selten genutzten Seiteneingang verlassen hatte. Zu Hause hatte sie ihren Mantel fallen lassen und noch im Gehen den bitteren Tankstellenrotwein mit dem praktischen Schraubverschluss geöffnet und einen großen Schluck aus der Flasche genommen. Sie hatte sich auf eine der afrikanischen Bänke gesetzt, die straffällig gewordene Jugendliche im Rahmen eines Sozialprojekts in Botswana aus Altholz und Autoreifen zusammenhämmerten und die Britta in ihrem ganzen Freundeskreis verschenkte, und hatte ihren Blick durch das Loft schweifen lassen.

Sie hatte ganze Arbeit geleistet. In den letzten Wochen hatte sie sämtliche Spuren von Viktors sechsjähriger Anwesenheit getilgt. Sie hatte für sämtliche seiner Lieblingskissen neue Bezüge gekauft, die alten zerschnitten – so viel Klischee hatte sie sich gegönnt – und in den Müll geworfen. Sie hatte, Stunden bevor Viktor seine Kollektion von Brioni-Anzügen hatte abholen wollen, den gesamten Inhalt seiner Seite des Kleiderschranks an Flüchtlinge verschenkt, die immer noch in der Turnhalle des Mädchengymnasiums drei Querstraßen weiter campierten. So waren Hass und Barmherzigkeit an diesem Tag eine glückliche Verbindung eingegangen, für Britta einer der schöneren Momente des Abschiednehmens. Viktors Bücher hatte einer seiner Freunde aus den Regalen geklaubt – unter Brittas strengen Blicken. Sie war sich nicht zu schade gewesen, Viktors Freund sämtliche Bildbände über skandinavisches *Interior Design*, die Viktor und sie gesammelt hatten, wieder aus den Händen zu nehmen. Am selben Nachmittag hatte Britta mit einem Zug durch die Buchläden in der Nachbarschaft die entstandenen Lücken wieder aufgefüllt, teilweise mit Büchern, die noch eingeschweißt waren und jetzt im Licht der Leselampe glänzten. Sie hatte neue Bilder gekauft für die, die Viktor mit in die Ehe gebracht und nach ihrem Ende wieder mitgenommen hatte. Britta hatte alles ersetzt, was Viktor ihr genommen hatte: Besteck, Möbel und Balkonpflanzen, den von beiden geliebten Teak-Sekretär (Britta hatte einen identischen auf eBay gefunden und auf Sofort-Kaufen geklickt). Na ja, sie hatte nicht wirklich alles ersetzen können. Ihre Würde, ihre Selbstachtung und ihr Glaube an das Gute im Menschen waren unwiederbringlich verloren. Britta nahm noch einen Schluck aus der Pulle. Nicht Flasche.

Von heute an Pulle, dachte Britta und setzte noch einmal an.

Sie wusste, dass es die schlechteste aller möglichen Entscheidungen war, als sie jetzt aufstand die Tür zum einzigen Zimmer öffnete, das sie und Viktor mit Leichtbauwänden vom Rest des Lofts abgetrennt hatten. Britta hatte es an einem wunderschönen, sonnigen Sonntagmorgen in rosa schimmerndem Hellgrau gestrichen. Einmal abgesehen davon, dass es das Zimmer ihres Babys hatte werden sollen, war es immer Brittas Lieblingszimmer gewesen. Es war eingerichtet mit einem Kinderbett, das zum Jugendbett erweitert werden konnte, einer Wickelkommode, die sich in einen Schreibtisch verwandeln ließ – alles Möbel zum Mitwachsen, wie es auf den Verpackungen hieß, und Viktor hatte beim Aufbauen gesagt, jetzt, wo er auf die vierzig zugehe, würde er alles geben für Anzüge, die das auch konnten. Sie hatten gelacht, bis sie erschöpft auf den Boden geplumpst waren und sich lange geküsst hatten. Aber das war in einem anderen Leben gewesen, das fünf Wochen und eine Ewigkeit her war. Britta klappte das Gitter des Kinderbetts herunter und machte es sich auf der Matratze bequem. Je mehr sie von dem scheußlichen Fusel trank, desto besser schmeckte er. Aus dem Loft über ihr drangen das fröhliche Geplauder und das Scharren der Stühle einer Weihnachtsfeier zu ihr herunter, deren Gäste Britta im Aufzug ein frohes Fest gewünscht hatten. Britta wäre ihnen am liebsten an den Hals gesprungen.

Sie setzte sich auf und sah in eine imaginäre Kamera.

»Im Laufe des Nachmittages haben sich Gerüchte verdichtet, wonach die bekannte TV-Moderatorin Britta van Ende ihr Leben komplett an die Wand gefahren hat. Ihr Mann, der Sportmoderator Viktor van Ende, hat eine minderbemittelte Fünfundzwanzigjährige geschwängert. Frau van Ende bestätigte unserem Sender gegenüber, dass sie mit ihrem Kinderwunsch so lange gezögert habe, bis sie unfruchtbar wie ein Knäckebrot geworden sei. Die Moderatorin bekräftigte laut dpa den Wunsch, ihre Wohnung nie wieder zu verlassen.«

Britta nahm noch einen Schluck Wein, der halb an ihrem Mund vorbei auf die Bluse tropfte. Sie zog an der Schnur der Spieluhr, die Viktor über dem Bett aufgehängt hatte, und summte das Schlaflied mit, das aus dem Plüschmond ertönte. Sie war schon halb eingeschlafen, als es an der Tür klingelte.

JENNY

Kim hatte sich, verliebt in die eigene Verruchtheit, in ihrer neuen Lederjacke vor dem Garderobenspiegel hin und her gedreht, und Jenny hatte Steffen angesehen, dass ihm mit Schrecken bewusst wurde, wie erwachsen seine Tochter in diesem Aufzug aussah. Der Arme. Er ahnte nicht, dass er wahrscheinlich schon in wenigen Monaten ein Gespräch mit seiner Prinzessin würde führen müssen, in dem sich alles um

Verhütung und die Frage drehte, wann Kims Freund zum ersten Mal bei ihnen übernachten durfte. Benni hatte sich ein paillettenbesetztes Cape für die kommende Aufführung seiner Ballettklasse gewünscht und sah darin aus wie die kleine, schwule Fee, als die er nun einmal geboren war.

Jenny hatte am Nachmittag zuvor noch einmal bei ihrer Ärztin angerufen, aber die Testergebnisse lagen noch nicht vor. Jenny hatte beschlossen, ihre Familie erst dann zu beunruhigen, wenn es sich nicht mehr vermeiden ließ, und fühlte sich unendlich ängstlich und einsam. Sie konnte sich nackt kaum mehr ertragen und schlüpfte nach dem Duschen jetzt immer sofort in den Bademantel. Sie wollte diesen Körper, der sie so schmählich im Stich ließ, im Moment einfach nicht sehen.

Es hatte an der Tür geklingelt, und da alle anderen fröhlich schnatternd ihre Geschenke aufrissen, hatte Jenny sich erbarmt. Rico hatte eine völlig aufgelöste Melli vor sich her in den Flur geschoben, wo sie schluchzend an Jennys Hals gesunken war. Rico, ebenfalls den Tränen nahe, hatte sich bei Jenny dafür entschuldigt, am Heiligabend einfach so bei ihr aufzukreuzen, aber er hatte seine Eltern *und* die seines Freundes Arne zu Gast, und die Frage, wer im Gästezimmer und wer auf der Bettcouch im Wohnzimmer schlafen sollte, hatte zu einem ernsthaften Zerwürfnis geführt. Arne hatte sich schließlich mit seinen Eltern aufgemacht, ein Hotelzimmer zu finden, und Ricos Eltern hatten abwechselnd »unmögliche Leute« und »das hätte man sich denken können« gesagt und gedroht, ihre Sachen zu packen, um doch lieber bei Ricos Schwester in Bocholt zu feiern. Ricos Schwester hatte sich starr vor Schreck per FaceTime gemeldet und ihren Bruder angefleht, ihr das nicht anzutun. Alles, aber nur das nicht.

Rico schob zwei riesige Rollkoffer an der heulenden Melli vorbei und parkte sie neben Jennys Garderobe. Sie waren offensichtlich in größter Eile gepackt worden. Aus dem einen hing ein BH-Träger heraus, aus dem anderen das giftgrüne Kabel von Mellis Nackenmassagegerät. Jenny kannte dieses Kabel (und das dazugehörige Gerät) nur zu gut, doch sie hatte sich leider von ihrem trennen müssen, als klar war, dass Steffen Konkurrenz nicht schätzte – erst recht nicht eine, die auf einer Ladestation jederzeit betriebsbereit und vorwurfsvoll vor sich hin summte.

»Sie stand plötzlich vor meiner Tür, und ich wusste einfach nicht wohin mit ihr.« Ricos Unterlippe zitterte.

Jenny wies mit dem Kinn zur Tür.

Rico tätschelte noch einmal Mellis Schulter und machte sich dann dankbar davon.

Jenny versuchte, Melli zu beruhigen, und hielt sie auf Armeslänge von ihrem Gesicht entfernt.

Melli rang um den nächsten Atemzug und sah Jenny an, als wäre sie gerade aus einem bösen Traum erwacht. Dann verzog sich ihr Gesicht wieder zu einer Grimasse reinsten Kummers. »Er vögelt Lisa von den Lederwaren. Im Stehen!«

BRITTA

Er war so hübsch, aber sie hatte keine Ahnung, wer er war. Erst als sie die Wohnungstür bereits geöffnet hatte, war ihr aufgefallen, dass sie noch immer die fast leergetrunkene Weinflasche in der Hand hielt. Ein kurzer Moment der Scham, den sie wie durch Watte wahrnahm und dann vergaß. Jetzt, wo sie aufrecht stehen (und mit einem fremden Mann an ihrer Tür sprechen) musste, wurde ihr bewusst, wie betrunken sie war.

»Die haben Sie vergessen.« Er streckte ihr eine hässliche, goldene Statuette entgegen, die wie eine billige Kopie des Oscars wirkte.

Die hatte sie heute schon einmal gesehen. Im Studio. Sie nahm ihm das goldene Männchen ab und drehte es in ihren Händen. Da stand ihr Name drauf. Jetzt wusste sie wieder, wer er war. »Fabian!«

Er lächelte. »Philipp. Immer noch.«

Auweia. Er musste sie entweder für unheilbar arrogant oder für eine abgehalfterte Alkoholikerin halten.

»Ich hab'n bisschen gefeiert.« Britta versuchte, kühl zu lächeln, merkte aber, dass es ihr nur gelang, dümmlich zu grinsen. Hatte sie gerade gelallt? Britta straffte die Schultern. Sie hoffte, dass der Rotwein ihre Zähne nicht blau verfärbt hatte, und schloss den Mund wieder.

Dieser Philipp hatte etwas, das Britta nicht enträtseln konnte. Seine Locken waren so dunkel wie sein Bartschatten, seine Unterarme so stark behaart wie bei einem Südländer, aber seine Augen waren blau, und er war viel größer als der typische Italiener oder Spanier. Die waren doch alle so klein! Britta fragte sich, ob er wohl genauso gut roch, wie er aussah, und hätte am liebsten die Haut, die über seinen Wangenknochen spannte, mit den Fingern berührt.

»Herzlichen Glückwunsch noch mal.«

Meinte er das ironisch? Glückwunsch wozu? Zu ihrer Scheidung? Die meisten Boulevardblätter hatten in den letzten beiden Wochen mit Brittas und Viktors Scheidung aufgemacht, und auch die großen überregionalen Tageszeitungen hatten es sich nicht verkneifen können, wenigstens unter Vermischtes das Trennungsdrama der van Endes zu besprechen. Glückwunsch. Pfff. Britta spürte die Kühle des Metalls in ihrer rechten Hand (und die Wärme des Glases in ihrer linken) und stellte die Statuette und die Weinflasche auf die Flurkommode. Die Kommode! Die hatte einer Erbtante von Viktor gehört! Die musste auch noch weg! Die Kommode, nicht die Tante. Puh. Alles geriet ihr durcheinander. Sie hatte länger nichts gesagt. Sie musste etwas sagen. Sonst würde es seltsam werden. »Danke!«

Es war fast so etwas wie eine außerkörperliche Erfahrung, als sich Britta jetzt dabei zusah, wie sie nach dem viel zu laut gebellten *Danke!* ihre Arme um seinen Hals schlang und ihn auf die Wange küsste. War das seine Wange? Nee. Die Wange war das nicht. Sie hatte ihn auf den Hals geküsst! Autsch. Das war nicht okay. In keinem Land der Erde küsste man Fremde zur Begrüßung auf den Hals. Jedenfalls wollte ihr jetzt gerade keins einfallen. Aber er roch so gut!

Nach Sandelholz. Und Nivea-Creme. Berührten ihre Lippen immer noch seinen Hals? Sie sollte jetzt wirklich einen Schritt zurücktreten. Sie könnte *Hoppla!* sagen und so tun, als sei sie gestolpert. Das wäre dann genauso glaubwürdig, wie beim Klauen erwischt zu werden und zu sagen, man habe den Lippenstift ganz aus Versehen in die Tasche gesteckt.

Britta spürte seine Hände auf ihrem Rücken. Nicht wirklich auf ihrem Rücken. Etwas höher. Etwas seitlicher. Er hielt sie, ganz ruhig und sicher und selbstverständlich. Wie schön. Das fühlte sich schön an. Vielleicht waren sie befreundet, und sie hatte es nur gerade vergessen. Vielleicht kannten sie sich schon länger, und diese ganze Begegnung hier an ihrer Tür hatte überhaupt nichts Seltsames.

Britta sah ihn an. Er lächelte. Hmmmh. Britta gab ein genießerisches Summen von sich. Wie freundlich seine Augen waren. Wie moosgrüne Dorfteiche, auf denen mattgoldene Blätter trieben und an denen man sich gutgelaunte Menschen beim Picknicken vorstellen konnte, die den lauen Sommerwind genossen. Britta dachte, dass sie selten einen Mann getroffen, ach was, *noch nie* einen Mann getroffen hatte, mit dem sie so gerne an einem dieser Teiche gesessen hätte. Britta lächelte und schob ihre Zunge zwischen seine Lippen.

YÜZIL

Färb dir die Haare, rasier dir die Beine und such dir einen Mann, bevor es zu spät ist. Yüzil trat mit dem Fuß einen Pflasterstein beiseite, den irgendein Idiot ausgegraben und auf den Bürgersteig geschmissen hatte. Ihre Mutter war unmöglich. Ihr Vater auch. Sie waren beide völlig unmöglich. Und sie hatten keine Ahnung. Ihre Eltern hingen immer noch der Idee an, dass eine Frau einen Mann brauchte, um glücklich zu sein, einen starken Partner, dem sie vertrauen und mit dem sie alles teilen konnte. Nur weil sie so alt waren wie die Zeit, zwei uralte Morlas (sie hatte als Kind die *Unendliche Geschichte* geliebt), und weil sie einander gefunden hatten, als sie noch Teenager und seitdem nicht einen Tag getrennt gewesen waren, glaubten Merve und Can, dass einzig die Zweierbeziehung das Dasein lebenswert mache. Die ausschließliche Existenz als Paar wurde von ihnen nie in Frage gestellt, dabei lebten sie in einer Stadt, in der die Einraumwohnungen knapp wurden, weil fast die Hälfte ihrer Einwohner Singles waren. Sogar Yüzils schwule und lesbische Freunde wurden von ihren Eltern erst dann nicht mehr mit mitleidigen Blicken bedacht, wenn sie einen Freund oder eine Freundin mitbrachten. Diejenigen, die sogar geheiratet hatten, wurden unter Umarmungen und Küssen beglückwünscht, endlich erfüllte, vollständige Menschen zu sein. Die anderen galten, unabhängig von ihrer sexuellen Orientierung, als Suchende, Verzweifelte oder (das war die schlimmste Rubrik) als Verlorene – jene, die die Hoffnung, den einen Menschen für sich zu finden, aufgegeben und sich in ihrem Single-Dasein eingerichtet hatten. *Eine Schande, meine Liebe, eine Schande und eine Verschwendung! Wie traurig wir für dich sind!* Die Idee, dass man auch allein, mit sich selbst glücklich sein könnte, erschien Yüzils Eltern absurd.

Yüzil wich einem Betrunkenen aus, der mit sich selbst einen heftigen Streit führte und sich hin und wieder eine Ohrfeige verpasste. Er nickte ihr freundlich zu. Dann versetzte er sich einen Schlag auf die Stirn, der ihn zusammenzucken und an die nächste Hauswand torkeln ließ.

Es war nicht so, dass Yüzil in den letzten zwanzig Jahren gelebt hatte wie eine Nonne. Sie hatte Affären gehabt. Ärztekongresse waren nichts anderes als große, verschwitzte Treffen von Gleichgesinnten, die sich mehrmals im Jahr zusammenrotteten, um einander für zwei, drei Tage glücklich zu machen und dann wieder ins wirkliche Leben außerhalb der Messehallen und Hotellobbys zurückzukehren. Vielleicht ein bisschen entspannter, vielleicht ein bisschen beschwingter, aber ohne nachhaltige Wirkung. Sie hatte den gelegentlichen One-Night-Stand gewagt, wenn Philipp auf Klassenreise gewesen war oder bei seinen Großeltern übernachtet hatte, aber sie war nie wirklich entspannt gewesen, wenn diese Nächte bei ihr stattgefunden hatten (der Gedanke an das leere Kinderzimmer hatte sie jedes Mal irritiert, wenn sie im Begriff gewesen war, mit einem fast Fremden Sex zu haben). Wenn sie eine Nacht bei einem Mann verbracht hatte, hatte sie die Verpflichtung gefühlt, zum Frühstück zu bleiben oder eine Verabredung zu einem Kinoabend anzuhängen, was weder sie noch er wirklich gewollt hatten und was meistens quälend und seltsam verlaufen war. In Hotels ging sie grundsätzlich nicht. Sie war Ärztin. Sie wusste, was in den Matratzen von Zimmern, die auch stundenweise vermietet wurden, vor sich ging. Sie hatte sich mit Männern getroffen, die wie Yüzil langjährige Singles waren und in ihrem Freundeskreis wie gebrauchte Autos gehandelt wurden. Und wie jedes gebrauchte Auto waren sie von ihren Vorbesitzern eingefahren und abgenutzt worden, hatten Macken, Kratzer und Eigenarten, die niemand ihnen mehr austreiben konnte. Manche dieser Treffen waren auf eine harmlose Weise nett, andere schlicht grauenhaft gewesen. Von keinem war mehr geblieben als ein Kuss auf die Wange und eine Telefonnummer, die sie nie gewählt hatte.

Yüzil schloss die Haustür des Mehrparteienhauses auf, in dem sie im dritten Stock, Vorderhaus rechts, eine Vier-Zimmer-Eigentumswohnung besaß, und stieg die Treppe hinauf. Irgendjemand hatte einen volldekorierten Weihnachtsbaum aus seinem Fenster geworfen, der kopfüber in der japanischen Kirsche hing, die sich mit einigen anderen Bäumen den Vorgarten teilte. Yüzil hatte irgendwo gelesen, dass an den Weihnachtsfeiertagen überproportional viele Beziehungen zerbrachen. Vielleicht lag es daran, dass Paare, die daran gewöhnt waren, sich aus dem Weg zu gehen, an diesen Tagen keine Entschuldigung mehr dafür fanden.

Das wenigstens konnte ihr nicht passieren. Yüzil zog einen Packen Werbeblätter aus ihrem Briefkasten und warf ihn in den Papierkorb.

JENNY

Melli war, ohne ihren Mantel auszuziehen, ins Wohnzimmer gewankt und hatte sich auf den Geschenkpapierberg fallen lassen, den Jenny auf dem Sofa aufgehäuft hatte. Das Papier raschelte leise unter Mellis Hintern, während sie schluchzend ihre Geschichte erzählte. Im Hintergrund knisterte der Schallplattenspieler, auf dem das Heintje-Weihnachtsalbum lief, mit dem Jenny ihre Familie an den Festtagen traditionell in den Wahnsinn trieb.

»O Süße, das tut mir so leid.« Jenny warf einen nervösen Blick auf Kim und Benny, doch die saßen, wie Steffen auch, völlig fasziniert und mucksmäuschenstill auf ihren Plätzen und starrten Melli an, als schauten sie die Folge einer brasilianischen Telenovela, in der endlich das Geheimnis um die tragische Vergangenheit der Titelheldin enthüllt wurde, was sie auf keinen Fall verpassen durften.

»Martin war immer schon ein Arschloch.« Steffen hatte gewartet, bis alles aus Melli herausgesprudelt war. Er schüttelte den Kopf und machte sich ein Bier auf.

Jenny bat ihn mit einem grimmigen Blick zu schweigen. Das war jetzt überhaupt nicht hilfreich.

»Ich weiß.« Melli lächelte Steffen traurig an. »Aber er war *mein* Arschloch!« Melli griff nach Jennys Hand. »Und was, wenn er mein *letztes* war?« Mellis Gesicht verzog sich zu einer leidenden Grimasse. »Ich bin immerhin auch schon fünfunddreißig!«

Jenny reichte ihr ein neues Taschentuch.

»Ich dachte, du bist vierzig«, sagte Kim überrascht.

»Sie ist neununddreißig«, versuchte Jenny zu retten, was zu retten war.

Melli presste sich dramatisch das Taschentuch vor den Mund, als hätte ihr ein überkorrekter, aber gefühlloser Sachbearbeiter des Bürgeramtes erklärt, dass ihr Geburtsdatum vor fast vier Jahrzehnten leider, leider falsch eingetragen worden war. »Mein Verlobter vögelt die Lederware, und jetzt bin ich auch noch alt!« Melli wimmerte verzweifelt.

»Ihr seid verlobt?«, fragte Steffen überrascht.

»So gut wie.« Melli hatte offensichtlich beschlossen, der Realität tapfer die Stirn zu bieten.

Bestimmt hatte sie, wenn sie ganz ehrlich war, genauso wenig wie alle anderen, die Martin näher kannten, damit gerechnet, dass er ihr einen Antrag machen würde. Oder doch? Beim Thema Heirat konnte selbst Jenny der Logik ihrer besten Freundin nicht mehr folgen. Melli war besessen davon, zu heiraten und eine Braut zu sein, und vielleicht gerade deshalb weiter davon entfernt als jede andere.

»Das ist alles meine Schuld.« Melli trompetete in ihr Taschentuch und steckte es dann in eine der Sofaritzen.

Jenny wand sich innerlich. Sie würde es heute Abend noch rausziehen und in den Müll werfen.

»Wahrscheinlich hab ich ihn sexuell nicht erfüllt.« Melli sah erst Kim, dann Benni an. Beide nickten verständnisvoll, wie Sachverständige bei der Begutachtung eines Schadensfalls.

Steffen federte aus seinem Sessel und klatschte in die Hände, als würde er die F-Jugend des TuSpo Heiligensee aufs Feld scheuchen wollen. »Okay, Zeit fürs Bett!«

Doch keins der Kinder schien ihn gehört zu haben. Kim schob Melli die Schale mit den Weihnachtsplätzchen zu, von denen Jennys Mutter jedes Jahr behauptete, sie selbst gebacken zu haben, während wirklich alle wussten, dass sie sie in der Feinbäckerei bei sich um die Ecke kaufte, um sie dann heimlich in eigene Keksdosen umzufüllen und zu verschicken.

Melli griff dankbar nach einem Mandelhörnchen. »Dabei haben wir alles ausprobiert, sogar ein bisschen SM.«

Steffen packte Kim und Benni unter den Armen und zerrte sie vom Sofa hoch.

Melli schob die Mandelhörnchen beiseite, um besser an die Spritzgebäckkringel zu kommen.

»Aber wir haben doch noch gar nicht fertig ausgepackt!« Benni versuchte, sich aus Steffens Griff zu befreien.

»Natürlich keine Pissspiele oder so was«, fuhr Melli unbekümmert fort, »du weißt ja, wir haben Teppich im Schlafzimmer.«

Jenny war dankbar, dass Steffen die Kinder bereits zur

Treppe gezerrt hatte. »Morgen ist immer noch Weihnachten«, hörte Jenny ihn sagen. »Und Vorfreude ist die schönste Freude.«

Melli beugte sich über den Couchtisch und nahm sich Steffens Bier. Den Tee, den Jenny ihr gemacht hatte, hatte sie nicht angerührt. »Ich hab mein Leben so satt.«

»Das ist normal mit Ende dreißig. Wir leben einfach schon zu lang.«

»Ich will wieder schön sein. Ich will wieder dünn sein.« Melli atmete tief ein. »Ich will wieder fünfundzwanzig sein!«

»Das versteh ich. Aber warum willst du auf einmal dünn sein?«

»Weil mein Freund eine Salzstange vögelt, und ich meine Unterwäsche bald online bestellen muss.« Melli führte gerade eine Kokosmakrone zum Mund. Sie hasste Kokos. Angewidert legte sie sie wieder zurück.

»Du bist meine beste Freundin, und du bist wunderschön, so wie du bist.« Jenny strich Melli die Haare aus dem Gesicht.

Es war nicht gelogen. Melli war vielleicht ein bisschen rund, aber sie hatte das hübscheste Gesicht und das feinste Näschen von all ihren Freundinnen.

»Ich bin fett.« Melli zupfte mit einer ebenso routinierten wie unbewussten Bewegung den Stoff ihres Pullovers von ihrem Bauch.

»Du bist nicht fett. Du bist muskulös«, widersprach Jenny.

Bei Melli schwabbelte nichts. Alles, was man sah, war

festes Fleisch. In der Schule, als sie noch zusammen Volleyball gespielt hatten, waren Jenny und Melli einmal unglücklich gestürzt. Jenny war auf Melli gelandet und von ihr abge-
prallt wie von einem fest gestopften Sitzsack. Auch wenn das
kein glücklicher Vergleich war. Melli war nicht dick. Sie war
auf appetitliche Weise massiv.

»Dann sag mir, was sonst nicht mit mir stimmt.«

»Mit dir stimmt alles!«, Jenny verlor langsam die Geduld. Wer, wenn nicht sie, hatte hier Grund zu jammern?
Und? Tat sie es? Nein. Tat sie nicht. Jenny wusste, dass es
ungerecht gegenüber der armen Melli war, aber sie fühlte
sich mit einem erstklassigen Knoten in der Brust von den
zweitklassigen Beziehungsproblemen ihrer Freundin seltsam belästigt.

»Und warum haben mich dann alle meine Männer sitzengelassen?«

»Weil alle deine Männer dumme Wichser waren.« Jenny
sah, wie Melli Mund und Augen aufriss. »Sorry, aber du hast
gefragt.«

BRITTA

Sie hielt ihn eng umschlungen, während sie ihn durch den
Flur ins Loft bugsierte. Da sie den Gürtel seiner Jeans geöffnet und seine Hose bis in die Knie heruntergezogen hatte,
taumelte Philipp mit kleinen Schritten zu dem großen Ess-

tisch, von dem Britta mit einer einzigen Handbewegung
einen Stapel Zeitungen und eine Obstschale auf den Boden
fegte. Dann griff sie mit beiden Händen in die Boxershorts.

»Aaahhh!« Philipp zuckte überrascht zusammen. »Kalte
Hände! Kalte Hände!«

Britta versuchte zu verstehen, was er ihr damit sagen
wollte.

»Vielleicht wärmen wir sie vorher ein bisschen auf.« Philipp nahm ihre Hände und führte sie hinter seinen Rücken.

Brittas Hände schlossen sich um seine Pobacken. Sie waren glatt und überraschend prall für einen so dünnen Mann.
Britta schob sich auf den Esstisch und zog Philipp zwischen
ihre Schenkel. »Fick mich!« Britta zerrte an seinen Shorts.
»Fick mich auf meinem Esstisch, als gäbe es kein Morgen
mehr!«

Sie staunte über sich selbst. Das war so gar nicht ihr Stil,
aber es schien besser zu ihr zu passen als diese Art *Dirty
Talk*, die Viktor manchmal von ihr verlangt hatte.

Philipp hielt einen Moment inne, als müsste er überlegen.
Dann sah er ihr in die Augen, »okay.«

Während Philipp versuchte, ihr den Slip auszuziehen,
und ihn schließlich zerriss, griff Britta wieder in seine Shorts.
Sie hielt überrascht inne, »Meine Güte, der ist ja …«

Philipp lächelte geschmeichelt. »Ich weiß. Mein Großvater sagt, es liegt in der Familie.« Er presste seine Lippen
auf Brittas Mund. Dann nahm er ihr Gesicht in seine Hände.
»Einfach tief und ruhig atmen.«

YÜZIL

Yüzil hatte der Versuchung widerstanden, einen Blick in Philipps Zimmer zu werfen. Sie ahnte, dass der Anblick der Druckstellen auf dem Teppich, da wo seine Möbel gestanden hatten, und die Umrisse an den Wänden, da wo seine Poster gehangen hatten, an diesem ersten Weihnachten ohne ihn mehr waren, als sie ertragen konnte.

Philipp hatte angeboten, den Abend mit ihr und seinen Großeltern zu verbringen, aber Merve und Can hatten empört abgelehnt und ihn bestärkt, hinaus in die Welt zu gehen, damit er lerne, auf eigenen Füßen zu stehen. Als wäre ihr Enkelsohn aufgebrochen, fremde, ferne Länder zu erkunden, und nicht nur fünf U-Bahn-Stationen weiter in eine Dreier-WG gezogen, von wo er noch immer nicht mehr als dreizehn Minuten mit dem Fahrrad brauchte (Can hatte es sofort nachgeprüft), um mindestens zweimal in der Woche bei ihnen zu Abend essen zu können. Und Yüzil hatte sich nicht die Blöße geben wollen, als die Bedürftige dazustehen, die sie in Wahrheit war. Sie hatte gute Miene zum bösen Spiel ihrer Eltern gemacht und Philipp unter Androhung von Schlägen verboten, in den nächsten Tagen auch nur einen Gedanken an sie zu verschwenden. Merve und Can hatten herzhaft mitgelacht, aber Philipp hatte Yüzil so angesehen, wie er sie schon als kleines Kind angesehen hatte. Als könne er in ihr Innerstes schauen. Mit einem kleinen Nicken hatte er ihr zu verstehen gegeben, dass er genau wusste, wie viel Kraft es sie kostete, ihn gehenzulassen. Und wie sehr er sie dafür schätzte, dass sie es ihm so leichtgemacht hatte.

Yüzil hatte sich immer schon gefragt, wieso Philipp alles sah und spürte. Ob ihr Kind eine alte Seele besaß? Ihre Mutter hatte einmal gesagt (Philipp war da höchstens sechs oder sieben gewesen), dass sie es aufgegeben habe, irgendetwas vor diesem Jungen zu verheimlichen, weil es ihr so vorkomme, als könne er durch sie hindurchsehen. Beide, Merve wie Can, hatten mit Philipp schon immer wie mit einem Erwachsenen gesprochen, und Yüzil hatte es genauso gemacht. Einmal hatte sie deswegen mit einem befreundeten Kinderpsychologen gesprochen, aus Angst, ihren Sohn zu überfordern. Aber der hatte abgewinkt und gesagt, dass Kinder in der Regel mehr verstehen würden, als ihre Eltern ihnen zutrauten. Nur verstehst *du* nicht, hatte Yüzil damals gedacht, dass er tatsächlich *alles* versteht.

Sie hatte in dem Bewusstsein gelebt, ein besonderes Kind großzuziehen. Und jetzt war es gegangen. Sie hatte nicht geahnt, wie klein und ereignislos ihr Leben ohne ihren Sohn sein würde. Und es schnürte ihr die Kehle zu, es jetzt zu wissen.

Yüzil hängte ihren Mantel an die Garderobe und zog ihren Schal aus. In diesem Moment drehte sich ein Schlüssel im Schloss ihrer Wohnungstür, und ein völlig verstaubter Mann in Wollmütze und Jacke betrat ihren Flur. Unfähig, auch nur einen Muskel zu regen, starrte Yüzil ihn an. Der Mann schloss die Tür hinter sich und zog seine Schuhe aus.

Yüzil wollte gerade ihren Schüsselbund nach dem Fremden werfen, um dann schnell in die Küche zu laufen und ein Messer aus dem Messerblock zu ziehen, blieb dann aber wie angewurzelt stehen, als der verstaubte Fremde ihr schüchtern zunickte und in Philipps Zimmer verschwand.

JENNY

Jenny hatte es nicht mehr ausgehalten. Sie war zu Melli ins Kaufhaus gefahren, wo ihre Freundin gerade wie so oft mit ihrer Registrierkasse gekämpft hatte, und war vor einer Schlange von Kunden in Tränen ausgebrochen.»Ich muss sterben!«

Melli hatte Rico eilig angewiesen, sich um Kasse und Kunden zu kümmern, und Jenny in eine der Umkleidekabinen gezerrt.»Was soll das heißen, du stirbst?« Mellis Gesicht war ganz blass gewesen vor Schreck.

»Ich hab Brustkrebs!«

»Seit wann?«

»Seit ein paar Tagen!«

»Bist du sicher?«

»Sie sagen, es könnte auch ein Fibrodingsbums sein.«

»Was ist das?«

»Irgendwas Harmloses.«

Melli war erleichtert auf die kleine Bank in der Umkleidekabine gesunken. »O mein Gott, hast du mir einen Schrecken eingejagt!«

Jenny hatte sich neben sie gesetzt. »Ich *weiß*, dass es Krebs ist.«

Jenny war sich so sicher gewesen, dass sie bereits ihr Schöner-Wohnen-Abo gekündigt hatte. »Ich hab noch nie Glück gehabt bei so was.« Und das war leider die reine Wahrheit. »Ich hab seit zwanzig Jahren ein Los der Aktion Sorgenkind und hab noch nie was gewonnen. Und als ich im Sardinienurlaub die Schmerzen im Fuß hatte und dir gesagt hab, das ist bestimmt ein eingewachsener Zehennagel, hast du noch gelacht. Und was war es dann?«

»Ein eingewachsener Zehennagel«, hatte Melli bestätigt.

Jenny hatte gehofft, es würde ihr bessergehen, sobald sie sich ihrer Freundin anvertraut hätte. Aber als sie in der Umkleidekabine neben Melli gesessen hatte, hatte es sich einfach nur angefühlt, als würden ihre Ängste zur Gewissheit. Sie hatte gespürt, wie die Wände der Kabine immer weiter auf sie zugekommen waren, und hatte den Vorhang ein Stück beiseiteschieben müssen, weil sie glaubte zu ersticken. »Ich hätte so gern noch mal Strähnchen gehabt. Und jetzt hab ich bald keine Haare mehr!«

»Jenny, mach dich doch jetzt nicht wegen nichts verrückt.« Melli hatte nach ihrer Hand gegriffen und sie sanft getätschelt.

»Ich muss sterben, bevor ich richtig gelebt habe, und du nennst das *nichts*?«

»Warte doch erstmal die Ergebnisse ab.«

Jenny hatte das letzte Mal vor zwei Tagen nach dem Befund der Gewebeuntersuchung gefragt, aber wegen eines Feiertags in Süddeutschland hatte das Labor einen Rückstand aufzuarbeiten und die Probe noch nicht ausgewertet. Yüzil hatte Jenny noch einmal vertrösten müssen. »Ich möchte eingeäschert werden«, hatte Jenny gesagt.

Melli hatte Jenny ungläubig angesehen und den Vorhang der Kabine schnell wieder geschlossen.

»Und ich möchte nicht, dass meine Mutter auf meiner Trauerfeier spricht, das musst du mir versprechen.« Damit war es Jenny bitterernst gewesen. »Ich kann mir schon denken, was die zu sagen hat, und ich hab die Schnauze voll von ihrem ewigen Gemecker. Nicht noch, wenn ich tot bin.« Sie hatte Mellis Hand an ihr Herz gezogen. »Und du nimmst die Kinder.«

Melli hatte ihre Hand erschrocken zurückgezogen. »Was soll ich denn mit deinen Kindern?«

»Steffen kann nicht mal Rührei. Ihr wartet das Trauerjahr ab, und dann kriegst du deine Hochzeit.«

Melli war aufgesprungen. »Ich will nicht heiraten, wenn du tot bist!«

»Ich dachte, du magst Steffen.«

»Er ist okay.«

»Er ist mehr als *okay*! Und er ist treu! Bei ihm musst du keine Angst haben, dass er die Tussi aus der Haushaltsabteilung vögelt.«

»Lederwaren«, hatte Melli trotzig gemurmelt.

»Er wird dir im Bett vielleicht nicht abenteuerlustig genug sein, aber wenn du ihm sagst, was du magst, wird er sich bestimmt Mühe geben.« Jenny hatte mit einem Mal eine warme Woge der Liebe für Steffen gespürt. »Er gibt sich immer so viel Mühe.«

»Du wirst nicht sterben«, hatte Melli ausgerufen.

Aber Jenny hatte Melli im Geiste schon ihre Sachen in Jennys begehbaren Kleiderschrank räumen sehen. »Und du könntest meine Wildlederboots haben, die beigen mit den Troddeln. Die haben dir doch immer so gut gefallen.«

»Ich werde *nicht* mit deinem Mann schlafen, und ich werde ganz bestimmt nicht die Schuhe toter Leute tragen«, hatte Melli empört gezischt.

»Jetzt hast du es gesagt! Tot!«

»Niemand stirbt«, hatte Melli gebetsmühlenartig wiederholt. »Du machst dir viel zu viele Sorgen.«

»Und was, wenn nicht? Was, wenn es das schon für mich war?« Jenny hatte sich im Spiegel der Umkleidekabine gemustert und eine Wut gespürt, die sie seitdem nicht mehr verlassen hatte. »Dann hat man mich doch total verarscht.«

Melli hatte Jenny gezwungen, noch einmal in der Praxis anzurufen, und nach einer kurzen Wartezeit, die Jenny unendlich lang schien, war sie zu Yüzil durchgestellt worden. Der Befund des Labors war gerade eingetroffen. Und er war negativ. Negativ!

Jenny hatte auf der Bank der Umkleidekabine gekauert und gar nichts gefühlt. Sie hatte gedacht, dass sie unendlich erleichtert sein würde, so wie Melli, die heulend vor Glück nach Rico und nach einer Flasche Sekt gerufen hatte. Aber sie war innerlich vollkommen taub gewesen. Sie hatte den Sekt und die Glückwünsche ausgeschlagen und war nach Hause gefahren. Sie hatte dem besorgten Steffen gesagt, dass sie glaube, eine Erkältung auszubrüten, und hatte sich am helllichten Tag ins Bett gelegt.

Das war bereits Wochen her, aber Jenny fühlte sich immer noch so, als hätte ihr jemand ein Versprechen gegeben und es dann ohne Vorwarnung aufgekündigt. Sie fühlte sich betrogen und konnte nicht genau sagen, worum. Wie auf Autopilot hatte sie den Kindern Brote geschmiert und mit ihnen Hausaufgaben gemacht, sie hatte ihre Wocheneinkäufe in ihren kleinen Fiat Punto geräumt und für die Ferien den Holzbungalow auf Rügen reserviert, in dem sie auch in den letzten Jahren ihren Sommerurlaub verbracht hatten. Sie war rastlos, schrecklich nervös und hatte aus nichtigsten Anlässen Streit mit Steffen angefangen, der nicht wusste, wie ihm geschah. Jenny hatte den Keller ausgemistet, etwas, das sie seit Jahren vor sich hergeschoben hatte, und die alte Remise ausgeräumt, in der noch immer Gerätschaften und Material von der Renovierung und zusammengeschnürte Umzugskartons gestanden hatten. Sie hatte in den Raum mit den blinden Fenstern gestarrt, hinter denen sich ihr Garten wie ein dunkelgrüner Schatten abzeichnete, und hatte sich genauso leer und nutzlos gefühlt wie der alte Schuppen. Sie wusste, dass sie aus einer Mücke einen Elefanten machte. Dass ein harmloser Knoten, den Yüzil ihr in einer ambulanten Operation entfernt hatte, eben nicht mehr war als ein Termin bei ihrer Ärztin, von dem ihr für ein paar Tage ein leichter Druckschmerz und eine Tube Narbensalbe in ihrem Badezimmerschrank geblieben waren. Aber was sie auch tat und wie angestrengt sie auch versuchte, sich zu überzeugen, dass es *nichts* war, es war *etwas*. Und es blieb etwas. Jenny war so unglücklich mit ihrem Leben, wie sie es nie zuvor gewesen war. Sie hatte es nicht kommen sehen. Aber sie wollte da *raus*.

BRITTA

Britta zog den Bauch ein und versuchte, den Knopf ihrer Hose zu schließen. Sie wusste, dass sie zugenommen hatte, und zwar nicht zu knapp. Sie war in der letzten Zeit immer öfter auf dem Sofa liegen geblieben und hatte Müdigkeit oder Arbeit vorgeschützt, wann immer das Telefon geklingelt und die nächste Verabredung angestanden hatte. Und zumindest ihre Müdigkeit war nicht gelogen. Der brennende Ehrgeiz und die Disziplin, mit der Britta bislang ihren Job gemacht hatte, hatten stark nachgelassen. Sie war immer glücklicher, die Vorhänge zuzuziehen, die immer noch düsteren Vorfrühlingsabende auszusperren und es sich mit der neuesten *Orange is the new black*-Staffel gemütlich zu machen. Früher war sie froh gewesen, nach ihrer Arbeit im Sender den Fernseher ausgeschaltet zu lassen und mit Viktor den Tag zu besprechen, über Kollegen und ahnungslose Redakteure zu lästern oder sich mit einem Buch an seine Knie zu lehnen und einfach nur dankbar zu sein, dass sie (ein Zitat aus ihrem Lieblingsfilm Harry und Sally) *nie wieder da rausmussten.*

Ein anderer wichtiger Grund, zu Hause zu bleiben, war, dass Viktor sich nach ihrer Trennung nicht die Mühe gemacht hatte, neue Restaurants und Bars zu finden, in denen er seine Abende verbringen konnte. Wo immer Britta einen Salat mit Putenbrust gegessen oder mit Kollegen ein Glas Rotwein getrunken hatte, war Viktor mit seiner neuen Freundin und deren mittlerweile deutlich sichtbarem Schwangerenbauch aufgetaucht. Britta hatte die ersten Begegnungen tapfer durchlitten, das plötzliche Schweigen an ihrem Tisch, die betretenen Blicke zum Eingang, Viktors verbindliches Winken und das siegreiche Lächeln seiner Freundin, die schon bald darauf seine Verlobte war und bei jeder Gelegenheit ihre Hand auf ihren Bauch legte. Britta verspürte ein kräftiges Würgen im Hals, wenn sie an diese Begegnungen dachte und an den Eifer, mit dem ihre Freunde und Kollegen meinten, sofort das Thema wechseln und auf gar keinen Fall über die beiden Personen sprechen zu müssen, die vom verlegenen Restaurantchef an *ihren*, Brittas und Viktors, alten Tisch geführt wurden.

In den letzten Wochen war Britta zum Binge-Watching übergegangen, hatte eine Staffel nach der anderen Untote durch amerikanische Vorstädte schlurfen und südamerikanische Drogenbarone ganze Familien ausrotten sehen und dabei genauso freud- und wahllos Schokolade und eingeschweißten Zitronenmarmorkuchen aus dem Backwarenregal ihres Supermarktes in sich hineingestopft.

Britta zog den Hosenbund dahin, wo früher ihre Taille gewesen war, und versuchte es noch einmal. Ganz offensichtlich war sie nicht mehr in dem Alter, in dem man sich mit Fastfood trösten sollte. Der dunkelblaue Hosenanzug war immer ihr Lieblingsstück gewesen, aber jetzt bekam sie den verfluchten Knopf nicht einmal in die Nähe des Knopflochs. Und das war nicht einmal das Schlimmste. Das Schlimmste war der völlig desinteressierte Blick ihrer Garderobiere und Maskenbildnerin Karin, die Britta ungerührt dabei zusah, wie sie sich rücklings aufs Sofa fallen ließ und versuchte, ihre Hose im Liegen zu schließen.

»Die hat immer gepasst«, presste Britta unter Mühen hervor. »Da muss die Reinigung mal wieder geschlampt haben.«

Karin gab sich keine Mühe, ihre wahren Gedanken zu verschleiern. *Wenn die fette Kuh auch so viel frisst, muss sie sich nicht wundern, dass sie aus dem Leim geht.* Karin zog eine riesige Sicherheitsnadel aus ihrem Allzweckgürtel, in dem alles steckte, was in Karins Augen grotesk überbezahlte Moderatorenflittchen brauchten, um halbwegs menschlich auszusehen.

»Noch zehn Minuten bis zur Aufzeichnung!« Philipp steckte den Kopf durch die Tür der Garderobe und grinste über den Anblick, der sich ihm bot.

Hätte Britta eine Machete zur Hand gehabt, sie hätte jetzt ein Massaker angerichtet.

»Ich möchte genau sechzig Sekunden vor einer Schalte wissen, ob das Gespräch zustande kommt, ich möchte mehr Licht von vorn, und ich möchte bei der Nachbesprechung

meiner Sendung keine Sportmoderatoren am Tisch sitzen
haben.« Britta ging mit eiligen Schritten zum Lift, der sie
ins Studio hinunterfahren würde. »Egal, was die anderen
sagen, Sportmoderatoren sind keine Journalisten.« Britta
drückte die Lifttaste. »Das sind Fußballfans in schicken An-
zügen.« Britta spürte, wie die Zickigkeit ihr aus jeder Pore
quoll.

Philipp trat neben sie und drückte sanft die Lifttaste mit
dem Pfeil nach unten. Britta stellte ihr gereiztes Gehämme-
re auf die Taste mit dem Pfeil nach oben ein und sah angestrengt auf den Türspalt, der sich hoffentlich jede Sekunde
öffnen würde. Sie fühlte, wie Philipp sie von der Seite ansah.

»Ich hab Karten für die Oper.« Philipp wippte vor und
zurück.

»Und ich möchte nicht mit dir in die Oper gehen.«

»Rigoletto. Pavarotti singt.« Philipp machte ein Plopp-
Geräusch mit den Lippen, das Britta wahrscheinlich sagen
sollte, dass er diese Einladung für seine beste Idee seit Jahren
hielt.

»Pavarotti ist seit zehn Jahren tot.«

Philipp schniefte verlegen. »Gut. Dann ist er dick und
singt irgendwas Klassisches und ist wahrscheinlich *nicht* Pavarotti.« Er lehnte sich an die Wand neben der Lifttür. »Aber
es ist die Oper.«

»Und du denkst, dass man mit Frauen, die so alt sind wie
ich, in die Oper geht?«

Britta machte sich keine Illusionen mehr über Philipps
Alter. Als sie am ersten Weihnachtsfeiertag neben ihm auf-

gewacht war, hatte sie seinen schlanken, muskulösen Jungmännerkörper auf nicht älter als dreißig geschätzt. Zwei Tage später hatte sie die Wetterfee Nadine befragt, die zu erzählen wusste, dass er gerade dreiundzwanzig geworden war. Britta hatte sich dunkel an eine Einladung erinnert, die an alle Kollegen gegangen war und die Philipp in inniger, bildbearbeiteter Umarmung mit der längst aufgelösten Boyband *East17* zeigte, die im Jahr seiner Geburt mit ihrem Song *It's alright* einen Nummer-eins-Hit gelandet hatte. Dreiundzwanzig! Sie hatte mit einem Teenager geschlafen. Wäre Britta nicht wohlbehütetes Einzelkind und bis zu ihrem neunzehnten Geburtstag sexuelle Analphabetin gewesen, hätte sie Philipps *Mutter* sein können. Sie hatte ihn ohne Frühstück vor die Tür gesetzt und gehofft, dass ihm diese Nacht genauso peinlich war wie ihr und er darüber schweigen würde. Wie sich herausstellte, tat er das. Immerhin. Aber es hatte ihn nicht davon abgehalten, sie in den letzten drei Monaten bei jeder Gelegenheit um ein zweites Date zu bitten.

»Wir können auch ins Kino gehen.«

»Ich will nicht ins Kino.« Wo blieb nur dieser verfluchte Lift? Britta starrte auf den Spalt.

»Oder zu dir.«

Die Lifttüren öffneten sich mit einem schrillen *Bing*, und Britta stieg erleichtert ein.

Philipp quetschte sich an ihr vorbei. »Ich dachte, du freust dich.«

Die Türen schlossen sich hinter ihnen. Britta glaubte, sich verhört zu haben. Wo in aller Welt gab es bei diesem desaströsen betrunkenen Abend Grund zur Freude? Das war ein Totalschaden gewesen!

»Hab ich mich gefreut, als du mich zum Karaoke eingeladen hast?« Britta drehte sich so, dass sie Philipp Auge in Auge gegenüberstand. »Als du in meiner Garderobe ein Picknick vorbereitet hast? Als du mir eine Tanne mit Lametta auf meinen Parkplatz gestellt hast, weil ich Weihnachten ja so liebe?« Britta drückte den Knopf. Der Lift sollte sie so schnell wie möglich ins Studio bringen.

Philipp korrigierte sachte das Stockwerk.

»Hab ich mich über irgendeine deiner Überraschungen, Einladungen und Vorschläge in den letzten drei Monaten gefreut?« Sie starrte ihn an.

»Nein.«

»Eben.«

»Aber du hast mit mir geschlafen.«

Die Lifttüren öffneten sich. Britta stieg aus und ging zügig auf den Eingang des Studios zu.

»Dreimal!«, rief Philipp ihr hinterher.

Die Kameras rollten auf Position, die Maskenbildnerin nebelte Britta noch einmal mit einer Wolke Haarspray ein, auf Brittas Monitor sprach die Börsenexpertin aus Frankfurt ihre letzten Sätze. Britta nestelte nervös an ihrer Bluse, die ebenfalls viel zu eng saß. Sie dachte an den Freund einer Freundin, der, als die Freundin bekümmert ihr Lieblings-T-Shirt auszog, das ihr nicht mehr passte, gesagt hatte, sie solle halt weniger fressen. Er war nicht mehr lange der Freund ihrer Freundin gewesen. Britta versuchte, sich gerader zu halten, aber sie spürte, wie die Rollen, die sich in den letzten Wochen an ihrem Bauch gebildet hatten, über den viel zu engen Bund ihrer Hose quollen und die Bluse zu den Seiten hin ausfüllten. Sie hatte sich gehenlassen. Damit würde jetzt Schluss sein. Außerdem musste sie Philipp ein für alle Mal klarmachen, dass die weinselige Weihnachtsnacht keine Wiederholung erfahren würde. Sie hatte nicht vor, für einen romantischen Dreiundzwanzigjährigen *die ältere Frau* zu sein, von der er später seinen Kumpels vorschwärmen würde. Sie zuckte schon jetzt immer zusammen und wechselte schnell den Sender, wenn im Radio *Hello Mrs. Robinson* lief. Verdammt nochmal, sie war noch keine vierzig! Sie war viel zu jung, um diese Art Trophäe zu sein.

Der Einspieler schallte durchs Studio. Philipp hob die Hand und zählte den Countdown ein. »Fünf, vier, drei …« Er hob stumm seinen Ringfinger und den kleinen Finger und zeigte auf Britta. Die Kamera vor ihr schaltete auf Grün.

Britta setzte ihr Nachrichtenlächeln auf und atmete tief ein. Mit einem knarzenden *Tscheckah* sprangen die zwei oberen Knöpfe von ihrer Bluse ab. Auf dem Bildschirm verschwand das Logo der Sendung und zeigte stattdessen Britta, die ungläubig auf ihr Dekolleté, ihren BH und ihre bis zum Nabel offenstehende Bluse starrte. Sie sah auf, blickte in die fassungslosen Gesichter des Teams im Studio und sagte laut und deutlich »Scheiße!«

YÜZIL

Erst als der verdreckte Fremde an Yüzil vorbei in Philipps Zimmer verschwunden war, hatte Yüzil begriffen, was es mit dem Ausdruck *aus der Haut fahren* wirklich auf sich hatte. Sie hatte sich gefühlt, als wäre ihre Haut plötzlich eine kalte, zu groß geratene Hülle, aus der sie sich zu Tode erschreckt in ein unbestimmtes *Innen* zurückgezogen hatte. Es hatte nichts mit Wut zu tun, es war eher eine leise kreischende Panik, die mit totaler Lähmung einherging.

Der Schock, dass ein Mann, den sie noch nie zuvor in ihrem Leben gesehen hatte, über einen Schlüssel zu ihrer Wohnung verfügte, war so unmittelbar, dass Yüzil einige Minuten in einer geduckten Haltung in der Nähe der Tür verharrt hatte, hinter der er verschwunden war. Yüzil hatte nicht gewagt, sich zu bewegen, aus Angst, der Eindringling könnte sich durch das Quietschen einer Diele gestört fühlen und Yüzil töten. Yüzil hatte fest damit gerechnet, schon im nächsten Augenblick vergewaltigt und erwürgt zu werden. Nur dass der Fremde ihr fast schüchtern zugenickt hatte, passte nicht in Yüzils Horrorvision. Vielleicht war er geistesgestört? Ein aus der Psychiatrie entflohener Patient, ein Schizophrener, der sich, auf welche Weise auch immer, Zugang zu ihrer Wohnung verschafft hatte. Yüzil sah schon die rotweiß gestreiften Absperrbänder der Kriminalpolizei vor ihrer Haustür flattern.

Bei dem Gedanken, wie ihr Sohn und ihre Eltern am nächsten Morgen ihren Leichnam identifizieren mussten, war Yüzil ein leises Wimmern in die Kehle gestiegen. Sie musste in die Küche gehen! Sie musste es bis in die Küche schaffen! In der Küche waren Messer. Und Flaschen! Sie konnte eine Flasche zerschlagen und ihrem Vergewaltiger mit dem scharfkantigen Flaschenhals die Halsschlagader aufschlitzen. Er war groß, fast einen Kopf größer als sie, ein Bär, aber sie konnte den Überraschungseffekt nutzen und ihn von der Seite anspringen, wenn er die Küche betrat.

Es hatte Yüzil unglaubliche Kraft gekostet, einen Fuß vor den anderen zu setzen, aus irgendeinem Grund hatte sie ihre Beine nicht bewegen können, sie war wie eine alte Frau in die Küche geschlurft und hatte dort die zwei größten Messer aus dem Messerblock gezogen. Als ihr eines der Messer aus der Hand gerutscht und mit einem lauten Knall auf die Edelstahlarbeitsfläche geknallt war, hatte Yüzil einen spitzen Schrei ausgestoßen und fest damit gerechnet, dass der Fremde aus Philipps Zimmer stürmen und sie außer sich vor Wut durch die Küche schleudern würde. Aber nichts geschah. Niemand kam.

Yüzil hatte mit zitternden Fingern Philipps Kontakt auf ihrem Smartphone gedrückt. Als Yüzil nach dem dritten Klingeln ein statisches Krachen und dann die Stimme ihres Sohnes gehört hatte, hatte sie vor Freude geweint. Aber sie hatte sich zusammengerissen und das Smartphone dicht an ihren Mund gehalten. »Du musst mir jetzt gut zuhören. Ich liebe dich. Ich werde dich immer lieben. Und sag auch deinen Großeltern, dass ich sie liebe.« Ein Schluchzen war aus

Yüzils Kehle gebrochen. Sie hatte sich eine Hand vor den Mund pressen müssen, um nicht laut aufzuschreien.

»Anne? Was ist los?«

Die Stimme ihres Sohnes klang in diesem Albtraum so normal, dass Yüzil sich für einen kurzen Augenblick nicht sicher gewesen war, ob sie sich das alles nicht nur eingebildet hatte. Dann hatte sie das Messer in ihrer Hand gesehen und hervorgepresst: »Da ist jemand in der Wohnung. Ich hab ihn gesehen. Er ist in deinem Zimmer. Du musst die Polizei anrufen«.

Erst hatte sie gedacht, es sei das Lachen des geisteskranken Mörders und nicht das ihres Sohnes, das ihr plötzlich in den Ohren dröhnte. Dann hatte sie gehofft, dass alles ein Traum war und sie gleich aufwachen würde. Und dann hatte der Fremde plötzlich hinter ihr gestanden und ihr ein leeres Glas entgegengestreckt, und Yüzil hatte ihr Smartphone nach ihm geworfen und war panisch kreischend aus der Küche gelaufen.

Nachdem Radu Yüzil ihr Smartphone über die Lehne des Sofas gereicht hatte, hinter dem sie ängstlich wimmernd Schutz gesucht hatte, hatte Philipp ihr erklärt, dass Can und er es für eine fabelhafte Idee gehalten hätten, Yüzil einen Untermieter zu besorgen, damit sie nach Philipps Auszug nicht allein in der großen Wohnung sein musste. Er habe Can die Nummer eines jungen Austauschstudenten aus Izmir gegeben, doch Can habe, nachdem der Student überraschend bei Freunden in Kreuzberg untergekommen sei, das Zimmer an einen Bauarbeiter vermittelt, der im Haus eines Freundes

Wände verspachtele und Schwierigkeiten habe, eine günstige Unterkunft zu finden. Radu käme aus einer Kleinstadt im rumänischen Teil von Siebenbürgen und habe seine Stelle als Bezirksamtsmitarbeiter wegen Kürzungen verloren und beschlossen, sein Glück in Deutschland zu versuchen.

Radu hatte seinen Namen gehört, sich auf die Brust getippt, lächelnd seinen Namen wiederholt und *Nu vorbesc germana* gesagt. Yüzil hatte noch immer nicht gewagt, sich hinter dem Sofa aufzurichten, und ihn verständnislos angestarrt.

»Keine Deutsch«, hatte Radu gesagt und ein kleines abgegriffenes Langenscheidt-Wörterbuch aus seinem Blaumann gezogen.

»Keine Deutsch«, hatte Yüzil wiederholt. »Das ist ja einfach nur großartig.«

MELLI

Melli hatte mit Martin verabredet, dass er an dem Wochenende, an dem sie ihre Sachen aus der gemeinsamen Wohnung räumen würde, zu seinen Eltern fahren würde. Steffen war so nett gewesen, sich um einen Umzugswagen zu kümmern, als er merkte, dass es über Mellis Kräfte ging, etwas anderes zu tun, als einen Schritt vor den anderen zu setzen und auf den Moment zu warten, in dem sie sich wieder auf dem Schlafsofa in Jennys Bügelzimmer zusammenrollen konnte.

Als hätte Melli geahnt, dass sie nur für kurze Zeit in Martins Wohnung bleiben würde, waren ihre Sachen in weniger als zwanzig Minuten in Umzugskartons gepackt und aus dem dritten Stock in den halbleeren Kastenwagen getragen, den Steffen im Halteverbot geparkt hatte. Melli hatte, als sie zu Martin gezogen war, die meisten ihrer Sachen auf eBay verkauft und den Rest eingelagert. Sie hatte ganz frisch anfangen wollen und staunte jetzt, wie weit sie es gebracht hatte. Nicht sehr weit. Ganz und gar nicht weit. Sie war eine Frau Ende dreißig, die ein Brautkleid besaß, das im Kleiderschrank einer Freundin verstaubte, und deren gesamte Habe in zwei große Reisekoffer und vier Umzugskartons passte. Das allein hätte ausgereicht, um jede halbwegs optimistische Person einen depressiven Zusammenbruch erleiden zu lassen. Melli musste darüber hinaus auch noch ertragen, dem Mann, der sie mit einer anderen Frau betrogen hatte, jeden Tag im Lift, zwischen den Unterwäscheständern ihrer Abteilung oder in der Kantine zu begegnen *und* dass hier alle wussten, was passiert war. Melli begann zu ahnen, dass die dringende Empfehlung der Geschäftsleitung, nichts mit einem Kollegen anzufangen, auf jemandes persönlicher Erfahrung basieren musste, auf den gehört zu haben Melli sich jetzt dringend wünschte. Melli wusste, dass Martin das Schwein in dieser Geschichte war, aber das Gefühl der Demütigung blieb seltsamerweise bei ihr und trieb ihr die Schamesröte ins Gesicht. Die lieb gemeinten Umarmungen von Kollegen und Kolleginnen, die abfälligen Bemerkungen über *das Flittchen aus der Lederware*, das demonstrative Ignorieren von Mails aus Martins Public-Relations-Büro, das alles hätte Melli Genugtuung sein können, aber es erinnerte sie nur immer an Martins verträumten Blick, mit dem er aus den Armen von Mellis Kollegin aufgetaucht war. Melli wusste, dass sie keine Schuld traf. Aber sie konnte nicht aufhören, sich zu fragen, was sie falsch gemacht hatte. Hatte sie zu sehr geklammert? Hatte sie Martin gelangweilt mit ihrer Häuslichkeit und ihrer Organisiererei, oder hatte sie nicht *genug* für ihn getan? Waren sie zu schnell zusammengezogen? Oder hatte sie in ihrer Gewissheit, dass Martin derjenige sein würde, der um ihre Hand anhalten würde, übersehen, dass er sich längst schon für jemand anderes interessierte? Hatte es Anzeichen gegeben? Sosehr Melli sich auch den Kopf zerbrach, wenn sie nachts stundenlang wach lag, sie fand einfach keine Antworten auf ihre Fragen. Irgendwann hatte sie sich damit abgefunden, dass Martin einfach ein weiterer der Männer war, auf die Melli all ihre Hoffnungen gesetzt hatte und die nach einem kurzen Zwischenspiel weitergezogen waren, ohne noch einmal zurückzuschauen (Martin hatte sie angerufen und versucht, mit ihr zu bereden, wie es jetzt zwischen ihnen beiden weitergehen könnte, aber Melli hatte nur mit einem müden *gar nicht* geantwortet und aufgelegt).

Melli wäre nie allein darauf gekommen, aber ihre Schwester hatte sie am Telefon darauf hingewiesen, dass ihr Aufenthalt im Bügelzimmer nach vollen zwei Wochen zu einer Belastung für Jennys Familie würde und dass sie sich schleunigst eine eigene Bleibe suchen müsse. Zu Martin oder zu ihrer Trauer über noch eine weitere gescheiterte

Beziehung hatte Angie kein Wort verloren. In Mellis Familie sprach man über die Zumutung, die man mit seinen Problemen für andere darstellte, aber nicht über eigene Gefühle. Die Gespräche zwischen Melli, ihren Eltern und Geschwistern drehten sich ums Wetter, um Berufliches und um die Enkelkinder, die bei Mellis Geschwistern reichlich vorhanden waren. Das hörbare Schweigen über alles andere, über alles, was *wichtig* war, hatte bei Melli erst Wut ausgelöst (da war sie fünfzehn gewesen und hatte über nichts anderes reden können als über ihre Gefühle), dann Trauer (als sie mit neunzehn begriffen hatte, dass sie gar keine Familie waren, sondern nur zufällig zusammengewürfelte Fremde, die sich oft schon durch die bloße Existenz der anderen belästigt fühlten), dann bleierne Müdigkeit (das war vor ein paar Jahren gewesen, und seitdem hatte Melli nur noch sporadisch und an runden Geburtstagen Kontakt). In ihrer Familie bestand so wenig Interesse am jeweils anderen, dass es Melli zuverlässig den Atem nahm, wenn sie daran dachte.

Es hatte sich gezeigt, dass es zwischen den Jahren unmöglich war, einen Makler oder Vermieter ans Telefon zu bekommen, und in den Wochen, die darauf folgten, hatte es nicht viel besser ausgesehen. Die Stadt, in der noch vor zehn Jahren in jedem Haus riesige Altbauwohnungen leergestanden und auf Mieter gewartet hatten, hatte sich gefüllt, mit Zugezogenen und Zurückgekehrten, mit Touristen und Großverdienern. Der Senat hatte jahrelang Wohnraum vernichten lassen, und jetzt, wo Melli auf der Suche nach einer günstigen Zweizimmerwohnung war, die sie von ihrem Verkäuferinnengehalt bezahlen konnte, stellte sich heraus, dass er seine Sache gründlich gemacht hatte: Es gab keine Wohnungen mehr. Nirgendwo. Oder es gab sie, aber die Quadratmeterpreise bedeuteten, dass Melli aufhören müsste zu essen oder zu leben oder am besten beides. Oder sie waren einigermaßen erschwinglich, aber es standen Dutzende Bewerber Schlange, von der Wohnungstür durchs Treppenhaus bis auf die Straße, für ein heruntergekommenes Loch mit schimmligem Bad und zweitausend Euro Abstand für ein Hochbett, dass aussah wie Hitlers Wolfsschanze.

Melli war kurz davor zu verzweifeln, als Jenny von ihrer Ärztin erfuhr, dass in der WG ihres Sohnes ein Zimmer frei geworden war. Melli hatte seit ihrer Ausbildung nicht mehr in einer WG gewohnt, und nachdem sie jahrelang die Haare diverser Mitbewohner aus Abflusssieben und Zimmerecken gelesen hatte, hatte sie sich geschworen, dass sie das nie wieder machen würde. Aber das Schicksal machte sich nichts aus Schwüren im Allgemeinen und nichts aus denen von Melli im Besonderen, also hatte sie Jenny versprochen, sich die WG und ihre Bewohner wenigstens anzusehen.

Es wurde der erste richtig schöne Abend, seitdem Martin Mellis Träume zertrümmert hatte (*mit seinem Penis*, wie Kim düster gesagt hatte, die sich gerade in einer Phase der Pubertät befand, in der sie Jungs für alles Böse verantwortlich machte).

Philipp, der seinen Namen von seinem deutschen Vater

und seine schwarzen Locken von seiner Mutter hatte, stellte sich als witziger, sensibler Typ heraus, der irgendwas beim Fernsehen machte und sich gerade zum ersten Mal unsterblich verliebt hatte. Jochen, der von allen Joschi genannt wurde, war Gitarrist und Liedermacher. »Ein bisschen älter als du und ungefähr genauso erfolgreich auf der Bühne«, wie er mit amüsiertem Grinsen zu Melli gesagt hatte. Er hatte einen Day-Job als Thekenkraft im SpreeRitter, einem Szenecafé, in das Melli sich nie weiter hineingetraut hatte als bis zur Außenterrasse, eben weil dort Leute wie Joschi hinter dem Tresen standen, die aussahen, als würden sie gerade eine Auszeit von einer Weltumsegelung nehmen und als seien die blonden Reflexe in ihren Haaren wirklich von der Sonne gebleicht und nicht von *Stefanie Buhmann's Hair Express*. Sie hatten an dem wackeligen Tapetentisch gesessen, der ihnen als Küchentisch diente, und bis spät in die Nacht über Beziehungen gesprochen, vergangene, gegenwärtige und zukünftige. Joschi glaubte nicht daran. Philipp und Melli *ernährten* sich davon. Als Melli sich, kurz bevor sie ging, ihr Zimmer anschaute und es sich als halb so schlimm herausstellte, war die Sache geritzt. Am nächsten Abend hatten Jenny und Steffen Melli geholfen, ihr neues Zimmer zu streichen und die IKEA-Möbel zusammenzuschrauben, die Melli sich über ihren Family-Card-Kredit geleistet hatte, am Morgen darauf war sie mit ihren beiden Koffern eingezogen. Auf dem Couchtisch vor ihrem Sofa hatte ein schlaganfallsüßer Kuchen auf Melli gewartet, den Philipps türkische Großmutter gebacken hatte, und eine Flasche Whiskey, eine

Zigarette und zwei Gläser, die Joschi aus dem SpreeRitter hatte mitgehen lassen.

Als Jenny und Steffen gegangen waren und Melli zum ersten Mal seit Wochen allein war, hatte sie sich in der Küche an den Tapetentisch gesetzt, sich ein Glas Whiskey eingeschenkt und Joschis Zigarette angezündet. Sie hatte ein paar Rauchkringel in die Luft geblasen und sofort wieder gewusst, warum sie vor mehr als fünfzehn Jahren mit dem Rauchen aufgehört hatte. Es schmeckte einfach zu gut. Melli seufzte. Wieder einmal zurück auf Los. Sie nahm einen Schluck Whiskey und verzog das Gesicht. Das Leben konnte manchmal wirklich eine *Bitch* sein.

YÜZIL

Seit mit einer Freundin ihrer Patientin Jenny eine volljährige Erziehungsberechtigte in Philipps WG gezogen war, machte sich Yüzil ein paar Sorgen weniger um ihren Sohn. Joschi, Philipps zweiter Mitbewohner, musste mindestens Mitte vierzig sein, aber bei Yüzils bisher einzigem Besuch hatte er ihr am frühen Nachmittag einen Joint angeboten und keinen Zweifel daran gelassen, dass sie jederzeit gern gesehen war, auch (und *vor allem*, wie Yüzil argwöhnte), wenn ihr Sohn gerade mal nicht hier war. Jennys Freundin Melli schien dagegen halbwegs normal zu sein, auch wenn sie sich, wie

Philipp seiner Großmutter erzählt hatte, am Tag ihres Einzuges mit Whiskey betrunken und die folgende Nacht auf dem Boden vor der Kloschüssel verbracht hatte. Immerhin hatte sie einen Putzplan aufgestellt, eine Haushaltskasse eingerichtet und den verkleisterten Tapetentisch in der Küche durch einen richtigen ersetzt. Maßnahmen, die Yüzil sehr befürwortete.

Nachdem Philipp und sein Großvater ihr fast den Verstand geraubt hatten, als sie einem Bären von einem rumänischen Bauarbeiter den Schlüssel ihrer Wohnung überlassen und ihn, ohne Yüzil auch nur ein Wort zu sagen, in Philipps altem Zimmer einquartiert hatten, hatte Yüzil sich eigentlich geschworen, nie wieder ein Wort mit den beiden zu sprechen. Sie hatte Radu geholfen, eine günstige Unterkunft zu suchen, aber alles, was sie sich hatten ansehen können, war zu schrecklich gewesen, als dass Yüzils Gewissen es ihr gestattet hätte, Radu dort wohnen zu lassen. Außerdem war Radu, wie sich herausstellte, ohne einen Cent nach Deutschland gekommen (er hatte seiner Mutter, die sich mit drei anderen alten Damen zwei winzige Zimmer in einer Kommunalwohnung teilte, sein letztes Geld gegeben), und die Zahlungsmoral seines derzeitigen Arbeitgebers war mehr als fragwürdig. Dazu erwies sich der rumänische Bär als ein überraschend angenehmer Mitbewohner, der, wenn Yüzil abends aus der Praxis nach Hause kam, rumänische Hühnchenpfanne, Gulasch oder selbstgemachte Piroggen auf den Tisch stellte und einmal sogar Yüzils Strumpfhosen im Schongang gewaschen hatte. Yüzil hatte beschlossen,

Radu vorerst bleiben zu lassen. Aus einer Woche waren zwei geworden, und Yüzil und Radu waren inzwischen ein eingespieltes Team, auch wenn sie sich noch immer mit Handzeichen verständigten, da Radu nach den langen Tagen auf dem Bau die Energie fehlte, Vokabeln zu büffeln. Yüzils zaghafte Versuche, ihm die Grundbegriffe der deutschen Sprache beizubringen, waren sämtlich an seiner Erschöpfung gescheitert, aber sie hatten eine Zeichensprache entwickelt, mit der das Grundlegendste geklärt werden konnte.

Yüzil war noch immer sauer auf Philipp und Can, wenn sie daran dachte, wie sie den armen Radu mit ihrem Verhalten an jenem Abend zu Tode erschreckt haben musste (von ihrer Panik ganz zu schweigen), aber als Philipp heute angerufen und sie zum Mittagessen eingeladen hatte, hatte Yüzil sich mehr gefreut, als sie sich anmerken ließ. Um ehrlich zu sein, gab es ihr immer noch einen Stich, wie gut Philipp allein zurechtkam. Er brachte keine schmutzige Wäsche, er fragte nie um Rat, er bat nie um Geld. Er war mit seinen dreiundzwanzig Jahren genau der selbständige, emanzipierte, freiheitsliebende junge Mann, zu dem Yüzil ihn hatte erziehen wollen, und sie hatte inzwischen mehr als einmal bereut, damit so erfolgreich gewesen zu sein. Sie war stolz, dass ihr wunderschöner Sohn so mühelos in ein eigenständiges Leben gestartet war. Und sie vermisste ihn ganz schrecklich.

Sie hatten sich vor ihrem Lieblingsitaliener einen Platz in der Sonne gesucht und eine riesige Schüssel Spaghetti carbonara bestellt. Philipp pulte das Weiche aus den Weißbrotscheiben, drehte es zu Kugeln und schob sie sich in den

Mund. Die Rinde reichte er an Yüzil weiter, die sie kommentarlos entgegennahm und in ihrer Sahnesoße tunkte. Yüzil freute sich im Stillen, wie selbstverständlich viele Dinge zwischen ihnen immer noch waren. Es war okay, dass aus Kindern Leute wurden, die ein Leben führten, das sich nur noch selten mit dem ihrer Eltern überschnitt. Dass man es leicht nahm, konnte keiner verlangen.

Angestachelt durch Merve und Can, die sich beschwert hatten, ihren Enkel, ihren Augenstern, ihr *Hayatim* viel zu selten zu Gesicht zu bekommen (oder, wie sie es ausgedrückt hatten, *an unsere Gesichter zu bekommen*), hatte Yüzil in den letzten zwanzig Minuten versucht herauszufinden, was Philipp in den letzten Wochen so beschäftigt gehalten hatte.

»Verliebt?« Yüzil spürte ein leises Rumoren in ihrem Bauch, das allerdings auch von der schweren Eier-Sahne-Soße kommen konnte. »In ein Mädchen, das du von der Arbeit kennst?«

»Verliebt«, bestätigte Philipp. »In ein Mädchen, das ich von der Arbeit kenne.«

»Und?«

»Nichts *und.*« Philipp lächelte geheimnisvoll und nahm einen Schluck süßen Tee.

»Ich kenne dich besser als du dich selbst, Hayatim.« Yüzil hoffte zumindest, dass das immer noch galt. »Du konntest solche Sachen noch nie für dich behalten. In ein, zwei Tagen wirst du sie deinem Großvater oder deiner Großmutter erzählt haben, und da die beiden noch schlimmer sind als du, werde ich es keine fünf Minuten später von ihnen erfahren.«

Yüzil setzte ihr feistestes Pokerface auf. »Also, warum sparst du dir nicht den Umweg?«

»Okay, meinetwegen. Wenn es euch so wichtig ist.« Philipp seufzte theatralisch.

Aber Yüzil spürte, dass er dankbar war, sein Geheimnis mit irgendjemandem teilen zu können, um nicht hier und sofort zu platzen.

»Sie ist wunderschön, Anne. Sie ist stur, und sie ist schrecklich klug.«

»Niemand ist all das *und* lebt und atmet. Du bist definitiv verliebt.«

»Sie ist wie du.«

»Wenn das stimmt, ist das erfreulich, aber psychologisch bedenklich.« Yüzil rollte eine Gabel Pasta auf und versuchte, sie in ihren Mund zu stopfen, ohne dass Sahne und Ei auf ihre Bluse tropften.

»Sie sortiert ihre Stifte nach Farben, misstraut jedem, der ohne Grund freundlich zu ihr ist, und wenn alle nach links laufen, läuft sie aus Prinzip in die entgegengesetzte Richtung.«

Yüzils Gabel hielt auf halbem Weg zu ihrem Mund inne. »Das klingt kein bisschen nach mir!«

»Sie ist die, auf die ich gewartet habe.«

Yüzil konnte nicht genau sagen, warum sie dieser Satz so nervös machte, aber es fühlte sich an, als sei ihr Sohn mit diesen Worten von ihr abgerückt, weiter, als sie es sich hätte vorstellen können. »Sag so was nicht. Du bist noch so jung.«

»Ich bin mir sicher.«

»Du bist dreiundzwanzig!« Yüzil warf ungeduldig die Hände in die Luft und riss dabei den Brotkorb um. Sie merkte nicht zum ersten Mal, dass sie ihren Eltern immer ähnlicher wurde. Ähnlicher, als ihr lieb war. »Niemand ist sich mit dreiundzwanzig bei *irgendwas* sicher.«

»Du warst es. Und schon mit siebzehn.«

»Nein. Bin ich nie gewesen«, sagte Yüzil fast trotzig.

»Du warst dir sicher, dass du *mich* haben wolltest.«

»Das lässt sich nicht vergleichen. Du warst ein Teil von mir.«

»Du warst es mit meinem Vater.«

»«Nein. Tut mir leid. Das nun wirklich nicht.«

Die Tatsache, dass ihr Sohn zwar einen biologischen, aber nie einen richtigen, einen anwesenden Vater gehabt hatte, war früher ein heikler Punkt gewesen, an den Philipp und Yüzil nur gerührt hatten, wenn es sich nicht vermeiden ließ. Can und Merve dagegen hatten keinerlei Scheu, diese Fehlstelle im Leben ihres Enkels als *großes Glück* zu bezeichnen, denn schließlich war sein Großvater, sein Dede, ein besserer Vater, als es die blässliche Sommersprosse von einem Jungen je hätte sein können. Philipp hatte gelächelt, wann immer sich seine Großeltern über seinen Erzeuger ereifert hatten, aber insgeheim, das hatte Yüzil gewusst, hatte er etwas vermisst. Als Philipp sechzehn war, hatte er darum gebeten, seinen Vater besuchen zu dürfen. Nach einem hektischen Telefonat mit einem völlig Fremden, der mittlerweile als Webdesigner in Baden-Württemberg lebte, hatte Yüzil Philipp und Can, der darauf bestanden hatte, seinen

Enkel zu begleiten, in den Zug nach Stuttgart-Esslingen gesetzt. Als Philipp am nächsten Tag zurückgekommen war, war er seltsam einsilbig gewesen und hatte das Haus keine fünf Minuten später wieder verlassen, um sich mit Freunden zum Skaten zu treffen. Can hatte Yüzil später erzählt, dass Philipps Vater ein schüchterner, höflicher Mann mit lichtem rotem Haar gewesen sei, der nach Schulnoten und Hobbys gefragt hatte und für die restliche Dreiviertelstunde, die sie in einem Eiscafé in der Innenstadt verbracht hatten, verstummt war. »Er ist ein langweiliger Mann«, hatte Can empört geschrien, als könnte man das einem Menschen zum Vorwurf machen, »und er sieht ihm nicht einmal ähnlich!« Soweit sich Yüzil an die picklige Bohnenstange erinnern konnte, mit der es auf einer kalten Turnmatte im Gymnastikraum der Jugendherberge zum Äußersten gekommen war, war das kein großer optischer Verlust. »Er hat kein Herz auf irgendeinem Fleck«, schrie Can weiter, »und dein Sohn war sehr enttäuscht. Sehr enttäuscht! Es war ein Fehler, diese Reise! Ein großer Fehler!«

Die Reise war kein Fehler gewesen, wie sich später herausstellte. Philipp fand seinen Erzeuger nett, aber etwas farblos. Er hatte Yüzil erzählt, dass er das Gefühl gehabt hatte, sein Vater hätte Angst vor ihm gehabt und davor, dass er womöglich von ihm in den Arm genommen werden wollte. Seinen Vater zu treffen hatte Philipp mit seinem Schicksal als alleinerzogenes Kind versöhnt, und Yüzil war stolz gewesen. Auf ihn. Auf sie beide. Sie hatten es gut gemacht.

»Du warst nie in ihn verliebt? Nicht mal ein bisschen? Nicht mal ganz am Anfang?«

»Es gab keinen Anfang. Wir waren auf Klassenfahrt, und wir waren schrecklich dumm.« Unfassbar dumm, wenn Yüzil daran dachte, dass zwei Sechzehnjährige geglaubt hatten, auf der sicheren Seite zu sein, wenn *er* ihn vorher einfach rauszieht. »Wir waren neugierig, nicht verliebt.«

»Okay.« Philipp schien zu akzeptieren, dass der Akt seiner Zeugung kein überzeugend romantischer Akt gewesen war. »Aber wann warst du dir zum ersten Mal sicher?« Philipp sah seine Mutter hoffnungsvoll an. »Wann warst du zum ersten Mal verliebt?«

Yüzil legte ihr Besteck beiseite und sah sich nach der Bedienung um. »Ich glaube, wir brauchen noch Brot.«

BRITTA

Geistesgegenwärtig hatte der Redakteur auf Bildstörung geschaltet. Britta wusste nicht mehr viel von dem, was danach passiert war. Sie glaubte sich zu erinnern, dass Karin, die Garderobiere, ihr die Hände von ihrer Bluse wegriss und ihr ein Sakko überzog, das sie, wie schon Brittas Hose zuvor, mit einer Sicherheitsnadel schloss. Sie meinte, aus den Augenwinkeln wahrgenommen zu haben, wie hinter der großen Glasscheibe, die den Regieraum vom Studio trennte, aufgeregt mit den Armen gewedelt wurde und Karin eilig aus dem Bild lief. Philipp hatte erneut eingezählt, und die Kamera vor Britta hatte noch einmal auf Grün geschaltet. Die Sendung, die darauf folgte, war wie ein bunter Schatten über Britta hinweggezogen. Sie hatte sich darauf konzentriert, ihren Text vom Teleprompter abzulesen und nicht daran zu denken, wie viele Klicks das YouTube-Video haben würde, in dem man sehen konnte, wie ihr die Bluse platzte und sie die 4,96 Millionen Zuschauer, die an diesem Tag die Abendnachrichten eingeschaltet hatten, nicht nur mit dem Anblick ihrer Brüste, sondern auch mit einem saftigen Fluch begrüßt hatte. Irgendwie hatte Britta die Sendung zu Ende gebracht und sich von ihrem Publikum verabschiedet. Auf dem Weg vom Studio zurück in ihr Büro war sie an der offenen Tür des Schneideraums vorbeigekommen, aus dem sie mehrfach das Echo ihres brüsken *Scheiße!* hörte. Udo, ihr Redakteur, hatte sie kurz darauf um ein Gespräch gebeten, aber Britta hatte einen wichtigen Termin vorgeschützt und war aus dem Sender geflüchtet.

Für das, was passiert war, konnte sie niemandem die Schuld geben, außer sich selbst. Sie hatte zugelassen, dass die Enttäuschung über das Ende ihrer Beziehung mit Viktor nicht nur ihr Privatleben, sondern auch ihre Karriere beeinträchtigt hatte. Sie hatte ihren Exmann, so fühlte es sich zumindest an, gleich zweimal gewinnen lassen. Zum einen, indem er ihr jede Hoffnung auf ein eigenes Baby genommen hatte, und zum anderen, indem er aus Britta eine selbstmitleidige Heulsuse gemacht hatte, die sich auf ihrem Sofa hinter einer Tüte Fastfood vor der Welt versteckte. Aber damit würde jetzt Schluss sein. Wenn sie noch einen Weckruf gebraucht hatte, dann war es dieser: der Moment, in dem ihr unzuverlässiger, unfruchtbarer und mittlerweile auch noch übergewichtiger Körper die Kontrolle über ihr Leben übernommen und ihre Bluse gesprengt hatte. Sie würde kämpfen. Sie würde zurückkommen. Sie würde, so wie der fette Elvis nach Las Vegas gefahren war, triumphieren. Sie würde es allen, die sich jetzt über die peinlichste Nachrichtensprecherin des Jahres schlapp lachten, zeigen.

Die Rolltreppe trug Britta in die Etage des Kaufhauses, wo sich Damenunterwäsche und Brautmoden befanden. Britta fand die Zusammenstellung von Unterhosen und Brautkleidern etwas seltsam, aber letztendlich war das Anprobieren von beidem etwas sehr Intimes im Leben einer Frau, bei dem man auf die Einfühlsamkeit einer freundlichen und diskreten Verkäuferin hoffte. Heiraten war kein Spaß. Seine Oberschenkel im neongrellen Licht einer Umkleidekabine dreifach gespiegelt zu sehen ebenso wenig. Britta ging auf eine rundliche Frau in ihrem Alter zu, die so appetitlich war wie ein Apfelstrudel und die mit einer Schaufensterpuppe kämpfte, deren rechtes Bein abgefallen war.

Die Verkäuferin sah sie kommen und ließ fasziniert die Puppe sinken. »Britta van Ende.« Die kleine Blondine hatte etwas atemlos ihren Namen gesagt und war dann verstummt.

Britta passierte das öfter. Die Menschen waren gewohnt, ihr Gesicht jeden Tag zu sehen, wie eine gute Freundin, die in der Nachbarschaft wohnt und regelmäßig vorbeikommt. Sie war in den meisten Haushalten präsent, sobald ein Fernseher eingeschaltet wurde, aber sie blieb dennoch eine Figur auf der Mattscheibe und seltsam fiktiv. Wenn sie ihr dann leibhaftig gegenüberstanden, schien es den meisten Menschen schwerzufallen, Britta als reale, lebendige Person zu sehen, mit der man wirklich und wahrhaftig *sprechen* konnte. Melli, so las Britta es von dem kleinen rosa Namensschild ab, das mit einer neckischen Umrandung aus schwarzer Spitze versehen war, schien für dieses Phänomen ein Paradebeispiel zu sein. Sie starrte Britta noch immer mit offenem Mund an.

Britta beschloss, der armen Frau zu Hilfe zu kommen. »Hallo, Melli. Ich suche einen BH. Nichts zu Ausgefallenes. Glauben Sie, Sie könnten mir helfen?«

Die gute Melli erwachte wie eine mechanische Puppe, der man endlich frische Batterien eingesetzt hatte. Beim Klang von Brittas Stimme atmete sie tief ein und warf das Bein der Puppe in einen Rollwagen voller grotesk ineinander verkeilter Puppenbeine und -arme. »Aber natürlich!« Melli klatschte in die Hände, als wollte sie sich selbst zur Ordnung rufen, und hakte sich bei Britta unter. »Na, dann machen wir mal ein kleines Nachguckerchen!«

Dem holprigen Auftakt zum Trotz hatte sich die Verkäuferin Melli als Glücksgriff erwiesen. Sie hatte dafür gesorgt, dass Britta die Umkleidekabine für Gehbehinderte nutzen durfte, die groß genug war, um einen halbwegs menschlichen Abstand zwischen sich und die gnadenlosen Ganzkörperspiegel zu bringen. Sie hatte einen bildhübschen schwulen Kollegen gebeten, eine Flasche Prosecco aus der

Brautmodenabteilung abzuzweigen, als sie bemerkt hatte, dass es mit Brittas Nerven nicht zum Besten stand. Jetzt, nach der zweiten Flöte Prosecco auf Eis, fühlte Britta sich wie auf einem Shoppingausflug mit ihrer besten Freundin. Diese Melli war entzückend. Nur mit den richtigen Größen schien sie es nicht zu haben.

»Das ist nie im Leben 75 B!« Britta versuchte, den nachtschwarzen BH zu schließen, den sie von einem Ständer gepflückt hatte. Von draußen hörte sei ein amüsiertes Grunzen.

»75 B? Wer hat Ihnen gesagt, dass Sie 75 B haben?«

»Ich habe 75 B, seitdem ich Brüste habe!« Britta gab es auf, den BH schließen zu wollen, und hielt sich die Körbchen mit beiden Händen vor die Brust.

Melli, mit einem Arm voller Büstenhalter, die definitiv nicht 75 B waren, schlüpfte in die Kabine und zog den Vorhang hinter sich zu. »Darf ich?« Sie schloss den BH, der es Britta sofort schwermachte, normal zu atmen, legte ihre Hände unter Brittas Brüste und wog sie abschätzend in den Händen. Melli schien Britta so vertraut, dass sie nicht einmal daran dachte, es seltsam zu finden, dass hier gerade eine wildfremde Frau ihren Busen auf und ab wippen ließ.

»Hab ich mir doch gedacht«, murmelte Melli zufrieden. »80 D. Mindestens.«

»Das kann nicht sein!« Britta starrte auf ihre Brüste in Mellis Händen und dachte mit einem Mal, dass es sehr wohl sein konnte. Sie sahen *riesig* aus. Aber vielleicht lag das nur an Mellis sehr kleinen Händen? Melli trat einen Schritt zurück und griff nach ihrem Sektglas. Britta tat es ihr nach.

»Leichtes Spannungsgefühl im unteren Brustbereich? Leichter Druckschmerz in den Nippeln? Beine wie Blei?« Melli sah Britta fragend an. Britta wurde diese kleine Person langsam unheimlich. »Woher wissen Sie …?«

»Sie brauchen definitiv D«, schnitt Melli ihr das Wort ab. »Und Sie dürfen mir glauben, wenn ich Ihnen sage, dass Ihre Reise damit noch nicht zu Ende ist.« Melli nahm Britta den Prosecco aus der Hand. »Sie sind schwanger, Schätzchen. Glückwunsch.«

Brittas Knie gaben nach. Sie sank auf die Bank der Umkleidekabine. »Aber ich hab doch träge Eierstöcke!«

YÜZIL

Es war eine Sache, die Yüzil bei vielen Frauen beobachtet hatte. Die Freude über ein negatives Testergebnis wandelte sich in die nervöse Angst, es könnte sich um einen Irrtum des Labors oder der Praxis gehandelt haben, und ließ die Patientinnen schon am nächsten Tag wieder in Yüzils Wartezimmer zurückkehren und um eine nochmalige Untersuchung bitten. Yüzil versuchte nie, die Frauen mit den üblichen beruhigenden Floskeln nach Hause zu schicken, sondern untersuchte sie noch einmal auf das gründlichste, zeigte ihnen die Testergebnisse, erklärte ihnen die verschiedenen Werte und die Befunde der Mammographie und versicherte ihnen, dass die fünfundzwanzig aus verschiedenen Winkeln aufgenommenen Bilder der Tomosynthese eine krankhafte Veränderung ihres Brustgewebes mit an 100 Prozent grenzender Wahrscheinlichkeit entdeckt hätten. Jenny, die jetzt mit schreckgeweiteten Augen vor ihr saß, war der typische Fall einer Patientin, die die Spätfolgen eines existentiellen Schocks durchlitt und nichts anderes brauchte als ein bisschen Zeit, um zu verarbeiten, dass sie einer sicher geglaubten Krebsdiagnose entkommen war. Es war ihr dritter Termin in drei Wochen.

»Es ist wirklich vorbildlich, dass Sie so gewissenhaft zu Ihren Vorsorgeuntersuchungen kommen.« Yüzil lächelte Jenny aufmunternd an. »Aber einmal pro Woche ist wirklich *extrem* gewissenhaft.«

»Ich möchte nur sichergehen, dass wir nichts übersehen haben.« Jenny kaute nervös an der Nagelhaut ihres Ringfingers, merkte, was sie tat, und schob ihre Hände zwischen ihre Knie.

»Jenny, Sie haben eine gutartige Verkapselung von Bindegewebe in Ihrer linken Brust. Sie haben keinen Brustkrebs.«

»Ich weiß.« Jenny schien sich nicht wirklich sicher zu sein, ob sie Yüzils Worten glauben durfte.

Mit einem Klick ihrer Maus ließ Yüzil die Bilder von Jennys Mammographie von ihrem Bildschirm verschwinden. Stattdessen erschienen Merve und Can, die winkend und mit erhobenen Daumen vor der antiken Tempelanlage von Termessos standen, die sie auf ihrer letzten Türkeireise besichtigt hatten. Yüzil beschloss, Jenny das zu sagen, was sie all ihren Patientinnen in Jennys Situation sagte, wenn nichts anderes mehr zu helfen schien. »Jenny, Sie werden nicht sterben.«

»Ich werde nicht sterben«, wiederholte Jenny Yüzils Worte, mit dem erstaunten Tonfall einer Frau, die gerade in letzter Sekunde aus einem brennenden Bus gerettet worden war.

»Jedenfalls nicht, wenn Sie immer schön nach rechts und links schauen, bevor Sie die Straße überqueren.«

Jenny brach in Tränen aus. Yüzil zupfte eilig ein paar Papiertücher aus dem Spender. Sie musste wirklich an ihrem Comedy-Timing arbeiten. Jenny nahm die Tücher und blies trötend hinein.

»Gehen Sie nach Hause, Jenny, küssen Sie Ihre Kinder und Ihren Mann und leben Sie weiter wie bisher.«

Jenny schien endlich verstanden zu haben, was Yüzil ihr zu erklären versuchte. Sie hörte auf zu weinen und sah Yüzil an. »Weiter wie bisher.«

JENNY

»Ich will aber nicht weiter wie bisher.«

»Was willst du dann?«

»Ich hab keine Ahnung.«

Jenny war von der Praxis direkt zu Melli ins Kaufhaus

gefahren. Sie hatte Melli und Rico in einem Zustand hysterischen Giggelns angetroffen, und obwohl es früher Nachmittag gewesen war und es in der Abteilung nur so von Kunden gewimmelt hatte, hatten die beiden Jenny in die Behindertenumkleide gelotst und eine Flasche Prosecco geköpft. Jenny hätte schwören können, dass sowohl Rico als auch Melli ordentlich einen im Tee hatten, so wie sie kicherten.

»Du wirst nicht glauben, wer heute hier war«, gluckste Melli, um dann unter Berufung auf ihr Berufsethos (und wer hätte gedacht, dass Unterwäscheverkäuferinnen über eines verfügten) letztendlich nichts zu verraten.

Ob es an ihrem Besuch bei Yüzil lag oder an ihrer generellen Gereiztheit, Jenny fühlte sich wie auf einer Party, zu der sie viel zu spät gekommen war und keinen Zugang mehr fand. Rico hatte schließlich gemerkt, dass Jenny immer einsilbiger wurde, und sich verabschiedet.

Melli hatte Prosecco nachgeschenkt und fröhlich auf Jenny eingeplaudert. »Vielleicht brauchst du wirklich mal was anderes. Vielleicht machst du irgendeinen Kurs. Spanisch oder Jodeln. Dann hast du was eigenes.«

Während Melli über ihr Loriot-Zitat kicherte, kippte Jenny ihren Sekt hinunter und schenkte sich nach. »Dann könnte ich genauso gut tot sein.«

»Mannomann, du bist wirklich ein Stimmungskiller.« Melli sah Jenny an, als hätte sie ihre Anwesenheit in der stickigen Umkleidekabine gerade erst bemerkt. »Ich weiß gar nicht, was du hast. Du hast tolle Kinder, einen tollen Mann, ein tolles Haus …« Melli fuchtelte mit einer Hand in der

Luft, als könnte sie ihrer Aufzählung beliebig viele Unterpunkte hinzufügen.

Jenny starrte auf ihre Schuhspitzen und schlug sie trotzig aneinander. »Kim und Benni brauchen mich nur noch, um ihr Taschengeld zu erhöhen. Steffen arbeitet zwei Schichten, um das Haus abzuzahlen, und ist immer müde und genervt, wenn er nach Hause kommt. Und ich surfe im Internet nach der perfekten Tapete fürs Gästebad, weil ich sonst vor Langeweile durchdrehe.«

»Aber die Tapete in eurem Gästebad ist wunderschön!«

»Eben.« Jenny sah Melli an, die ganz offensichtlich nicht verstand, was hier eigentlich das Problem war, und verzagt lächelte. Jenny seufzte. »Ich muss nicht sterben. Das hat meine Ärztin gerade gesagt.«

»Du warst *schon wieder* beim Arzt?« Melli zog eine ungläubige Grimasse.

»Ich weiß! Ich sollte eigentlich vor Freude nackt auf dem Tisch tanzen. Aber sobald Steffen und die Kinder weg sind, hau ich mich wieder ins Bett, um überhaupt durch den Tag zu kommen.« Jenny schüttelte den Kopf, wütend auf sich selbst. »Das ist doch nicht normal.«

»Du hast einen Burn-out!« Melli hob wichtig ihren Zeigefinger.

»Wovon soll ich einen Burn-out haben? Vom Bügeln?«

Melli nahm noch einen Schluck Sekt und gab ein weises, besorgtes Brummen von sich. »Jetzt weiß ich! Du bist depressiv! Du hast eine schreckliche Nachricht bekommen und dann eine gute, und das war alles zu viel für deine Nerven, und jetzt hast du eine Depression. Eine, die sich gewaschen hat!« Melli war definitiv auf dem besten Weg, sich komplett zu betrinken. Sie lallte leicht und sprach eine Spur zu laut.

»Ich hab keine Depression. Ich bin nur schrecklich schlecht drauf.«

»Dann geh wieder arbeiten. Such dir einen Job. Es ist lästig, aber für viele von uns der einzige Grund, morgens aufzustehen.« Melli klopfte ihre Taschen ab, als suchte sie nach Zigaretten. Als sie nichts fand, gab sie der Wand der Umkleide einen kleinen Tritt.

»Und du glaubst wirklich, dass ich da noch nicht selbst draufgekommen bin?« Jenny sprang auf und drehte wütende kleine Kreise in der Umkleidekabine. Konnte Fußpilz riechen? Wenn ja, war es genau das, was aus diesem Teppich dünstete. »Melli, ich bin gelernte Fotolaborantin! Das Mädchen im Job-Center musste googeln, was das ist. Die Leute kennen Fotos nur noch als digitale Datei auf ihrem Smartphone.« Jenny besah sich ihr Bild im Spiegel. Der Spiegel hinter ihr warf das Bild zurück. Gleich zweimal ihr Gesicht mit den dunklen Ringen unter den Augen und den feinen Fältchen um den Mund zu sehen war schon an guten Tagen zu viel für sie. Jenny setzte sich wieder zu Melli auf die Bank. »Ich bin schon so lange beruflich weg vom Fenster, dass mein Berufsbild nur noch als Wikipedia-Eintrag existiert.«

»Du könntest als freie Fotografin arbeiten!« Melli war vom Sekt so beschwingt, dass sie offensichtlich nicht daran dachte, Jenny ohne Lösung des Problems zu entlassen.

Jenny dachte gerührt, wie gut es war, eine Freundin wie

diese kleine tapfere Blondine zu haben, die sich durch Jennys fortgesetztes Jammern einfach nicht entmutigen ließ.

»Du machst so tolle Fotos! Hochzeiten, Verpartnerungen, Beerdigungen!«

»Wer will Erinnerungsfotos von einer Beerdigung?«

»Damit kann man gutes Geld verdienen!« Für Melli schien die Sache klar. »Gutes Geld!«

»Melli, freie Fotografin ist das nächste große Ding gleich nach Yoga-Lehrerin und Mentalcoach. Das machen jetzt alle. Und alle besser als ich.«

»Hm.« Melli stand auf. Sie musste sich an der Wand der Umkleide abstützen, um aufrecht zu stehen. »Martin sucht noch einen Fotografen für unseren Web-Shop. Unsere Chefs haben endlich bemerkt, dass manche Leute ihre Klamotten gerne online bestellen.«

»Schon?«

»Unsere Geschäftsführung ist wie das Kabinett von Donald Trump. Alte weiße Männer, die sich nicht gerne beim Golfspielen stören lassen.« Melli zupfte sich vor dem Spiegel ein paar Strähnen aus der Stirn. »Die Realität ist nicht so ihr Ding, besonders dann nicht, wenn sie sich ändert.« Melli grinste.

»Ich weiß nicht.«

»Du machst ein paar Fotos von Schlüpfern vor neutralem Hintergrund. Was gibt es da nicht zu wissen?«

»Aber du müsstest Martin fragen. Und nach allem, was war …« Jenny zuckte mit den Schultern, ohne den Satz zu vollenden. Sie wusste, wie viel Mühe es Melli kostete, ihrem

Ex jeden Tag zu begegnen, ganz zu schweigen davon, ihn um einen Gefallen zu bitten.

»Nach allem was war, kann er mir schlecht was abschlagen. Meine beste Freundin ein kleines bisschen glücklicher zu machen ist das mindeste, was er tun kann.« Melli sah Jenny erwartungsvoll an.

Sie könnte ihre Fotosachen aus den Umzugskisten im Keller kramen und in der Remise ein kleines, improvisiertes Fotostudio einrichten. Sie hatte in ihrer Ausbildung ein Semester Produktfotografie machen müssen und glaubte, sich an genug erinnern zu können, um nicht völlig zu versagen. Obwohl Mellis Plan ihr verwegen vorkam, regte sich zum ersten Mal seit Monaten in Jenny eine kleine, aber spürbare Freude.

Melli zog den Vorhang der Umkleide beiseite und strahlte Jenny an. »Na, dann wäre das ja wohl geritzt!«

YÜZIL

Na und? Vielleicht hatte sie das alles einfach hinter sich. Vielleicht war sie ohne besser dran. Vielleicht war sie nie dafür gemacht gewesen. Yüzil stopfte ihren nur halbgegessenen Döner in einen Abfalleimer der Berliner Stadtreinigung. Die Bodenklappe brach auf und spuckte den gesamten Inhalt zusammen mit einer widerlichen weißen

Flüssigkeit auf Yüzils Wildlederpumps. Hätte Yüzil sich nicht darauf besonnen, dass sie sich auf dem Weg zum Parkplatz des Ärztehauses befand und jederzeit von einer ihrer Patientinnen gesehen werden konnte, hätte sie den Abfalleimer jetzt zusammengetreten. Vielleicht wäre sie glücklicher, wenn sie sich ein für alle Mal eingestand, dass die Suche nach der einen, großen Liebe einfach nicht ihr Ding war. Es gab Millionen Singles, die einfach so ihr Leben lebten. Die morgens aufstanden und zur Arbeit gingen, in der Mittagspause mit Kollegen schwatzten oder mal eben kurz zur nächsten Drogerie flitzten. Die sich abends bei Netflix einloggten, Tiefkühlpizza auf dem Sofa aßen und die empfindliche Silikon-Oberfläche ihres Vibrators mit dem bewährten Female-Toy-Cleaner reinigten. Die ihre Steuern zahlten und ihre Eltern achteten und in den Sommerferien mit anderen alleinstehenden Frauen und Männern auf Club-Urlaub gingen.

Yüzil versuchte, die weißen Spritzer mit einem Papiertaschentuch von ihren Pumps zu wischen, und erreichte damit nur, dass die Flüssigkeit sich großflächig verteilte.

Vielleicht war es an der Zeit, dass jemand der unaufhörlichen Propaganda in romantischen Komödien, romantischen Romanen und romantischen Balladen endlich gesunden Menschenverstand entgegensetzte. In Zeiten, in denen einem sogar private Altersvorsorge und Eigentumswohnungen mit strahlenden Bildern von glücklichen Paaren schmackhaft gemacht wurden, die verliebt über einen Strand tollten oder sich die passende Yacht für ihren Lebensabend aussuchten, war es vielleicht das Vernünftigste, dieser sirup-süßen Gefühligkeit gegenüber skeptisch zu bleiben. Natürlich war es nett, Sex mit einer Person und nicht mit einem batteriebetriebenen Kunststoffdildo zu haben. Aber was dann? War es wirklich so toll, sein Leben mit einem anderen Menschen zu teilen? Oder wurde das alles nicht extrem überschätzt?

Und was, wenn man tatsächlich jemanden gefunden hatte, der bei dem Gedanken, sein Leben mit einem zu teilen, nicht gleich schreiend davonlief? All die Kompromisse, die einem abverlangt wurden, nur um sich mit einem anderen Menschen die Miete zu teilen. Musste man wirklich so tun, als habe man Spaß daran, mit anderen Menschen Ende dreißig im Kino zu sitzen und Kinder-Comic-Verfilmungen durch 3-D-Brillen anzuschauen anstatt richtige Filme für Erwachsene? Musste man wirklich vorgeben, die Slow-Food-Bewegung zu lieben, und sein Gemüse auf dem neuen kleinen Wochenmarkt kaufen, der jetzt samstags immer den Zugang zum S-Bahnhof blockierte? Waren die leckeren Mikrowellenfertiggerichte und Dosenravioli mit Fleisch in der Soße wirklich Teufelszeug? War es wirklich wahr, dass das Essen, das man liebte, einen zurückliebte und jung und attraktiv hielt? Warum musste man plötzlich behaupten, gerne sportlich aktiv zu sein und frische Luft zu lieben, wenn man einen Freund finden wollte? Wo waren die Pärchen geblieben, die sich mit einer Fertigpizza und einem guten Film aufs Sofa fallen ließen und sich versprachen, ab Mitte vierzig ohne Reue fett zu werden?

Es war nicht so, dass Yüzil die Anfänge nicht mochte. Aber ihr graute vor der schleichenden Abnutzung, die meist schon nach kurzer Zeit einsetzte. Die bleierne Langeweile, wenn man die achtundvierzig Stunden eines ganzen gemeinsamen Wochenendes totschlagen musste. Der Geruch nach altem Pups unter der Bettdecke, den man gemütlich finden sollte. Besuche seiner Eltern und Geschwister und nicht enden wollende Stadtrundfahrten, auf denen die bucklige Verwandtschaft nur ab und zu einen Blick für die Sehenswürdigkeiten übrighatte, während sie über Leute stritten, die entweder tot, jedem anderen unbekannt oder beides waren. Der mühsam verdrängte Wunsch, einfach mal wieder allein sein zu dürfen. Die Abende, an denen man sich wegen Nichtigkeiten stundenlang stritt und dann nebeneinander einschlafen musste, anstatt sich mit einem kühlen *Leck mich* verabschieden zu können und sich schon auf dem Nachhauseweg auf das Belgische Schokoladeneis mit Keksstückchen zu freuen, das im Gefrierfach der eigenen Wohnung auf einen wartete und mit niemandem geteilt werden musste. Die ernüchternde Gegenwart einer Person, die das erste Kilo zu viel, das erste graue Schamhaar und den ersten Morgen miterlebt hatte, an dem die Brüste seltsam schlaff gewesen waren und sich auch nach einer heißen und kalten Dusche nicht wieder erholt hatten.

Nein. Sie war allein, und es ging ihr gut damit. Basta. Vielleicht nicht ganz allein im Moment. Radu hatte noch immer keine geeignete Unterkunft gefunden und tapste wie ein freundlicher, friedvoller Bär durch Yüzils Wohnung, stellte ihr aus Dankbarkeit für ihre Großzügigkeit so viele Tupperdosen mit Aufläufen, Gulaschs und Eintöpfen in den Kühlschrank, dass Yüzil angefangen hatte, sich aufs Nachhausekommen und auf das helle *Pling* der Mikrowelle zu freuen, und lag ansonsten völlig erschöpft von der für ihn immer noch ungewohnten Arbeit auf der Baustelle in dem Klappbett, das Yüzil in Philipps altes Zimmer gestellt hatte, und schnarchte sanft. Es war kein Vergleich, den sie laut gezogen hätte, aber Radu, mit seinen verstaubten Cordhosen, seinem Rauschebart, der dicken Brille und dem zerfledderten Langenscheidt-Reisewörterbuch, aus dem er unverständliche deutsche Wörter vorlas, war für Yüzil wie ein liebenswerter alter Hund, dessen bloße Existenz in ihrer Wohnung vertraut und beruhigend auf sie wirkte.

Yüzil kannte viele Paare. Eigentlich waren die meisten ihrer Freunde mittlerweile verpartnert, verheiratet oder einfach schon so lange zusammen, dass es sich definitiv anfühlte wie lebenslänglich. Wirklich glücklicher kamen sie ihr nicht vor. Vielleicht auf den ersten Blick. Es war bestimmt nett, nicht allein auf eine Party zu kommen, auf der man nur die Gastgeberin kannte. Es war bestimmt angenehm, nicht allein im Café zu hocken und darauf zu warten, dass die Zeit verging. Und es war ganz gewiss beruhigend zu wissen, dass jemand da war und auf einen wartete, wenn man abends nach Hause kam (und man nicht ernsthaft mit dem Gedanken spielen musste, sich eine Katze anzuschaffen, nur damit man jemanden zum Reden hatte).

Aber abgesehen davon? Mehr als die Hälfte von Yüzils

Freunden war einmal oder mehrfach geschieden, und auch die übrigen fünfzig Prozent sahen bereits ziemlich erschöpft aus. Der Grundton dieser Paare war gereizt und lag bei Abendessen, Ausflügen und Restaurantbesuchen wie elektrische Spannung über allem und wurde von allen, die nicht unmittelbar betroffen waren, nervös ausgehalten. Unterhielt sich Yüzil auf Partys mit befreundeten Paaren, dauerte es nie lange, bis einer der beiden Yüzil beiseitenahm, um sich über den anderen zu beschweren. Was als amüsanter Smalltalk über die Höhen und Tiefen einer Zweierbeziehung begann, endete oft damit, dass Yüzil zum letzten standhaften Single erklärt und um ihre Freiheit beneidet wurde: »Du hast es richtig gemacht! Du hast mit den ganzen Kompromissen erst gar nicht angefangen. Wenn die Kinder nicht wären, wär ich längst weg!«

Vielleicht stimmte das ja. Vielleicht hatte sie es wirklich richtig gemacht. Aber warum fühlte es sich dann so falsch an?

Yüzil drückte sich an der Schranke vorbei, die die Auffahrt zum Parkplatz des Ärztehauses versperrte.

»Ich liebe, liebe, liebe dich! Du bist so heiß, heiß, heiß!« Kai griff mit seiner Hand so beherzt zwischen die Pobacken einer Blondine, dass nur noch ein bisschen dünn gewebte Baumwolle seinen Zeigefinger davon abzuhalten schien, in ihrem Hintern zu verschwinden. Die Blondine schien es nicht weiter seltsam zu finden, dass das auf einem öffentlichen Parkplatz stattfand. Hätte sie es nicht besser gewusst, hätte Yüzil nie geglaubt, dass dieser braungebrannte, durch-

trainierte Mann mit dem dezent gefärbten Haar, der am helllichten Tag eine gut zwanzig Jahre jüngere Frau befummelte,
ein anerkannter Gynäkologe und seit Ewigkeiten ihr Freund
und Kollege war. Die Blondine verabschiedete sich. Kai
seufzte, als hätte er gerade besonders gut, aber ein bisschen
zu viel gegessen. Yüzil trat neben ihn und sah ihn kopfschüttelnd an.

»Was soll ich sagen?« Kai legte Yüzil den Arm um die
Schultern und zog sie mit sich zum Eingang des Ärztehauses. »Sie ist *wirklich* heiß.«

»Zahnarzthelferin aus dem dritten?«

»Fußpflegerin aus dem Seitenflügel.«

Vielleicht war es ein Rest Berufsethos, vielleicht reiner
Zufall, aber Kai hatte, soweit Yüzil wusste, noch nie etwas
mit einer Patientin angefangen. Dafür aber mit jeder anderen
Frau, die sich nicht unter Einsatz körperlicher Gewalt dagegen gewehrt hatte.

»Hast du nicht das Gefühl, dass es besser für dich wäre,
dich zur Abwechslung mal mit jemandem zu verabreden,
der *über* fünfundzwanzig ist?« Yüzil zog Kais Arm von ihren Schultern.

»Du meinst mit einer geschiedenen, alleinerziehenden
Frau Ende dreißig, die das Leben bitter und misstrauisch
gemacht hat und die nur noch für ihre Arbeit lebt?«

»Ich bin nicht bitter!«

»Seit dein Sohn ausgezogen ist, gibt es Beerdigungen, die
heiterer sind als du.« Kai war vielleicht moralisch verwahrlost, aber dumm war er leider nicht.

Yüzil war immer stolz darauf gewesen, nur ausgesuchten Menschen einen Blick hinter die Fassade der erfolgreichen und etwas kühl wirkenden Ärztin zu gewähren. Bei Kai war sie damit gescheitert. »Erklär mir bitte noch mal, warum wir befreundet sind.«

»Weil du sonst niemanden hast.«

Yüzil wünschte sich wie schon so oft, dass Kai aus reiner Höflichkeit nicht jeden Gedanken aussprach, den er hatte. Vergeblich.

»Dein Sohn war dein Lebensinhalt.« Kai hielt Yüzil die Tür auf. »Jetzt ist er ausgezogen, und du hast keine Ahnung, womit du die Leere füllen sollst.«

»Die Leere?« Yüzil hatte die Taste des Fahrstuhls drücken wollen und hielt inne. »Kai, mein lieber, lieber Kai, du bist Gynäkologe, kein Therapeut.« Sie tippte Kai mit dem Finger gegen die Brust. »Du weißt, was man gegen trockene Schamlippen macht. Von Psychologie würde ich die Finger lassen.«

Die Fahrstuhltür öffnete sich. Yüzil stieg ein. Kai stellte sich neben sie und suchte im Spiegel des Fahrstuhls nach Essensresten zwischen seinen Zähnen. Er war wirklich ein Bild von einem Mann.

»Ganz ehrlich, wann hattest du zum letzten Mal Sex?«

Yüzil drückte mehrfach auf die Taste des vierten Stockwerks, als würde der Lift dadurch schneller fahren. Was er nicht tat. Leider. »Ich habe gerade aufgehört, mich mit dir zu unterhalten.«

»Ich wette, du erinnerst dich nicht mal mehr dran.« Kai

fuhr sich mit der Zunge über die Schneidezähne und grinste. Er war heute wirklich in Fahrt.

»Netter Trick. Aber du wirst mich nicht dazu bringen, mit dir über mein Sexleben zu sprechen.«

»Ich wusste gar nicht, dass du eins hast.«

»Es ist ein paar Monate her, okay? Vielleicht ein Jahr. Höchstens.« Warum ließ sie sich jedes Mal wieder auf Gespräche ein, die sie schon bereute, bevor sie beendet waren?

»Der Kongress in Bremen, du erinnerst dich vielleicht.«

»HPV-Impfungen für Mädchen?«

»Genau der.« Yüzil fühlte sich wie eine Hochstaplerin bei dem Gedanken an die zehn Minuten auf der Damentoilette des Messezentrums, in denen der semmelblonde Pharmavertreter vergeblich versucht hatte, sie mit dem Kopf unter ihrem Rock zum Orgasmus zu lecken.

»Das war vor zwei Jahren!«

Das stimmte nicht! Das konnte nicht stimmen! Nie im Leben hatte sie vor zwei Jahren zum letzten Mal Sex gehabt. Kai musste sich irren. Der Kongress in Bremen war … Yüzil spürte, wie ihr Mund trocken wurde. O nein. Er hatte recht. Bremen. Im Mai vor genau zwei Jahren. Was hatte sie all die Monate seitdem getan? Und warum, um alles in der Welt, hatte sie *es* seitdem nie wieder getan? Der Lift hatte sich geöffnet, und Yüzil war für einen Moment so unfähig gewesen, sich zu bewegen, dass sie um ein Haar wieder mit ihm nach unten gefahren wäre.

»Yüzil! Kollegin! Freundin.« Kai hatte Yüzil am Arm gepackt und aus dem Lift gezogen. »Du musst wieder unter

Leute gehen! Den großen Bären reiten! Die alte Zucker-
stange lutschen!«

Yüzil machte sich ärgerlich frei. »Ich bin nicht wie du!
Ich kann nicht mit jedem x-Beliebigen in die Kiste springen.« Yüzil ging auf ihre Praxis zu.

Kai folgte ihr. »Jetzt komm mir nicht so muslimisch.
Und ich springe nicht in Kisten mit x-Beliebigen. Ich bin
absolut monogam.«

»Ja«, versetzte Yüzil trocken, »nur nie besonders lang.«

»Ich bin gut im Verlieben. Nur mit dem Lieben läuft es
meistens nicht so optimal.« In Kais Stimme war nicht der
Hauch von Bedauern zu hören. »Aber zurück zu dir. Ich
kenne genug Typen, die sich den Abend für dich freinehmen
würden. Das wär *ein* Anruf für mich. Und ein paar Gin Tonic für dich.«

Yüzil schnaubte empört. »Vielleicht ist das für dich
schwer vorstellbar, aber Sex und Liebe sind für viele Frauen
und auch für mich untrennbar miteinander verbunden. Ich
möchte mit einem Partner intim sein, den ich respektiere
und dem ich vertraue, und ich bin gerne bereit, dafür etwas
länger zu warten.« Yüzil hätte sich besser gefühlt mit ihrer
kleinen Standpauke, wenn sie nicht wie eine dieser *Sex-hat-
mit-Vertrauen-und-Nähe-zu-tun*-Storys aus einer der Frau-
enzeitschriften geklungen hätte, die in ihrem Wartezimmer
auf verzweifelte, gutgläubige Frauen lauerten und über die
Yüzil regelmäßig die Augen rollte.

»Das heißt, du hast einfach nur Angst, dass du vergessen
hast, wie es geht«, erwiderte Kai und traf damit wie so oft

den Nagel auf den Kopf. Kai reagierte mit einem freundlichen Winken auf Yüzils Stinkefinger und schlenderte auf den Eingang seiner Praxis zu.

MELLI

Melli konnte nicht glauben, dass sie wieder dort war, wo sie vor fast zwanzig Jahren gestartet war: in einem WG-Zimmer mit Raufasertapete, Wasserflecken an der Decke und einem französischen Balkon, der auf den Innenhof hinausging, zwei Mitbewohner, mit denen sie nach Feierabend in der Gemeinschaftsküche abhing, und einem Brautkleid, das vom Kleiderschrank ihrer Freundin in Mellis sechs Quadratmeter große Box in einer Selfstorage-Einheit am Ostbahnhof gewandert war. An den Wochenenden traf sie sich mit Freundinnen, die geschieden, verlassen oder anderweitig Single waren. Sie gingen zusammen zur Ladys Night im CineMaxx, wo sie sich mit einem Glas Gratis-Sekt (und ein paar Gläsern, die nicht so gratis waren) in Stimmung brachten für eine romantische Komödie, in denen Frauen, wie zum Beispiel Sandra Bullock, die mit Ende vierzig aussah wie Mitte dreißig, nach neunzig turbulenten Minuten ihren Sekretär, ihren verwitweten Nachbarn oder einen anderen unglaubhaft gutaussehenden Mann fürs Leben heirateten, der von der ersten Begegnung an verrückt nach ihnen gewesen war. Oder sie gingen in Discos, vor denen ein haushohes Banner anzeigte, dass man hier Ü-30 und damit unter sich war. Es wurde mit jedem Mal anstrengender, sich zu amüsieren. Die meisten ihrer Freundinnen tranken ab dem zweiten Glas nur noch Mineralwasser. Sie machten jetzt Sport und wollten am nächsten Morgen mit ihrer Laufgruppe einen Brandenburger See umrunden oder nicht mit einer Fahne beim Yoga-Kurs aufkreuzen. Alle waren müde, beklagten sich über die laute Musik oder fanden die wenigen Männer, die sich blicken ließen, nervig und zu aufdringlich. Melli konnte es den Jungs nicht übelnehmen. Sie spürte bei ihnen dieselbe Verzweiflung, die sie auch bei sich immer stärker wahrnahm: endgültig den letzten Bus verpasst zu haben und für immer allein zu bleiben. Wenn Melli und die anderen sich umsahen auf dem traurigen Schlachtfeld der Ü-30-Partys, blieben keine Zweifel, dass die Guten alle vergeben waren. Und wenn sie wie durch ein Wunder wieder auftauchten im Datingpool, waren sie durch Scheidungen, Trennungen und Unterhaltszahlungen für schulpflichtige Kinder gezeichnet und versehrt. Über all dem betont gutgelaunten Gezappel zu DeepHouse-Grooves lag ein melancholischer Seufzer, der sich bis in die U-Bahn-Waggons und eilig gerufenen Taxis fortsetzte, in die die meisten von ihnen genauso einsam einstiegen, wie sie gekommen waren. Immer häufiger blieb Melli einfach auf der Terrasse des Spree-Ritters sitzen, wo Joschi ihr ihre geliebten Cappuccinos *mit Sahne* servierte, die sein Barista-Herz schmerzvoll zusammenzucken ließen.

»So was wie Cappuccino mit Sahne *gibt* es eigentlich gar nicht«, sagte Joschi und reichte Melli die Tasse mit dem Herzen aus Kakaopulver und dem Miniaturschokomuffin.

»Aber er steht doch vor mir.« Melli schob sich einen Löffel Sahne in den Mund und rührte den Rest unter.

Joschi ließ sich auf den freien Stuhl neben ihr sinken und steckte sich eine Zigarette an. »Cappuccino mit Sahne ist eine Erfindung von westdeutschen Omas.«

Melli tunkte ungerührt ihren Muffin in ihrem Cappuccino. »Ich *bin* eine westdeutsche Oma.« Melli sah sich um. »Da kannst du hier jeden fragen.«

Joschi grinste und zog einen zweiten Minimuffin aus seiner Tasche, den Melli mit einem Freudenquieker entgegennahm.

Die Terrasse des SpreeRitters war gut besetzt, aber Joschi nahm sich immer die Zeit, eine ausgedehnte Pause mit Melli zu verbringen. Er schien Narrenfreiheit zu genießen. Ab und zu ging die Geschäftsführerin an ihrem Tisch vorbei und murmelte kopfschüttelnd seinen Namen, aber das bewegte Joschi nie dazu, die Arbeit wiederaufzunehmen. Er kannte jeden und grüßte die meisten, und Melli konnte nicht anders, als sich ein bisschen stolz zu fühlen, dass der tätowierte Macker-Barmann vom SpreeRitter es offensichtlich netter fand, mit ihr zu plaudern, als die Huldigungen von Szenegrößen und Filmsternchen entgegenzunehmen. Joschi war ein schlampiger Mitbewohner, fand Melli, aber eine echt coole Socke.

»Und«, fragte Joschi, »wie ist der Plan?«

»Welcher Plan?«

»Du hast dein Zimmer erst in Hellblau, dann in Mintgrün gestrichen, jetzt du hast unser Badezimmer mit getrocknetem Fisch dekoriert …«

»Das sind Seesterne«, stellte Melli richtig.

»… mit getrocknetem Fisch dekoriert«, setzte Joschi wieder an, »und im Kühlschrank Fächer mit unseren Namen eingerichtet. Wir haben einen Putzplan …«

»Das ist dir aufgefallen?« Melli schlürfte betont lässig die geschmolzene Sahnehaube von ihrem Cappuccino.

»… und neue Mülleimer für Haus-, Plastik-, und Biomüll aufgestellt. Es gibt nichts mehr zu tun. Und das heißt, du brauchst einen Plan.«

»Vielleicht will ich ja auch gar nichts mehr tun«, erwiderte Melli und hoffte, es klang einigermaßen überzeugend. »Vielleicht will ich wie du jeden Tag einfach so nehmen, wie er kommt, ohne mich damit zu beschäftigen, was morgen sein könnte. Also: kein Plan.«

»Frauen in deinem Alter haben immer einen Plan.«

Melli glaubte, sich verhört zu haben. »Und was ist mit den Männern in meinem Alter?«

Joschi zuckte mit den Schultern, als habe er darüber noch nie nachgedacht. »Ich nehme an, die warten einfach darauf, dass ihr Frauen euch was einfallen lasst.«

»Das ist das Schlimmste, was ich seit langem gehört habe.« Melli hatte schon festgestellt, dass Joschi nie log, aber das hier *konnte* nicht sein Ernst sein.

»Es gibt einfach mehr von euch als von uns«, erwiderte

Joschi gelassen. »Wir sind nicht so hübsch wie ihr, wir riechen nicht so gut, und wir wissen nie, was wir sagen sollen, wenn wir mit euch essen gehen. Und trotzdem nimmt uns immer eine von euch mit nach Hause.«

»Das ist so irre chauvinistisch, dass ich im Namen aller Frauen protestiere!« Melli stellte ihre Tasse mit Wucht auf der Untertasse ab.

»Das ist Mathematik.«

»Und total ungerecht.«

»Wer hat behauptet, dass es auf der Welt gerecht zugeht?«

Dass es nicht so war, hatte Melli allerdings auch schon erfahren müssen. Ihr Magen knurrte nervös. Sie hätte getötet für einen dritten Muffin.

»Wenn das so wäre«, fuhr Joschi fort, »wäre ich Herbert Grönemeyer und hätte ein Haus in Bochum, eins in London und eine Finca auf Mallorca.«

»Herbert Grönemeyer hat eine Finca auf Mallorca?«

»Alle haben eine Finca auf Mallorca.«

Melli seufzte ermattet und rührte in ihrem Cappuccino. Es stand also schlimmer um sie, als sie gedacht hatte. Sogar ein ehemaliger Türsteher, Möchtegernmusiker und Teilzeitkellner hatte mehr Einblick in ihre Chancen, je glücklich zu werden, als Melli selbst. Sollte sie Joschi verraten, was ihr Plan war, um dann seinen Rat einholen zu können? Oder sollte sie den Mund halten, weil es viel zu peinlich war, sich einem Mann anzuvertrauen, der den Tampon seines letzten One-Night-Stands in einer von Mellis Teetassen in die Küche getragen hatte? Melli beschloss, dass ein Versuch nicht schaden konnte. Joschi war so weit von den Männern entfernt, mit denen Melli sonst zu tun hatte, dass er vielleicht einen unverstellten Blick auf ihre Situation hatte. Für Melli gab es nichts zu verlieren.

»Mein Plan«, kam Melli also zu Joschis eigentlicher Frage zurück, »ist, ein bisschen zu verschnaufen und dann genauso weiterzumachen wie bisher.«

»Weil du so erfolgreich damit warst?« Joschi drückte die Zigarette aus und steckte sich die nächste an.

»Weil es das ist, was ich will.«

»Eine Hochzeit.«

»Eine Hochzeit«, wiederholte Melli trotzig.

»Ist das nicht ein bisschen fünfziger Jahre?«

Melli nahm Joschi die Zigarette aus dem Mund und tat einen tiefen Zug. »Sich einen Tag Zeit zu nehmen, um sich vor Freunden und Familie zu dem Menschen zu bekennen, den man so sehr liebt, dass man sein restliches Leben mit ihm verbringen will, ist nicht fünfziger Jahre.« Sie steckte Joschi die Zigarette zurück zwischen die Lippen. »Das ist etwas Heiliges.«

Joschi warf Melli einen Blick zu, der klar zeigte, dass er ihr so viel Pathos nicht abkaufte.

»Und wenn man dabei auch noch das schönste Kleid tragen darf, das man jemals tragen wird, wenn man in einer weißen Kutsche vorfahren und eine sechsstöckige Hochzeitstorte anschneiden darf, um dann nach der Party seines Lebens für zwei Wochen nach Venedig zu fahren«, Melli streckte angesichts all der Bilder in ihrem Kopf verträumt die Arme aus, »dann nimmt man das eben so mit.«

»Du willst nach Venedig«, stellte Joschi fest. »Wie alle anderen auch.«

»Ich will genau das, was sie haben«, sagte Melli bestimmt. »Und dann glücklich sein, bis dass der Tod uns scheidet.«

»Dich und wen?«

»Mich und irgendjemanden.«

»Du bist nicht gerade wählerisch.«

Melli griff nach ihrer Tasse und nahm einen Schluck von dem mittlerweile lauwarmen Cappuccino. »Ich bin neununddreißig.«

BRITTA

Der Platz vor dem Kaufhaus, auf dem es nur so von Menschen wimmelte, wo Penner gleich neben den Eingängen der Geschäfte saßen, Männer mit umgeschnallten Würstchengrills im Weg standen und Jugendliche auf der steinernen Bank des Brunnens saßen und sich provozierend laut unterhielten, war Britta mit einem Mal kalt und gefährlich erschienen. Sie hatte sich in ein Taxi geflüchtet und war nach Hause gefahren. Sie war in ihr Bett gekrochen und hatte sich zitternd die Decke über den Kopf gezogen. Dann war sie aufgesprungen und in die nächste Apotheke gelaufen, wo sie ein gutes Dutzend Schwangerschaftstests gekauft hatte.

Auf dem Weg nach Hause hatte sie die Tests in die nächste Mülltonne geworfen. Die Gerüche aus der kleinen Garküche neben der Bushaltestelle waren ihr derart auf den Magen geschlagen, dass sie sich noch vor der Haustür hatte übergeben müssen. Sie hatte ihre Hand auf ihren Bauch gelegt und wieder weggezogen. Sie hatte eine schreckliche Wut auf Melli, die kleine Verkäuferin aus der Unterwäscheabteilung, in sich wachsen gespürt. Wie hatte sie das zu ihr sagen können? Hatte sie kein Herz? Keinen Anstand? *Sie sind schwanger, Schätzchen.* Mellis Satz war von Brittas Hirn wieder und wieder abgespielt worden. Es konnte nicht sein. Britta konnte nicht schwanger werden. Also konnte sie auch nicht schwanger *sein.* Wie hatte diese Melli sich so sicher sein können?

Obwohl es ein milder, sonniger Frühlingstag war, hatte Britta sich zähneklappernd in die dickste Decke gewickelt, die sie finden konnte. Sie hatte sich aufs Sofa gesetzt und stundenlang vor sich hin gestarrt. Irgendwann musste sie sich auf dem Sofa eingerollt haben und eingeschlafen sein. Als sie wieder aufgewacht war, hatte das Loft im Dunkel gelegen. Die Digitalanzeige am Herd hatte 21:05 angezeigt. Sie hatte jemanden anrufen wollen, aber sie hatte nicht gewusst, wen. Warum hatte sie die Tests gekauft und dann in den Müll geworfen? Weil sie wusste, dass die Enttäuschung sie umbringen würde, wenn die Hoffnung, die in ihr aufkeimte, sich als falsch herausstellte? Britta hatte Angst. Magenverdrehende, knieschlotternde, irrsinnige Angst. Sie wollte nicht an die Möglichkeit glauben, schwanger zu sein, wenn ihr ein Teststreifen schon in fünf Minuten beweisen konnte, dass sie sich wieder einmal geirrt hatte. Auf ihren Körper zu hören, ihrem Körper zu glauben, hatte Britta sich schon vor langer Zeit verboten. Sie war sich schon so oft sicher gewesen. Müsste sie es nicht *fühlen*, wenn Melli mit ihrer Bemerkung recht hätte? Wie wahrscheinlich war es, auf einer Skala von eins bis zehn, dass eine Unterwäscheverkäuferin, die für fünf Sekunden ihren Busen in der Hand gewogen hatte, wissen konnte, dass sie schwanger war? Minus drei. Am Tag drauf hatten die Anschläge von Paris die Welt erschüttert und Britta von morgens bis abends ins Studio gezwungen. Mellis Diagnose hatte sie für ein paar Tage vergessen. Nein, nicht vergessen. Sie hatte sie in die hintersten Regionen ihrer Großhirnrinde verbannt und sich gezwungen, nicht daran zu glauben. Und nicht darauf zu hoffen. Sie wollte ihren Geist abschalten, um ihren Körper auf die Probe zu stellen. Wenn wirklich ein Kind (ein Kind!) in ihrem Bauch wuchs (diese Worte ließen sich nicht einmal denken, ohne dass Brittas Herz ihr bis zum Hals klopfte), dann sollte ihr bis dahin so geiziger, verstockter, mitleidloser Körper ihr ein Zeichen geben. Morgenübelkeit. Geschwollene Füße. Britta wollte ihn zwingen, sich zu offenbaren, um sie von einer Schwangerschaft zu überzeugen. Sie wollte *Beweise*, unabhängig von allen Plastikstäbchen, auf die zu pinkeln sie sich einfach nicht überwinden konnte.

Tage später, als die Pariser ihre Toten bestattet und die Nachrichtensender sich anderen Schlagzeilen zugewandt hatten, hatte Britta beschlossen, zu Fuß vom Sender nach Hause zu laufen. Und ohne dass sie hinterher hätte sagen können, wie sie ihren Weg dorthin gefunden hatte, hatte sie plötzlich vor dem Ärztehaus gestanden, in dem sie in den letzten Jahren, noch mit Viktor an ihrer Seite, Hunderte Male die Drehtür und den Lift in den vierten Stock genommen hatte, den langen, nach Desinfektionsmittel und Chlorreiniger riechenden Flur entlanggegangen war, um im Wartezimmer mit schlecht verhohlenem Neid auf die Bäuche der Frauen zu starren, die mehr Glück gehabt hatten als sie.

Als sie ohne Termin in der Praxis erschienen war und darauf bestanden hatte, *sofort die Frau Doktor zu sprechen, weil es sich um einen Notfall handele*, hatte die Sprechstundenhilfe, ohne zu zögern, zum Telefon gegriffen. Offensichtlich hatte Britta einen derart derangierten Eindruck gemacht, dass die junge Frau Angst hatte, sie könnte kurz vor ihrer Mittagspause in die Verlegenheit kommen, sich um einen psychischen Zusammenbruch zu kümmern. Yüzil hatte Britta nur zwei Minuten später persönlich im Wartezimmer abgeholt, die anderen Patientinnen um etwas Geduld gebeten und Britta in den Behandlungsraum geführt. Sie hatte Britta Blut abgenommen, Brittas Namen auf einen Becher geschrieben und sie hineinpinkeln lassen. Dann hatte sie ihn mit der Anordnung, ihr die Ergebnisse von Frau van Ende sofort und unverzüglich mitzuteilen, ins Labor schicken lassen. Sie hatte Britta gründlich untersucht, ihre Temperatur und ihren Blutdruck gemessen und einen Ultraschall gemacht. Sie hatte Brittas Bitte entsprochen, so lange nicht mit ihr zu sprechen, bis sie sich hundertprozentig sicher war.

Britta beobachtete Yüzil, die jetzt mit dem Labor telefonierte, auflegte und etwas in ihren Computer tippte. Dann atmete ihre Ärztin einmal tief durch, legte ihre Hände vor sich auf den Tisch und sagte mit brüchiger Stimme: »Wir sind schwanger. Verdammt nochmal, wir sind schwanger!«

JENNY

Ihre Kinder dachten, sie hätte nie etwas gelernt. Ihre Kinder dachten, das Einzige, wozu Jenny in der Lage wäre, sei, zu kochen, zu putzen und sie pünktlich zum Ballettunterricht zu bringen. Jenny hatte tief durchatmen müssen, um ihre Verwunderung und Empörung zu verbergen. Sie hatte bislang gedacht, dass ihre Kinder sie als emanzipierte Frau wahrnahmen, auch wenn mindestens eines von ihnen das Wort noch nicht schreiben konnte. Aber danach sah es nicht aus. Für Kim und Benni unterschied sich Jenny ganz offensichtlich in nichts von diesen breitärschigen Bruthennen, die zufrieden auf den Kinderspielplätzen der Nachbarschaft in der Sonne saßen, ihren Kleinen an den Klettergerüsten ab und zu eine gelangweilte Warnung zuriefen und mit versonnener Hingabe die letzten Reste eines Schokomuffins aus dem Backpapier leckten. Konnte es sein, dass Jenny mit ihren Kindern nie über die Jahre gesprochen hatte, in denen sie ihre Ausbildung zur Fotolaborantin gemacht hatte? Hatten die Kinder die auf Aluminiumplatten gezogenen Fotos ihrer Abschlussprüfung, die überall an den Wänden hingen und auf die Jenny auch heute noch stolz war, all die Jahre für glückliche Schnappschüsse einer Hobbyknipserin gehalten? Hatte Steffen ihnen nie erzählt, dass Jenny und er sich kennengelernt hatten, als Steffen und seine Brüder im *Fotokunst Kurbjuweit* ein Weihnachtsporträt für ihre Mutter von sich hatten machen lassen, wo Jenny nach Abschluss ihrer Lehrzeit als Vertretung aushalf? Hatte er nie erwähnt, dass Jenny sich in ihn verliebt hatte, weil er neben seinen Brüdern, die die Mimik von Parkinson-Patienten im letzten Stadium der Krankheit hatten, wie ein Honigkuchenpferd gegrinst und ihr, als er die Abzüge ein paar Tage später abgeholt hatte, zusammen mit seiner EC-Karte einen Zettel mit seiner Telefonnummer über die Theke geschoben hatte?

Jenny hatte ihre Fotoausrüstung vom Dachboden geholt und auf dem Küchentisch ausgebreitet. Sie hatte einen Film aus ihrer Kamera genommen und Gehäuse und Objektive sorgfältig mit einem Pinsel gereinigt.

Kim hatte nach einer Filmkapsel gegriffen und sie ratlos in den Händen gedreht. »Was ist das?«

»Das ist ein Film.«

»Wie ein Spielfilm?«, hatte Benni gefragt.

»Ein Film, mit dem man Bilder belichten kann.« Jenny

hatte sich gefühlt wie eine Zeitreisende, die den Menschen in einer fernen Zukunft erklären musste, was es mit den altmodischen, längst überholten Geräten aus ihrer Welt auf sich hatte.

»Belichten?« Kim und Benni hatten ihre Mutter verständnislos angesehen. Entweder hatte Jenny ausgemachte Idioten großgezogen, oder ihre *besten Jahre* lagen viel länger zurück, als sie sich eingestehen wollte.

»Gott, fühl ich mich alt«, war es Jenny entfahren.

»Du *bist* alt«, hatte Benni fröhlich gekontert. Die unverstellte Realität hatte Jenny in Form einer gutgelaunten, achtjährigen Ballerina eingeholt. »Ich kenne viele alte Leute!« Benni hatte Jennys Altersgenossen an den Fingern abgezählt. »Ich kenne Oma Niemcek, die nur noch mit ihrem Hund spricht, Opa Stinker, der im REWE immer mit Cents bezahlt und komisch riecht, und Opa Bonnmöller mit dem abben Bein.« Benni hatte Jenny angegrinst. »Und dann kommst schon du!«

»Es heißt *amputiert*, und Opa Bonnmöller ist tot, du Idiot«, hatte Kim gesagt und sich dafür einen strafenden Blick von Jenny eingefangen.

»Aber vorher war er alt! Genau wie Mama!«

»Danke, das reicht.« Jenny hatte jetzt auch Benni einen bösen Blick zugeworfen.

»Kannst du das überhaupt?«, hatte Kim gefragt und skeptisch auf Jennys Kamerazubehör geschaut.

»Fotografieren?« Für wie unfähig hielten ihre Kinder sie eigentlich? »Ja, natürlich kann ich das. Das hab ich schließlich mal gelernt«, hatte Jenny geantwortet und sich gewünscht, nicht so defensiv zu klingen. Und nicht so beleidigt.

»Gelernt«, hatte Benni ungläubig wiederholt. »Wie in Ausbildung und so?«

»Ja. Wie in Ausbildung und so.« Jenny war kurz davor gewesen, ihr Abschlusszeugnis hervorzukramen, so sehr fühlte sie sich plötzlich in der Nachweispflicht.

»Lucas' Mama fährt Straßenbahn«, hatte Benni Jenny informiert. »Das ist ein richtiger Beruf.«

»Fotolaborantin *ist* ein richtiger Beruf!« Jedenfalls war er das einmal gewesen. Jenny hatte sich zusammenreißen müssen, um nicht ernsthaft gekränkt zu sein. »Fotolaborantin ist ein *toller* Beruf. Und viel, viel besser als Straßenbahnfahrerin!«

Im selben Moment, in dem sie das ausgesprochen hatte, hatte Jenny gehofft, dass Lucas' Mama nie erfahren würde, dass sie ihren Beruf für viel besser hielt als den einer Straßenbahnfahrerin. Auch wenn sie es nicht so gesagt hatte – na gut, nicht ganz so *gemeint* hatte –, wusste Jenny, dass Bennis Gehirn von diesem Gespräch nur die Wörter *besser als* und *Straßenbahnfahrerin* behalten und für die schönsten Missverständnisse sorgen würde.

Steffen war nach Hause gekommen und hatte zwei NETTO-Tüten auf die Küchentheke gewuchtet, und Jenny war siedend heiß eingefallen, dass sie ihm gegenüber noch mit keinem Wort erwähnt hatte, welche Pläne sie hatte. Sie hatte sich eingeredet, dass es ihr nicht eingefallen war, mit ihm darüber zu sprechen, weil er *selbstverständlich* nichts dagegen haben würde, wenn Jenny sich wieder nach Arbeit umsehen würde. Aber sie war trotzdem erleichtert gewesen, als sie gesehen hatte, dass Steffens Einkäufe fast ausschließlich aus Dosen bestanden. Was unweigerlich zu einer erregten Diskussion zwischen ihm und Kim führen würde, die neuerdings eine wahre Besessenheit in Bezug auf gesunde Ernährung entwickelt hatte.

Kim hatte ihrem Vater ungläubig zugesehen, wie er drei XXL-Dosen Fertigpasta in einen Topf geschüttet hatte. »Unsere Lehrer sagen, dass Dosennahrung alle lebenswichtigen Nährstoffe fehlen.«

»Da kannst du mal sehen, wie dumm eure Lehrer sind«, hatte Steffen geantwortet. »Dosennahrung ist gesund und lecker.«

»Ravioli sind toll«, hatte Benni ihn unterstützt, der alles toll fand, was seinen Vater betraf.

So wenig sein balletttanzender Sohn mit ihm auch gemein hatte, auf Bennis Loyalität konnte Steffen immer zählen, Spitzentanz, Tüll und Glitter einmal ausgenommen.

»Ravioli sind Männernahrung.« Steffen und Benni hatten ihre Köpfe in den Nacken gelegt und wie Wölfe geheult.

»Das Zeug schädigt unser Wachstum.« Kim hatte mit demonstrativem Ekel die Inhaltsangaben auf den Dosen studiert.

»Wenn du willst, kann ich noch eine Dose Salat aufmachen«, hatte Steffen gesagt und damit alle zum Lachen gebracht.

Jetzt räumten Kim und Benni Teller und Besteck in den

Geschirrspüler, und Steffens Blick fiel auf Jennys Kamera-ausrüstung, die sie so unauffällig wie möglich in den hinters-ten Winkel der Küchenablage geschoben hatte. »Was hast du mit dem ganzen alten Zeug vor?«

»Martin hat mich gebeten, ein paar Fotos für ihr Online-Portal zu machen«, sagte Jenny so beiläufig wie möglich.

Steffen sah Jenny ausdruckslos an.

»Sie wollen ihre Website aktualisieren und haben nach einem Fotografen gesucht.« Jenny zog den Alu-Deckel von der Mousse au Chocolat, die Benni auf den Tisch stell-te. Warum war sie so nervös? Sie hatte überhaupt keinen Grund, nervös zu sein. »Und da hat Martin mich gefragt.« Und warum log sie? Sie hatte doch überhaupt keinen Grund zu lügen.

»Warum ausgerechnet dich?«

»Da musst du Martin fragen.« Nie war Jenny dank-barer gewesen, dass Steffen Martin für einen ausgemachten Schwachmaten hielt, als jetzt. Er würde Martin niemals ir-gendetwas fragen.

»Weiß Melli Bescheid?«

»*Natürlich* weiß Melli Bescheid.« Jenny half Benni, die letzten Reste Mousse au Chocolat aus dem Plastikbecher zu kratzen, und hoffte, Steffen würde das Verhör beenden. »Es war ihre Idee.«

»Ich dachte, es war Martins Idee?«

Verflucht. Warum hörte dieser Mann, der sonst Schwie-rigkeiten hatte, sich an ihren Vornamen zu erinnern, auf ein-mal so genau hin?

»Ja, natürlich war es Martins Idee. Nachdem ihn Melli daran erinnert hat, dass ich fotografieren kann. Außerdem zahlt er gut.«

Dieses Argument müsste bei Steffen ziehen, dachte Jenny. Ihr Haus, so schön es war und so sehr sie es sich auch gewünscht hatte, war ein Fass ohne Boden. Nachdem sie das Dach und die Bodenplatte isoliert und die Fassade saniert hatten, waren die alten Heizungsrohe kaputtgegangen. Die beiden 2000-Liter-Heizöltanks, die im Vorgarten vergraben lagen, mussten bei nächster Gelegenheit gegen Kunststoffvarianten ausgetauscht werden und für die Regenrinnen, die ihr Wasser jetzt noch einfach so in den Vorgarten spuckten, mussten sie bald eine Zisterne ausheben.

»Hast du Martin gesagt, dass wir knapp bei Kasse sind?« Steffen ließ den Löffel mit Schokoladencreme sinken, den er gerade zum Mund hatte führen wollen.

»Bist du verrückt?« Jenny wusste nur zu gut, wie sehr es Steffens Stolz verletzen würde, wenn ausgerechnet *eine Flachschippe wie Martin* erfuhr, dass es ihnen in manchen Monaten nur mit Mühe und der freundlichen Erlaubnis ihrer Sparkassenberaterin, Frau Mücke, ihren Dispo schon wieder zu überziehen, gelang, die Hypothekenraten für ihr Haus zu bezahlen. »Nein! Natürlich hab ich nichts gesagt.« Jenny sah, dass Steffen nicht wirklich überzeugt war. »Martin hat jemanden gesucht, der ein paar Fotos macht, Melli hat mich gefragt, ob ich Lust hätte. Das ist alles.«

»Ich dachte, Martin hätte dich gefragt?«

Das war das Problem mit dem Lügen. Wenn man ein-

mal damit angefangen hatte, musste man sich verdammt gut
merken, was man gesagt hatte.

»Ist doch jetzt *egal*, wer gefragt hat!« Jenny empörte sich,
reichlich künstlich, wie sie fand. Steffen hasste es, mit ihr zu
streiten. Vor allem vor den Kindern, die mit gespannter Aufmerksamkeit verfolgten, wie Jenny sich vor Steffen wand.
Vielleicht ließ Steffen sich so überzeugen, dieses Gespräch
zu beenden. »Wir können das Geld auf jeden Fall gut gebrauchen.«

Steffen schob schlechtgelaunt seinen Nachtisch von sich.
Benni zog ihn unauffällig zu sich herüber, bevor sich seine
gierige Schwester darüber hermachen konnte. »So schlecht
verdien' ich jetzt auch wieder nicht.«

»Es ist eine Chance!« *Wollte* dieser Mann denn nicht verstehen, dass sie diesen Job brauchte, egal, wie albern er war?
Jenny spürte, dass sie langsam wütend wurde. Das war nicht
gut. Wenn sie wütend wurde, sagte sie Sachen, die sie nicht
so meinte. Oder die sie hinterher bereute. Sachen, für die sie
sich hinterher entschuldigen musste. Aber sie konnte nicht
anders. Sie musste den einen Satz noch sagen, wollte sie nicht
daran ersticken. »Es ist eine Chance«, fuhr Jenny fort. »Und
die erste seit langem.«

Sie kannten einander zu gut, als dass Steffen diese Worte
nicht als den versteckten Vorwurf empfunden hätte, als der
er von Jenny gemeint war. Dabei war es nicht so, das Steffen
ihre Chancen auf eine Karriere als Fotografin vereitelt hätte.
Jenny hatte es jahrelang versucht, aber obwohl sie einige
kleinere Jobs hatte an Land ziehen können, hatte sich nie

etwas Größeres daraus ergeben. Ihre Auftraggeber waren zwar immer zufrieden gewesen, aber Folgeaufträge waren daraus selten entstanden. Die wirklich lukrativen Shootings wurden meist unter der Hand vergeben, und Jenny hatte einfach keine Kontakte gehabt. Als Jenny mit Kim schwanger war, hatte sie auf die ungläubigen Blicke ihrer berufstätigen Freundinnen gepfiffen und war zu Hause geblieben. Sie hatte die Schnauze voll gehabt von den unzähligen Hunde- und Katzenporträts, von den schlechtbezahlten 12-Stunden-Jobs als Hochzeitsfotografin und den enttäuschten Gesichtern von Möchtegernmodels, die ungläubig feststellen mussten, kein bisschen fotogen zu sein, und in kompletter Ermangelung von Selbsterkenntnis ihr, der Fotografin, die Schuld zugeschoben hatten.

»Chance.« Steffen grunzte unbeeindruckt. »Du fotografierst Unterwäsche.«

»Was soll ich denn sonst machen?«

»Ich könnte Gudrun fragen.«

Gudrun war Steffens älteste Schwester und Geschäftsführerin einer ALDI-Filiale in einem Problemviertel, die im letzten Jahr schon dreimal gebrannt hatte.

»Und was soll ich da machen? Den ganzen Tag Bananen und Klopapier über den Scanner ziehen?«

»Was ist falsch daran, eine Verkäuferin zu sein?«

»Nichts ist falsch daran, eine Verkäuferin zu sein!«

Verkäuferinnen. Straßenbahnfahrerinnen. Wenn sie so weitermachte, würde kaum eine Berufsgruppe übrig bleiben, über die sie sich vor ihren Kindern nicht ausgelassen hatte.

Aber Jenny wusste, dass Steffen und sie den Punkt verpasst hatten, an dem aus diesem Gespräch nicht doch noch ein handfester Streit werden würde. »Es ist nur nicht das, was ich machen will.«

»Ich wusste nicht, dass du so dringend was machen willst.«

»Ich kann nicht den ganzen Tag hier sitzen und Däumchen drehen, während du da draußen Leben rettest.«

»Ich dachte, wir hatten abgemacht, dass ich das Geld verdiene, solange die Kinder noch klein sind.«

»Von wegen klein. Ich mach nächstes Jahr den Mofaführerschein«, ließ Kim verlauten.

»Da hast du's. Sie sind nicht mehr klein.« Sie wandte sich kurz Kim zu. »Und niemand macht hier den Mofaführerschein, bevor Mutti für zwei Wochen Wellness in Marokko war.«

»Benni ist acht«, sagte Steffen trotzig und legte seinem Jüngsten die Hand auf die Schulter, als müsste er ihn vor einem tätlichen Angriff schützen. Benni sah kurz auf und leckte dann weiter seinen Becher aus.

»Ich bin auch nicht mehr klein«, nuschelte er in die Plastikschale. »In Frau Douterrains Ballettschule bin ich der größte Junge.«

»Bei Frau Douterrain bist du der *einzige* Junge«, feixte Kim und grinste.

»Ich wusste nicht, dass ich um Erlaubnis bitten muss. Was kommt als Nächstes? Soll ich mein Wahlrecht aufgeben? Gehen wir Burkashoppen?« Jenny wusste, dass Steffen über kurz oder lang vor ihrer Schlagfertigkeit kapitulieren würde. Aber sie wusste auch, dass sie ihm mit ihrer letzten Bemerkung grobes Unrecht getan hatte. Steffen war ein Mann, der sich nur wohl fühlte, wenn alle, die er liebte, glücklich waren. Das war, was ihn von Typen wie Martin oder Jennys Exfreunden unterschied, denen das nicht gleichgültiger hätte sein können.

Steffen sah Jenny kopfschüttelnd an. Jenny fühlte sich wie ein Kind, das seiner Mutter gerade gestanden hatte, den Hund der Familie gegen ein neues Handy eingetauscht zu haben. Sie hasste diesen Ich-bin-nicht-wütend-ich-bin-nur-enttäuscht-Blick, mit dem Steffen Auseinandersetzungen wie diese gerne beendete.

»Wohin gehst du?«

»Ich hol mir'n Bier.« Steffen schlurfte aus der Küche, und Jenny wusste, dass er nicht zurückkommen, sondern sich mit seinem Bier auf den Dachboden zurückziehen würde, wo er wütend Steinwolle an Dachsparren tackern würde.

»Bringst du mir eins mit?«

Steffen machte sich nicht die Mühe zu antworten.

Benni schob seinen Stuhl zurück und lief seinem Vater hinterher. Er liebte es, in der Hängematte zu liegen, die Steffen auf dem Dachboden angebracht hatte, und seinem Vater beim Arbeiten zuzusehen. Er hatte einen feinen Sinn für Spannungen zwischen seinen Eltern und hatte entschieden, dass heute Steffen Trost brauchte und nicht Jenny. Jenny fühlte einen scharfen Stich in ihrem Herzen.

Kim half Jenny, die Dessertschalen abzuräumen. Ohne

dass Jenny sie dazu auffordern musste. Das war nie ein gutes Zeichen.

»Lasst ihr euch jetzt scheiden?«

»Niemand lässt sich scheiden.« Jenny schlug den Geschirrspüler zu, heftiger als beabsichtigt. Mit einem schrillen Klirren schlugen die Gläser auf der oberen Abtropfleiste aneinander. Von wegen, dachte Jenny. *Alle* lassen sich scheiden. Jedes zweite Kind in der Schule ihrer Kinder kam aus einer Scheidungsfamilie. Zog man die Alleinerziehenden ab, gab es kaum einen Mann und eine Frau, denen es gelungen war, ihre Kinder ohne Partnerwechsel über die Pubertät zu bringen. Oder auch nur die Grundschulzeit.

»Wenn ihr euch scheiden lasst, zieh ich zu Papa.«

Kim rechnete offensichtlich damit, dass Jenny zu erschöpft war, ihr zu verbieten, sich eine zweite Mousse au Chocolat aus dem Kühlschrank zu nehmen. Und verdammt, sie hatte recht damit. »Zu Papa? Warum zu Papa?« Hatten sich heute beide ihrer Kinder gegen sie verschworen?

»Hanna ist nach der Scheidung ihrer Eltern zu ihrem Papa gezogen und kriegt doppelt so viel Taschengeld wie alle andern.«

»Dann sag Hanna, dass es im Leben nicht um Geld geht. Es geht darum, glücklich zu sein.«

»Warum sagst du das nicht Papa?«

Jenny wusste, dass die Patzigkeit vierzehnjähriger Mädchen in direktem Zusammenhang mit den Hormonen stand, die ihre Gehirne regelmäßig in Trümmerlandschaften aus Wutanfällen und Weinkrämpfen verwandelten. Aber in Mo-

menten wie diesen fiel es ihr trotzdem schwer, ihre Tochter
nicht so lange zu schütteln, bis sie endlich still war.
»Hast du nicht noch Hausaufgaben?«

Wie viele Mütter hatten diesen Satz in den letzten fünf-
hundert Jahren wohl schon gesagt in der vergeblichen Hoffnung, ihren vorlauten und altklugen Kindern das Maul zu
stopfen? Und war die Taktik bei anderen schon einmal aufgegangen?

Kim zuckte gelangweilt mit den Schultern. »Ich zieh' *definitiv* zu Papa.«

YÜZIL

»Ich bin verzweifelt darauf.« Radu schüttelte traurig den
Kopf. »Sehr, *sehr.*«

Radu hatte zu Yüzils Freude während der letzten Wochen an seinem Deutsch gefeilt und damit kurze, wenn auch
verwirrende Unterhaltungen möglich gemacht. Er hatte sich
mit Hilfe eines CD-gestützten Sprachkurses ein erstaunlich
reiches Vokabular angeeignet, nur das Finetuning geriet ihm
noch etwas grob. Wenn Radu – wie jetzt gerade – geknickt
war, war er *verzweifelt.* War er überrascht, war er *außer sich.*
Ein Problem war eine *Katastrophe*, eine Bitte ein *Gebet.* Der
Umstand, dass Radu ein Mann großer Gesten war, verlieh
seinen sprachlichen Übertreibungen noch mehr Kraft. Wenn
ihn etwas rührte, griff er sich ans Herz, Freude drückte er

aus, indem er die Hände zur Zimmerdecke reckte. Darin war er Yüzils Vater nicht unähnlich. Überhaupt dachte Yüzil manchmal, dass sich die beiden Männer mit ihrer gemeinsamen Liebe für exaltiertes Verhalten und blumige Redewendungen bestens verstehen würden. Seiner ersten Freundin hatte Radu nicht ein erstes Verliebtsein zu verdanken, sondern *ein blühendes Herz*, der Tod seines Vaters war *der tiefste Fall in das Schwarz*, sein Versuch, in Deutschland sein Glück zu machen, eine *groß Angst mit Mut halb-halb, aber voll mit Hoffnung und neue Freunde die nächste Tag*. Yüzil, Can und Philipp, die ihn vor drohender Obdachlosigkeit bewahrt hatten, waren für Radu *die höchste Tanne in Wald*.

Radu stand an Yüzils für zwei gedecktem Küchentisch und zeigte mit ausgestrecktem Arm auf das dampfende Hühnerfrikassee, das er für sie gekocht hatte. Radus Dankbarkeit für Yüzils Erlaubnis, vorerst in Philipps Zimmer wohnen bleiben zu dürfen, hatte sich in Unmengen leckerer Fleischgerichte ausgedrückt, die er für Yüzil in der letzten Zeit zubereitet hatte. Yüzil hatte mit Erstaunen bemerkt, wie sehr sie es genoss, dass es plötzlich jemanden gab, der für sie kochte, und freute sich schon auf dem Weg nach Hause auf Aufläufe, Gulaschs und Currygerichte, deren Duft ihr im Treppenhaus entgegenschlug. Heute Abend jedoch nahm sie in Kauf, den armen Radu *zu verzweifeln*, wie es er ausdrückte. Sie hatte andere Pläne.

Yüzil hatte genug gehabt von den erst hoffnungsvollen und dann enttäuschten Gesichtern ihrer Eltern, wenn sie nach einem neuen Mann in ihrem Leben fragten und sie sie wieder einmal mit einem genervten Schulterzucken abspeisen musste. Sie konnte Kais schlüpfrige Andeutungen nicht mehr ertragen, wenn er sie nach dem aktuellen Stand ihrer sexuellen Enthaltsamkeit befragte. Sie hatte angefangen, ihrem Bild von sich als *glücklichem Single* zu misstrauen, um mit neidischem Blick verliebten Pärchen hinterherzusehen, die engumschlungen spazieren gingen, oder Frauen zu verfluchen, die wie Yüzil allein und verlassen an einer Straßenbahnhaltestelle standen und plötzlich von einem Mann umarmt und geküsst wurden, auf den sie dort gewartet hatten. Sie war mehr als einmal aus der Schlange vor der Kinokasse geflohen, als sie feststellen musste, die einzige Frau zu sein, die ohne männliche Begleitung in die neueste Hugh-Grant-Schmonzette gehen wollte. Als sogar Philipp, angestachelt von seinem Großvater, angefangen hatte, Yüzil Männer aus seinem Kollegenkreis und *in ihrem Alter* für ein zwangloses Date vorzuschlagen, hatte sie beschlossen, die Sache selbst in die Hand zu nehmen. Und zwar so, wie sie es gelernt hatte. Sachlich, empirisch und alles Unplanbare ausschließend.

Unter rein wissenschaftlichen Gesichtspunkten war es erklärtermaßen unwahrscheinlich für Yüzil, in ihrem direkten Umfeld einen passenden Partner zu finden. Die Kollegen im Ärztehaus waren verheiratet oder schwul, die Männer im Fitnessstudio zu alt, zu jung oder zu gutaussehend, für Urlaubsbekanntschaften fehlte Yüzil der Urlaub, für Zufallsbekanntschaften verließ sie zu selten das Haus. Eine Freundin hatte Yüzil empfohlen, sich einen Hund zu kaufen, da

Hundebesitzer untereinander schnell ins Gespräch kämen. Aber auf einem Testspaziergang mit dem Hund jener Freundin hatte Yüzil die Erfahrung gemacht, dass die Verträglichkeit der Hunde in direktem Zusammenhang mit der Verträglichkeit der jeweiligen Hundebesitzer stand, und das Risiko, einen Hund zu kaufen, der den Hund eines potentiellen neuen Lebensgefährten ablehnte, schien Yüzil letztendlich zu groß. Tanzveranstaltungen für Menschen ihres Alters fand Yüzil deprimierend, Sport als Kennenlerntaktik schied von vorneherein aus. Und um die ganze Sache dem Zufall zu überlassen, fand Yüzil sich zu alt. Außerdem hatte Kai Yüzils Gesicht im Ruhezustand als *grimmig bis abweisend* bezeichnet und schließlich noch ein *bestenfalls furchteinflößend gelangweilt* nachgeschoben, was die Wahrscheinlichkeit, in einem Café, einem Restaurant oder bei einer Musikveranstaltung einfach so von einem Mann angesprochen zu werden, gegen null tendieren ließ. Und tatsächlich sahen Männer, deren Blicke sich zufällig mit dem Yüzils kreuzten, erstaunlich oft ängstlich beiseite, so als würden sie es für nicht unwahrscheinlich halten, im nächsten Moment von ihr zurechtgewiesen zu werden. Blieben also die Sickergruben der modernen Singlewelt, in denen alles hängenblieb, was angeborene Schüchternheit, Mangel an Gelegenheit, Pech oder gescheiterte Beziehungen ausgespuckt hatten: die Online-Portale. Die Auswahl war riesig, die Profilzahlen schwindelerregend. Aber nur auf den ersten Blick. Yüzil schloss als erste Maßnahme die sechzig Prozent Frauen aus, die sich in den elektronischen Heiratsbörsen tummelten, dann die

Männer, die zu dick, zu dünn, zu groß oder zu klein waren, dann die ohne Hochschulabschluss (und kam sich vor wie der Bildungssnob, der sie ja auch war), die mit monetären Problemen auf der Suche nach einer finanzstarken Partnerin (mehr, als man denken sollte), die mit Dauerwelle oder Strähnchen, die mit zu kurzen Vorderzähnen (ein absolutes No-Go, dessen Ursprung Yüzil nicht erklären konnte), die mit mehr als sieben Haustieren, die mit einer Vorliebe für sexuelle Spielarten wie Anpinkeln, Ersticken oder Partnertausch (nicht so selten, wie man glauben würde), die, die noch bei ihrer Mutter, einem nahen Verwandten oder auf einem abgeschiedenen Resthof in Brandenburg oder Mecklenburg-Vorpommern lebten (wieder mehr, als einem lieb sein konnte), Verschwörungstheoretiker, Protestwähler, Reichsdeutsche und die, die gleich nach dem ersten *Like* auf ein Treffen bestanden, *gerne bei dir zu Hause*. Was übrig blieb, war so ernüchternd, dass Yüzil sich, um ihre Trefferquote zu erhöhen, bei vierzehn verschiedenen Portalen eingeschrieben hatte. Sie war der allgemeinen Empfehlung gefolgt, sich anfangs auf Mailkontakt zu beschränken, und hatte noch einmal etliche Männer abschreiben müssen, die mit heftigen Vorwürfen oder beleidigtem Schweigen reagierten, wenn Yüzil eine Mail nicht innerhalb von Minuten beantwortete oder bei der Zusendung von Nacktfotos nicht mit Gleichwertigem reagierte. Yüzil hatte so viele Bilder mit schlaffen oder erigierten Penissen zugesandt bekommen, dass sie sich ernsthafte Sorgen machte, gerichtlich belangt zu werden, sollte je ihre Cloud gehackt werden.

»Ich bin ganz verwundet«, sagte Radu mit einen traurigen Blick auf die Schwarzwälder Kirschtorte, die heute Abend offensichtlich als Dessert vorgesehen war. »Ich bin wie Schmerz«, fügte er hinzu und griff sich an die Brust. Yüzil lächelte entschuldigend und murmelte etwas von einem Kinobesuch, den sie nicht aufschieben könne.

Es fiel ihr schwer, Radu anzulügen, der auf jede noch so persönliche Frage mit entwaffnender Offenheit antwortete (soweit es seine Deutschkenntnisse zuließen) und der der erste Mann, ja, der erste Mensch war, den Yüzil kannte, der es für normal zu halten schien, in anderen stets das Gute zu vermuten und jedem mit rückhaltlosem Vertrauen zu begegnen. Das erklärte leider auch, warum Radu noch immer mit unerschütterlicher Zuversicht darauf wartete, von seinem letzten Arbeitgeber bezahlt zu werden, obwohl Yüzils vorsichtige Recherchen in dieser Sache ergeben hatten, dass der Bauunternehmer, für den Radu monatelang geschuftet hatte, sich mittlerweile in Luft aufgelöst hatte, genau wie der Eintrag seiner Firma im Handelsregister. Sie hätte einem Menschen wie Radu in keiner Sprache der Welt erklären können, was sie im Begriff war zu tun. Sie verstand es ja selbst nicht richtig.

Kino mit einer alten Freundin als Erklärung dafür, warum Yüzil heute nicht mit ihm essen konnte, schien Radu nicht zufriedenzustellen, vielleicht hatte er es auch einfach nicht verstanden. Traurig ließ er sich auf einen Küchenstuhl sinken. »Was ist der Zweck, Frau Yüzil?«

Yüzil hatte entschuldigend mit den Schultern gezuckt.

Dreieinhalb Stunden und drei Dates später war sie von einer Antwort auf Radus Frage weiter entfernt denn je. Sie saß allein am Tisch des Restaurants, an dem sie die vier hoffnungsvollsten Kandidaten empfangen hatte, und wünschte sich zum ersten Mal, konvertieren zu können. Christlichen Frauen wurde die Möglichkeit gewährt, sich von der Welt im Allgemeinen und den Männern im Besonderen zurückzuziehen und Nonne zu werden. Muslimas konnten nur verzweifeln.

Das Foto, das Rainer, Mitte vierzig, Notar, gebürtig aus Esslingen, für sein Profil verwendet hatte, hatte er vor zehn Jahren in einem glücklichen Moment geschossen, in dem die Sonne seiner albinoweißen Haut einen leichten Bronzeton verschafft hatte. Im letzten Jahrzehnt hatte Rainer nicht nur geschätzte zwanzig Kilo zugelegt, sondern auch seine blonden Locken verloren und an einem chronischen Hautausschlag gelitten, der seine linke Wangenpartie vollständig verwüstet hatte. Rainer hatte Yüzil noch vor dem Aperitif in breitestem Schwäbisch zu verstehen gegeben, dass er *an weidere Dreffe maximal inderesierd* sei.

Angesprochen auf ihr ausgedehntes Schweigen während des ersten Gangs, hatte Yüzil sich herausgeredet und behauptet, dass die Situation für sie ungewohnt sei. »Es ist das erste Mal, dass ich so etwas mache«, hatte Yüzil gestammelt und mit panischem Schreck realisiert, dass ihre Vorbereitungen unvollständig gewesen waren. Sie hatte sich keinen triftigen Grund zum Gehen zurechtgelegt. »Vielleicht erzählen Sie mir erst einmal ein bisschen von sich?«

Das hatte sich Rainer nicht zweimal sagen lassen. Was Yüzils Aufforderung folgte, war die detaillierte Beschreibung eines ganz und gar ereignislosen Lebens, das Rainer aus Esslingen als Aquaristik-Fan der ersten Stunde und treuen Besucher von Star-Wars-Fantreffen auswies. Auch aus seiner Begeisterung für Yüzils Teint und ihre schwarzen Locken hatte Rainer kein Geheimnis gemacht. »Ich mag des Exodische. Und die Exodn.«

Rainer hatte gelächelt und mit der Hand seine obere Zahnreihe bedeckt, in der *zur Zeit ein paar Zähne* fehlten. Ein paar? Parodontose. Es lag in der Familie. »Aber wenn es was werde sollet mit uns, müschded mir uns eher bei dir dreffe«, hatte Rainer gesagt und die Kellnerin um einen Nachschlag Dressing gebeten. »Mei Mudder mag die Dürke ned so gern.«

»Sie wohnen noch bei ihrer Mutter?« Yüzil hatte sich gefühlt wie bei *Versteckte Kamera*. Das konnte ihr nicht passieren! Unmöglich.

»Joh! Bei der Muddi! Aba mit eichenem Fernsäher!«

Tino, dessen Lockenkopf und traurige Augen Yüzil sofort angesprochen hatten, hatte im Unterschied zu Rainer, der alles von ihr wissen wollte, nicht *eine* persönliche Frage gestellt, ihr stattdessen aber ausgiebig von Sandra, seiner großen Liebe, erzählt. »Das mit Sandra hat mich dann wahnsinnig enttäuscht. Wahnsinnig enttäuscht.« Tino hatte die seltsame Angewohnheit, Dinge, die ihn wirklich, echt, total bewegt hatten, mehrmals zu wiederholen. »Ich meine, wir waren jetzt nicht irre lang zusammen oder so, aber ich hab gespürt, dass es da eine irre starke Connection gibt. Die Trennung hat mich total umgehauen. Total umgehauen.«

Die Trennung, mutmaßte Yüzil, hatte Tino wohl wirklich, echt, total traurig gemacht.

»Kam aus heiterem Himmel, die Trennung.« Tino hatte nach einer Scheibe Weißbrot gegriffen, die Rainer liegengelassen hatte, und sie zwischen seinen Fingern nervös zerbröselt.

Yüzil hatte auf die Frage, ob er etwas essen wolle, klugerweise verzichtet. Nicht auszudenken, was Tinos Finger mit einem Salat gemacht hätten.

»Ich hatte Selbstmordgedanken und so. Ohne Scheiß.«

Selbstmord war Yüzil mit einem Mal als reizvolle Lösung erschienen.

»Mit den Tabletten geht es jetzt schon viel besser.«

In seinem Profil und seinen Mails hatte Tino weder Tabletten noch eine psychische Erkrankung erwähnt. Aber, wer wollte es ihm verdenken?

»Also, besser, was die Selbstmordgedanken betrifft. Aber das mit der richterlichen Anordnung war dann wieder ein Downer.«

Es gab eine Anordnung? Richterlich? Yüzil hatte einen unauffälligen Blick auf die anderen Gäste des Restaurants geworfen und einzuschätzen versucht, wer ihr zu Hilfe kommen würde, sollte es nötig werden.

»Ich wäre ihr gefolgt, hat sie gesagt. Ich hätte ihr aufgelauert, hat sie gesagt.«

Yüzil hatte panische Hitze in sich aufsteigen gespürt und sich zur Ruhe gezwungen.

»Das waren alles Lügen, die sie dem Richter erzählt hat!« Tino hatte so hart auf die Tischplatte geschlagen, dass Yüzil erschrocken zusammengezuckt war und sich der Kellner nach ihnen umgedreht hatte. »Was soll ich denn machen, wenn sie immer wieder umzieht?« Tino hatte wütend in seine Fingerknöchel gebissen. »Auf meinen Abschiedsbrief hat sie nicht mal geantwortet. Aber wenn ich gehe, dann geh ich nicht allein. Da kann die sich drauf verlassen.«

An Markus' Profil hatte Yüzil nicht nur das auffallend hübsche Gesicht gefallen, mit Wimpern, für die jede Frau töten würde, sondern auch die Tatsache, dass er ein Kollege war. Als Markus ihr gegenüber Platz genommen und sich als auffallend durchtrainierte Lesbe Anfang vierzig entpuppt hatte, hatte sich immerhin die Frage, wie man solche Wimpern haben konnte, geklärt. Weitere Fragen wurden mit einem Schulterzucken quittiert.

»Ich weiß, mein Profil ist in Teilen ein bisschen vage«, hatte Monique ohne eine Spur Verlegenheit gesagt.

»Sie sind schon mal kein *Mann*«, war alles, was Yüzil darauf zu antworten gewusst hatte.

»Aber ich bin Zahnarzt.«

»Ärztin«, hatte Yüzil überflüssigerweise verbessert.

»Arzt«, hatte er/sie gezischt und mit einer wütenden Bewegung Tinos Weißbrotbrösel vom Tisch gefegt.

Nachdem Monique darauf bestanden hatte, sich mit einem Handkuss von Yüzil zu verabschieden, und ihr dabei

über den Handrücken geleckt hatte, hatte Yüzil sich gegen
ihre Gewohnheit zwei doppelte Tequila und eine Zigarette
an den Tisch bringen lassen.

Sie hatte die Schnäpse in zwei schnellen Zügen gekippt
und war kurz darauf unendlich dankbar gewesen, dass ihr
der Alkohol sofort ins Gehirn geschossen war, denn Tino
war noch einmal zurückgekehrt, um für Yüzil und alle anderen Gäste Sandras Lieblingslied zu singen.

Gib mir mein Herz zurück,
du brauchst meine Liebe nicht.
Gib mir mein Herz zurück,
bevor's auseinanderbricht!

Yüzil hatte sich beim Personal entschuldigt, ein üppiges
Trinkgeld hinterlassen und war mit der brennenden Zigarette
zwischen ihren zitternden Fingern nach Hause gegangen. Sie
hatte überlegt, aus Sicherheitsgründen ein Taxi zu nehmen,
aber ein kurzer Blick auf ihr Smartphone hatte ihr gezeigt,
dass sowohl Rainer als auch Monique Yüzil bereits geblockt
hatten. Und Tino hatte ihr versichert, dass er für eine neue
Beziehung einfach noch nicht reif war. Echt nicht? Wirklich,
echt, total nicht.

Yüzil hatte versucht, die Wohnungstür so leise wie möglich aufzuschließen, um Radu nicht zu wecken. Doch als sie
sich an den Küchentisch gesetzt hatte, hatte er seinen Kopf
durch die Tür gesteckt, einen Blick auf Yüzil geworfen und
die Reste des Hühnerfrikassees in eine Pfanne gegeben.

Yüzil hatte zwei Gläser Rotwein eingeschenkt und gedacht, dass ein Freund, der einem etwas aufbrät, eigentlich alles ist, was man braucht.

MELLI

Der Tag hatte so schön angefangen. Eine Kollegin aus der Reklamation hatte Melli erzählt, dass Lisa aus den Lederwaren, zwischen deren Schenkeln Melli Martin immer noch sehen konnte, wenn sie die Augen schloss, Martin mit ihrem Exfreund betrogen hatte. Lisa war angeblich aus Martins Wohnung ausgezogen und zurückgekehrt nach Bischmisheim, einem Stadtteil Saarbrückens in der direkten Einflugschneise des Flughafens. Offensichtlich betrieb ihre Familie dort einen Wertstoffhof, in dessen Telefonzentrale Lisa zusammen mit ihrer Schwester und einer Cousine arbeitete, die seltsamerweise Shenise hieß.

Melli nahm sich spontan den Nachmittag frei, um mit Rico zu feiern. Rache war nicht nur süß. Sie machte auch Appetit. Melli ließ sich in der Feinkostabteilung einen Picknickkorb zusammenstellen. Rico rief seinen Freund Arne an, und sie setzten sich in den kleinen Park gegenüber der Museumsinsel, der immer ein bisschen nach Hasch und Hundekacke roch und an dem vorbei Ausflugsdampfer Touristen mit Schildmützen und Sonnenbrand zum Reichstag und wieder zurückfuhren. Sie aßen Lachsschnittchen und stießen miteinander an. Auf Melli, auf gerechte Strafen und auf das Schicksal, das in seiner undurchdringlichen Güte dafür gesorgt hatte, dass es in Sachen Leben, Liebe und dem ganzen Scheiß drum herum zwischen Melli und Martin plötzlich wieder 1:1 stand.

Melli hatte während der letzten Wochen versucht, ihren Ex, so gut es ging, zu meiden. Aber Martin war als Chef der Werbeabteilung im ganzen Haus unterwegs, und so fand Melli sich immer wieder auf der Rolltreppe hinter oder im Aufzug neben ihm und musste ihre ganze Selbstbeherrschung aufbringen, um nicht mit einem Biss Martins Halsschlagader zu zerfetzen. Oder ihm mit dem Scanner den Schädel einzuschlagen. Oder ihm mit dem Tacker die Samenstränge zu durchtrennen. Mellis Gewaltphantasien waren zahlreich, aber ihre Wut fand kein Ventil. Wenn man es genau nahm, war Martin Mellis Vorgesetzter, und Mellis Kollegen warteten nur darauf, dass die gedemütigte, rundliche Blondine aus der Unterwäsche ihre Nerven verlor und ihrem Arsch von Exverlobten vor versammelter Belegschaft eine Szene machte. Melli hatte sich zusammengerissen, aber je beherrschter sie mit Martins Betrug umgegangen war, desto wütender war sie geworden.

Melli hatte ihre Arbeit immer geliebt. Sie liebte die Rundständer mit Seidenwäsche, die im warmen Kaufhauslicht in Creme, Haut und Champagner leuchteten, sie liebte ihre Kundinnen, die unsicher und verlegen in die extravaganten Dessous stiegen, die Melli und Rico ihnen in die Umkleiden reichten, um kurz darauf (und im besten Fall) in sich selbst verliebt mit den schleifchenverzierten rosa Päckchen zur Rolltreppe zu schlendern. Sie liebte die vertrauliche, verschworene Gemeinschaft mit ihren Kundinnen, die wussten, dass man für intime Momente manchmal die bestmögliche Rüstung brauchte. Es machte sie stolz, Stammkundinnen zu haben, die seit Jahren kamen und nach ihr verlangten und nach sonst niemandem.

Melli war immer gern zur Arbeit gegangen, in dem Bewusstsein, dass es ein Privileg war, dort zu sein, wo sie war und auch hingehörte, doch in den letzten Wochen hatte sie sich zwingen müssen, aufzustehen und in die Straßenbahn zu steigen, und auf den letzten Metern von der Haltestelle zum Personaleingang des Kaufhauses wurden ihre Beine so schwer, als müsse sie durch Lehm waten. Die Nachricht, dass Melli Martin und die Lederwarenschlampe in flagranti erwischt hatte, hatte in Windeseile die Runde gemacht, aber Rico hatte Melli vor dem schlimmsten Klatsch bewahrt, indem er die Geschichte in der Kantine in allen Details geschildert hatte. Seine Darstellung war drastisch gewesen und hatte keine Fragen offengelassen. Klatsch lebte von Spekulation und wuchs durch Vermutung, und als beides durch Ricos Erzählung überflüssig geworden war, war das Gerede verstummt. Die Demütigung allerdings war geblieben. Vor allem, weil Martin sich weiter mit Lisa gezeigt und keine ganze Woche nach Mellis Auszug mit ihr zusammengezogen war und damit aus einem Büroquickie eine Romanze gemacht hatte.

Das einzig Gute an dem ganzen Drama war in Mellis Augen ihre Begegnung mit Philipp und Joschi. Mellis Einzug in die WG war ein Moment von Glück in einem Meer aus Mist gewesen, und Melli konnte Yüzil, Jennys Ärztin, nicht genug dafür danken.

Philipp war so, wie Melli mit dreiundzwanzig gern gewesen wäre. Auf eine Weise naiv, die nicht dumm, sondern unverbesserlich optimistisch war, erfüllt von leicht entzündlicher Begeisterung und dem unerschütterlichen Selbstbewusstsein eines Menschen, der noch nie unglücklich geliebt hatte. Er war ein toller Kumpel und ein leidenschaftlicher Umarmer. Joschi war Joschi. Er gab aus sicherer Entfernung ironische Kommentare ab zu Mellis Dauerwirrwarr von einem Leben, liebevolle Seitenhiebe, die Melli geholfen hatten, ihr erneutes Scheitern nicht noch tragischer zu nehmen, als sie es ohnehin schon tat, und ab und zu sogar darüber zu lachen. Joschi hatte sie, ohne eine Sekunde zu zögern, in seinen Freundeskreis aufgenommen, der neben ihr und Philipp noch aus seiner Exschwägerin Yvonne (Joschi hasste seinen Bruder) und Brille, Keule und Andi, den Mitgliedern seines Kegelteams bestand, und hatte ihr dadurch das Gefühl gegeben, kein völliger Fehler zu sein.

Trotzdem war es für Melli manchmal nicht leicht, mit Joschi und Philipp zusammenzuleben. Philipp ging völlig auf in seinem Job als Regieassistent, und er war frisch verliebt. Er lief mit einer Art emotionaler Dauerdröhnung durch die Welt, die, hätte man sie in Pillenform anbieten können, ihn reich gemacht hätte. Und Joschi hatte das Angebot bekommen, den SpreeRitter zu übernehmen, das Café, dessen obercooles

Aushängeschild er seit Jahren war, und hatte sich über Nacht vom gelangweiltesten Kellner der Gastrogeschichte in einen Mann verwandelt, der mit leuchtenden Augen und bis tief in die Nacht Personalakten, Pachtverträge und Kreditanträge wälzte. Bei beiden passierte so viel! Philipp und Joschi standen am Anfang von etwas Neuem, Aufregendem, und Melli hatte das Gefühl, dass die beiden kurz davor waren, durchzustarten und sie allein zurückzulassen.

»Noch wer Champagner?« Arne füllte Mellis Glas auf.

»Für mich nicht. Ich bin jetzt schon total tüdelig.« Melli wollte ihm ihr Glas zurückreichen, aber Arne schüttelte den Kopf.

»Ich fürchte, du musst.« Arne setzte sich auf und war mit einem Mal ganz feierlich. »Melli.«

»Was soll das werden?« Melli fühlte sich plötzlich wie eine Frau, der ein Notar die frohe Kunde einer großen Erbschaft überbringen wollte.

Rico rollte mit den Augen und stieß ihr seinen Ellenbogen in die Seite. »Schweig still, Weib.« Rico setzte sich neben Arne und lächelte geheimnisvoll. »Er will dir einen Antrag machen.«

Melli stellte ihr Glas ab. »Mit so was macht man keine Witze.« Sie glaubte noch immer an einen Scherz.

»Melli«, fuhr Arne fort, »ich weiß, dass Rico dich liebt und dass er dich für die hübscheste, klügste, warmherzigste Person hält, die ihm je untergekommen ist.«

»Nach meiner Mutter«, ergänzte Rico.

»Nach seiner Mutter«, korrigierte Arne sich.

Rico schüttelte missbilligend den Kopf. »Er muss immer übertreiben. Was er sagen wollte, ist, du bist ganz okay.«

»Schweig still, Homo, und lass den Mann reden.« Melli nahm ihr Glas wieder auf und prostete ihm zu. »Ich fange gerade an, das hier zu genießen.«

»Ich war ziemlich eifersüchtig, am Anfang, auf eure Freundschaft.« Arne räusperte sich. »Und auf dich, Melli.«

»Das hab ich mir immer gedacht.« Melli hatte immer gewusst, dass Arne anfangs mit ihrer Freundschaft zu Rico zu kämpfen gehabt hatte.

»Das war ja auch nicht schwer.« Rico griff seinem Freund unters Kinn. »Unser Arne hat nicht gerade ein Pokerface.«

»Ich war eifersüchtig. Bis ich dich kennengelernt habe«, fuhr Arne fort und atmete schwer. Reden lag ihm nicht besonders. Darum übernahm es in der Regel Rico für ihn.

»Und bis ich begriffen habe, dass Rico ausnahmsweise einmal nicht übertreibt.« Arne warf Rico einen Seitenblick zu. »Wie sonst immer.«

Rico grunzte beleidigt. »Das geht jetzt hier in eine ganz falsche Richtung.«

»Entschuldige.« Arne räusperte sich noch einmal. »Melli, du bist uns beiden die beste Freundin gewesen, die wir uns hätten wünschen können.«

Plötzlich griff eine eiskalte Hand nach Mellis Herz. Was war hier los? Worauf bereitete man sie hier vor? Brauchte einer der beiden einen Lungenflügel von ihr? Oder eine Niere? »O mein Gott! Ist einer von euch krank?«

»Niemand ist krank«, rüffelte Rico sie ungeduldig. Er

stieß Arne an. »Jetzt spuck es endlich aus. Du machst sie noch ganz hysterisch mit deinem feierlichen Gesabbel.«

»Melli, ich möchte dich fragen, ob du unsere Brautjungfer werden möchtest.«

Brautjungfer. Nicht Braut. Melli war, als würden die Menschen und Bäume im Park ihre Schärfe verlieren. Die Hintergrundgeräusche verstummten, und es hätte Melli kein bisschen gewundert, wenn die Stadt mit all ihren Straßen, Brücken, Häusern und Menschen sich von ihr und ihrem Platz auf der Picknickdecke zurückgezogen hätte, bis Melli sich ganz allein auf einer weiten, leeren Fläche wiedergefunden hätte.

»Arnes Bruder ist die andere, und er hat schon ja gesagt«, grinste Rico. »Aber du hast alle Zeit, es dir zu überlegen. Kein Druck, kein Druck. Zehn, neun, acht …« Rico zählte den Countdown an, brach aber ab, als er Mellis Gesicht sah.

»Ihr wollt heiraten?« Melli musste sichergehen, dass sie keine falschen Schlüsse zog.

Rico sank mit gespielter Erschöpfung an Arnes Schulter. »Er hat mich dreimal gefragt. Am Schluss ist mir einfach kein guter Grund mehr eingefallen, warum nicht.«

»Ihr«, wiederholte Melli ungläubig, »wollt heiraten?« Sie musste ihre ganze Selbstbeherrschung aufbieten, um die Worte nicht laut herauszuschreien. »*Heiraten?!*« Jetzt hatte sie wohl doch geschrien, denn Arne und Rico waren erschreckt zusammengezuckt.

»Melli?« Rico nahm ihr vorsichtshalber das Glas aus der Hand. »Alles okay?«

Alles okay? *Nichts* war okay!

Arne wollte ihr beruhigend die Hand auf die Schulter legen, aber Melli war schon aufgesprungen. Sie trat auf das Champagnerglas, das in tausend Teile zersplitterte, griff nach ihrer Jacke und stapfte mit kleinen, wütenden Schritten davon.

BRITTA

Britta hatte nach Namen für die Zwillinge gesucht, es dann aber wieder seinlassen, weil sie gelesen hatte, dass so etwas Unglück bringe und man das Schicksal damit herausfordere. Insgeheim hatte Britta beschlossen, dass in ihrem Bauch ein Henry und eine Greta wuchsen, aber sie sprach ihre Namen nicht laut aus, nicht einmal, wenn sie allein war. Sie wollte kein unnötiges Risiko eingehen. Man sah noch keinen Bauch, nur ein Bäuchlein, aber ihr Körper schien sich darauf vorzubereiten, Platz zu machen für das, was kam. Oder für die, die kamen. Aber nicht nur die, deren Namen nicht genannt werden durften, wuchsen. Britta wuchs auch. Sie wuchs mit. Von ihren Skinny Jeans hatte sie sich schon verabschiedet, aber auch ihr weitester Rock spannte mittlerweile bedenklich um Hüften und Po. Britta hatte sich von Yüzil für ein paar Tage mit einer Grippe krankschreiben lassen und im Sender angerufen. Sie wäre nicht in der Lage gewesen, ins Studio zu gehen. Sie hatte sich in den ersten Tagen nicht einmal getraut, Treppen zu steigen, den Weg vom Loft zur Tiefgarage zu gehen oder länger als fünf Minuten aufrecht zu stehen. Sie war die beunruhigende Vorstellung nicht losgeworden, dass ihr Bauch die beiden Embryos, die in ihm wuchsen, nicht halten konnte und sie bei der nächsten falschen Bewegung aus ihm herausflutschen würden. Sie hatte Ausschnitte von Turnmeisterschaften in irgendeinem aserbaidschanartigen Land gesehen und den Anblick von Frauen, die aus einem gestreckten Salto in den Stand donnerten, nicht ertragen. Britta war in ihrem Leben nicht einen Tag krank gewesen. Sie hatte mit den Volleyball Queens in vier aufeinanderfolgenden Jahren die Deutschen Schulmeisterschaften gewonnen und war vor vier Jahren nach nur sechs Wochen Training den Berlin-Marathon gelaufen, um auf die Not christlicher Minderheiten in Nepal aufmerksam zu machen. Aber seitdem sich ihr Körper geweigert hatte, ihren dringlichsten Wunsch zu erfüllen, misstraute sie ihm grundsätzlich. Er kam ihr alt und schwach und unzulänglich vor. Ihre Knie knackten, wenn sie sich in der Küche nach einer heruntergefallenen Scheibe Toast bückte, nach langen Autofahrten stieg sie steif und mit schiefen Hüften aus dem Wagen, und seit letztem Jahr konnte sie die Inhaltsangaben auf den Shampooflaschen nicht mehr ohne die Lesebrille entziffern, die sie sich während eines Besuchs bei ihrer Mutter für einen Euro und neunundneunzig Cent verschämt aus dem Supermarkt mitgenommen hatte. Und jetzt sollte ausgerechnet er, diese perfekt enthaarte, topgepflegte, sanft gebräunte, zahngebleichte, sportstudiogestählte Bruchbude von einem Körper gleich zwei Babys für die nächsten Monate ein sicheres Zuhause bieten?

Britta erinnerte sich an ihren Onkel Klaus, der von Frauen über vierzig nur als *hinten zwanzig, vorne ranzig* oder *hinten Biene, vorne Ruine* sprach und der sich wunderte, warum er der einzige der Brüder war, der mit Anfang sechzig immer noch Single war. Sie erinnerte sich an die beiden Fehlgeburten, die sie vor ein paar Jahren gehabt hatte. Und ganz, ganz entfernt, nur einen Wimpernschlag lang, an die Abtreibung mit Anfang zwanzig, die vernünftig und unvermeidlich gewesen war und ihr trotzdem einen Schauer von schlechtem Gewissen über die Haut laufen ließ, wann immer sie daran zurückdachte. Was, wenn es doch einen Gott gab? Alles sprach dagegen, aber was, wenn der rachsüchtige, übelgelaunte, misanthropische alte Sack aus dem Alten Testament wirklich existierte, dessen infantile Freude an Mord, Totschlag und Vergeltung Britta schon als Kind abgestoßen hatte? Was, wenn er Brittas gesamte Sünden gegen ihre unverhoffte Schwangerschaft aufwog und beschloss, sie vorzeitig zu beenden? Was, wenn er Britta überhaupt nur hatte schwanger werden lassen, um ihr im Moment ihrer größten Freude, ihres größten Glücks alles wieder zu nehmen? Zuzutrauen wäre es ihm.

Britta hatte sich mit überkreuzten Beinen auf ihr Sofa gelegt und war in den nächsten Tagen nur aufgestanden, um zu pinkeln oder den Lieferdienst zu bezahlen. Allerdings hatte die Angst ihre Freude nicht ganz besiegen können. Sie war schwanger! Sie gehörte zu den Milliarden zählenden Wesen auf dem Planeten, die Nachwuchs produzierten, von Caretta, der tapferen Meeresschildkröte, die sich mühsam an Land schleppte, um ihre Eier im warmen Sand zu vergraben, bis zu der tapferen Mormonin, die Britta während eines Interviews ihr jüngstes Kind in den Arm gelegt hatte, ihr sechzehntes. Britta liebte es, andere Schwangere zu beobachten, die mit sanftem Watschelgang durch die Straßen spazierten oder mit ihren dicken Bäuchen wie weibliche Buddhas auf Parkbänken saßen. Am liebsten hätte sie an einer Parade teilgenommen, am liebsten wäre sie mit Hunderten dickbäuchiger Damen zu Marschmusik und Trommelschlag durch die Innenstadt gezogen, um der Welt zu verkünden, dass Britta van Ende allen Widrigkeiten zum Trotz so fabelhaft fruchtbar war wie eine Tonne Gartenkompost.

Am fünften Tag, den Britta auf dem Sofa verbrachte, um ihrer Schwangerschaft keine Gelegenheit zu geben, es sich doch noch anders zu überlegen, hatte sie eine Dokumentation über Frauen mongolischer Hirten gesehen, die Kinder gebaren, bis die Menopause dem ein Ende setzte, und noch am Tag vor der Niederkunft auf ihren ungesattelten Ponys Rentiere zusammentrieben, und beschlossen, dass es Zeit war, ins Leben zurückzukehren. Sie hatte den Sender informiert, dass ihre Grippe überstanden war, hatte sich beim Friseur eine ökologisch unbedenkliche Tönung machen lassen, um das Blond auszuschleichen, das für Moderatorinnen zum Standard gehörte, für Babys aber angeblich bedenklich war, und hatte sich ein Taxi gerufen. In der

Maske hatte sie mit leichter Enttäuschung festgestellt, dass ihre Haut nicht einen Hauch des Strahlens aufwies, das man Schwangeren normalerweise zuschrieb, sondern eher ein erschöpftes Greige, hatte die Ringe unter ihren Augen abdecken und die doppelte Menge Rouge auftragen lassen und war hinter ihr Pult getreten. Und hatte Philipp auf sich zukommen sehen.

Das mussten die ersten Anzeichen der gefürchteten Schwangerendemenz sein, die Frauen die Namen ihres Partners, die PIN ihrer EC-Karte oder den kürzesten Weg zur Toilette vergessen ließ, Wortfindungsschwierigkeiten verursachte und das Erinnerungsvermögen trübte. Britta hatte Philipp vergessen. Sie hatte vergessen, dass dieser dreiundzwanzigjährige Regieassistent mit seinem flachen Bauch und seinem Apfelhintern, in Skinny Jeans und Sneakers, der Vater ihrer Kinder war. Sie hatte während der letzten fünf Tage nicht *einmal* an ihn gedacht. Jetzt kehrte die Erinnerung mit solcher Wucht zurück, als hätte ihr jemand ein Dielenbrett vor den Kopf geschlagen. Britta war klar, dass sie sich, sobald sich ihre Schwangerschaft nicht mehr verheimlichen ließ, eine Geschichte ausdenken musste, die das völlige Fehlen eines Mannes in dem Bild *Prominente Nachrichtensprecherin (40) wird zum ersten Mal Mutter!* erklärte, ohne zu viel preiszugeben. Das machten doch jetzt alle. Ricky Martin, Elton John, Christiano Ronaldo. Sie alle waren plötzlich mit einem oder gleich mehreren Kindern aufgetaucht, ohne dass auch nur eine Frau gesichtet worden war. Wieso sollte Britta van Ende nicht Zwillinge bekommen, ohne dass ein Mann mit im Bild war? Wieso sollte sich die Anchorfrau des Jahres nicht ihren sehnlichsten Wunsch mit einer Samenspende aus Dänemark erfüllt haben?

»Hey.« Philipp stellte eine Tasse Kamillentee und eine Großpackung Hustenstiller auf Brittas Pult. »Du siehst gut aus.«

»Danke.«

»Es scheint dir gutzutun, mit mir zu schlafen.«

Britta nahm einen Schluck Tee und lächelte freundlich.

Er hatte keine Ahnung, wie gut. Und wenn es nach ihr ginge, würde er nie eine haben.

JENNY

Normalerweise lief es so: Sie stritten miteinander, und da sie bei den großen Dingen fast immer einer Meinung waren, meist über irgendetwas Banales. Musste Steffen Jenny wirklich sagen, er komme gleich ins Bett, wenn er dann doch noch bis spät in die Nacht vor dem Fernseher sitzen blieb? Konnte Jenny nicht mit dem Auto in die Stadt fahren, ohne anderen Autofahrern den Stinkefinger zu zeigen und zu dicht aufzufahren? Wann fand Steffen endlich einmal den Mut, seinen Eltern zu sagen, dass sie in diesem Jahr den zweiten Weihnachtsfeiertag *nicht* bei ihnen verbringen würden, um Unmengen von Aal zu essen? Und warum kaufte

Jenny immer wieder vegane Streichwurst, obwohl sie wusste, dass alle sie einfach nur zum Kotzen fanden?

Da diese Streitpunkte an sich nicht viel hergaben, verlagerten sich die Auseinandersetzungen meist schnell auf die grundsätzliche Ebene. Oft ging es um etwas, das der andere *gesagt* hatte, aber nicht so *gemeint* haben wollte.

»Aber warum hast du es denn dann gesagt?«, würde also zum Beispiel Jenny fragen.

»Ich hab es nur *so* gesagt.«

»Ach! Du hast es nur *so* gesagt! Na klar! Ich will dir mal was sagen«, würde Jenny sagen, und meistens sagte sie dann leider auch wirklich was. Sie konnte zwar nicht so gut schweigen wie Steffen, dafür aber lauter und mehr reden.

»Wörter *bedeuten* etwas«, würde Jenny sehr dicht an Steffens Ohr sagen, und Steffen würde sich eine Cola aus dem Kühlschrank nehmen, weil er wusste, dass es von hier an länger dauern konnte. »Wenn ich *Gurke* sage, meine ich das lange grüne Ding, das fast nur aus Wasser besteht und rundum eingeschweißt ist. Was ich *nicht* meine, ist ein belgischer Hartkäse, auf dem man Klassikradio empfangen kann. Dieses System«, würde Jenny fortfahren und dabei aufgeregt mit den Armen fuchteln, um ihren Sätzen mehr Gewicht zu geben, »nennt man Sprache! Sprache ist sehr praktisch! Und wird von allen außer dir benutzt, um Silben mit Bedeutung zu füllen. Nur du sagst etwas und *meinst* es dann nicht.«

Spätestens hier würde die Auseinandersetzung den Charakter einer Vorlesung bekommen. Einer hörte zu. Der andere referierte. Ebenso häufig stritten sie darüber, dass der eine etwas gedacht hatte – meistens Steffen –, was er dem anderen aber nicht sagen wollte.

»Du kannst ruhig sagen, was du denkst.«

»Ich denke nichts.«

»Du denkst doch, lass sie nur schreien und mit den Armen fuchteln, die beruhigt sich sowieso gleich wieder. Das denkst du doch.«

»Nein, denke ich nicht.«

»Ich kann *sehen*, dass du das denkst!«

»Wie willst du denn *sehen*, was ich denke?«

»Weil ich dich kenne. Ich kenne dich. Besser als du dich selbst!«

Das war die schlimmstmögliche Zumutung. *Ich kenne dich besser als du dich selbst.* Dieser Satz von Jenny kam gleich nach dem Satz, der die Neutronenbombe in ihren Auseinandersetzungen war und den Steffen nur in völlig aussichtsloser Lage zündete. *Du bist genau wie deine Mutter!*

Aber selbst nach diesem Ground Zero der Streitkultur dauerte es nie lang, bis einer der beiden eine Bemerkung machte, die den anderen zum Lachen brachte, oder mit einem Geschirrhandtuch oder einem nassen Spülschwamm nach ihm warf, um ihm zu zeigen, dass man sich auch amüsieren konnte, wenn man schon auf dem Niveau von Fünfjährigen angekommen war. Ein Grund für Jennys und Steffens fünfzehn gemeinsame Jahre war der Umstand, dass sie zwar manchmal böse aufeinander waren, es aber nie lange bleiben konnten.

Doch diesmal war es anders. Sie hatten nicht wie sonst die Kinder ins Bett gebracht und sich dann auf die alte Hollywoodschaukel im Garten zurückgezogen, um sich eine Packung *After Eight* zu teilen, die sie vor Kim und Benni versteckt gehalten hatten. Steffen hatte sich ohne Jenny auf die Bank vor der Remise gesetzt und sich eine Zigarette angezündet. Jenny wusste, dass Steffen wusste, wie sehr sie es hasste, wenn er rauchte, und so hatten sie sich nicht versöhnt, sondern leise weitergestritten, um die Kinder nicht aufzuwecken, bis Steffen sich auf das alte Sofa im Haushaltsraum gelegt und sich geweigert hatte, Jenny noch länger zuzuhören. Erst hatte Jenny vor Wut auf ihr Kopfkissen eingeschlagen, dann hatte sie Steffens Arm auf ihrer Hüfte vermisst. Am nächsten Morgen war sie aufgewacht und hatte das Haus leer vorgefunden. Steffen hatte die Kinder bereits zur Schule gebracht und Jenny ausschlafen lassen. Aber Jenny wusste, dass es ihm nicht darum gegangen war, sie nicht zu stören. Er war noch immer sauer auf sie und wollte es vor den Kindern nicht zeigen. Warum hatten sie gestritten? Jenny konnte sich kaum noch erinnern. Sie wusste, dass sie Steffen mit dem Fotojob vor vollendete Tatsachen gestellt hatte. Aber sie hatte nicht erwartet, dass es ihm so viel ausmachen würde.

Egal. Jenny hatte geduscht und gefrühstückt und nach hartem Ringen mit sich selbst in der Küche alles so liegen gelassen, wie Steffen und die Kinder es hinterlassen hatten. Sollte er schmollen, solange er wollte. Sie würde sich jetzt an die Arbeit machen.

Jenny hatte in der alten Remise im Garten eine Ecke

freigeräumt. Sie hatte die Stative und den Diffusor auf den dunkelgrauen Hintergrundscreen ausgerichtet und die Wäsche, die Melli ihr mitgegeben hatte, aus jedem erdenklichen Winkel fotografiert. Sie hatte sich eine Büste aus Styropor besorgt und sie mit Goldlack überzogen und plötzlich verstanden, warum die Reizwäsche auf den verstaubten Schaufensterpuppen in den Fenstern der Beate-Uhse-Läden sie immer so traurig gemacht hatte. Aber egal, wie sehr sie sich auch bemühte, die Höschen, Hüfthalter und Bustiers sahen nach abfotografierter Unterwäsche aus und nicht nach sexy Lingerie, die frau unbedingt haben wollte.

Frustriert hatte sie die Sachen zurück in ihre Kartons gestopft. Vielleicht hatte Steffen recht. Sie hatte es schon einmal versucht, und es war nichts geworden. Vielleicht war es einfach nicht das Richtige für sie. Vielleicht war der Zug, wie Steffen es wenig einfühlsam formuliert hatte, für sie einfach abgefahren.

Als die Kinder nach Hause kamen, hatte Jenny das Frühstücksschlachtfeld beseitigt und das Essen vorbereitet. Als Steffen nach Hause kam, hatten sie einander mit eisiger Höflichkeit behandelt. Jenny hatte das ungute Gefühl, dass sie, wenn sie ihre Versöhnung noch länger hinauszögerten, den Punkt verpassen könnten, an dem sie noch möglich war, und dass das verbindliche Nebeneinander, was jetzt noch eine beleidigte Scharade war, zu etwas werden könnte, von dem sie sich nicht mehr erholen würden.

Nie hatte Jenny weniger Lust gehabt, auf einen Elternabend zu gehen, als an diesem Abend. Aber die Schule, auf die Kim und Benni gingen, war seit drei Jahren ein Sanierungsfall. Bereits bewilligte Gelder verfielen, weil die zuständigen Baubehörden sich nicht in der Lage sahen, Anträge termingerecht zu bearbeiten, die Fassade war eingerüstet, um die Schüler vor herunterfallenden Gebäudeteilen zu schützen, die Toiletten waren so verwahrlost gewesen, dass ein paar Mädchen einen ganzen Tag lang bei sengender Hitze nichts getrunken hatten, um sie nicht benutzen zu müssen, und kollabiert waren. Steffen hatte daraufhin beschlossen, dem Verfall nicht länger tatenlos zuzusehen, und eine Elterninitiative ins Leben gerufen, die in Eigenregie den alten Toilettentrakt renoviert hatte und jetzt versuchen wollte, den Duschraum der Turnhalle auf Vordermann zu bringen.

Und das war der Mann, dem Jenny übelnahm, dass er ihre bescheuerte Idee, es mit Anfang vierzig als freie Fotografin zu versuchen, nicht mit Jubel und Böllerschüssen begrüßt hatte. War sie vielleicht einfach nur zu verbohrt, sich einzugestehen, dass er recht hatte?

Als sie das Klassenzimmer betraten und Steffen von den Männern und Frauen des Bautrupps umringt wurde, fiel Jenny ein, was sie über dem Streit mit Steffen und dem elenden Fotoshooting vergessen hatte – sich so hübsch zu machen wie irgend möglich.

Elternabende waren, das hatte Jenny mit Kims Einschulung lernen müssen, die Fortsetzung der Großen Pause, nur zwanzig bis dreißig Jahre später. Männer wurden wieder zu Jungs und blieben meist unter sich, gestandene Frauen verwandelten sich in Schulhofzicken zurück. Was fehlte, waren nur Zahnspangen und mit Abdeckstift zugespachtelte Eiterpickel. Und alle waren herausgeputzt wie für den Abschlussball. Immerhin war es ein sexy Abschlussball. Wann immer Jenny an den Weihnachtsfeiertagen keinen Aal mehr hinunterbringen oder die schrille Stimme von Steffens Mutter nicht mehr ertragen konnte, hatte sie sich mit der Entschuldigung, sich unbedingt die alten Fotoalben der Familie anschauen zu wollen, ins Wohnzimmer zurückgezogen. Dabei war ihr aufgefallen, dass Frauen der Generation von Steffens Mutter mit vierzig aussahen wie ältere Damen. Würdevoll, akkurat frisiert, makellos sauber, mit breiten Hüften und gefalteten Händen. Und unsagbar unsexy. Gegen dieses Meer aus gedeckten Farben nahm sich der heutige Elternabend aus wie ein Treffen von feierwütigen Amazonen, die sich nach dem Abklingen der schlimmsten Akne ihre ersten High Heels gekauft und sie nie wieder ausgezogen hatten. Mit den meisten hier war Jenny seit Jahren bekannt, mit vielen befreundet, aber sie hatte sie in erster Linie als Mütter von irgendjemandem oder als Nachbarinnen gesehen. Nie als die wilden Weiber, die sie waren. Jenny sah muskulöse Oberarme, gestählt durch das Stemmen von Kleinkindern und Getränkekästen, pralle Schenkel in Stretchjeans und Leggings, sie sah Gesichter voller Leben und Frauen, die Übung darin hatten, sich die Welt so zu machen, wie sie sie brauchten, auch wenn es ein Kampf war und die Welt sich ihren Wünschen nach Kräften widersetzte.

Jenny hatte sich auf der Heimfahrt bei Steffen entschuldigen wollen. Aber das würde noch etwas warten müssen, sie hatte jetzt andere Pläne. Jenny zog ein paar der Mütter beiseite, um ihnen zu erklären, was sie mit ihnen vorhatte.

YÜZIL

Der Gemeindesaal hatte große, weiße Bodenfliesen, die so taten, als seien sie aus Marmor. Die Wände waren mit champagnerfarbenen Vorhängen dekoriert, vor denen Frauen mit und ohne Kopftuch und Männer verlegen an Stehtischen standen. An der Stirnseite des Saals waren Frauen im Alter von Yüzils Mutter damit beschäftigt, ein warmes Büfett aufzubauen. Vorsichtig entzündeten sie kleine Spirituspfannen, deren blaue Flammen an Metallschalen voller Fleisch- und Fischgerichte leckten. Aus Lautsprechern, deren Stative mit Plastikefeu geschmückt waren, drang türkische Tanzmusik, so leise, dass es eher wie eine technische Störung klang. Auf dem Tisch am Eingang lagen selbstklebende Namensschilder aus. Merve pappte Yüzil eines der Schilder quer über die rechte Brust und klopfte es fest. Ihre Mutter hatte sich schick gemacht. Sie trug einen knöchellangen, auberginefarbenen Faltenrock in Leopardenprintoptik. Schon das hätte Yüzil misstrauisch machen sollen. Can zupfte nervös an der Weste seines braunen Dreiteilers und winkte ein paar Männern zu, die Yüzil seltsam bekannt vorkamen.

»Da sind doch die Söhne von Tante Eylül!« Can stupste

Yüzil an, um sie auf die drei Männer aufmerksam zu machen, die sich nervös durch ihr auffallend langes, schütteres Haar fuhren, das in ein- und demselben rötlich schimmernden Braunton gefärbt war.

»Das sind Ömer, Berat und Mirac«, ergänzte Merve.

»Wie gut sie aussehen. Nicht wahr?«, fragte Can.

Als Yüzil nicht antwortete, pflichtete Merve ihm bei. »Sie sehen sehr stattlich aus.« Merve winkte ihnen zu.

Ömer, Berat und Mirac winkten zurück. Unter ihren Achseln zeichneten sich dunkle Schweißflecken ab.

»Ömer hat den Supermarkt seiner Eltern übernommen, Berat hat eine wichtige Stelle bei der Stadt, und Mirac leitet ein Umzugsunternehmen«, erläutete Merve.

»Sehr, sehr stattlich«, bekräftigte Can noch einmal.

»Und da ist Evren!« Merves Stimme überschlug sich fast.

Evren war mit Yüzil auf die Hermann-Hesse-Oberschule gegangen, wo sie in den ersten drei Jahren die einzigen türkischen Kinder gewesen waren. Aus dem kleinen, pummeligen Streber, der panische Angst vor Ballspielen und den großen Mädchen in der Raucherecke gehabt hatte, war ein schwerfällig wirkender Mann geworden, der Schuhe mit erhöhten Absätzen trug und sehnsüchtig auf das warme Büfett starrte.

»Evren!« Merve winkte ihm quer durch den Saal zu, aber Evren tat so, als hörte er sie nicht, und nahm sich einen der vorgewärmten Teller.

Yüzil sah sich um. Ihre Eltern hatten von einem kulturellen Event in ihrer Gemeinde gesprochen, zu dem sie sie gerne einladen wollten. Normalerweise bedeutete das, dass ein türkischer Schmachtfetzen aus den siebziger Jahren gezeigt wurde, der schon im Fernsehen schwer zu ertragen war, greise Hobbypoeten patriotische Langgedichte über Atatürk und die verlorene Heimat vortrugen, die ihre Eltern und alle anderen im Saal in Tränen ausbrechen ließen, oder stundenlang zu folkloristischem Getröte und Gefiedel im Kreis getanzt wurde. Normalerweise hätte Yüzil Arbeit oder eine Verabredung vorgeschützt, wie immer, aber nach dem Date-Debakel war sie zu schwach gewesen, um abzulehnen. Sie tat ihren Eltern selten genug den Gefallen, mit ihnen die Moschee zu besuchen, und hatte sich verpflichtet gefühlt, sie an diesem Abend zu begleiten. Aber wie so oft, hatten ihre Eltern ihr nicht die ganze Wahrheit gesagt. Nein, sie hatten Yüzil wieder einmal angelogen.

»Anne? Baba? Was ist das hier?« Yüzil sah, wie der Gemeindeleiter kleine, vorgedruckte Zettel verteilte, über die sich die Anwesenden mit konzentriertem Blick beugten.

»*Mutlu mesire* ist der Single-Treff der Moschee.«

»Der *was*?«

»Entspann dich.« Merve reichte Yüzil ein Glas mit einer kreischend orangen Flüssigkeit. »Es gibt vier Sorten Fruchtsäfte und gute Musik.«

»Warum heißt es *Glücklicher Spaziergang*?«

»*Glückliche Promenade*«, verbesserte Merve.

»Hä?«

»Ihr Türkisch wird schlechter, aber dafür vergisst sie ihr Deutsch«, spottete Can.

»Es heißt *Wie bitte*, und die *Glückliche Promenade* hat
schon viele Paare zusammengeführt.« Merve stupste Yüzil
an.

Der Gemeindeleiter war bei ihr angekommen und drückte ihr einen Zettel in die Hand. Unter *Selbstauskunft* waren
fünf Zeilen freigelassen, darunter konnte man Hobbys, Fa-
milienstand, finanzielle Verhältnisse und religiöse Haltun-
gen ankreuzen. Die Zettel waren nummeriert. Yüzil hatte
die Nummer 46, wie auf dem Namensschild, das auf ihrer
Brust klebte. Auf dem unteren Abschnitt des Zettels konnte
sie die Nummer desjenigen eintragen, mit dem sie später ein
Gespräch führen wollte, was vom Gemeindeleiter arrangiert
werden würde.

Can reichte Yüzil einen Kugelschreiber. »Die Männer
hier sind nicht schlecht.« Can rieb sich erfreut die Hände.

»Nicht schlecht?« Yüzil musste sich bemühen, nicht laut
loszuschreien. »Die meisten hier haben eine Ziege in Ana-
tolien, die sie besser kennen, als sie sollten, und der Rest ist
inkontinent.«

Eine Pflegerin schob einen gut achtzigjährigen Greis im
Rollstuhl durch den Saal, der Yüzil grinsend zuzwinkerte
und mit den Fingern wedelte.

»Schon wieder Ziegen«, rief Can wütend aus und zupfte
ärgerlich an Merves Kleid. »Hör dir das an! Deine Tochter
ist eine Rassistin!«

Merve versuchte, Cans Mund mit ihrer Hand zu bedecken, aber der bog sich weg.

»Jawohl, eine Rassistin!«

»Ihr sagt mir jetzt *sofort*, wozu wir hier sind, oder ich bin schneller weg, als ihr Kuru Fasulye sagen könnt«, zischte Yüzil mit Blick auf ein dickbäuchiges Großmütterchen, das eine große Pfanne des weißen Bohneneintopfes an ihr vorbei zum Büfett trug.

»Wir wollen dir helfen, das wollen wir«, sagte Merve trotzig.

»Anne!« Yüzil sah ihre Mutter ungläubig an.

»Du hast unser Mitgefühl. All die schrecklichen Online-Männer!«

»Woher wisst ihr von meinen Online-Männern?«

»Eymen arbeitet in dem Restaurant, wo du dich lächerlich gemacht hast«, sagte Can.

»Der Cousin von Tante Defne«, erklärte Merve. »Das hier ist der erfolgreichste Single-Treff unserer Moschee. Viele gute Ehen wurden hier geknüpft. Es liegt ganz bei dir, ob dein Leben ein schöner Spaziergang wird oder ob du endest wie ein toter Fisch in einer Pfütze.«

»Ein toter Fisch in einer Pfütze?«

»Einsam und allein«, rief Merve aus, die langsam die Geduld verlor mit ihrer offensichtlich begriffsstutzigen Tochter.

»Mein Kind!« Can legte Yüzil eine Hand auf den Unterarm. »Das hier ist Allahs Resterampe! Also mach das Beste daraus und hör auf zu jammern!«

»Yüzil«, sagte Merve und sah Yüzil eindringlich an. »Ich sage es nicht oft, und ich sage es nicht gern, aber dein Baba hat recht.«

»Ha!« Can schlug erfreut die Hände zusammen.

»Wenn es hier keinen Mann für dich gibt – gut.« Merve sah sich um und lächelte. »Aber du kannst es wenigstens versuchen.«

Can wies mit ausgestrecktem Arm auf die anwesenden Männer, die in einer langen Schlange vor dem Büfett anstanden. »Die Kuh, die das Gras so sehr vermisst, dass sie das Heu nicht anrührt, wird schon bald zum Metzger geführt.«

»Das ist nicht mal ein Sprichwort«, schüttelte Yüzil den Kopf.

»Jetzt ist es eins«, gab Can trotzig zurück.

Merve nahm Yüzil den Zettel ab und fing an, ihn für sie auszufüllen. »Was dein Vater sagen will, ist, dass, wenn dein Haar grau ist und wie Unkraut auf deinem Kopf hängt, es nicht der richtige Moment ist, um wählerisch zu sein.« Merve reichte Yüzil den Zettel. »Und jetzt zeig uns, dass du lächeln kannst, und stürz dich ins Getümmel!«

»Wie wär's mit der Nummer 23?«, fragte Can und wies auf einen rothaarigen Dürren mit Sommersprossen, der sich ein Stück Hackfleisch aus den Zähnen pulte und es gedankenverloren an seiner Hose abwischte.

Yüzil war kurz davor, die Fassung zu verlieren. Dachten ihre Eltern wirklich, sie wäre so verzweifelt, dass sie auf diesem Viehmarkt auf Männerfang ging? Dachten die anderen das auch? War sie die Übriggebliebene, von der es in jedem anatolischen Dorf eine gab und von der Frauen wie Männer als *dreiundachtzig, aber immer noch Jungfrau, toi, toi, toi* sprachen?

Yüzil nahm ihrer Mutter den Zettel aus der Hand. »Ich

kann nicht glauben, dass ihr mich hierhergebracht habt! Diese Männer sind der beste Grund für eine Frau, die Beine in die Hand zu nehmen und um ihr Leben zu laufen.« Yüzil versuchte, das Namensschild von ihrer Brust zu ziehen, doch der Kleber war mit der Seidenbluse verschmolzen wie ein Kaugummi mit einem Sofakissen. »Und genau das hab ich vor!«

»Du kannst jetzt nicht gehen!«

»Ach, nein?« Yüzil marschierte wütend zum Ausgang und zerriss im Gehen den Zettel mit ihren Selbstauskünften.

»Dann seht mir jetzt mal ganz genau zu!«

Can zeigte ungläubig auf das Büfett. »Aber gleich gibt es Köfte!«

MELLI

Melli streifte durch die Abteilung, auf der Suche nach einer Kundin. Sobald die ersten warmen Tage kamen, leerte sich das Kaufhaus zusehends und füllte sich erst wieder so richtig zum Sommerschlussverkauf. Berliner und Touristen drängten sich im Wannseebad und an den Seen oder standen in ihren Autos und Reisebussen vor einer der vielen Baustellen der Stadt im Stau, wo zum Erstaunen aller auch im Sommer nur an jedem dritten Tag Bauarbeiter zu sehen waren.

Eine Gruppe schwarzbehelmter Japaner schob sich durch

die Kleiderständer, ausgerüstet mit Funktionskleidung und Wanderstiefeln, als gelte es, die Zugspitze zu besteigen, und zeigte kichernd auf die etwas gewagteren Dessous. Japanische Reisegruppen machten immer unzählige Fotos und kauften nie etwas.

Rico feierte seine Überstunden aus der Vorweihnachtszeit ab und war mit Arne nach Gran Canaria geflogen, von wo er Schnappschüsse älterer Herren schickte, die in den Dünen miteinander kopulierten.

Melli hatte denkbar schlecht auf die Nachricht seiner Hochzeit reagiert und war froh, dass Rico ihre Entschuldigung so großzügig angenommen hatte. Sie war völlig kopflos aus dem Park geflüchtet und erst stehen geblieben, als sie Rico ihren Namen hatte rufen hören. Er hatte sich bei ihr untergehakt und schweigend ihrem verbitterten Monolog zugehört, der immer wieder von Schluchzern und der Suche nach einem Taschentuch unterbrochen worden war.

»Alle heiraten! Sandrine heiratet auf einem Schloss in Brandenburg, Elke und Sonja haben für ihre Feier einen Ausflugsdampfer gemietet und bitten auf der Einladung um Badebekleidung und gute Laune, Mark hat um Maries Hand angehalten, sie fliegen im Juli nach Graceland, weil sie von Elvis getraut werden wollen. Selbst die, von denen man es nie erwartet hätte, haben sich entschlossen zu heiraten! Weil das zweite Kind kommt, weil sie schon so lange zusammen sind, dass es jetzt auch schon egal ist, weil sie es satthaben, steuerlich benachteiligt zu sein. Jeder Grund ist ihnen recht! Und ich? Was mache ich falsch? Warum bleibt keiner bei mir? Ich bin zu hässlich. Ich bin zu fett. Ich bin launisch, und ich klammere. Ich will so unbedingt *nicht* allein sein, dass ich auch den Letzten noch vertreibe.« Melli hatte sich anklagend vor die Stirn geschlagen. »Ich bin selbst schuld. Sie haben mich gefragt, früher, aber ich war zu anspruchsvoll. Ich war kleinlich und engstirnig und nie großzügig genug, um über die Macken anderer hinwegzusehen. Ich wette, sogar Arne hat Macken! Und was machst du? Du siehst darüber hinweg.«

»Na ja«, hatte Rico gemurmelt.

»Du verzeihst ihm seine kleinen Fehler. Weil es das ist, was Liebe ausmacht. Und was mache ich? Keiner war gut genug für Melli.« Sie hatte gewusst, dass der Moment gekommen war, einfach mal die Klappe zu halten, als sie angefangen hatte, von sich in der dritten Person zu sprechen. »Und jetzt? Fragt keiner mehr. Ich bin zu alt.«

»Du bist neununddreißig«, hatte Rico eingeworfen.

»Und die Guten sind alle vergeben! Du siehst doch, was da draußen rumläuft. Typen, die in ihrer Freizeit am Flughafen stehen, um landende Maschinen zu fotografieren, mir von ihren Hämorrhoiden erzählen oder von den Details ihrer zweiten Scheidung. Männer, die es einfach verpasst haben und jetzt genauso festgefahren sind wie ich. Eigenbrötler, Seltsame, Allergiker, Typen mit Angst vor Hunden oder großen Plätzen, die am liebsten zu Hause sind, wo sie Fertigpizza und WLAN haben. Irgendwelche Horsts und Uwes, die in ihren Kellern die Modelleisenbahn ihres verstorbenen Vaters weiterbauen oder auf den Rat ihrer persönlichen Heilerin vertrauen, wenn es darum geht, mit real existierenden Frauen auf ein Date zu gehen.«

»Im Ernst jetzt?« Rico hatte ein Faible für Abseitiges und warf Melli immer vor, ihm von den wirklich interessanten Dates nichts zu erzählen.

Und Melli hatte nicht vorgehabt, jetzt daran etwas zu ändern. »Ich bin so verzweifelt, dass es mich vor mir selbst gruselt. Ich habe mich letztens ernsthaft gefragt, ob ich jemanden mit einer körperlichen Behinderung attraktiv finden könnte.« Melli hatte sich auf eine Bank am Straßenrand fallen lassen. »Einen netten Amputierten mit geregeltem Einkommen, der genau wie ich den Traum von der großen Liebe noch nicht ganz aufgegeben hat.«

»Jetzt klingst du wie eine aus der Rubrik *Sie sucht Ihn.*« Rico hatte sich eine Zigarette angesteckt.

»Ich dachte, du hast aufgehört?«

»Die Hochzeit macht mich nervös.« Rico hatte einen tiefen Zug genommen. »Es ist *so viel* zu organisieren.«

»Ich würde *gerne* viel organisieren!« Melli hatte aufgeheult. »Die kleine Landvilla an der Havel. Die Schlosskapelle und das kleine Streichorchester. Den Sektempfang am ersten Tag, auf dem die Jazz-Band spielt.«

»Am *ersten* Tag?« Rico hatte verblüfft geklungen.

»Am zweiten Tag der Ausflug mit dem historischen Schaufelraddampfer und abends das gesellige Beisammensein vor der Villa auf der Rasenfläche, die mit Lampions geschmückt ist und auf der kleine Zelte stehen, in denen es Gerichte von allen fünf Kontinenten zu essen gibt.«

»Seit *wann* sparst du schon für deine Hochzeit?«

»Und am dritten Tag die Trauung, das Hochzeitscafé in den umgebauten Pferdeställen, Hüpfburg und Ponyreiten für die Kinder und zum Abschluss die Klezmer-Band im großen Ballsaal und ein warmes Büfett. Und im Morgengrauen der umjubelte Abschied von allen Freunden und Verwandten mit der Limousine, die uns zum Flughafen bringt, wo schon die Maschine nach Venedig auf uns wartet.«

»Auf wen?«, hatte Rico gefragt, verwirrt von Mellis imaginärem dreitägigem Feiermarathon.

»Das ist es ja! Ich habe niemanden! Niemand will mich! *Gar* niemand!« Hätte Melli nicht schon seit Stunden geheult, sie hätte in diesem Moment damit angefangen.

»Du findest den Richtigen schon noch«, hatte Rico sie zu trösten versucht.

»Und was, wenn nicht? Was, wenn er schon da war? Wenn ich ihn schon hatte und ihn vergrault habe?« Melli hatte düster vor sich hin gestarrt. »Wir kriegen alle nur eine Chance.«

»Das ist Schwachsinn, Melli.« Rico hatte Rauchkringel in die Luft geblasen, die in den glatten, blauen Sommerhimmel aufgestiegen und verweht waren. »Wir kriegen alle unendlich viele Chancen. Wir müssen nur zugreifen, wenn sie sich uns bieten. Meine Oma war eine schreckliche, ganz und gar unerträgliche Person, aber auf ihrer Beerdigung hat mein Opa eine ihrer Schulfreundinnen kennengelernt, und zwei Monate später haben sie geheiratet. Mit sechsundsiebzig!«

»Das sind noch sechsunddreißig Jahre«, hatte Melli geschluchzt. »Wenn ich so alt bin, kann ich nur noch Sex haben, wenn ein Arzt danebensteht!«

»Heiraten hat nichts mit Sex zu tun«, hatte Rico sie zu beruhigen versucht. »Eher im Gegenteil. Frag meinen Bruder. Die Hochzeitsnacht ist das letzte Highlight. Danach geht es mit dem Vögeln bergab. Wie ein tiefer, dunkler Brunnen, der langsam austrocknet. Bis an seinem Grund das Efeu wächst und Spinnweben ihn überdecken.« Rico hatte es vor seiner eigenen Zukunftsphantasie geschaudert. »Henry und Daniela haben nur noch im Urlaub Sex. Oral läuft schon seit Jahren nichts mehr. Vom Rest ganz zu schweigen.«

»Welcher Rest?«, hatte Melli gefragt, aber Rico hatte nur müde abgewunken.

»Genieß dein Singleleben, solang du kannst, Süße. Den Spaß hast du dann nicht mehr. Sogar die Homos sind mittlerweile monogam.« Rico hatte nicht so ausgesehen, als wäre das eine Entwicklung, die er begrüßen würde.

Melli fand es rührend, dass Rico sie mit seiner Horrorvision einer Ehe zum Lachen bringen wollte. Sie hatte nach seiner Hand gegriffen und sich seufzend an ihn gelehnt. »Du weißt, dass ich mich für dich freue. Für euch. Ich glaube, dass ich keine zwei Menschen kenne, die eine größere Chance hätten, miteinander glücklich zu werden. Und die es mehr verdient hätten.« Melli hatte sich laut geschnäuzt. »Ich bin nur so schrecklich neidisch.«

Sie hatten ein Weilchen geschwiegen. Es hatte nichts mehr zu sagen gegeben.

Melli hatte ihren Blick über den Bürgersteig schweifen lassen und sich plötzlich aufgesetzt. Wie hatte sie das die ganze Zeit übersehen können?

»Das gibt's ja nicht!« Sie war aufgestanden und zum Schaufenster des kleinen Lädchens gelaufen, das zwischen einem eleganten Hutladen und einem neueröffneten veganen Imbiss seltsam aus der Zeit gefallen wirkte. In seinem Schaufenster standen zwei alte Schneiderpuppen ohne Unterleib, an denen fleischfarbene Mieder baumelten und eine Tafel, auf der mit krakeliger Handschrift *Jetzt machen wir mal Pause!* geschrieben stand. Der Raum hinter der Scheibe lag im Dunkeln.

Rico hatte seine Augen mit den Händen vor dem Sonnenlicht abgeschirmt und an die Schaufensterscheibe gepresst. »Sieht aus, als wäre da drin Norman Bates' Mutter gestorben.«

»Ich habe hier gelernt!« Melli war einen Schritt zurückgetreten, um das Ladenschild besser sehen zu können. Die auf Holz gemalten Buchstaben waren verblasst, die Jahre hatten den Lack an vielen Stellen aufplatzen und abblättern lassen, aber das schwache Gold von *Kaschupke's Miederwaren und Brautmoden* mit dem falsch gesetzten Apostroph konnte man immer noch gut erkennen.

»Sag bloß, es gibt eine *Frau* Kaschupke«, hatte Rico gekichert.

»*Fräulein*«, hatte ihn eine alte, energische Stimme korrigiert und Rico und Melli erschrocken zusammenzucken lassen. Hinter ihnen hatte Mellis ehemalige Ausbilderin gestanden, im Begriff, ihren Laden nach der wohlverdienten Mittagspause wieder aufzuschließen, mit einem Coffee to go in ihrer Hand, der an ihr seltsam fehl am Platz gewirkt hatte. Melli hätte schwören können, dass das Fräulein Kaschupke schon zu Zeiten ihrer Ausbildung uralt gewesen war, aber wahrscheinlich hatte sie damals mit der Arroganz eines Teenagers einfach eine Fünfzigjährige zur Oma erklärt. Zu ihren besten Zeiten war das Fräulein Kaschupke eine gertenschlanke, etwas schüchterne Verkäuferin gewesen, die vergeblich versucht hatte, gegen den Willen ihrer starrköpfigen Mutter das Familiengeschäft zu modernisieren. Heute war sie eine zerbrechlich wirkende, leicht gebückt gehende Frau Anfang Siebzig, die, wie sie Melli und Rico bei einem Schwatz über die Ladentheke erklärt hatte, nach dem Tod ihrer Mutter vor ein paar Jahren nichts mehr an der Ausstattung oder Ausrichtung des Geschäfts hatte ändern wollen. »Es hat sich einfach nicht mehr gelohnt«, hatte die alte Dame geseufzt. »Nicht für die paar Jahre.«

Melli hatte sich in dem schmalen, langgestreckten Verkaufsraum mit den ornamentierten Zementfliesen und dem prächtigen goldenen Stuck an der hohen Zimmerdecke umgesehen und sich gefühlt wie bei einem Blick in das Heimatkundemuseum ihres eigenen Lebens. Das Fräulein hatte seit Mellis Weggang vor gut zwanzig Jahren offensichtlich nicht viel verändert.

»Ich hab viel zu lang durchgehalten. Länger, als ich vorgehabt habe«, hatte ihnen die alte Dame anvertraut.

»Sie hören auf?«, hatte Melli gefragt und eine seltsame Enttäuschung darüber verspürt, dass nicht nur ihre Zukunft düster aussah, sondern mit der Schließung von *Kaschupke's Miederwaren und Brautmoden* auch noch ein Stück ihrer Vergangenheit verschwinden würde. Als befände sich mit einem Mal ihr ganzes Leben in Auflösung. Als würde jemand Bild für Bild aus Mellis Fotospeicher löschen, bis ihr nur noch das leere, diffuse Grau des Displays entgegenstarrte. Armes Fräulein. Sie hatten bestimmt eine gute Stunde mit ihrer ehemaligen Chefin geplaudert, und während der ganzen Zeit hatte nicht ein einziger Kunde den Laden betreten.

Melli sah, wie die Japaner kichernd auf der Rolltreppe außer Sicht gerieten. Sie hatten Fotos der Deckenlichter gemacht, des künstlichen Bambuswäldchens, das den Eingang zu den Kundentoiletten verdecken sollte, und der Rolltreppe. Warum die Rolltreppen? Es musste in Japan doch auch welche geben?

»Hast du kurz Zeit?« Martin war hinter die Kasse getreten und gab vor, die Plastiktonne mit den Kleiderbügeln besser zu positionieren.

Melli schwieg.

Schließlich ließ Martin von der Tonne ab und lehnte sich an den Kassentresen. »Die Chefs sind unzufrieden mit mir, weil die neue Kollektion sich nicht verkauft.« Martin stupste die Tonne lustlos mit dem Fuß an. »*Sehr* unzufrieden.«

»Bronze. Haut. Und Taupe.« Warum antwortete sie ihm überhaupt? Warum ließ sie ihn nicht einfach stehen und gab vor, dringend einen Karton Büstenhalter auspreisen zu müssen. Es musste die Gewohnheit sein. »Das ist das, wonach die Leute fragen. Du orderst immer noch das langweilige Nuttenrot und das düstere Violett.« Obwohl sie sich eigentlich Sorgen machen sollte, dass die Verkäufe eingebrochen waren, spürte Melli eine hässliche kleine Schadenfreude in sich aufsteigen.

»Wir hatten auch florale Stoffe«, murmelte Martin gekränkt.

»Und wie viele Menschen überleben in einer geblümten Sitzgruppe?«

Martin sah Melli ratlos an. Sie hatte Loriots Ödipussi zitiert und vergessen, dass Martin Humor, bei dem niemand mit Konfetti schmiss, nicht verstand. Sie hätte schon früher wissen müssen, dass es mit diesem Mann nicht funktionieren konnte.

»Du hast das gewusst?«

»Natürlich hab ich es gewusst.«

»Warum hast du nichts gesagt?«

»Weil ich nicht deine Sekretärin bin.«

»Aber du bist meine Freundin!«

»Exfreundin.« Melli dachte zum ersten Mal, dass die Trennung von Martin vielleicht das Beste war, was ihr hatte passieren können. Wenn sie auch gerne auf den Anblick verzichtet hätte, den er und das Lederwarenflittchen geboten hatten. »Und falls du es vergessen hast: Ex, weil du in der Mittagspause deinen Penis in eine meiner Kolleginnen gesteckt hast.«

»Du hättest mich warnen müssen«, sagte Martin vorwurfsvoll.

»Ich muss *gar nichts* mehr«, antwortete Melli und zog ihren Schlüssel aus der Kasse. Wo war Kundschaft, wenn man sie dringend brauchte?

Martin lehnte sich an den Tresen und zupfte abwesend an den rosa Schleifen der Dessousverpackungen. »Hast du jemanden?«

»Das geht dich nichts an.«

»Hast du?«

»Nein.« Warum wollte er das wissen? Wäre es ein Problem für ihn gewesen, wenn sie mit ja geantwortet hätte? Jetzt, wo die Lederware wieder im Saarland war?

»Wir waren ziemlich gut.« Martin warf Melli den Blick eines Hundewelpen zu, der glaubte, zu niedlich zu sein, als dass man ihm länger als fünf Minuten böse sein konnte. »Als Team. Wir beide.«

»Ich war nützlich für dich«, stellte Melli trocken fest und begriff erschrocken, dass das womöglich der Grund war, warum Martin überhaupt etwas mit der kleinen Molligen aus der Dessousabteilung angefangen hatte. Melli war jahrelang seine Ohren und Augen gewesen, hatte ihm eingeflüstert, mit welchen Argumenten er die Geschäftsleitung von seinen Projekten überzeugen konnte und mit welchen Ideen man Kundinnen erreichte.

»Hast du mich kein bisschen mehr lieb?«

Schamlos! Dieser Mensch war einfach schamlos. Melli kannte den sanften, bittenden Tonfall, in den ihr Ex verfiel, wenn er etwas von ihr wollte. Sie hatte ihn immer wieder gehört, vor allem dann, wenn sie zu Besuch bei seinen Eltern gewesen waren und er seine Mutter um eine kleine Finanzspritze angegangen war. War Melli etwa so etwas wie eine zweite Mutter für ihn?

»Martin, was willst du?«

»Nichts! Ich vermisse dich.« Martin legte seine Hand auf Mellis Schulter, nahm sie aber gleich wieder weg, als ihr Körper unter seiner Berührung zu Stein wurde. »Ich sitze allein zu Hause auf dem Sofa.« Martin zog eine Schnute wie ein Zehnjähriger.

Melli hätte sie ihm am liebsten mit einem Kleiderbügel aus dem Gesicht geprügelt.

»Und ich hasse es«, seufzte er.

»Lad dir doch eine magere Minderjährige aus der Schuhabteilung ein.« Melli warf den Schlüssel auf den Tresen und lief los. »Oder hast du die auch schon alle durch?«

Martin folgte ihr. »Komm wieder zurück.«

»Darf ich jetzt nicht mal mehr auf Toilette?«

»Ich meine, zu mir.«

Melli blieb wie angewurzelt stehen. »*Was?*« Das konnte unmöglich sein Ernst sein.

»Komm wieder zurück.« Martin war ebenfalls stehen geblieben, hielt aber Sicherheitsabstand. »Wir fangen noch mal ganz neu an.«

»Wir fangen noch mal ganz neu an? Weil du nicht gerne allein auf dem *Sofa* sitzt?«

»Ich liebe dich.«

Melli sah sich um. Träumte sie das alles nur? Und hatte er wirklich gerade angefangen zu quengeln? »Du liebst mich. Und das fällt dir *jetzt* ein?«

»Lass uns heiraten!« Martin lächelte sie begeistert an, als hätte er gerade von einem Wochenendausflug in die Lüneburger Heide gesprochen. Als wäre ihm die Idee gerade erst gekommen. »Ich werde dich heiraten. Ich meine, ich *will* dich heiraten.«

»Du willst mich heiraten«, wiederholte Melli tonlos.

»Ehrenwort.« Martin hob zwei Finger, wie ein Pfadfinder beim Schwur. »Noch dieses Jahr, wenn du willst. Du darfst ausgeben, was du willst, du darfst einladen, wen du willst, wir können drei oder meinetwegen auch fünf Tage feiern.« Martin machte einen Schritt auf sie zu. »Aber sei nicht mehr sauer, okay?«

Melli drehte sich um und ging zur Rolltreppe. Es war warm genug, um nur in einer Bluse nach Hause zu gehen. Bestimmt war einer der Jungs zu Hause, um sie reinzulassen. Ihre Tasche mit ihren Sachen würde sie morgen holen kommen. Und das wäre es dann gewesen.

BRITTA

Seit ein paar Tagen hatte sie das Bedürfnis zu reden. Das dringende Bedürfnis. Seitdem Britta vor fast sechs Jahren ihr Loft bezogen hatte, säuberte eine Frau die Lobby, immer montags und donnerstags. Britta kannte nicht einmal ihren Namen. Niemand im Haus kannte ihren Namen. Es war nicht die Sorte Haus, wo die Bewohner mit der Putzfrau sprachen oder gar ihren Namen wussten. Am letzten Montag war Britta auf dem Weg zur Tiefgarage neben der Frau stehen geblieben (sie hieß Anna, wie Britta mittlerweile wusste, und kam aus Kroatien) und hatte mit ihr gesprochen. Nein. Nicht gesprochen. Sie hatte auf sie eingeredet. Nachdem sie ihr alles über ihre schwierige Beziehung zu ihrer Mutter erzählt hatte und den Kampf, den es bedeutete, die einzige Frau in einer männerdominierten Position zu sein, hatte Britta Anna auf einen Kaffee eingeladen. *Wann immer es ihnen passt. Ich bin abends eigentlich immer zu Hause.* Sie hatte zu spät bemerkt, dass sie Anna zu Tode erschreckt hatte, und war grußlos gegangen. Auf der Fahrt zum Sender hatte sie sich über eine Familie gewundert, die an der roten Ampel im Wagen neben ihr saß und sie unverhohlen anstarrte. Bis ihr klar wurde, dass es seltsam wirken musste, allein im Auto zu sitzen und wild gestikulierend vor sich hin zu reden. Britta hatte im Deutschlandfunk eine Expertenrunde mitverfolgt, die darüber stritt, ob es möglich war, mit Pflanzen zu sprechen, ja oder nein (die Runde neigte zum Nein. Bäume kommunizierten über ein komplexes System von Pheromonen, das der Mensch nie entschlüsseln würde), und hatte sich mit unerklärlichem Furor an der Diskussion beteiligt. Peinlich berührt, war Britta beim ersten Aufleuchten von Grün über die Kreuzung geschossen und davongebraust. Ein paar Tage zuvor hatte sie fünftausend Euro für einen Verein gespendet, der sich vorgenommen hatte, Froschbrücken über die meistbefahrenen Landstraßen Mecklenburg-Vorpommerns zu bauen. Sie hatte sich Sushi bestellt und es, ohne die Packung zu öffnen, auf den Balkon gestellt, wo es wahrscheinlich noch immer vor sich hin gammelte. Sie konnte sich nicht dazu bringen, sich der Tüte mit dem farbenfrohen Logo ihres japanischen Lieblingsrestaurants zu nähern, aus Angst, sich bei dem bloßen Anblick von Reis und rohem Fisch in Algenblättern übergeben zu müssen. Sie hatte versucht, einen Schal zu stricken. Sie hatte mit ihrer Mutter telefoniert und mitten im Gespräch ihr Handy ausgestellt, weil sie kurz davor war, ihr von ihrer Schwangerschaft zu erzählen. Sie hatte ihren Geburtsvorbereitungskurs geschwänzt (zweimal), weil sie glaubte, alles übers Gebären zu wissen. Eine Stunde später war sie in Tränen ausgebrochen, weil sie sich sicher war, bei der Geburt zu sterben. Oder ihre Babys der tödlichen Gefahr auszusetzen, in ihr den einzigen Menschen zu haben, der sich um sie kümmern würde. Sie konnte es nicht erwarten, sie zu sehen. Sie wollte, sie wäre nie schwanger gewesen. Sie fühlte sich unendlich einsam. Sie war froh, wenn sie sich ein ganzes Wochenende in ihrer Wohnung einschließen konnte, ohne eine Menschenseele sehen zu müssen. Ihr war so unglaublich widersprüchlich zumute.

Im Studio riss sie sich zusammen. Sie wollte vor ihren Kollegen weder weinen noch in albernes Kichern ausbrechen. Beides war jederzeit eine Option. Sie vermied es, mit Philipp zu sprechen oder ihn anzusehen, bis es den Kollegen auffiel und sie es der Senderleitung zutrugen, die nachfragen ließ, ob ein Fall von sexueller Belästigung vorläge (der *lag* vor, nur ganz anders, als die Senderleitung vermutete).

Brittas Bäuchlein war mittlerweile ein Bauch. Alle tuschelten darüber, wie fett Britta geworden war, und vermuteten, dass sie sich nach ihrer Trennung von Viktor (sie war immerhin verlassen *worden*) Kummerspeck angefressen hatte. Die Senderleitung hatte ihr in einer sehr kryptisch formulierten Mail angeboten, einen Personaltrainer für sie zu bezahlen, angeblich aus *gesundheitlichen Gründen*.

Auch Philipp war ihre Gewichtszunahme aufgefallen. Er sagte ihr, dass sie fabelhaft aussehe. Er rief immer noch jeden Abend an, um zu fragen, ob sie Lust hätte, mit ihm essen zu gehen, ins Schwimmbad zu fahren, an den See, aufs Land, in den Park, um zu picknicken, zu faulenzen, Badminton zu spielen oder einfach nur die nächste halbe Stunde zu plaudern. Oder zu schweigen. Britta lehnte immer ab. Ihre Zurückweisung schien ihn nicht erschüttern zu können. Er war ein Stalker. Aber ein schrecklich netter, hübscher und willkommener Stalker. Britta fühlte sich begehrt und umworben, und obwohl sie wusste, dass es schrecklich egoistisch von ihr war, tat oder sagte sie nie etwas, das Philipp *völlig* entmutigt hätte. Sie gewöhnte sich an ihn, und wenn er keinen Dienst hatte, vermisste sie ihn. An guten Tagen fühlte sich alles aufregend und neu an. An den nicht so guten fühlte sie sich wie ein Tanker, dessen Ladung verrutscht war und langsam, aber sicher in Schieflage geriet. Sie schwitzte stark, aber ihre Füße waren immer kalt. Sie hatte sich noch nie so glücklich, aber auch noch nie so wenig wie sie selbst gefühlt. Sie war ein Mensch und drei Menschen. Sie war ein Hotel und ein Wunder. Sie musste für mehrere Personen essen, und es fiel ihr nicht schwer. Sie war immer hungrig. Sie war immer durstig. Sie musste ständig aufs Klo. Sie schlief wie eine Tote. Manchmal schlief sie ein, während sie auf dem Klo saß und pinkelte. Manchmal schlief sie ein, wenn sie ihren Kopf an die Wand des Fahrstuhls legte. Seit sie einmal im Auto eingeschlafen war, in einem Stau hinter einem Stadtreinigungsfahrzeug, fuhr sie Taxi. Sie vermied es, Kinder anzusehen, aus Angst, dass die Erwachsenen, die bei ihnen waren, nicht ihre wirklichen Eltern, sondern sehr clevere Verrückte waren, die nur so taten und gerade dabei waren, sie zu entführen und Familien zu zerstören. Sie war so voller Liebe, dass sie einmal in der Abteilung für Hygieneartikel im Supermarkt einen unbeaufsichtigten Kinderwagen samt Baby mitgenommen hatte. Nicht weit. Nur ein paar Meter. Dann hatte sie ihn stehen gelassen. Der Vater war nur zwei Sekunden später um die Ecke gebogen, hatte sich verwundert umgesehen, den Wagen an anderer Stelle entdeckt und ihn dann einfach weitergeschoben. Sie hatte das seltsame Gefühl, bald etwas Dummes zu tun, ohne dass sie sich davon würde abhalten können.

Britta saß in der Maske und bemühte sich, unter den

sanften Händen von Karin, der gefühlskalten Maskenbildnerin, nicht wegzudämmern. Anders als alle anderen Maskenbildnerinnen, die Britta je kennengelernt hatte, sprach
Karin nicht. Mit niemandem. Die anderen Frauen (und vor
allem die anderen Männer) in Karins Profession hatten sich
antrainiert, jede Pause unter einer Wolke von Geplapper zu
ersticken. Sie waren immer fröhlich und freundlich. Sie waren voller Geschichten und rochen gut. Karin nicht. Karin
roch nach nichts. Parfüm verursachte ihr Kopfschmerzen.
Karin hatte nichts zu erzählen. Deshalb erzählte sie auch
nichts. Karin war ein Mönch, der sein Schweigegelübde sehr
ernst nahm. Sie war ein Samurai, der auf einen Wink seines
Herrschers sprach. Sie war eine sehr gute Make-up-Frau, die
die Gesichter unter ihren Händen so sanft behandelte wie
ein Archäologe, der mit einem winzigen Pinsel eine Mumie
aus dem Sand freilegte. Karins Geschick war groß. Ihr Interesse nicht vorhanden. Alle Moderatoren im Sender rissen
sich um Karin. Verglichen mit dem fortwährenden, unendlich nichtigen Geplapper ihrer Kolleginnen war Karins Ge-
fühllosigkeit, die an manchen Tagen in deutliche Verachtung
kippen konnte, wie ein Tag im Spa. Die zehn Minuten mit
Karin waren an manchen Tagen die einzige ruhige Zeit, die
man hatte. Alle wollten Karin. Karin behandelte all ihre
Kunden gleich. Nur Britta behandelte sie etwas gleicher.
Britta sprach vor einer Sendung ebenso wenig wie Karin. Sie
ging im Kopf ihre Fragen und die möglichen Antworten ihrer Gäste durch, sie prägte sich die Reihenfolge der Schalten
und die Namen der Korrespondenten ein, sie überlegte sich,

bei welchem der Berichte Gefühle angebracht waren und bei welchen nicht. So, wie Karin Britta später in ihr Jackett helfen würde, half Britta sich unter Karins Schweigen in ihre Rolle als Sprecherin. Nur heute hatte Britta sich nicht unter Kontrolle gehabt. Sie hatte Karin mit einer Umarmung begrüßt, was alle in der Maske den Atem hatte anhalten lassen. Karin wurde nicht berührt. Nie. Karin schien unter Schock zu stehen, als sie das Schminkcape um Brittas Hals legte und die Papiermanschette umschlug.

Vielleicht dauerte es deshalb fast zwanzig Minuten, bis Karin Brittas fröhlich sprudelnden Monolog über den schlimmsten Urlaub ihres Lebens unterbrach (Viktor hatte darauf bestanden, dass Britta ihn auf einen zweiwöchigen Angeltrip auf die Lofoten begleitete, und ihr verschwiegen, dass es weder Toilettenspülung noch WLAN gab). »Natürlich sind die Lofoten als Landschaft reizvoll, aber doch nur, wenn man in einem Flugzeug drüberfliegt, nicht, wenn man dort für zwei Wochen existieren muss. Und wenn ich existieren sage, dann meine ich nicht, dass …«

»Seien sie still.« Karin nahm ihre Hände von Brittas Gesicht und trat einen Schritt zurück. »Sie reden zu viel.« Karins Stimme war so selten zu hören, dass Britta jedes Mal wieder überrascht war, wie tief sie war. Karins Stimme klang wie die eines sehr, sehr müden Holzfällers.

»Aber …«, brachte Britta heraus und wollte sich aufsetzen.

Karin hob die Hand.

Britta sank wieder zurück in den Stuhl.

»Noch fünf Minuten. Sie haben Pickel.«

»Pickel?« Britta starrte Karin an. So, wie alle in der Maske Karin in diesem Moment anstarrten.

Karin tippte mit der Spitze ihres Pinsels auf drei hässliche Eiterhügel an Brittas Schläfe, die dort heute Morgen noch nicht gewesen waren. Dann sagte sie das Wort, laut und deutlich und für alle gut zu verstehen, das Brittas altem Leben endgültig ein Ende setzte und das Chaos über sie hereinbrechen ließ. »Schwangerschaftsakne.«

NOCH MAL BRITTA

»Du bist *schwanger*?« Philipp hatte Britta im Flur gestellt.

Die Nachricht von ihrer Schwangerschaft hatte genau eine Viertelstunde gebraucht, um ihn zu erreichen. Danke, Karin. Britta hatte Philipp am Arm hinter sich her in den nächsten Treppenaufgang gezogen. Als ihnen der Produktionsleiter ihrer Sendung und der erste Kameramann entgegengekommen waren, hatte Britta Philipp vor sich hergeschoben, bis sie die Dachterrasse erreicht hatten. Der Blick über die Stadt reichte bis fast zum Französischen Dom, von dem man ein Stück der Kuppel sehen konnte und die vergoldete Figur, von der Britta nie sagen konnte, wen sie darstellen sollte. Eine Kriegerin mit einer Fackel? Einen Soldaten mit einem Taschentuch? Sie hätte den Turm schon

Hunderte Male besteigen und nachsehen können, aber sie
hatte sich nie für mehr Zeit genommen als für einen flüchtigen Blick bei einem Coffee to go. Britta versuchte, wieder
zu Atem zu kommen. Die Treppen hochzusteigen war das
Anstrengendste, was sie seit Wochen unternommen hatte,
und sie fühlte einen leichten Schwindel und ein Ziehen im
Unterleib.

»Ist es meins?« Philipps Gesicht war blass wie ein Glas
Milch. Er deutete mit seinem Kinn auf Brittas Bauch.

»*Deins?*« Britta dachte, sie hätte sich verhört. Wie konnte *das* das Erste sein, was er sie fragte? »Nein!« Es würde
schwerer werden mit ihm, als sie gedacht hatte. »Natürlich
ist es *nicht* deins!«

»Weil, wir haben nicht verhütet und so.«

»Man wird nicht von jedem bisschen Sex schwanger.«

»Aber es war dreimal hintereinander.«

»*Sag* das nicht jedes Mal!« Britta versuchte, sich zu beruhigen. Wenn sie Erfolg mit ihrer Lüge haben wollte, musste
sie vor allem eins: *leiser sprechen.* Den letzten Satz hatte sie
heraustrompetet wie ein Schmierendarsteller in einer dieser
nachmittäglichen Daily Soaps, der seiner Familie weisma-
chen wollte, dass *er* nichts mit der Fälschung des Testaments
des Großfürsten zu tun habe. Britta war schrecklich nervös.
Aber sie vertraute darauf, dass man einem Dreiundzwanzigjährigen keine größere Freude machen konnte, als ihm
zu sagen, dass er bei seinem letzten One-Night-Stand *kein*
Kind gezeugt hatte. »Und sei nicht so albern. Natürlich ist
es nicht von dir.«

»Glaub ich dir nicht.« Philipp verschränkte trotzig die Arme vor der Brust.

»Wie bitte?« Damit hatte Britta nicht gerechnet. Hatte sie bei Karin mehr erzählt, als sie sich erinnern konnte? Hatte sie sich verplappert? Sie überlegte fieberhaft. Gab es irgendetwas, das er wissen konnte, abgesehen davon, dass seine Nacht mit ihr und ihre Schwangerschaft zeitlich zusammenpassten? Und was hieß das schon? Sie hätte inzwischen mit Dutzenden Männern schlafen können. Mit Hunderten!

»Es ist mir egal, ob du es glaubst oder nicht. Es war eine anonyme Samenspende.«

Philipp schüttelte den Kopf. »Nie im Leben.«

»Aus Dänemark!«

»Nee.« Er schien kurz zu überlegen. »Dann hättest du längst was gesagt.«

»Hätte ich?« Britta fühlte, wie ihre Augen plötzlich feucht wurden. Diese Scheißhormone. Nicht einmal kalt und abweisend konnte man mehr sein, wenn man es so dringend sein wollte. Britta hatte im Moment nur ein einziges klar zu identifizierendes Bedürfnis – in den Arm genommen und getröstet zu werden. Sie musste sich verdammt nochmal zusammenreißen. »Weil ich allen *sonst* immer so gerne erzähle, wenn ich mir skandinavisches Sperma einführen lasse?« Britta zog wütend die Nase hoch, um ihren Tränen klarzumachen, dass sie gnadenlos heruntergeschluckt werden würden, wenn sie die Chuzpe hätten, sie jetzt als Lügnerin dastehen zu lassen. »Und warum hätte ich ausgerechnet *dir* was sagen sollen? Mein Baby geht keinen was an.«

»Es ist immerhin auch mein Baby.«

Wie stopfte man so einem Sturkopf nur das Maul? »Es geht dich trotzdem nichts an.« Britta war schon auf dem Weg zum Treppenhaus, als ihr klar wurde, was sie da gerade gesagt hatte.

»Trotzdem«, stieß Philipp ungläubig hervor. »Du hast *trotzdem* gesagt!«

Britta wollte sagen, dass es ein Versprecher war, eine Redensart, wie man so etwas eben manchmal sagte. Aber sie war zu erschöpft, um weiter zu lügen. »Meinetwegen. Dann hab ich eben trotzdem gesagt.«

»Ich hab's gewusst! Ich hab's *gewusst*!« Philipp hüpfte herum, als hätte er gerade die Dartmeisterschaft gegen die Kantinencrew gewonnen. »Irre! Ich krieg ein Baby!«

Was war nur los mit ihm? Warum reagierte er in *nichts* so wie die Männer, mit denen Britta sonst zu tun hatte? Warum musste er so anders sein? War das der Altersunterschied? Waren Männer heute so? Das machte ihn so anstrengend und so schwer berechenbar. Britta ließ sich auf eine der Mauern sinken, die die riesigen Abluftrohre umgaben. Wenn das hier ein Krimi aus den achtziger Jahren wäre, würden sie sich jetzt beide hinter einem der Metalldome verschanzen und aufeinander schießen. Auch keine schlechte Idee. Britta hätte gern über die absurde Situation gelacht, in der sie sich befand. Konnte sich aber nicht dazu aufraffen. Humor half hier auch nicht weiter. »Okay. Aber nur, damit das zwischen uns geklärt ist: dein Sperma.«

Philipp nickte stolz.

»Aber mein Baby.«

»Wow.« Philipp hielt sich den Kopf mit beiden Händen und strahlte über das ganze Gesicht. »Das ist ja super.«

»Super?« Britta konnte nicht glauben, dass bei diesem Simpel noch immer nicht das einzig adäquate Gefühl für diese Nachricht eingetreten war: Panik! »Was ist los mit dir? In welchem Paralleluniversum ist das super?«

»Du bist toll, Babys sind toll, zweimal toll ergibt super.«

»Die ganze Sache zwischen uns ist so weit entfernt von super, dass super von da aus kaum noch zu sehen ist.«

»Babys *sind* super.«

»Du *musst* aufhören, das zu sagen!« Britta war aufgestanden und hatte Philipp an den Handgelenken gefasst. »Hast du irgendeine Vorstellung, was das bedeutet?« Im Moment zumindest schien er sie nicht zu haben. »Du hast gerade deinen ersten richtigen Job gekriegt!«

»Was hat unser Baby mit meinem Job zu tun?«

»Es ist nicht *unser* Baby, es ist *mein* Baby, und du bist genau an dem Punkt im Leben, wo du *keine* Zwillinge haben solltest!« Oh, nein. Fuck! Fuck, fuck, fuck, fuck, fuck! Sie musste hier weg. Sie musste die Fresse halten. Und zwar beides so schnell wie möglich, bevor ihr hormongebeuteltes Hirn noch mehr Gelegenheit erhielt, alles auszuplaudern, was ihm in den Sinn kam.

»Wir kriegen *Zwillinge*?!« Philipps Stimme schnappte über in ein schrilles Quietschen. Er hatte Britta an die Schultern gefasst und schüttelte sie begeistert. »Hör auf! In echt jetzt? *Zwillinge*? Alter, ich halt's nicht aus!« Er zog sie in eine enge Umarmung. Er roch nach Heu und Bubblegum, und er war der Vater ihrer Kinder.

»Das ist wirklich eine Katastrophe. Man kann es gar nicht anders sagen«, murmelte Britta in Philipps Achselhöhle. Sie machte sich frei.

Philipp lief aufgeregt vor ihr im Kreis. »Mein Sperma muss der Hammer sein.« Er drehte sich für einen Moment zu ihr um. »Hast du nicht die ganze Zeit versucht, schwanger zu werden?«

Britta nickte.

»Dann sag *Danke, Super-Power-Sperma*!« Philipp grinste stolz. »Ich sollte das Zeug in Flaschen füllen und nach Übersee verkaufen. *Mega-Sperm! This will get you pregnant, no matter what! Pay one, get one for free!*«

Philipp tat so, als würde er Flyer für die Samenbank verteilen und jeden einzelnen seiner Kunden freundlich grüßen.

Britta sah ihm zu, wie er sich für sie zum Affen machte. Okay, er war witzig. Aber dachte er wirklich, das alles hier wäre ein einziger großer Spaß? »Du bist zu jung«, versuchte sie noch einmal, ihm klarzumachen, worum es hier ging.

»Zu jung?« Philipp blieb stehen und breitete anklagend die Arme aus. »Es gibt Leute, die kriegen ihr erstes Kind mit zwölf.«

»In Papua-Neuguinea, und ich wette, auch da sind nicht immer alle begeistert.«

»Das ist echt rassistisch.« Philipp schüttelte mit gespielter Betroffenheit den Kopf.

»Das ist echt *realistisch*«, konterte Britta. »Vor ungefähr fünf Minuten warst du noch ein Teenager. Ich könnte deine Mutter sein.«

»Definitiv nicht.« Philipp grinste. »Meine Mutter ist total nett. Und nicht halb so schwanger.«

»Das ist nicht witzig.« Britta ließ sich in die kleine Rattansitzgruppe sinken, in deren Mitte ein riesiger Blechtrog voller Kippen stand, die in schwarzem Wasser trieben. »Wir kennen uns kaum.«

»Wir hatten Sex. Schon dreimal.«

»Ich weiß.« Britta starrte auf die Kippenwanne und schwankte zwischen akutem Ekel und dem dringenden Bedürfnis, sich sofort eine Zigarette anzuzünden. »Und ich werde es für den Rest meines Lebens bereuen.«

»Das sagen sie alle, und dann wollen sie mehr.« Philipp legte vorsichtig eine Hand auf Brittas Bauch.

Sie ließ ihn.

»Und da sind wirklich zwei drin?« Er legte sein Ohr an ihren Nabel, als wäre er ein Fernsprechgerät. »Das ist so unglaublich praktisch.«

Was glaubten die Leute nur alle zu hören, wenn sie so etwas taten? Zwei Embryos, die sich leise über ihr Leben da draußen unterhielten? Zwei Herzschläge im Dreivierteltakt? Walgesänge? »Bitte.« Britta schob Philipps Kopf weg. »Es reicht.«

Philipp setzte sich auf und sah sie an. »Ich wollte immer Kinder. Jetzt kommen sie eben ein bisschen früher als geplant. Na und? Ich werde ein Superpapa. Und du eine Supermama.«

»Es ist nicht so einfach, wie du denkst.«

»Und es ist nicht so schwer, wie du glaubst.« Philipp nahm Brittas Hand und zog sie hoch. »Und egal, was passiert. Ich bin da.«

»Das ist ja das Problem.«

Sie gingen zusammen in Richtung Treppe.

Philipp schüttelte ungläubig den Kopf und lächelte dabei. »Wir kriegen Babys.«

Britta öffnete die Tür und ging tastend voran in den düsteren Schacht des Treppenhauses. »Hurra.«

JENNY

Es war albern, so aufgeregt zu sein, aber als Jenny nach einer geschlagenen Stunde Warten in Martins Vorzimmer von der Sekretärin in sein Büro geführt worden war, hatte sie genau das nervöse Wummern in ihrer Kehle gespürt, das sie vor der Entbindung ihrer Kinder gehabt hatte. Ein rundes, weiches, unverkennbares Klopfen, das ihr das Atmen schwermachte und sich bis in den Unterleib fortsetzte.

Es war seltsam, Martin dabei zuzusehen, wie er die Mappe aufklappte, ihre Fotografien auf seinem Schreibtisch ausbreitete, und zu wissen, dass er auf genau diesem Schreibtisch eine Frau gevögelt hatte, die nicht Melli war. Da, wo Martin jetzt das Porträt von Jessica ablegte, hatte er die schwitzenden Arschbacken von Mellis Kollegin über die Tischplatte gebumst und … Sie musste *jetzt* aufhören, über so etwas nachzudenken! Grundgütiger Himmel! Setz dich aufrecht hin, sieh ihn an, sei aufmerksam. Lächle. Aber nicht zu sehr! Nicht grinsen! Sei zugewandt und lache über seine Scherze. Noch hat er keine gemacht, aber sei darauf vorbereitet. Gib ihm nicht das Gefühl, ihn nicht zu mögen, nur weil er deine Freundin betrogen und aus der gemeinsamen Wohnung geworfen hat. Er soll deine Fotos toll finden und sie für den Online-Auftritt seiner neuen Website kaufen. Das ist, was jetzt wichtig ist. Dass er ein egozentrisches, gewissenloses Arschloch ist, ist *nicht* wichtig. Zumindest nicht *jetzt*.

Martin sah gequält lächelnd von Jennys Fotos auf. »Das sind ja Frauen.«

Jenny freute sich, dass es ihm aufgefallen war. Nachdem sie Hunderte Fotos von Miedern, Strapsen und Nylons auf Styroporkörpern geschossen und wieder gelöscht hatte, hatte sie auf dem Elternabend eine plötzliche Eingebung gehabt. Melli hatte doch gesagt, dass diese Kollektion nach langen Überlegungen (und auf ihr Betreiben hin) auch in größeren Größen geordnet worden war, nachdem die Size-Zero-Wäsche wie Blei in den Regalen liegen geblieben war. Die Frauen, denen diese Nicht-Größe passte, schienen nicht mehr zu existieren. Oder sie gingen nicht ins Kaufhaus, um sexy Wäsche zu kaufen. Melli war sich sicher, dass Frauen wie sie und Jenny nur darauf warteten, etwas in ihren Größen zu finden. Und das war keine unmögliche Forderung. Keine von ihnen brauchte im Auto eine Gurtverlängerung oder musste bei Flugreisen zwei Sitze buchen. Aber selbst Frauen mit normalen Brüsten, Schenkeln und Pos mussten oft genug feststellen, dass Modeschöpfer und Designer sich offenbar nicht vorstellen konnten, dass es weibliche Wesen gab, die sich nicht von stillem Wasser und Wattebäuschchen ernährten. Frauen, die etwas mehr *Platz* brauchten, um alles unterzubringen. Attraktive, selbstbewusste, erotische Frauen. Genau solche, die mit Jenny auf dem Elternabend gewesen waren. Die Mütter von Kims und Bennis Freunden. Erwachsene, selbständige, müde, gestresste, wundervolle Frauen, die keine Lust mehr hatten, sich von einem Spitzenhöschen terrorisieren zu lassen, das es nur in Barbiegrößen gab. Jenny hatte ein paar von den Müttern gefragt, ob sie sich vorstellen konnten, für ein Unterwäscheshooting zu posieren. Und *alle* hatten es sich vorstellen können. Jenny hatte eine Maskenbildnerin und eine Friseurin gebucht, und als die beiden mit den Frauen fertig waren, hatten nicht wenige von ihnen angefangen zu heulen. Sie hatten schon lange nicht mehr so verteufelt gut ausgesehen. Die meisten von ihnen waren froh, genug Energie aufzubringen, sich jeden zweiten Tag die Haare zu waschen und regelmäßig Zahnseide zu benutzen. Und plötzlich sahen sie wieder richtig heiß aus!

Der Tag des Shootings war voller Gekreisch, Gegacker und andächtigem Staunen gewesen, die Mädels hatten sich gegenseitig angefeuert, Melli hatte einen Karton Prosecco geschickt, Gläser wurden nicht gebraucht. Die Stimmung war wie die von einem Haufen beschwipster Teenager gewesen, die auf der Klassenfahrt zum ersten Mal so richtig die

Sau rausließen. Es hatte in diesen fünf Stunden keine Männer und keine Kinder gegeben, keine Hypotheken, keine Leasingraten, keine übergriffigen Schwiegereltern, keine Autogurte, die ins Bauchfett schnitten, keine Morgen mit Mundgeruch und lustlosem Sex.

Als Jenny in der Nacht über ihrem Laptop gesessen und sich die Aufnahmen in Ruhe angesehen hatte, hatte sie gewusst, dass hier etwas Großes geschehen war. Die Porträts strahlten eine selbstbewusste Erotik aus, waren manchmal selbstironisch, manchmal ein wenig melancholisch, die Frauen sahen entspannt und glücklich aus und begegneten dem Blick des Betrachters offen und stolz. Jenny konnte sich nicht erinnern, wann sie das letzte Mal so ganz und gar zufrieden mit etwas gewesen war.

»Das sind ja alles richtige Frauen«, murmelte Martin noch einmal. Er schien nicht wirklich glücklich zu sein. »Hatten wir dir keine Puppen mitgegeben?«

»Doch«, erwiderte Jenny. »Schon. Aber diese abgeschnittenen Styroporoberkörper, ich weiß nicht. Die sahen alle so *tot* aus.«

Martin nahm ein Foto in die Hand, auf das Jenny besonders stolz war. Jessica und Laura Arm in Arm, auf halsbrecherischen High-Heels, vollkommen im Einklang mit sich und der Welt, lächelten geheimnisvoll wie ein doppeltes Mona Lieschen in die Kamera. »Sind die alle so dick?«

»Dick?« Hatte er das wirklich gesagt? »Die sind doch nicht dick!«

»Na ja, ein bisschen schon, oder?« Martin hielt Jenny

das Foto hin, als warte er darauf, dass sie es jetzt auch bemerkte.

»Sie sind vielleicht ein bisschen kurviger als ein stinknormales Model«, sagte Jenny und kam sich schon dafür wie eine Verräterin vor. »Sie sind eben echt.«

»Das ist es ja.« Martin rieb sich unglücklich die Hände, mit denen er Jennys Fotos berührt hatte. Er sah aus, als würde er sie sich gerne irgendwo abwischen. »Niemand hier will echt, okay? Das haben sie alle zu Hause. Und im Schwimmbad. Und in der Sauna. *Echt* geht überhaupt nicht.«

Jenny begriff, dass sie gerade eine Absage bekommen hatte. Martin würde ihre Fotos nicht nehmen. Er würde sie seinen Chefs nicht einmal *zeigen*. Er war bislang mit ausnahmslos allen von Mellis Vorschlägen und Ideen bestens gefahren. Aber ohne ihren Zuspruch fehlte ihm der Mut, so etwas zu entscheiden. Jenny nahm an, dass ihm der Mut fehlte, irgend*etwas* zu entscheiden. Und einmal abgesehen davon, dass er ein Feigling war, war er auch noch ein herablassendes, nachtragendes Würstchen, das sich an der besten Freundin seiner Ex rächen würde, um Melli einen letzten Tritt in den Rücken zu geben. Jenny wusste es. Und konnte nichts daran ändern.

»Jenny-Mäuschen, die meisten Frauen hier kaufen Sport-BHs und Baumwollschlüpfer.«

Mäuschen?

Martin ließ seine Hüfte gegen die Schreibtischkante sinken und sah kopfschüttelnd auf Jennys Fotos. »Die teuren

Dessous? Kaufen Männer. *Für* ihre Frauen. Und Männer wollen einen Traumkörper sehen und ein Traumgesicht. Und wenn es nur auf der Packung ist. Und das hier«, Martin schob Jennys Fotos lustlos hin und her, »sind genau die Frauen, die sie geheiratet haben.« Martin verzog den Mund, als hätte er etwas Saures gegessen. »Man kriegt nicht unbedingt Lust, das hier nackt zu sehen. Oder?«

Glaubte er, Jenny würde sich so weit erniedrigen, ihm zuzustimmen? Dieser kleine, miese, frauenverachtende Wichser mit seinen fein manikürten Händen und dem knochigen Hintern. Wahrscheinlich war seine Mutter eine von den Frauen, die ihre Söhne vergötterten, auf Händen trugen und ihnen alles aus dem Weg räumten, was anstrengend oder auch nur entfernt unangenehm war, bis ihnen die eigenen Kräfte schwanden. Und zum Dank traten diese Muttersöhnchen jeder Frau in den Hintern, die ihnen lang genug den Rücken zudrehte – bildlich gesprochen.

»Jenny, genau darum geht es hier. Wir ziehen den Frauen Dessous an und lassen sie so gut aussehen, dass ihre Männer sie wieder ausziehen wollen.« Martin zwinkerte ihr zu.

O mein Gott! Wie hatte Melli das nur all die Jahre ausgehalten? Jenny wusste, wenn sie nur einen Bruchteil ihrer weiblichen Würde bewahren wollte, *musste* sie jetzt etwas sagen. »Vielleicht wollen die Frauen sie ja gar nicht ausziehen. Vielleicht haben sie sie selbst gekauft, von ihrem eigenen Geld, aus keinem anderen Grund, als sich darin selbstverliebt vorm Spiegel zu drehen.«

Martin sah Jenny so überrascht an, als hätte vor seinen Augen ein Schimpanse sprechen gelernt.

»Vielleicht wollen sie sie anbehalten«, beendete Jenny ihre Ausführungen, »und einfach nur gut dabei aussehen.«

»Versteh mich nicht falsch, aber das hier«, Martins Lächeln war voller Mitleid, »das können wir einfach nicht verwenden.«

»Ich dachte, es ist mal was anderes.« Jenny ärgerte sich über sich selbst. Warum redete sie überhaupt noch mit ihm? Er hatte seine Entscheidung gefällt, noch bevor er die Fotos gesehen hatte. Aber es war so viel Arbeit gewesen! Alle hatten so sehr ihr Bestes gegeben. Sie selbst würde darüber hinwegkommen, dass es wieder einmal nichts geworden war mit der Fotokarriere, aber den Frauen, die sich so mutig und wunderschön vor ihr gezeigt hatten, sagen zu müssen, dass Martin einen Blick auf ihre Porträts geworfen und sie dann abgelehnt hatte? Das würde ihr das Herz brechen.

»Mensch, tut mir echt leid, dass du enttäuscht bist.« Martin stand auf und trat hinter den Schreibtisch, als könnte er Jenny nur von dort aus seinem Büro schmeißen. »Aber ganz ehrlich? Dafür darfst du dich bei deiner Freundin Melli bedanken.« Martin kniff besorgt die Lippen zusammen. »Mit ihrer komischen Idee von der Frau, die für sich selbst sexy sein will und für niemand anderen, hat sie diesmal echt ins Klo gegriffen.« Martin schob Jennys Bilder zurück in die Mappe und reichte sie ihr. »Sorry, Kleine. Ich hätte dir gerne geholfen.«

Süße. Kleine. Mäuschen. Jenny stand mit hängenden Armen vor Martins Schreibtisch und wurde kleiner und kleiner. Wofür hielt er sie? Für einen Schlumpf? Jenny musste einmal scharf einatmen, um sich wachzurütteln aus dem Albtraum der letzten Minuten.

»Na, da bin ich ja erleichtert.« Jenny nahm Martin die Mappe ab und gab ihm einen Wangenkuss. »Und ich dachte schon, du lehnst die Bilder nur ab, um Melli über mich eins auszuwischen. Weil sie dich hat abblitzen lassen und weil du zu faul und zu dumm bist, um ohne sie auch nur eine einzig gute Idee zu haben. Aber so ist es ja gar nicht.« Jenny strich Martin über die Wange. »Du bist einfach nur ein armseliger, einsamer Idiot, der das Glück hatte, für ein, zwei Jahre an eine Frau geraten zu sein, die er in keiner Weise verdient hatte.« Jenny trat einen Schritt zurück und hielt Martin ihren ausgestreckten Zeigefinger ins Gesicht. »Komm Melli noch *einmal* zu nahe, und ich sorge dafür, dass du deine mickrigen, verschrumpelten Eier auf Toast isst.«

Erschrocken versuchte Martin, Jennys Finger auszuweichen, und stieß dabei seinen Stifthalter vom Schreibtisch. Während er auf die Knie sank, um ihn aufzuheben, ging Jenny zur Tür.

»Bin ich *froh*, dass wir das geklärt haben.« Jenny öffnete die Tür und lächelte die überraschte Sekretärin freundlich an. »Halleluja!«

YÜZIL

Keine Männer mehr. Yüzil hatte Tage gebraucht, um sich von ihrem Date-Fiasko und dem schauderhaften Abend auf Allahs Resterampe zu erholen, und beschlossen, dass damit jetzt Schluss war. Sie hatte sich von Freunden und ihrer Familie einreden lassen, dass sie allein nicht glücklich sein konnte, und sie hatte ihnen geglaubt. Das nahm sie sich immer noch übel. Zur Hölle mit den Erwartungen anderer Leute. Glück war relativ, und Beziehungen wurden allgemein überschätzt. Yüzil war gut in ihrem Job und finanziell unabhängig, sie hatte eine Figur, für die sie sich im Badeanzug nicht schämen musste, und sah für Ende dreißig fabelhaft aus. Oder immerhin vollkommen okay. Yüzil klemmte sich eine graue Strähne hinters Ohr. Sie hatte auf Leute gehört, die nur ihr Bestes wollten, ihr damit aber überhaupt nichts Gutes getan hatten, und sich geschworen, dass sie diesen Fehler nicht noch einmal begehen würde. Sie hatte nachträglich eine solche Wut auf alle entwickelt, die ihr geholfen hatten, sich zu blamieren wie seit ihrer unverhofften Schwangerschaft mit sechzehn nicht mehr, dass sie in einer dummen Übersprungshandlung sogar mit dem armen Radu einen Streit angezettelt hatte, in dessen Verlauf sie ihm seine verstaubten Bauklamotten in sein Zimmer geworfen und die Tür hinter sich zugeknallt hatte. Radu war tagelang wie ein verirrter Bär durch die Wohnung getappt, darum bemüht, Yüzil so selten wie möglich über den Weg zu laufen. Er hatte sogar aufgehört, für sie zu kochen. Yüzil hatte nicht nur seine Fleischaufläufe und Pasteten vermisst, sie hatte sich auch dafür geschämt, dass sie den einzigen Menschen verletzt hatte, der sie immer so genommen hatte, wie sie war. Sie hatte sich wortreich bei ihm entschuldigt, aber Radu schien ihr nicht wirklich zu glauben. Sie hatte ihm erklärt, dass es allein ihre Schuld gewesen war, aber Radu schien überzeugt zu sein, dass er etwas falsch gemacht haben musste. Oder warum sonst war Frau Yüzil so schrecklich wütend auf ihn gewesen? Yüzil hatte Radus traurige Blicke nicht mehr ertragen können und ihm vorgeschlagen, einmal nicht zu Hause in der Küche zu sitzen, sondern auszugehen. Nur sie beide. Frau Yüzil und Herr Radu, zwei einsame Herzen zusammen auf großer Fahrt. Damit hatte sie genau ins Schwarze getroffen. Radus Miene hatte sich augenblicklich aufgehellt. Er hatte Yüzil verboten, Pläne für den Donnerstagabend zu machen, und ihr das Versprechen abgenommen, sich allein um die Abendgestaltung kümmern zu dürfen. Yüzil hatte ihn stundenlang telefonieren gehört und war ein wenig nervös geworden bei der Vorstellung, wie *eines schönes Abend* für Radu aussah und was sein Harakiri-Deutsch aus einer normalen Restaurantreservierung machen konnte. Was folgte, übertraf ihre kühnsten Erwartungen.

Als Yüzil aus der Praxis nach Hause kam, wartete ein völlig unbekannter Radu auf sie. Er war beim Friseur gewesen und hatte sich die wilden Locken und seinen Bart stutzen lassen. Unter all der Wolle war ein gutgeschnittenes Gesicht mit kantigem Kinn und kräftigen Zähnen zum Vorschein gekommen, hinter einer neuen Brille blitzten wasserblaue Augen. Statt seiner üblichen verstaubten Cordlatzhose trug Radu über einem himmelblauen Hemd einen Dreiteiler aus englischem Tweed, den er, wenn Yüzil ihn richtig verstanden hatte, auf der Auktion eines Pfandhauses für dreiundzwanzig Euro ersteigert hatte. Der Anzug und Radu rochen ein wenig nach Mottenkugeln und dem aktuellen Duft von David Beckham, erstanden für sagenhafte neun Euro am Grabbeltisch einer Drogerie im Untergeschoss des Hauptbahnhofs, die Radu Yüzil nachdrücklich ans Herz legte. Passend zu seinem Hemd hatte Radu in der Geschäftsauflösung eines türkischen Hochzeitsausstatters metallicblaue Lackschuhe gekauft, deren Preisschild er sich im Bus von den Sohlen kratzte. Es war Yüzil peinlich, dass Radu glaubte, sein letztes Geld ausgeben zu müssen, um sie mit einem Abend zu beeindrucken, der eigentlich dazu dienen sollte, dass Yüzil sich bei *ihm* entschuldigen konnte. Yüzils Angebot, sich die Rechnung für die Busfahrkarten und das Restaurant zu teilen, wies Radu jedoch empört zurück.

»Ich geben dies Abend für Schlaf und Bett und Klo.«

»Aber Sie sollen mir keine Miete zahlen«, versicherte Yüzil ihm noch einmal. »Sie sind in *meiner* Heimat von einem *meiner* Landsleute um Ihren Lohn betrogen worden, und darum ist es das wenigste, was ich tun kann, Ihnen zu helfen.« Außerdem war ich schrecklich einsam, und unsere Küchensitzungen und ihr Essen haben mich über die schlimmsten Monate der letzten zwanzig Jahre gerettet. Aber das sagte Yüzil Radu nicht.

»Ich bin der Mensch«, antwortete Radu und bedeutete Yüzil mit erhobener Hand zu schweigen, »und Sie sind der Mensch. Und Sie geben und ich gebe, und so sind wir Freunde. Gleich und gleich. Halb und halb. Keins mehr. Keins weniger. Sind gleich.«

»Freunde«, sagte Yüzil erfreut.

»Freunde«, wiederholte Radu und drückte auf den Halteknopf.

Das Restaurant hieß *Sabuha*, was der Patron als *Morgenröte* übersetzte und Yüzil beim Anblick des Lokals stark übertrieben fand, und entpuppte sich als ein etwas heruntergekommener persischer Imbiss, wo es in einem Zelt im Hinterhof jeden zweiten Donnerstag Bauchtanzvorführungen gab. Eintritt frei. Gastraum und Zelt waren brechend voll, über den Dampf von Wasserpfeifen hinweg wurden Platten voll mit Pirashki, Dolme und Maste Bademjun gereicht, was Radu mit *Taschen die Teig, Blatt und Reis, Aubergine als Brei* übersetzte, zusammen mit *Lamm und der Hack* (Kubide Bozorg), *Lamm wie Huhn, das heiße* (Kababe Barg. Bergeweise). Perser waren stolze Menschen und verglichen sich mit niemandem, aber Yüzil empfand sie als genauso gastfreundlich, laut, herzlich, streitlustig und feierwütig wie ihre eigenen Leute und fühlte sich sofort zu Hause. Die meisten Gerichte wurden mit der Hand aus großen Schüsseln gegessen. Heißer, süßer Tee wurde in kleinen Gläsern gereicht. Can und Merve hätten sich in dieser Hinterhofkaschemme so heimisch gefühlt wie in ihrem anatolischen Dorf.

Als der Abend den Punkt erreicht hatte, an dem ihr Vater aufgestanden wäre, um ein wehmütiges Lied zu singen, verschwand Radu, um fünf Minuten später unter großem Applaus von dem Patron des Imbisses auf die kleine Holzbühne gebeten zu werden. Er hatte seinen Dreiteiler gegen das Kostüm eines Bauchtänzers getauscht. Yüzil hielt es für einen von Radus üblichen Scherzen, bis der Patron eine Kassette in einen alten Ghettoblaster steckte, der am Rand der Bühne stand, und auf *Play* drückte.

Das Licht im Saal erlosch. Radu stand mit dem Rücken zum Publikum und neigte den Kopf. In einer unendlich sanften Geste legte er eine Hand an seine Schläfe, als wollte er sich selbst trösten oder Mut zusprechen. Sein rechter Arm sank auf seine Hüfte und hob sich gleich darauf wieder, um sich mit seinem linken ... Yüzil wusste nicht, wie sie in Worte fassen sollte, was Radus Arme dort, wie losgelöst von seinem Körper, miteinander taten. Sie umtanzten sich, umschlangen sich, lösten sich voneinander und wurden von Wellen durchlaufen. Radus Hände bildeten grazile Figuren, spreizten sich, krümmten sich, spannten sich und flatterten wie die Flügel eines Kolibris. Sein ganzer Körper schien zu vibrieren und schlängelte und bog sich zu den Rhythmen der Handtrommeln, die aus dem alten Rekorder kamen. Seine Beine, seine Hüften, sein Bauch, seine gespannte Brust, sie alle schienen unabhängig voneinander in Bewegung zu sein und doch vollkommen aufeinander abgestimmt. Nichts, was Yüzil sah, entsprach ihrer Vorstellung von Tanz, da Radu bis auf wenige kleine Schritte im Zentrum der Bühne verharrte. Aber sein großer, bärenhafter Körper war einer steten Verwandlung unterzogen, wurde schmal wie der eines jungen Mädchens und dann wieder breiter, maskuliner, bebte, verharrte, wand sich, zuckte, seine Bewegungen waren ständig im Fluss, seine Arme und Beine schienen knochenlos weich und dann wieder hart und gespannt zu sein wie ein hölzerner Bogen, der die Fähigkeit besaß, sich in Sekundenschnelle zum nächsten Takt in eine Schlange zu verwandeln. Radus Tanz war von solcher Kunstfertigkeit und Beseeltheit, dass das Publikum, das den Künstler des Abends eben noch grölend und pfeifend begrüßt hatte, verstummt war. Gebannt verfolgten alle Radus Geschichte, denn das war es ganz offensichtlich, was er dort oben erzählte. Eine Geschichte von Liebe und Gefahr, von Hingabe und Enttäuschung, von Zartheit und Brutalität, die er nur mit seinem Körper sichtbar machte. Radus Gesicht leuchtete. Seine Augen waren traumversunken und sahen weder das Zelt in diesem Berliner Hinterhof noch die Menschen an ihren Tischen vor ihm. Yüzil hätte gerne gewusst, *was* er sah. Mit einem kraftvollen *BATOMM* schlugen Handtrommeln, Gitarren und Schellen einen letzten Akkord. Radu senkt den Kopf und ließ seine ausgestreckten Arme unendlich langsam auf seine Hüften sinken. Dann hob er den Blick und grinste ins Publikum.

Radu und Yüzil waren so vertieft in ihr Gespräch, dass sie eine Station zu weit gefahren waren. Kichernd stiegen sie aus dem Bus und gingen durch die laue Sommernacht nach Hause. Yüzil hatte mit viel Mühe aus dem aufgekratzten Radu herausbekommen, dass seine Großmutter eine ägyptische Tänzerin gewesen war, die sein Großvater, ein Musiker, auf einer Tournee in Kairo kennengelernt hatte. Sie hatte sich in Rumänien etwas hinzuverdient, indem sie den Töchtern des aufstrebenden Bürgertums Tanzunterricht gegeben hatte. Ihre Leidenschaft hatte aber dem Bauchtanz gegolten, den sie ihren Lieblingsenkel gelehrt hatte. Bauchtanz galt als ganz und gar unmännlich, und so hatte Radu nicht mehr getanzt, bis er in Berlin eines Abends unter dem Gelächter seiner Kollegen von einer Bauchtänzerin auf die Bühne gezogen worden war. Das Gelächter der Kollegen war bald verstummt, und die Bauchtänzerin hatte ihm das Engagement im Sabuha verschafft.

»Wie können Sie das alles sein«, fragte Yüzil und wich einer Frau aus, die mit einem Rollator und einem altersschwachen Dackel kämpfte, »Verwaltungsfachangestellter, Maurer, Meisterkoch *und* Bauchtänzer?«

Radu sah ihr wie immer angestrengt auf den Mund, als könnte er das, was er nicht verstand, von Yüzils Lippen ablesen. Er überlegte kurz. Dann blieb er stehen. (Er blieb immer stehen, wenn er auf eine von Yüzils Fragen antwortete. Reden und Laufen schienen sich bei ihm auszuschließen.) »Ich mache, und als ich mache, ich mache gerne. Und als ich mache gerne, ich mache mit die Herz. Und das ich mache mit die Herz«, hier griff Radu sich ans Herz und erinnerte Yüzil einmal mehr an ihren Vater, »kann leicht.«

»Ist leicht«, korrigierte Yüzil andächtig.

»Ja«, bestätigte Radu. »Kann leicht und ist leicht.«

»Sie haben wunderschön getanzt.«

Radu lächelte verlegen. »Frau Yüzil kann Arzt. Ich ist nur Hand und Fuß.«

»Nein. Nicht *nur*.« Yüzil legte ihre Hand auf Radus Arm. »Alles, was Sie machen, hat Hand und Fuß. Radu, Sie sind fabelhaft. Sie können stolz sein auf sich.« Yüzil zeigt in den klaren Nachthimmel, in dem das Licht vor langer Zeit erloschener Sterne unruhig flackerte. »Ihre Großmutter, ihre *Bunica*, wäre sehr stolz auf sie.«

Radu öffnete das Tor zum Vorgarten. Dann hielt er inne. »Frau Yüzil, ich muss sagen, weil ich gehe.«

Yüzil musste mittlerweile kaum noch überlegen, was Radus Sätze bedeuteten, so gut hatte sie sich eingehört in das, was Radu scherzhaft sein *Pidgin-Daitsch* nannte. »Sie müssen gehen? Aber wohin?« Yüzil blieb wie angenagelt vor dem Tor stehen, das Radu ihr aufhielt.

»Craiova.« Radu zuckte mit den Schultern. »Stadt in Walachei?«

Yüzil nickte, um ihn zum Weitersprechen zu ermuntern. Warum wollte er zurück nach Rumänien? Er hatte selbst gesagt, wie sehr er es dort gehasst hatte und wie glücklich er gewesen sei, als er endlich das Geld für die Reise nach Deutschland zusammen hatte.

»Cousin der Mutter macht Arbeit in Eisenbahn in Craiova. Vielleicht ich kann Arbeit in Eisenbahn in Craiova. Arbeit ich muss. Hier?« Radu schüttelte traurig den Kopf. »Keiner gibt Arbeit für Mann als Radu.« Er starrte auf seine neuen Schuhe, deren Blau selbst im Dunkeln noch leuchtete. »*Hoffnungslosig* Katastroph.«

Wie sie darauf gekommen war, konnte Yüzil nicht mehr genau sagen, als sie ein paar Stunden und zwei Flaschen Rotwein später in ihrem Bett lag und darüber nachdachte. Aber *warum* sie Radu das Angebot gemacht hatte, für sie zu arbeiten und als erstes Projekt Philipps Zimmer in einen Ruheraum zu verwandeln, wusste sie genau. Sie hatte in den letzten Monaten zu viel verloren (ihren Sohn an sein neues Leben und eine mysteriöse Freundin, Teile ihrer Würde, die Hoffnung, noch einmal einen Partner zu finden, und die letzte Locke, die noch kein Grau aufwies), als dass sie freiwillig und ohne zu kämpfen einen neugewonnenen Freund gehengelassen hätte. Yüzil brauchte im Moment jemanden an ihrer Seite, der mit seinem großen, gemütlichen Körper ihre Wohnung füllte und mit seinen großen, sanften Händen ihre Töpfe aneinanderschlug, während sie am Küchentisch saß, das Weiche aus den Weißbrotscheiben pulte und für ihn beiseitelegte. Sie brauchte jemanden, dem sie von ihrem Tag erzählen konnte und der ihr zuhörte, ohne ihr Vorschläge zu machen oder Lösungen anzubieten. Jemanden, der vielleicht von allem nur die Hälfte verstand, dafür aber keine Erklärungen brauchte, was alles andere betraf. Radu war Yüzils erster neuer Freund, seitdem sie sich als Erwachsene betrachtete, und wenn sie ihn mit den anderen verglich, fragte sie sich, ob er nicht überhaupt ihr erster richtiger Freund war.

MELLI

Sie war an Philipp vorbei in die Küche gegangen und hatte sich neben Joschi auf einen Stuhl fallen lassen. Philipp hatte sich zu ihnen gesetzt und ihr ein Glas Bacardi-Cola eingeschenkt, anscheinend das Getränk des Abends. Joschi und Philipp hatten gewartet, dass Melli ihnen erzählte, warum sie mit verheulten Augen und viel zu früh am Tag neben ihnen saß, und waren, als Melli weiterhin stumm an ihrem Bacardi genippt hatte, in ihrer Unterhaltung fortgefahren, die sich um Joschis Versuche drehten, den SpreeKönig auf Vordermann zu bringen, und Philipps Versuche, die Frau, die er versehentlich geschwängert hatte, davon zu überzeugen, dass er der richtige Mann für sie war. Irgendwann hatte Joschi die Reste seines Chili con Carne aufgewärmt, auf drei Teller verteilt und einen davon vor Melli abgestellt. Mellis Schweigen hatte schließlich auf die beiden übergegriffen, und so hatten sie das Chili gelöffelt, ohne ein Wort zu sprechen. Philipp hatte die leeren Teller in den Geschirrspüler geräumt, Joschi das letzte Mousse au Chocolat aus dem Kühlschrank genommen und in drei gleich großen Portionen auf drei kleine Dessertteller verteilt.

»Ich bin ein Versager.« Melli hatte durch den Löffel Mousse hindurch gesprochen, den sie sich in den Mund gestopft hatte. »Ich habe meine letzten guten Jahre an ein Arschloch verschwendet. Alle meine Freunde haben mir gesagt, dass er ein Arschloch ist. Aber ich bin trotzdem geblieben. Warum bin ich so dumm?«

»Es ist nicht so, dass es bei uns besser läuft«, hatte Joschi versucht, Melli zu trösten. »Ich bin seit zehn Jahren solo, und der Kleine hier hat eine Freundin, die nichts von ihm wissen will.«

»Schwangere«, hatte Philipp ergänzt.

»Eine schwangere Freundin, die nichts von ihm wissen will.«

»Aber ich bin fast vierzig.« Melli hatte die Reste der Schokolade von ihrem Teller geleckt und dann nach dem Becher auf der Ablage gegriffen, um nachzusehen, ob noch irgendwo Reste der Mousse zu finden waren. »Ich sollte doch in all der Zeit dazugelernt haben. Ich sollte doch mittlerweile so was wie eine Expertin für mein eigenes Leben sein. Aber ich bin hoffnungslos. Ich lerne es nie.«

»Vielleicht solltest du dir zur Abwechslung jemanden aussuchen, der kein Arschloch ist«, hatte es Joschi versucht.

»Vielleicht jemanden, der einfach *nett* ist.« Philipp hatte sich Mellis erbarmt, die in ihrer Verzweiflung dazu übergegangen war, den Aludeckel des Schokobechers abzulecken, und eine Packung Yogurette aus dem Kühlfach geholt. Er warf Melli einen Riegel zu. »Das wäre ja schon mal ein Anfang.«

Melli hatte das komische Gefühl gehabt, dass Joschi und Philipp auf einer guten Spur waren. Normalerweise führte sie solche Gespräche exklusiv mit Jenny, aber eine Eignung als beste Freundinnen war auch Joschi und Philipp nicht abzusprechen. »Martin hat mir einen Heiratsantrag gemacht.«

»Hat er?« Joschi hatte sich überrascht aufgesetzt.

»Ja. Hat er.«

»Und? Was hast du gesagt?«, hatte Philipp gefragt.

»Ich habe nein gesagt.«

»Bravo.« Joschi hatte ihr anerkennend auf die Schulter geschlagen.

»Und ich habe gekündigt.«

»Oh, Scheiße.« Joschi hatte seine Hand weggezogen.

»Fristlos.« Jetzt, wo sie es zum ersten Mal laut ausgesprochen hatte, hatte Melli eine schreckliche Nervosität in sich aufsteigen gefühlt. »Ich bin seit fast zwei Stunden arbeitslos.« Es war Zeit für eine Bestandsaufnahme. »Eine vierzigjährige, arbeitslose WG-Bewohnerin, die seit über einem Jahrzehnt auf Atkins ist und jeden Monat neunzehn Euro für ein Fitness-Abo überweist, das sie noch nie genutzt hat.«

Erst hatte keiner am Tisch etwas gesagt. Dann war Joschi aufgesprungen und hatte eine Flasche Sekt aus dem Kühlschrank geholt. »Darauf sollten wir anstoßen!«

»Auf Leute, die wir lieben und denen wir egal sind!« Philipp hielt Joschi die Gläser hin. Joschi ließ den Korken knallen.

»Auf prekäre Arbeits- und Lebensverhältnisse!«

Melli hatte Philipp ein Glas abgenommen und den beiden zugeprostet. »Auf mein beschissenes Leben!«

Joschi und Philipp hatten ihre Gläser sinken lassen und Melli unzufrieden angestarrt.

Melli hatte gereizt mit den Schultern gezuckt. »Was?«

»Darauf stoße ich nicht an.« Philipp hatte sich auf seinen Stuhl fallen lassen.

»Warum nicht?«

»Ich finde dein Leben nicht beschissen.«

»Ich auch nicht.« Joschi hatte sich neben Philipp gesetzt. In großer Einmütigkeit hatten sie ihre Gläser vor sich abgestellt und sich geweigert zu trinken.

»Ihr seid wirklich miese Freunde.« Melli schüttelte gekränkt den Kopf. »Ich bin endlich so weit, dass ich uneingeschränkt meine größte Niederlage feiern will, und ihr macht einen Rückzieher.«

»Melli«, hatte Philipp gesagt und ihr einen Kuss auf die Wange gegeben, »ich glaube, du hast alles richtig gemacht. Du bist endlich alles losgeworden, was nicht okay war in deinem Leben.«

»Und jetzt kannst du endlich loslegen mit den guten Sachen.« Joschi hatte Melli auf die andere Wange geküsst.

»Und die wären?« Melli hatte trotzig einen Schluck von ihrem Sekt genommen. Er war schrecklich süß. Sie würde morgen Kopfschmerzen haben. Sie hatte noch einen Schluck genommen.

»Was sind deine Träume? Für die Zukunft?«

»Meine Träume?«

»Du weißt schon. Träume. Wenn der Kopf Sonntag hat.«

»Ich glaube, ich habe keine.«

»Jeder hat die.«

»Ach ja? Gib mir ein Beispiel.«

Joschi hatte sich geräuspert und Haltung angenommen. »Ich will nicht mehr der coole Loser sein, der anderen Leuten den Cappuccino bringt. Ich will, dass auf dem Cappuccino mein *Name* steht.«

»Ich will einen Kinderwagen schieben und Windeln wechseln und neben der tollsten Frau der Welt einschlafen und wieder aufwachen«, hatte Philipp hinzugefügt. »Und ich will, dass sie es *auch* will.«

»Und?« Die beiden hatten Melli erwartungsvoll angesehen.

Melli hatte eine Zeitlang vor sich hin gestarrt. Dann war sie mit Joschi und Philipp zu Kaschupke's Miederwaren und Brautmoden gefahren. Der Laden war bereits ausgeräumt, das von Fräulein Kaschupke gemalte Pappschild mit den Worten *Geschäftsaufgabe – Wir bedanken uns bei unseren Kunden für 70 Jahre Treue* hatte sich an einer Ecke von seinem Klebeband gelöst und hing an einem letzten Streifen Tesafilm im Schaufenster. Einige der treuesten Kundinnen hatten Blumengrüße auf der Treppe zum Eingang abgelegt, so dass es ausgesehen hatte, als sei Fräulein Kaschupke Opfer eines Terroranschlags geworden.

»Was ist das?«, hatte Philipp neugierig gefragt.

»Das ist das, was von meinem Traum übriggeblieben ist.«

»Schaufenstergestalter?«

»Mein eigener Dessousladen.« Melli hatte mit dem Finger ein Herz in den Staub der Schaufensterscheibe gemalt. »*Lady Love.*«

»Lady Love«, hatte Philipp ratlos wiederholt.

»Wie in dem Song«, hatte Joschi ihm genervt auf die Sprünge geholfen.

»Was fürn Song?«

»Bist du wirklich so jung, oder machst du das absichtlich?« Joschi hatte Philipp eine Kopfnuss verpasst. »Damit wir uns neben dir wie alte Säcke fühlen?«

»Lady love«, hatte Melli leise vor sich hin gesungen. »You've been with me through all my ups and downs.«

»My lady love«, hatte Joschi eingestimmt. »I once was lost but now with you I'm found.«

»Und so weiter und so fort.« Melli hatte sich auf die Bank gesetzt, die auf dem Bürgersteig unter einer Linde stand und ihre Äste bis an das Ladenfenster streckte.

Verlegen war Joschi verstummt.

Philipp hatte die Hand an die Scheibe der Ladentür gelegt und in den kahlen Innenraum gestarrt. »Na ja«, hatte er gesagt und sich zu Melli und Joschi umgedreht. »Wo es jetzt schon mal leer steht?«

Melli wusste nicht, woher sie mit einem Mal den Mut genommen hatte. Vielleicht waren es Joschi und Philipp, die alles so leicht aussehen ließen. Vielleicht war es einfach an der Zeit, endlich einmal etwas zu wagen. Vielleicht wollte sie es Martin zeigen. Vielleicht hatte sie einfach einen Nervenzusammenbruch, der sich als Aufbruchsstimmung tarnte, so wie manisch-depressive Menschen in einer manischen Phase ein Dreimaster-Segelboot orderten und die farblich darauf abgestimmte Villa gleich dazu. Vielleicht wollte sie sich selbst beweisen, dass sie in der Lage war, einmal etwas ganz alleine zu schaffen. Vielleicht wollte sie nicht vierzig werden, ohne es wenigstens versucht zu haben.

Und ganz allein musste sie es gar nicht schaffen. Nachdem sie die Lebensversicherung gekündigt hatte, in die sie seit ihrem sechzehnten Lebensjahr einzahlte, ihren geliebten Cinquecento in Volare Blau und ihre Datsche am Tegeler See verkauft und sich von ihrem Bruder die Hälfte eines Ferienhauses in der Eifel hatte ausbezahlen lassen, das sie vor ein paar Jahren gemeinsam geerbt hatten, war sie zu ihrer Bank gegangen und hatte um einen zusätzlichen Kredit gebeten. Die Kundenberaterin hatte Mellis Sicherheiten durchgesehen, ein Lachen unterdrückt und sie wieder nach Hause geschickt. Melli hatte die aufkommende Panik unterdrückt und mit dem Fräulein Kaschupke einen Mietvertrag für Kaschupke's Miederwaren abgeschlossen. Das Fräulein würde für die ersten drei Monate auf Mietzahlungen verzichten. Dafür würde Melli sich um die Renovierung kümmern.

Am nächsten Tag hatten sie angefangen. Joschi und Philipp hatten Zwischendecken entfernt und Tapeten von den Wänden geschält, unter der leberfarbenen Auslegeware waren wunderschöne Jugendstilfliesen zum Vorschein gekommen, die Kundentoilette hatte neue Keramik bekommen. Melli hatte die Gardinen zwischen Schaufenster und Laden heruntergerissen, und zum ersten Mal seit siebzig Jahren hatte Tageslicht den Laden geflutet, der so gleich ein bisschen weniger trostlos gewirkt hatte. In den folgenden zwei Wochen hatten Handwerker die alten Holzregale und den Kassentresen aus der Jahrhundertwende generalüberholt und alles in edlem Farrow-and-Ball-Grau gestrichen, Far-

be, die so teuer war, dass Melli den Laden fast genauso gut
mit Blattgold hätte auskleiden lassen können. Inmitten der
Umbauarbeiten hatte Melli Vertreter empfangen und Her-
steller besucht. Sie war auf Messen in Köln und Hamburg
gefahren und hatte bestellt, was immer ihr unter die Finger
gekommen war.

Am Tag der Eröffnung war alles so, wie Melli es sich
immer erträumt hatte. Ihr Kopf hatte Sonntag gehabt, wie
Philipp es genannt hatte, und jetzt stand sie in dem Ergebnis
ihres Gehirn-Feiertages und wartete auf die geladenen Gäste. Das größte Geschenk hatte Melli schon einige Tage vor
der Eröffnung erhalten. Rico hatte inmitten von Sägespä-
nen, Farbeimern und unausgepackter Ware gestanden und
gefragt, ob Lady Love noch einen versierten Dessous-Ver-
käufer brauche. Melli hörte ihn in der kleinen Pantry-Küche
neben der Gästetoilette mit Arne darüber streiten, ob Cup-
cakes mit rosa Marzipanbrüsten und -penissen dem Anlass
angemessen waren. Melli machte sich darüber keine Sorgen.
Es würde alles gut werden.

BRITTA

Britta gab den Hormonen die Schuld. Nachdem sie Philipp
gestanden hatte, dass er der Vater ihrer Zwillinge war, hatte er abends an ihrer Tür geklingelt, mit einer riesigen Tüte

voller Vitamine, Nahrungszusätze, zwei Stramplern, vier Paar Babysneakers und einem Gipsset, mit dem Britta einen Abdruck ihres Schwangerenbauches machen konnte. Seine Geschenke waren so absurd und seine Begeisterung so groß, dass Britta es nicht über sich gebracht hatte, ihn wegzuschicken.

Und als sie am nächsten Morgen neben ihm aufgewacht war, hatte sie es lange Zeit nicht über sich gebracht, ihn zu wecken. Er sah so glücklich aus, wenn er schlief. Eigentlich sah er auch glücklich aus, wenn er wach war. Wenn Brittas Gesicht im Ruhezustand aussah, als würde sie nach einer Schusswaffe suchen, spielte bei ihm ein Lächeln um Mund und Augen. Er sah so jung aus. So neu, hatte Britta gedacht. So unangefochten von all den Kämpfen, die sie bereits hatte durchstehen müssen. Für ihn würde das alles erst kommen. Die erste große Liebe. Der Anfang einer Karriere. Das Ende einer großen Liebe. Das Ende einer Karriere. Das Heulen und Zähneklappern. Das Durchatmen und Wiederaufstehen. Die ängstliche Erwartung, ob und, wenn ja, wann wieder alles schiefgehen würde. Die Schritte, früher raumgreifend und kraftvoll, die zaghafter wurden und zögerlicher. Die sich furchtsam eingestandene Frage, ob ein neuer Anfang überhaupt lohnte. Ob die Kraft noch einmal ausreichen würde für einen neuen Versuch. Die Erschöpfung, die kein vorübergehendes Phänomen mehr war, sondern eine ständige Begleiterin. Die alten Freunde, die man unterwegs verlor. Die neuen Freunde, die man nur noch selten gewann. Die Ungeduld, die größer wurde. Die mit den Erwartungen wuchs und mit den

Enttäuschungen. Der Blick auf die Möglichkeiten, die das Leben noch bot, der enger wurde, kleinlicher, missgelaunter. Die Begeisterungsfähigkeit, die man an anderen, jüngeren Menschen beobachtete und die man mit der eigenen abglich, die schlecht dabei abschnitt. Das Misstrauen bei neuen Begegnungen. Die ermüdende Feststellung, dass alles, wirklich alles eine Wiederholung von etwas war, das man so oder so ähnlich schon einmal erlebt hatte. Die Weigerung, sich noch einmal überraschen zu lassen. Das Glück, das sich plötzlich im Nichtstun fand, im Nichtweggehen, im Nichtfeiern, im Nichtkennenlernen. Der Neid, dass es nie wieder ein erstes Mal geben würde, während andere gerade alles erst entdeckten. Manchmal dachte Britta, dass sie so schnell gelebt hatte, dass sie vorzeitig gealtert war. Nicht, dass es ihr beim Blick in den Spiegel bang wurde. Aber das Gefühl, nicht mehr zu denen zu gehören, die die Regeln außer Kraft setzten oder sogar brachen. Dass sie schon seit Jahren ein Teil des Establishments war, in Seidenbluse und Hosenanzug, immer jovial und nie um eine Antwort verlegen, immer *in control of the situation*, wie es ihr ein älterer Kollege bei ihrem Aufenthalt in den Staaten eingebläut hatte. *Well*, damit hatte es sich. Die Situation war außer Kontrolle geraten, und Britta hatte es zugelassen. Weil es so schön war. Weil es sich so richtig anfühlte, obwohl es so falsch war. Philipp hatte in Jogginghose und Turnschuhen vor ihrer Tür gestanden, die Babygeschenke in seinem Messenger Bag, sein Rennrad über der Schulter. Er hatte ausgesehen wie der Sohn ihrer Freundin Babsi, den sie unter Tränen und Gelächter an seinem sechzehnten Geburtstag für ein Auslandsjahr nach Neuseeland verabschiedet hatten. Philipp hätte sich mit Fabian mehr zu sagen gehabt als mit ihr, hatte Britta gedacht und vorsichtig nach dem Wecker gegriffen.

Die Nacht mit ihm war so ganz anders gewesen als der sexuelle Überfall, den sie beide aufeinander begangen hatten. Sie hatten viel geredet und gelacht. Philipp hatte mit ihrem Lippenstift zwei Gesichter auf ihren Bauch gemalt und sich mit Immer und Ewig unterhalten. So hatte er die Zwillinge getauft, da Britta sich geweigert hatte, ihm ihre Wunschnamen zu verraten. Philipp hatte Immer und Ewig Tipps gegeben, wie man den Kindergarten und die Vorschule überlebte, er hatte mit ihnen über die politische Situation Europas gesprochen und über Verhütung. Er hatte ihnen das Versprechen abgenommen, sich nicht vor ihrem sechzehnten Geburtstag zu betrinken oder sanfte Drogen zu konsumieren, und wenn doch, dann unter seiner kundigen Aufsicht. Er hatte ihnen die neuesten Gendertheorien vermittelt und ihnen seinen Segen gegeben, schwul, lesbisch, oder transsexuell zu werden, Hauptsache, sie schlossen ihr Studium in der Regelzeit ab. Sie hatten sich Zeit gelassen. Es war Britta schwergefallen, sich, schwanger, wie sie war, vor Philipp zu zeigen, und er hatte geduldig gewartet, bis sie bereit gewesen war. Alles, was in der letzten Nacht geschehen war, war so unwirklich vertraut gewesen. Als hätten sie Jahre gehabt, um sich miteinander abzustimmen. Als hätten sie stundenlange Gespräche geführt, in denen sie einander kennengelernt hatten, die kleinen Macken des anderen schätzen gelernt, seine Empfindlichkeiten und seine Ängste entdeckt. Es war eine der Nächte, die das Leben einem nur selten gab, voll tiefen Friedens und voller Innigkeit, Nächte, die man festhalten wollte, die man nicht enden lassen wollte. Und auf die doch unweigerlich ein nächster Morgen und ein nächster Tag folgten.

Britta hatte auf den Alarmknopf des Weckers gedrückt, der Philipp mit schrillem Piepsen aus dem Schlaf gerissen hatte.

Nur zehn Minuten später stand Philipp an Brittas Wohnungstür und schloss sein Fahrrad auf, das er im Treppenhaus geparkt hatte. »Und du hast wirklich keine Zeit zu frühstücken?«

»Sorry, tut mir echt leid. Ich muss noch in den Sender.« Britta wusste, dass Philipp wusste, dass sie log. Er kannte ihre Dienstpläne besser als sie selbst. Aber sie wusste auch, dass er sich nicht die Blöße geben würde, sie darauf aufmerksam zu machen.

»Versprich mir, dass du die Vitamine nimmst.«

»Ich verspreche, dass ich die Vitamine nehme.« Britta hielt Philipp seine Tasche hin.

»Und ruf mich an, wenn du was brauchst.«

»Aber ich brauche nichts. Ich brauche nie was.«

»Es ist kein Umstand oder so. Ich komm gern vorbei.«

»Nein.« Britta sah Philipp an, und er wich ihrem Blick nicht aus.

»Das heißt, wir sehen uns …?«

»Im Sender.«

»Im Sender.«

Es wäre der perfekte Moment für ihn gewesen zu gehen, aber Philipp stand immer noch im Treppenhaus und trat nervös von einem Fuß auf den anderen.

»Philipp«, sagte Britta.

»Sag nicht Philipp zu mir.« Philipp verzog das Gesicht. »Ich hasse es, wenn du meinen Vornamen sagst. Immer wenn du Philipp sagst, schickst du mich weg oder behauptest, dass es egal ist, ob wir total super zusammenpassen, oder dass ich zu jung bin oder du mich nicht brauchst oder oder oder.« Seine Tasche war von seiner Schulter gerutscht, und er stellte sein Fahrrad mit einem lauten Krachen am Treppengeländer ab, um sich nach ihr bücken zu können.

Britta hatte Philipp noch nie so aufgewühlt gesehen. So kurz vor wütend. Sie konnte es nur schwer mit ansehen. Er tat ihr leid. Aufrichtig leid. Sie fühlte mit ihm. Aber es musste sein. »Philipp, gestern Nacht war ein Ausrutscher. Ein Fehler.«

»Es war kein Fehler«, murmelte Philipp trotzig.

»Es war ein Fehler«, wiederholte Britta, geduldig wie mit einem bockigen Kind. »Wir beide, wir haben keine Vergangenheit, keine Gegenwart und keine Zukunft.« Warum musste es sich so grausam anfühlen, wenn man dabei war, das Richtige zu tun? »Du kannst nicht ernsthaft erwarten, dass wir ein Leben miteinander haben können.«

»Warum denn nicht?«

»Philipp.«

»Und wieder mein Scheißvorname.«

»Es tut mir unendlich leid, dass ich dich in die ganze Sache reingezogen habe.«

»Die ganze Sache. Wenn man dir zuhört, könnte man glauben, wir hätten eine Tankstelle überfallen.« Philipp griff nach ihrer Hand, aber Britta trat hinter ihre Wohnungstür zurück. »Wir kriegen ein Kind. Wir kriegen *zwei* Kinder. Das muss doch was zu bedeuten haben.«

»Nein. Hat es nicht.« Wenn man innerlich die Zähne zusammenbeißen konnte, war es das, was Britta jetzt tat. »Es hat nichts zu bedeuten. Du bist durch einen dummen Zufall der Vater meiner Kinder.« Britta holte tief Luft. »Aber für mich bist du nichts.«

Philipp hatte den Kopf gesenkt wie unter einem unsichtbaren Hieb und starrte angestrengt auf die Spitzen seiner Sneakers.

Britta sah, dass er kurz davor war, in Tränen auszubrechen. Sie wusste, dass es wirklich furchtbar war, so etwas zu ihm zu sagen. Er war ein guter Mann. Er hatte all das hier nicht verdient. Aber es war zu seinem und zu ihrem Besten. Vielleicht würde er sie jetzt hassen. Bestimmt sogar. Aber in zehn Jahren, wenn er mit einer Frau zusammenleben und über eigene Kinder nachdenken würde, würde er ihr dankbar dafür sein, ihm den Ausstieg so leichtgemacht zu haben.

Sie standen sich noch eine Zeitlang gegenüber. Mit einem hohlen Klack schaltete sich das Licht im Treppenhaus aus. Der Fahrstuhl surrte an ihnen vorbei in ein höher gelegenes Stockwerk. Aus der Lobby drangen Stimmen und Gelächter.

Dann wurde es wieder still. Schließlich schloss Britta die Tür. Als sie ein paar Minuten später durch den Spion sah, konnte sie ihn immer noch sehen.

Philipp hatte sich nicht bewegt. Er stand immer noch dort im Dunkeln vor ihrer Tür und starrte auf seine Füße.

PHILIPP

Wie immer, wenn Philipp nicht wusste, wohin er gehen sollte, ging er zu seinem Großvater. Can kniete im Gebetsraum der Moschee zwischen Dutzenden anderer alter Männer und lauschte der sonoren Stimme des Imams. Philipp streifte seine Schuhe ab und kniete sich neben Can, der seine Stirn zum Boden neigte.

Als der sich wieder aufrichtete und Philipp sah, umschloss er sein Gesicht mit beiden Händen und küsste ihn auf die Stirn. »Mein Enkel kommt, um mit seinem Großvater zu beten!«

Die alten Männer um Can herum brummten anerkennend.

»Du machst mich stolz, mein Kind!«

»Baba.« Philipp küsste die Hände seines Großvaters.

»Hast du von deiner Mutter gehört? Sie spricht nicht mehr mit uns!« Can schüttelte verzweifelt den Kopf. Er hörte nicht mehr gut, weigerte sich aber, ein Hörgerät zu tragen.

Wenn er sprach, sprach er so laut, als müsste er sich inmitten einer lebhaften Party verständlich machen.

»Baba, sie hat gestern erst mit euch telefoniert.«

»Aber sie *erzählt* uns nichts mehr!«

»Und das wundert dich?« Philipp schüttelte spöttisch den Kopf. »Nach Allahs Resterampe?«

Der Abend, an dem seine Großeltern Yüzil den alten und versehrten Singles der türkischen Gemeinde zum Fraß vorgeworfen hatten, hatte längst die Runde gemacht, sowohl in der Familie als auch bei den Nachbarn und Freunden. Dem Entsetzen seiner Mutter über den Verrat ihrer Eltern hatte sich auch noch die Scham zugesellt, dass alle von ihrer Demütigung wussten. Philipp war hin- und hergerissen zwischen seiner Solidarität mit Yüzil und dem Bewusstsein, dass Can und Merve aus ehrlicher Sorge heraus gehandelt hatten. Der Wunsch seiner Großeltern, auch noch den letzten ihrer Familienangehörigen und Freunde glücklich zu wissen, entstammte dem Gefühl einer großen Dankbarkeit. Sie hatten einander gefunden. Warum sollten nicht *alle* dieses Glück haben? Die Energie, mit der Can und Merve an der Heilung ihrer Welt arbeiteten, beeindruckte und beängstigte Philipp gleichermaßen.

»Meine Tochter ist immer noch allein!« Can, Philipp und die anderen Gläubigen neigten ihre Köpfe zum Boden und richteten sich wieder auf. »Ich mache mir große Sorgen um deine Mutter, mein Kind! Sie ist sehr einsam! Sie braucht einen Mann!«

»Baba, wir leben nicht mehr im Mittelalter.« Philipp

bemerkte besorgt, dass die Männer in Cans unmittelbarer Nähe aufgehört hatten, auf die Worte des Imams zu hören. Alle wollten wissen, was in der verrückten Familie des Can Gündem nun schon wieder passiert war. Allah würde ein paar Minuten ohne sie auskommen müssen. »Frauen brauchen heute keinen Mann mehr, um glücklich zu sein«, flüsterte Philipp. Als hätten sie es je. Er hatte leise gesprochen, in der Hoffnung, auch Can würde seine Stimme senken. Was er nicht tat.

»Vielleicht deutsche Frauen nicht«, rief Can empört aus. »Die haben Pay-TV und Vibratoren und Swinger-Clubs!«

Die alten Männer schüttelten missbilligend die Köpfe. Diejenigen, deren Deutsch nicht gut genug war, baten ihren Nachbarn um Übersetzung und schüttelten den Kopf mit etwas Verspätung. Der Imam sah streng zu ihnen herüber.

Can legte eine Hand auf Philipps Oberschenkel. »Aber genug von deiner undankbaren Mutter. Wie geht es dir, mein Sohn?«

»Gut, Baba.« Philipp war sich der Gefahr bewusst, sich seinem Großvater ausgerechnet im Gebetsraum ihrer Moschee anzuvertrauen. Aber er konnte nicht warten. »Ich bin verliebt, Baba.«

Can riss Mund und Nase auf und wackelte erfreut mit dem Kopf. »Ist sie schön?«

»Sie ist schön.«

»Ist sie klug?«

»Klüger als wir beide zusammen.«

»Bist du glücklich?«

»Es ist kompliziert.« Philipp seufzte.

Cans Lächeln erlosch.

Der Imam hob die Hände. Die Gläubigen senkten ihre Köpfe.

»Nein!« Can hatte mit der flachen Hand auf den Boden geschlagen.

Der Mann vor ihm war erschrocken zusammengezuckt und drehte sich nach ihnen um. Philipp lächelte verbindlich und verneigte sich leicht.

»Das ist nicht die Wahrheit«, fuhr Can mit fester Stimme fort. »Die Wahrheit ist, Liebe ist einfach!« Er legte seine Hand auf Philipps Brust. »Du spürst sie hier, in deinem Herzen!« Er klopfte ihm mehrmals dagegen. »Spürst du sie, mein Sohn?«

»Ja, Baba, ich spüre sie.« Philipp musste wider Willen lächeln. Wie stark die Überzeugungen seines Großvaters waren. Wie festgefügt seine Philosophie. Es wäre einfach gewesen, darüber zu lachen und Can als merkwürdigen, verschrobenen alten Herrn abzutun. Wenn sein Großvater nicht so oft richtiggelegen hätte.

»Das ist gut!« Can strich Philipp über die Wange. »Das Herz, das ist nicht dumm! Das Herz, das irrt sich nicht!«

In diesem Punkt war Philipp sich nicht so sicher wie sein Großvater. Was, wenn es sich doch irrte. Was, wenn sein Herz sich sicher war, aber Brittas Herz recht hatte? »Sie ist schwanger, Baba.«

»Schwanger!« Cans Augen traten aus den Höhlen. Er presste sich beide Hände vor den Mund.

Philipp sah ihn nervös an. Konnte Freude töten? Wie schnell würde ein Rettungswagen hier sein können? War das Herz seines Babas einer weiteren Überraschung gewachsen? »Mit Zwillingen«, ergänzte Philipp leise.

Can richtete sich auf und streckte die Hände zur Decke der Moschee, die mit Malereien und Kalligraphien reich verziert war. »Allahu akbar! Allahu akbar! Gott hat die Schenkel meines Enkels gesegnet! Zwillinge!« Can streckte seine Hände aus, die von den Männern in nächster Nähe begeistert geschüttelt wurden. Die anderen winkten oder nickten zustimmend.

Der Imam unterbrach seine Predigt und winkte ihnen zu. Philipp verneigte sich höflich und nahm die Glückwünsche entgegen. *So reagierte man also auf die Nachricht, dass er Vater wurde.* Das war es, was Philipp gesucht hatte, als er zu seinem Baba gegangen war. Unverstellte, überschäumende Freude angesichts der frohen Nachricht. Und keine Tür, die sich vor ihm schloss, und keine Frau, die seine Anrufe sofort auf ihre Mailbox leitete, wenn er versuchte, sie zu erreichen.

»Masallah! Yasasin! Hay gidi!« Ausrufe der Freude und Glückwünsche kamen von allen Seiten des Gebetsraumes. Männer schlugen sich auf die Schultern und gratulierten einander, als wären sie selbst dafür verantwortlich, dass irgendwo in dieser Stadt in nicht allzu ferner Zeit zwei neue kleine Moslems das Licht der Welt erblicken würden. »Gözün aydin!«

Can bedeutete Philipp, aufzustehen und zu winken. Auf

einen Ruf des Imams kehrte langsam wieder Ruhe ein, und er setzte seine Predigt fort.

Philipp beugte sich zu Can und flüsterte in sein Ohr. »Aber sie will nicht, dass wir zusammenleben.«

»Was hast du ihr angetan?« Can erstarrte.

»Nichts!« Philipp setzte sich erschrocken auf.

»Hast du sie geschlagen?« Can rückte auf seinem Gebetsteppich von Philipp ab, um ihn besser sehen zu können.

»Natürlich *nicht*«, zischte Philipp entsetzt.

»Ein Mann, der seine Frau züchtigt, ist geringer als ein Wurm«, sagte Can mit tiefer, kalter Stimme.

»Ich habe sie nicht geschlagen«, rief Philipp und hörte die Verzweiflung in seiner Stimme.

»Bist du dir sicher«, insistierte Can mit strengem Blick.

»*Natürlich* bin ich mir sicher!«

Die Aufmerksamkeit der Gemeinde hatte sich mittlerweile vollends vom Imam gelöst und auf Can und Philipp verlagert. Was war schöner als eine Schwangerschaft? Klatsch. So heilig die alten Männer auch taten, auch hier in der Moschee waren Gerüchte die Währung, die am heißesten gehandelt wurde.

»Niemand hat irgendjemanden geschlagen«, versicherte Philipp mit lauter Stimme, die, wie er hoffte, auch den letzten ihrer Zuhörer erreichte.

»Warum will sie dann nicht mit dir zusammenleben? Ist sie verrückt? Hat sie keine Augen im Kopf?« Can war fassungslos. »Du bist ein Prinz! Das kann jeder sehen, der Augen hat.« Er schüttelte den Kopf. »Sie muss verrückt sein«, wiederholte er noch einmal. Zustimmend nickten die alten Männer.

»Sie ist nicht verrückt«, beeilte Philipp sich zu versichern. »Ich glaube, sie hat nur Angst.«

»Ah!« Cans Gesicht leuchtete auf. »Ich verstehe.« Er legte seine Hand auf Philipps Schulter. »Dann gib ihr Zeit, mein Sohn. Und halte dich in ihrer Nähe.«

»Und du glaubst, das hilft?«

Der Imam hatte aufgegeben, zu seiner Gemeinde sprechen zu wollen, und hing wie alle anderen auch an Cans Lippen. Can hatte das seltene Talent, stets so zu sprechen, als unterhielte er ein großes Publikum. Ob einer oder einhundert ihm zuhörten, schien für Philipps Großvater keinen Unterschied zu machen. Und er war ein begnadeter Erzähler, der komplexe Zusammenhänge in der Regel auf einen überraschend einfachen Nenner zu bringen pflegte.

Can lächelte und wiegte den Kopf. Dann sprach er zu Philipp und zu allen anderen im Saal. »Deine Großmutter, die zu ihrer Zeit eine große Schönheit war, sollte mich heiraten. Aber sie hatte Angst. Sie hatte Angst, dass ich ein schlechter Mann sein könnte. Sie hatte Angst, dass ich nicht der richtige Mann sein könnte. Unsere Familien hatten bereits alles vereinbart. Sie wollten sie zwingen, in die Heirat einzuwilligen. Doch ich habe gesagt – nein. Ich habe gesagt, ich will nur eine Frau, die mich auch will. Also habe ich deiner Großmutter Zeit gegeben und mich in ihrer Nähe aufgehalten.« Can verneigte sich leicht und breitete seine Hände aus, wie ein Zauberkünstler, dem ein beeindruckender Trick gelungenen war und der nun auf den Applaus seines Publikums wartete. Aber die Männer kannten seine Geschichten und wussten, dass das noch nicht das Ende sein konnte.

»Das Dorf von Oma lag aber doch zweihundert Kilometer entfernt«, warf Philipp ein.

»Das ist die Wahrheit.« Can nickte gnädig. »Wir konnten uns nicht treffen. Das Dorf deiner Großmutter lag zweihundert Kilometer von meinem Dorf entfernt.«

Der Imam hatte sich auf den Handlauf seiner Kanzel gestützt, um Can besser verstehen zu können. Es war so still in der Moschee, dass man die Geräusche der Waschanlage hören konnte, die im angrenzenden Gewerbegebiet an sieben Tagen der Woche vierundzwanzig Stunden geöffnet hatte.

»Also«, fuhr Can fort, »habe ich meine Stelle gekündigt, die eine gutbezahlte Stelle war, und im Dorf deiner Großmutter auf dem Feld gearbeitet. Sie hat mich jeden Tag gesehen, weil ich auf ihrem Weg zum Markt unter einer Kastanie gesessen habe. Sie hat angefangen, mir zu vertrauen. Ich habe mich in ein Café gesetzt. Sie hat einen süßen Tee mit mir getrunken. Ich bin mit ihr spazieren gegangen. Sie hat meine Hand genommen.«

»Wie lang hat das gedauert?«

»Sechs Monate.« Can nickte, mit sich selbst zufrieden.

»Sechs Monate!« Philipp fühlte, wie sein Herz sank.

»Und dann, nach sechs Monaten«, sagte Can mit einem feinen Lächeln, »hat sie mich geküsst.«

Ein Aufatmen ging durch die Reihen der Gläubigen. Die Männer nickten einander zu. Alles war gut ausgegangen! Was für eine wundervolle Geschichte!

»Und jetzt«, schloss Can, der seine Erzählungen nie ohne ein emotionales Highlight enden ließ, »mehr als vierzig Jahre später, küsse ich den Sohn ihrer Tochter.« Can nahm Philipps Hände und küsste sie.

Philipp küsste die Hände seines Großvaters.

Der Imam wischte sich verstohlen eine Träne weg. Der Gebetsraum brummte vor Zufriedenheit.

»Und jetzt geh.« Can lächelte und scheuchte Philipp fort. »Lass mich mit meinen Freunden allein, damit wir Allah danken können.«

Philipp ging. Als er im Vorraum der Moschee nach seinen Schuhen suchte, hörte er noch einmal die frohlockende Stimme seines Großvaters. »Zwillinge!«

JENNY

Es gab zwei Probleme mit Lügen, fand Jenny. Hatte man einmal damit angefangen, war es schwer, wieder aufzuhören. Und man gewöhnte sich daran. Hatte es sich am Anfang noch wie ein unangenehmes Prickeln auf der Haut angefühlt, Steffen zu verschweigen, dass sie nicht nur Unterwäsche auf Styroporkörpern fotografierte, war es ihr nicht einmal mehr in den Sinn gekommen, ihm die Aufnahmen zu zeigen, die sie mit ihren Freundinnen gemacht hatte. Sie hatte nie zu den Frauen gehört, die vor ihren Partnern Geheimnisse hatten, ganz im Gegenteil. Es waren ihre liebsten Stunden gewesen, wenn die Kinder in ihren Betten lagen und sie sich mit Steffen auf dem Sofa einmummeln konnte, um sich das Kleinklein ihres Tages zu erzählen. Was für andere langweilig und unerheblich geklungen hätte, war für sie das Band, das ihre Liebe zusammenhielt. Sie machten sich lustig über Nachbarn und Arbeitskollegen, staunten über die Zumutungen, die die Welt für sie an diesem Tag bereitgehalten hatte, ärgerten sich solidarisch mit dem anderen über rücksichtslose Autofahrer, die unmöglichen Öffnungszeiten des Zahnarztes und den letzten Anruf der Eltern, die üblicherweise keine Zurückhaltung kannten, ihren erwachsenen Kindern zu sagen, dass sie a) alles ganz falsch machten, b) noch nie auf sie gehört hätten und c) jeglichen gesunden Menschenverstand vermissen ließen und selbst schuld daran waren, wenn es mal wieder nicht so lief. Das Sofa wurde zum Burgwall, hinter den Steffen und Jenny sich zurückzogen, um von dort ihre Feinde im Blick zu behalten oder zu verspotten. Seitdem Jenny angestrengt darum bemüht war, sich, was die Fotografiererei betraf, nicht zu verplappern, hatten diese Momente ihre Leichtigkeit verloren und waren seltener geworden. Jenny fehlte die gewohnte Vertrautheit mit ihrem Mann, wusste aber auch nicht, wie sie sie wiederherstellen sollte.

Steffen hatte klargemacht, dass Jennys Wunsch nach Selbständigkeit ihn kränkte. Er hatte in der letzten Zeit regelrecht argwöhnisch auf alles reagiert, was mit Jennys *anderem* Leben zu tun hatte. So, als wäre alles, was Jenny ihm nicht anvertraute, ein sicheres Zeichen dafür, dass sie auf dem Absprung in ein Leben war, in das sie ihn – so viel schien ihm klar zu sein – nicht vorhatte mitzunehmen.

Jenny machte sich nichts vor. Es übte einen gewissen Reiz auf sie aus, ein paar Stunden am Tag zu haben, an denen Steffen nicht teilhatte und von denen er nichts wusste. Seit Jahren hatte sie dieses Gefühl nicht mehr gehabt, und sie hatte erst in den letzten Monaten gemerkt, wie sehr es ihr gefehlt hatte. Als wäre ihr Körper ein Hotel, in dem bislang nur Familienmitglieder gewohnt hatten und in das jetzt aufregende, exotische Fremde eingezogen waren. Die Arbeit mit den Mädels war so aufregend und inspirierend gewesen, dass Jenny traurig gewesen war, als schließlich alle Fotos im Kasten waren.

Was allerdings einen Schatten auf den Riesenspaß, der die Fotosessions gewesen waren, warf (neben der Tatsache, dass sie Steffen angelogen hatte und ihre Lüge von Tag zu Tag größer werden ließ), war Martins Absage. Jenny war mit hochmütiger Miene und geradem Rücken durch Martins Vorzimmer und an seiner Sekretärin vorbeigerauscht. Aber kaum hatte sie das Kaufhaus verlassen, war die Enttäuschung wie eine trübe Welle über ihr zusammengeschlagen. Sie hatte so nicht nach Hause fahren wollen und sich bei einem der Bratwurstmänner eine Krakauer im Brötchen gekauft und sich auf den Rand des Brunnens gesetzt. Sie hatte den Touristen zugesehen, die ziellos über den schattenlosen Platz irrten und schwer an den Einkaufstüten der nahe gelegenen Mall trugen, den Kids, die versuchten, sich mit ihren Skateboards an den betonierten Blumenbeeten und stählernen Handläufen der Treppengeländer ihre Knochen zu brechen, und den Ratten in den Rabatten, die sich um einen weggeworfenen Döner stritten, und sie hatte sich zusammenreißen müssen, um nicht wie ein albernes Schulmädchen, das über der Auflösung seiner Lieblingsboyband verzweifelte, um ihre verpasste Chance zu heulen.

Wie naiv sie gewesen war! Als wäre es eine abgemachte Sache, dass das Schicksal ihr, Jenny, beruflichen Erfolg schuldete, nur weil sie seit fast fünfzehn Jahren nicht mehr mit ihm in Berührung gekommen war. Als würde die Welt, oder, in diesem Fall, die Werbeabteilung des größten Kaufhauses der Stadt auf die Bilder einer hoffnungsvollen Amateurfotografin warten, die dringend einen Höhenflug brauchte, um nicht in ihrem Vororthäuschen an Langeweile zu ersticken. Jenny hatte die Mappe mit den Abzügen geöffnet, die ihr bei nochmaliger Durchsicht schon nicht mehr ganz so außergewöhnlich vorgekommen waren. Nicht mehr ganz taufrische Hausfrauen posierten gewollt sexy in Wäsche, die an professionellen Models mit starkem Untergewicht besser ausgesehen hätte. Und auch die offensichtliche Freude, die aus den Gesichtern der Frauen sprach, war Jenny mit einem Mal aufgesetzt, künstlich und peinlich erschienen.

Sie hatte Tage gebraucht, um sich so weit zu erholen, dass sie Melli ihre Geschichte anvertraute. Ein Grund dafür war die bevorstehende Eröffnung von Mellis Laden gewesen und das glückliche Strahlen ihrer Freundin, das Jenny um nichts in der Welt hatte trüben wollen. Am Tag der Eröffnung hatte Jenny sich vorgenommen, Melli nichts von Martins Absage zu erzählen, doch als die letzten Gäste sich verabschiedet hatten und auch Steffen die Kinder eingepackt hatte und nach Hause gefahren war, um den *Hühnern*, wie er Melli, Jenny und Rico nannte, *Zeit zum Schnattern* zu geben, hatte sie sich nicht länger zurückhalten können. Melli war empört gewesen. Sie hatte zum Handy gegriffen und Martin eine Nachricht auf seiner Mailbox hinterlassen, in der *kleinlich*, *rachsüchtig*, *billig* und *niveaulos* noch die zitierfähigsten Adjektive gewesen waren. Dann hatten sie sich betrunken. Nach Strich und nach Faden und nach allen Regeln der Kunst. Melli hatte mit Jenny geschimpft, dass sie so lange damit gewartet hatte, ihr alles zu erzählen. Sie hatte die Fotos, die Jenny ihr bislang noch nicht gezeigt hatte, sofort sehen wollen, und nur Ricos Erinnerung, dass sie alle inzwischen zu betrunken waren, um auch nur ohne körperliche Schäden in die Straßenbahn zu steigen, hatte sie davon abhalten können, sofort mit Jenny nach Hause zu fahren. Jenny hatte Melli versprechen müssen, ihr die Aufnahmen so bald wie möglich zu zeigen. Melli hatte Martin einen Wicht, einen Kleingeist und eine minderen Charakter genannt (dazu noch einen Loser, einen Flachwichser und einen hoffnungslosen Fall), und zusammen mit Joschi, Philipp, Rico und Arne hatten sie eine letzte Flasche Champagner geköpft und über Lady Love gestaunt.

Mellis Laden war ein Volltreffer. Auch wenn ihr eigener Ausflug in die Selbständigkeit ein heilloses Fiasko war, konnte Jenny sich neidlos für den Erfolg ihrer Freundin freuen. *Kaschupke's Miederwaren* hatte sich völlig verwandelt. Die dunklen Eichenregale und der schwere Verkaufstresen waren in hellem Grau gestrichen, das sich vornehm von mattschwarzen Wänden abhob. Melli hatte eine Längsseite mit einer exotischen Tapete beklebt, einem grünen Tropenwald vor schwarzem Grund, aus dem Raubtiere, Vögel, und fleischfressende Pflanzen hervorlugten. Lady Love bot Unterwäsche, Dessous und eine kleine Auswahl an zauberhaften Brautkleidern, ohne die sich Melli ihren ersten eigenen Laden nicht hatte vorstellen können.

Ein paar Tage später hatte Jenny sich mit ihrer Mappe unterm Arm auf den Weg in die Stadt gemacht, um Melli und Rico ihre Fotos zu zeigen. Sie hatte sie seit ihrem Termin bei Martin immer und immer wieder angeschaut, sobald Steffen und die Kinder aus dem Haus waren, und war aus ihnen einfach nicht schlau geworden. Waren sie gut? Oder waren sie banal? Waren sie wirklich sexy? Oder nur ordinär? Hatten sie irgendetwas, das andere Modefotos nicht hatten? Oder waren sie der abermillionste Aufguss von etwas, das man in jedem Versandhauskatalog fand? Jenny hatte es nicht mehr sagen können. Nervös wie bei einer Abiturprüfung hatte sie die Fotos vor Melli und Rico ausgebreitet. Die beiden hatten sich stumm die Aufnahmen angesehen. In ihren Gesichtern hatte Jenny nicht lesen können, ob sie sie mochten oder ob sie angestrengt nach einer höflichen Art suchten, ihr zu sagen, dass sie sie genauso seltsam fanden, wie Martin es tat. Melli und Rico hatten die Fotos beiseitegelegt und sich einen Blick zugeworfen, den Jenny nicht hatte deuten können.

»Das«, hatte Melli schließlich gesagt und sich schwer auf die Theke gestützt, »ist das *Schärfste*, was ich je gesehen habe.«

»Helmut Newton würde vor Neid *grün* werden«, hatte Rico ihr zugestimmt. »Wenn er nicht mit seinem Auto vor einen Baum gefahren wäre.« Rico hatte sich bekreuzigt.

»Du bist eine Fotografin«, hatte Melli mit Staunen in der Stimme gesagt. »Meine Freundin Jenny ist eine richtige Fotografin.«

»Nein«, hatte Rico ihr widersprochen. »Sie ist eine verfluchte *Künstlerin.*«

Die beiden hatten Jenny abwechselnd geküsst und umarmt, hatten sich die Fotos aus den Händen gerissen und sie an eins der Regale gehängt, um sie in Ruhe betrachten zu können. Rico hatte einen altersmürben Käsekuchen aus dem Kühlschrank der kleinen Pantryküche geholt, und sie hatten sich mit drei Gabeln und viel Gekreisch über ihn hergemacht. Melli und Rico hatten Jenny mit Fragen gelöchert. Sie musste ihnen alles erzählen.

»Wo hast du die scharfen Bräute gefunden?«

»Wer hat dir gezeigt, dass sie genau so aussehen müssen?«

»Wie hast du dieses Licht hinbekommen?«

»Man möchte sie küssen!«

»Man möchte sie essen!«

»Man möchte ihnen jedes verdammte Stück Wäsche vom Leib reißen. Vor allem – man möchte ihnen jedes verdammte Stück Wäsche *abkaufen*!«

»Wir könnten Flyer drucken lassen!«

»Wir könnten Plakate drucken lassen!«

»Wir könnten sie auf Tuch ziehen lassen und im Schaufenster aufhängen!«

»Wir sollten diese Ladys in der ganzen *Stadt* aufhängen!«

»Du bist ein Wunder«, hatte Melli schließlich gesagt und ihre Arme um Jenny gelegt. »Wo hast du dich so lange versteckt, Künstlerin Jenny?«

Rico hatte ihr mit dem Finger an die Brust getippt. »Und vor allem, *warum*?«

Es war Ricos *Warum*, dass Jenny in Tränen hatte ausbrechen lassen. Gott sei Dank waren Melli und Rico dicht am Wasser gebaut und hatten sofort mitgeheult. Zusammen war es immer ein bisschen weniger peinlich, wenn einem Rotz und Wasser von der Unterlippe tropften und man für eine ganze Weile nur stoßweise Luft holen konnte, fand Jenny.

Melli hatte ihre Freundin gar nicht mehr loslassen wollen, sie aber schließlich doch freigeben müssen, um sich die Nase zu schnäuzen. »Jenny, ganz im Ernst, ich war immer froh und dankbar, dich zur Freundin zu haben.« Melli hatte Jennys Hand genommen. »Und jetzt kann ich auch noch ganz schrecklich *stolz* auf dich sein.«

Mellis Satz hatte bei Jenny zu einer neuen Tränenflut geführt, bei der sich die Dankbarkeit für Mellis und Ricos

Begeisterung mit der Erleichterung mischte, bei etwas, das ihr so wichtig war, nicht versagt zu haben.

»Versagt?« Melli hatte empört ihre Hände in die Hüften gestemmt, wie früher nur Magda Schneider es gekonnt hatte. »Du hast doch wohl nicht *eine Sekunde lang* geglaubt, dass diese miese Kröte von einem Exfreund mit ihrem Genöle richtigliegen könnte? Das hier«, Melli hatte die Abzüge so arrangiert, dass sie alle nebeneinanderlagen, »ist einfach wunderschön.«

Jenny hatte zugeschaut, wie Melli ein Foto nach dem anderen aufhob und ins Licht hielt. »Das ist sexy und voller Kraft, das hat Würde und eine solche Wucht, dass man genau so sein möchte wie die tollen Weiber auf deinen Bildern.«

»Ich hätte nie gedacht, dass ich das einmal sagen würde«, hatte Rico geseufzt, »aber sogar *ich* möchte gerne mal eine Frau sein. Nicht für Geburten, Kinder und schlechtere Bezahlung. Nur so lange, dass ich mit so einem Fummel einen Nachmittag lang durch die Stadt laufen könnte.«

Am nächsten Tag hatte Jenny die Daten der Fotos einer Druckerei gemailt. Melli hatte von ihrem letzten Geld Flyer, Plakate und vier riesige Schaufensterbilder geordert. Jenny war tagelang grinsend wie ein Honigkuchenpferd herumgelaufen, hatte Kim zu einem Adele-Konzert eingeladen, Benni und zwei seiner Ballettfreundinnen auf einen Baumkletterpfad, vor dem sie seit Jahren eine Todesangst gehabt hatte, und mit Steffen den besten Versöhnungssex ihrer gesamten Beziehung gehabt.

Der Rausch hatte fast zwei Wochen angehalten. Dann

war Jenny eines Morgens aufgewacht und hatte sich die gemeine, kleine Frage gestellt, die irgendwo in ihrer Großhirnrinde gewartet und auf den ersten schwachen Moment gelauert hatte: Und was *jetzt*?

YÜZIL

»Und der Kranich schließt und öffnet seine Schwingen im sanften Rhythmus seines Atems.«

Die Yoga-Lehrerin des Seniorenzentrums ging durch die Reihen und gab mit sonorer Stimme ihre Anweisungen. Ein Dutzend alte Frauen und Männer versuchten, so gut es ging, ihre Arme in der Waagerechten zu halten, ohne das Gleichgewicht zu verlieren.

Yüzils Eltern liebten die Angebote für ältere Mitbürger, die sie mit ihrem Seniorenpass meist kostengünstig, manchmal sogar gratis nutzen durften. Sie hatten an Seniorenwanderungen teilgenommen, auf denen sie den Tourguide mit ihren Korrekturen seiner Anmerkungen zu historischen Sehenswürdigkeiten in den Potsdamer Schlossgärten in den Wahnsinn getrieben hatten. Sie hatten Schwimmkurse für ältere Mitbürger absolviert und mit ihrer Weigerung, den Nichtschwimmerbereich zu verlassen, die übrigen Teilnehmer verängstigt und schließlich die gesamte Veranstaltung lahmgelegt. Sie waren treue Besucher sämtlicher Seniorenratgeberveranstaltungen der Stadt, die sich um das Thema Vorsorge und Ernährung drehten, ohne je an Übergewicht oder Diabetes gelitten zu haben, und hatten mit ihren pragmatischen Lösungsansätzen – *Einfach mal hoch vom Sofa! Einfach mal weniger essen!* – bei vielen ihrer Altersgenossen für frustrierte Fressattacken gesorgt. Can und Merve waren in diesem Segment der Seniorenbetreuung mittlerweile berüchtigt. Und nicht wirklich gerngesehen.

Die Yoga-Lehrerin hatte, wie Yüzil jetzt bemerkte, einen wachsamen Blick auf das türkische Querulantenpärchen. Can und Merve ruderten mit den Armen und unterhielten sich gleichzeitig mit Yüzil, die ihre Eltern in die Seniorenfreizeitstätte des benachbarten Kiezes gefahren hatte und von ihnen gezwungen worden war, sie wenigstens noch bis in die Turnhalle zu begleiten. Yüzil hockte neben den grell pinkfarbenen Kautschukmatten ihrer Eltern und versuchte, dem argwöhnischen Blick der Lehrerin auszuweichen.

»Du bist nicht hässlich. Du hast noch beide Beine. Ich verstehe nicht, warum es so schwierig ist, jemand Nettes zu finden.« Merve schwenkte ihren Körper so grazil, als stünde sie an einer Ballettstange.

Can versuchte missmutig, seiner Frau nachzueifern, brachte es aber nur zu einem lustlosen Flappen der Arme.

»Da draußen sind nur Verrückte«, knurrte Yüzil.

»Der Eistaucher führt seine Schwingen über dem Kopf zusammen und taucht ein in den Quell allen Lebens, das Wasser«, sagte die Yoga-Lehrerin. »Und er lauscht seinem Schweigen.« Sie bedachte Merve mit einem strengen Blick.

»Wir sind alle für irgendjemanden verrückt. Normal ist eine repressive gesellschaftliche Standardisierung, um Außenseiter und Randgruppen zu unterdrücken«, dozierte Merve.

Can und Merve hatten die *Diskussionsabende transsexueller Senioren für Gender-Equality* besucht, weil dort der Kuchen so gut war. Anscheinend war ihre Teilnahme ein voller Erfolg gewesen.

»Und wer sagt denn, dass jeder unbedingt jemanden braucht?«

»Sie hat gesagt, der Eistaucher schweigt«, zischte Can, dem anders als seiner Frau die Blicke der Lehrerin aufgefallen waren.

»Mir hat vorher nichts gefehlt, und mir fehlt jetzt nichts.« Yüzil fächelte sich mit dem Programmheft Luft zu.

Die Turnhalle war an diesem schwülen Sommerabend erfüllt vom Geruch nach Turnmatten, Schweißfüßen und alten Leuten.

Die Yoga-Lehrerin ging dicht an ihnen vorüber. »Der Bär findet den Honig und brummt vor Zufriedenheit.«

Merve und die anderen Senioren brummten. Can röhrte wie ein lungenkranker Intensivpatient. Einige der Senioren wandten sich irritiert nach ihm um.

»Und außerdem kriege ich jetzt einen Ruheraum.« Als würde das erklären, dass Yüzil sich damit abgefunden hatte, nach all den Katastrophen für den Rest ihres Lebens Single zu bleiben.

»Einen was?« Merve hielt in ihrer Bewegung inne, die

einen Bären andeuten sollte, der sich zufrieden den Bauch rieb.

»Einen Ruheraum«, wiederholte Yüzil. »Für meine Hobbys.«

»Aber du hast keine Hobbys«, warf Can ein.

»Dann such ich mir eben welche«, gab Yüzil trotzig zurück. Ihr Vater hatte recht. Sie hatte ihre Arbeit gehabt. Und Philipp. Das hatte lange Jahre genügt, um Yüzil die Leere auf der anderen Seite ihres Bettes nicht spüren zu lassen. Sie seufzte. Sie könnte anfangen zu malen oder zu töpfern oder sich einen Schallplattenspieler kaufen, um darauf seltene Vinyl-Ausgaben experimenteller Jazz-Klassiker zu hören.

Radu hatte die Dielen unter dem alten Teppichboden in Philipps Zimmer freigelegt und unter grausamem Lärm mit Hilfe einer Schleifmaschine aufgearbeitet, die Raufasertapete von den Wänden gekratzt und zu Yüzils Schrecken damit die letzten Reste von Philipps Anwesenheit aus diesem Zimmer gelöscht. Er hatte die Wände neu verputzt und in einem femininen Rosé gestrichen und war, als Yüzil aufgebrochen war, um zu ihren Eltern zu fahren, gerade dabei gewesen, dezent geblümte Gardinenschals aufzuhängen.

»Wir loben die Sonne mit einem Gruß und strecken ihr unsere Arme entgegen.«

»Ich kann dir jemanden vermitteln«, sagte Can und keuchte unter der ungewohnten Anstrengung, den Bauch einzuziehen und gleichzeitig seine Arme über den Kopf zu strecken.

»Ich habe jemanden.«

»Wen denn?«, fragte Can neugierig.

»Ich hoffe, du hast dir den kommenden Samstagabend freigehalten«, unterbrach Merve das Gespräch, und zum ersten Mal war Yüzil ihrer Mutter dankbar dafür, dass sie die Unterhaltungen anderer ignorierte, wann immer sie meinte, etwas Wichtigeres sagen zu müssen.

Die Yoga-Frau räusperte sich ungehalten. Merve sah sie kurz an und zuckte verständnislos mit den Schultern.

»Ha«, triumphierte Can. »Und wer spricht jetzt?«

»Meine Samstagabende sind alle besetzt.« Yüzil hatte Radu in den letzten Wochen bei seinen Auftritten begleitet, die mittlerweile donnerstags und, wegen des großen Publikumszuspruchs, auch samstags stattfanden.

Radus Beispiel hatte Schule gemacht. Neben den weiblichen Bauchtänzerinnen traten jetzt regelmäßig bauchtanzende Männer auf. Es gab einen ägyptischen Lehrer, der mit seinem gewaltigen Bauch die unglaublichsten Sachen machte, und einen jungen türkischen Schwulen, den Radu unter seine Fittiche genommen hatte und der in dramatischen Kostümen und glamourösem Make-up ganze Mini-Dramen auf die Bühne brachte. Höhepunkt der Veranstaltungen war jedoch nach wie vor Radus ebenso klassische wie kunstvolle Darbietung, was auch die anderen Tänzer neidlos anerkannten.

»Besetzt von wem?«, fragte Can und wurde glücklicherweise schon wieder von Merve unterbrochen.

»Und was ist dann mit deinem Geburtstag?«

»Was soll damit sein?«

»Du wirst vierzig!«

Als hätte Yüzil diese Erinnerung gebraucht. »Danke, Baba. Aber ich habe nicht vor, ihn zu feiern.«

»Ah!« Can sabotierte den Sonnengruß, indem er wütend seine Hände über dem Kopf zusammenschlug und die anderen Kursteilnehmer erschrocken zusammenzucken ließ. »Du wirst alt und allein sterben, und du wirst verrückt werden!«

Yüzil musste ihren Vater vollkommen entgeistert angesehen haben, denn jetzt kam ihm gegen alle Gewohnheit Merve zu Hilfe. »Die alte Frau Hubschmidt hat vor ein paar Tagen Brötchen geholt. In ihrer Unterwäsche!«

Can und Merve schüttelten beide den Kopf, als könnten sie die alte Frau Hubschmidt in diesem Moment vor sich sehen.

»Sie war alt und allein, und jetzt ist sie verrückt geworden!«

»Ich will nicht feiern, dass noch ein Jahr rum ist, in dem ich mich ständig dafür entschuldigen musste, dass ich es okay finde, mit niemandem über das Fernsehprogramm zu streiten.« Yüzil konnte nicht fassen, dass sie sich schon wieder für eine Entscheidung rechtfertigen musste, als wäre sie ein fünfjähriges Kind und keine erwachsene Frau. Ihre Eltern waren einfach übergriffig. Genau das waren sie. Und es war höchste Zeit, ihnen Paroli zu bieten.

»Deine Mutter und ich«, widersprach Can gereizt, »wir streiten immer über das Fernsehprogramm.« Seine Stimme wurde noch lauter. »Und wir lieben uns!«

»Ruhe bitte!« Die Yoga-Lehrerin hatte es offensichtlich aufgegeben, die beiden renitenten Alten durch Blicke zur Ordnung rufen zu wollen, und hatte mit ihrem Ruf quer durch die Halle erschrockenes Flüstern ausgelöst. Sie schloss kurz die Augen, um sich zu sammeln, und sprach so ruhig weiter, wie sie angefangen hatte. »Wir wollen jetzt versuchen, dem Fluss der Energien in uns ruhig zu lauschen.« Wenn diese Aufforderung an ihre Eltern gerichtet war, verfehlte sie ihr Ziel. Can und Merve hatten längst vergessen, wo sie sich befanden und warum sie hierhergekommen waren. Wenn es ihnen je bewusst gewesen war.

»Wer will irgendwas feiern?«, rief Merve empört. »Wir essen ein bisschen Köfte, Barula, Kefleke und die Görmüs, die deine Tante Halma so mag.«

»Warum Tante Halma? Kommt Tante Halma? Ich dachte, wir sind unter uns?« Yüzil ahnte Schlimmstes.

»Natürlich sind wir unter uns«, log Can.

Ihr Vater konnte nicht lügen. Yüzil und jeder, der ihn kannte, wusste das. Can fing bei jeder Lüge an, seinen Nacken zu massieren und seine Oberlippe in den Mund zu saugen. »Mit seiner Familie ist man *immer* unter sich!«

»Eine kleine, intime Feier zu deinem Vierzigsten«, flötete Merve. »Oder willst du, dass deine arme alte Mutter weinen muss?«

Yüzil hatte genug gehört. Sie stand auf und sah die Yoga-Frau von der anderen Seite der Halle auf sie zukommen. Eilig nahm Yüzil ihre Jacke und ging zum Ausgang.

»Überleg es dir noch mal«, rief Merve ihr hinterher.

»Alt und allein und vollkommen plempem«, schrie Can.

Yüzil stemmte die Glastür auf, die die Turnhalle vom Eingangsbereich trennte. Als sie auf die Straße trat, hörte sie noch, wie sich die Stimme der Trainerin vor rasender Wut überschlug. »Ru-heeeeee!«

MELLI

Melli hatte sich gefragt, was Joschi veranlasst hatte, ausgerechnet *sie* als sein Plus-Eins auf die Hochzeit seines besten Freundes einzuladen.

Er hatte ihr gesagt, dass es gleich *zwei* gute Gründe für seine Entscheidung gebe. »Erstens, Ludgers Hochzeit ist meine erste, und du bist die einzige Hochzeitsexpertin, die ich kenne. Du wirst mich davon abhalten, an den falschen Stellen das Falsche zu sagen, du kannst mir zeigen, was ich als Trauzeuge auf gar keinen Fall und was ich auf jeden Fall machen sollte, und so, wie ich dich kenne und deine Hochzeitsobsession einschätze ...«

»Es ist keine *Obsession*«, hatte Melli ihn wenig überzeugend unterbrochen.

»... wirst du bestimmt weinen, wenn Tatjana Ludger das Ja-Wort gibt, und das wiederum wird auf schönste Weise davon ablenken, dass ich mich tödlich langweile und nur an das warme Büfett denken kann, das sie zu diesem Zeitpunkt bereits in dem großen weißen Zelt vor dem geschmackvoll

renovierten Schlosshotel an der Mecklenburgischen Seen-
platte aufbauen, in dem wir ein geschlagenes Wochenende
werden verbringen müssen. Und ich kenne mein Gesicht.
Mein Gesicht ist ein offenes Buch. Ich kann machen, was ich
will, *jeder* kann darin lesen. Und wenn es jeder kann, dann
erst recht Ludger und Tatjana, die zwei meiner ältesten und
liebsten Freunde sind, und sie würden den schönsten Tag
ihres Lebens immer mit dem Moment verbinden, in dem sie
mein Gesicht gesehen und verstanden hätten, dass sie im Begriff sind, etwas zutiefst Spießiges und Langweiliges zu tun,
und sie würden mich zu Recht dafür hassen«, hatte Joschi
seine Beschreibung des ersten guten Grundes geschlossen.

»Zweitens bist du die einzige Frau in meinem Bekann-
ten- und Freundeskreis, die irrsinnig attraktiv ist und mit
der mich *trotzdem* keine romantische Beziehung verbindet
oder je verbunden hat und die ich daher gefahrlos mitnehmen kann auf eine Hochzeit, die bei den meisten Frauen,
die ich kenne, die Frage auslöst, warum ich *sie* nicht frage
oder je gefragt habe, ob wir den heiligen Bund eingehen
wollen, und schon wären wir mitten in einem hässlichen,
hässlichen Streit, während Ludger und Tatjana sich für immer verbinden, und sie würden mein Gesicht sehen und begreifen, dass ich kurz davor wäre, während ihrer Trauung
einen Eklat zu verursachen, und sie würden mich zu Recht
dafür hassen.«

Melli hatte Joschi noch nie soviel an einem Stück reden
gehört. Joschi hatte, völlig erschöpft von seinem Monolog,
Melli angesehen, als könnte er nicht verstehen, warum er ihr

all das überhaupt hatte erklären müssen, wenn es doch *offensichtlich* war, was passieren würde, wenn sie seine Einladung ablehnen würde.

»Du findest mich irrsinnig attraktiv?« Das war zugegebenermaßen fast das Einzige, was Melli von Joschis Rede behalten hatte.

»Das ist nicht der Punkt. Aber ja.« Joschi hatte großzügig genickt. »Du siehst echt okay aus.«

»Eine Einladung zu einer Hochzeit von einem Typ, der null romantisches Interesse an mir hat, aber findet, dass ich echt okay aussehe – wie könnte ich da nein sagen?« Melli hatte eingeschlagen.

Schloss Kittendorf lag cremeweiß und nobel in einem zwanzig Hektar großen Landschaftspark, umgeben von Auen, Feldern und Wäldern. Von einem kleinen, terrassenbewehrten Hügel sah man auf ein liebliches Tal mit Holzbrücken und verschlungenen Sandwegen. In den Zimmern standen entzückende Stilmöbel auf knarzenden Dielen, im Foyer türmte sich guterhaltener Stuck über einer mit Jagdschnitzereien verzierten Eichenholztreppe, die die verwinkelten Stockwerke des Hauses miteinander verband. Melli war so gefangen vom Charme dieses Ortes, dass sie großzügig darüber hinwegsah, dass Joschi ein Doppelzimmer mit Französischem Bett für sie beide gebucht hatte.

»Aus Kostengründen«, wie er ihr versicherte.

Das Brautpaar war reizend und hatte ihr spontan kondoliert, als Joschi Melli als seine Mitbewohnerin vorgestellt hatte. Ludger war ein entspannter Gastgeber, Tatjana eine geborene Herrscherin, die Melli in ihrer Organisationswut noch übertraf. Die Feier war perfekt vorbereitet. Im Foyer spielte ein Jazz-Trio schwungvolle Standards, im Großen Saal konnte man sich an der Bar bedienen, was Joschi veranlasste, mit einem Sixpack Jever neben Melli aufzutauchen. Die standesamtliche Trauung hatten Ludger und Tatjana im kleinen Kreis begangen, die kirchliche gestaltete eine Freundin der Familie. Dazu sangen zwei ältliche, stimmlich leicht angeschlagene Soubretten mit ziemlicher Mühe das Duett aus Lakmé, was aber nur zum Charme der Veranstaltung beitrug.

Das Wetter war perfekt, ein leiser Hauch strich durch Bäume und Gräser und über die Kiesfläche vor dem Schloss, auf der ein Rosenbogen aufgebaut worden war. Die Kleider der Brautjungfern und Blumenkinder bauschten sich im Wind, ein Hund tollte durch den Garten, irgendwo versuchte ein junger Vater seinen leise quäkenden Säugling in den Schlaf zu summen. Ein Downsyndrom-Kind drehte sich ausgelassen und laut lachend im Kreis und drückte die ansteckende Freude aus, die alle an diesem Tag und in diesem Moment empfanden.

Melli hatte sich vorgenommen, Joschi zuliebe die ganze Veranstaltung mit ironischer Distanz zu betrachten, war dem Zauber der Hochzeit aber hoffnungslos verfallen, als der Bräutigam die Braut aus der Kutsche hob, die von vier weißbezopften Haflingern gezogen wurde. Die Ansprache der Pastorin war originell und liebevoll, die Gelöbnisse, die

Tatjana und Ludger füreinander vorbereitet hatten, gaben den Anwesenden, den wie immer stoischen Joschi einmal ausgenommen, den Rest. Der Tag war nicht nur herzzerreißend schön, er schnurrte auch dahin wie ein gutgeschmiertes Radlager.

Allein Joschi sorgte für ein paar ungeplante Momente im ansonsten reibungslosen Ablauf, als er a) vergaß, während der Trauung seine Sonnenbrille abzuziehen, bis Melli einen schrillen Pfiff ausstieß und ihm ein Zeichen gab, er b) noch einmal zu seinem Wagen laufen musste, weil er die Ringe auf dem Rücksitz hatte liegen lassen, er c) im Stehen eingeschlafen war und auf Tatjanas Schleppe aus Brüsseler Spitze stand, als sie sich umdrehen wollte, um ihre Mutter zu küssen, und er d) als Geschenk mit ein paar anderen Freunden von Ludger einen Schuhplattler einstudiert hatte, der die Gäste dazu brachte, von den Stühlen aufzuspringen und, so gut es ging, mitzumachen.

Für Melli war die Überraschung perfekt, als Joschi sich im Verlauf des Abends als versierter Tänzer entpuppte, der kaum einen Tanz ausließ und sie immer wieder vom Stuhl hochzog, auf den sie sich in jeder Kokspause der Band flüchtete. Als die älteren Gäste längst in ihren Betten lagen, bauten die Swinging Devils ihre Instrumente ab, und zu den Beats eines DJs konnte Joschi zeigen, dass er auch den Disco-Freestyle nicht fürchtete.

Melli konnte sich nicht erinnern, wann sie das letzte Mal so viel Spaß gehabt hatte. Sie tanzte, lachte, fluchte, zerriss ihr neues Kleid, flickte es mit einer Gefrierbeutelspange, tanzte weiter, ließ sich von Ludger und Tatjana unter Joschis lautstarkem Protest die schönsten und die schlimmsten Joschi-Storys erzählen, machte einen einsamen und wunderschönen nächtlichen Spaziergang durch den Park, wurde dort von Joschi mit einer Schüssel Mousse au Chocolat und zwei Löffeln überrascht, die er vom Dessertbüfett hatte mitgehen lassen, rauchte einen der Joints, die Joschi, als die Kinder ins Bett gebracht worden waren, großzügig unter den Gästen verteilt hatte, und sank hundemüde und ohne noch die Kraft zu besitzen, ihr Kleid auszuziehen, in die weichen Federbetten des Schloss Kittendorf. Nur ihre Schuhe streifte sie noch ab.

Joschi knipste die Nachttischlampe aus. Und dann schliefen sie miteinander.

BRITTA

Aber für mich bist du nichts.
Wie erholte man sich von so einem Satz?
Aber für mich bist du nichts.
Wie konnte man die Person sein, zu der dieser Satz gesagt worden war, und trotzdem freundlich bleiben?
Aber für mich bist du nichts.
Und wie konnte man die Person sein, die diesen Satz gesagt hatte?
Britta hatte sich geschämt, als sie Philipp durch ihren

Spion beobachtet hatte, wie er mit gesenktem Kopf und angehaltenem Atem in ihrem Hausflur stand. War er wütend gewesen? War er traurig gewesen? Hatte er sie still verflucht? Hatte er geweint? Warum war er nicht gegangen? Er hatte lange dort gestanden. Am nächsten Morgen waren sie sich im Studio begegnet, und Philipp war wie immer gewesen. Vielleicht ein bisschen distanzierter. Ein bisschen weniger bemüht, mit ihr zu flirten. Ein bisschen kühler. Aber das konnte sie sich auch eingebildet haben. Er hatte seine Notizen aus der Redaktionskonferenz mit ihren abgeglichen, er hatte ihr geduldig den veränderten Ablauf der Schalten erklärt, wissend, dass Britta mittlerweile manchmal etwas länger brauchte, um sich die Dinge einzuprägen. Die Schwangerschaft machte nicht nur etwas mit ihrem Bauch, sie machte auch etwas mit ihrem Kopf. Sie war jetzt oft zerstreut, manchmal blieb sie an einem Gedanken hängen und verlor sich in Phantasien, aus denen sie erst erwachte, wenn Philipp sie unter dem Tisch mit dem Fuß anstieß. Wenn Britta dann aufsah, sah sie meist in das ungeduldige Gesicht ihres Chefredakteurs, der mit bemühter Ruhe das, was er eben zu den Teilnehmern der Frühbesprechung gesagt hatte, noch einmal für Britta wiederholte, in einem Tonfall, den er ansonsten wahrscheinlich für demente Greise und geistig zurückgebliebene Kinder reserviert hielt. Philipp half ihr, wo er nur konnte, war aufmerksam, geduldig und loyal, aber aus seiner überschäumenden Freundlichkeit war professionelle Höflichkeit geworden. Britta hatte erreicht, was sie sich vorgenommen hatte.

Für mich bist du nichts.

Philipp fragte sie immer, wie es ihr ging, aber er fragte nie nach den Kindern. Er schlug ihr nie mehr vor, in der Mittagspause zum Italiener zu gehen oder zwei Wraps von dem israelischen Streetfoodbus zu holen, den Britta so liebte, und sie auf der Dachterrasse des Studios zu essen. Er verhielt sich genauso, wie Britta es sich von ihm gewünscht hatte.

Und sie vermisste ihn. Sie vermisste seine Energie, seine welpenhafte Freude, seinen Optimismus, seine dummen Witze, seine wirklich schlechten Angela-Merkel-Parodien, seine wirklich guten Nelson-Mandela-Tanzeinlagen für das Team im Studio, wenn eine Sendung besonders gut gelungen war, seine Motto-T-Shirts, sein gehetztes Fuck-Fuck-Fuckedi-Fuck, wenn er wieder einmal zu spät in den Sender kam, sein Fahrrad, für das er den ganzen Tag den idealen Platz im Büro suchte und fünfmal am Tag im Vorbeigehen umriss, seine Hände, die durch seine Locken fuhren, um sie zu bändigen, und sie dabei nur immer weiter in Unordnung brachten, seine Stimme, die, selbst wenn er flüsterte, noch im ganzen Studio zu hören war, seine Sneakers mit den leuchtenden Sohlen, die sich im Gehen aufluden und die er nur an besonders glücklichen Tagen trug.

Und außerdem gingen ihr die Klamotten aus. Sie hatte sich bislang beholfen, indem sie Karin Stretchkeile in ihre Sakkos hatte nähen lassen, Empire-Blusen trug, die das Schlimmste verhüllten, und der neuen Studiotechnik zum Trotz, die es ihr mittels Greenscreen-Technik ermöglichte, in den Nachrichten-Hotspots der Welt spazieren zu gehen, ohne das Studio zu verlassen, einfach eisern hinter ihrem Schreibtisch sitzen blieb. Aber jetzt ging es nicht mehr. Sie war an allen Stellen ihres Körpers rund und zusätzlich gepolstert, sie hätte wie eine trächtige Eisbärenmutter mehrere Monate ohne Nahrung überleben können, ihr Bauch machte es ihr schwer, eine gute Stellung zum Schlafen zu finden, und es war August. Es war heiß. Die Luft stand in den Straßen, die letzten kühlen öffentlichen Plätze waren die Tiefkühltheken der Supermärkte und die Tiefgaragen. Die Klimaanlage in ihrer Wohnung hatte Britta ausschalten lassen, nachdem sie im letzten Sommer eine scheußliche Stirnhöhlenentzündung bekommen und Yüzil ihr außerdem gesagt hatte, dass diese Art Hauslüftungsanlagen ununterbrochen Keime ventilierten, um sie dann in ihrer Wohnung wieder auszuspucken und Britta mit allem zu verseuchen, was schlecht für Atemwege, Stimmbänder und, so nahm Britta an, Babys war. Sie hatte Deckenventilatoren installieren lassen, die ihr nur halfen, wenn Britta sich direkt unter ihnen aufhielt. Sie sprang in ihrer Wohnung von kühler Insel zu kühler Insel und hoffte auf die Nächte. Die dann oft auch nicht besser waren. Nur dunkler.

Britta zahlte den Taxifahrer, der freundlicherweise für sie sein Airconditioning ausgeschaltet hatte, nicht ohne ihr mit einem Blick zu verstehen zu geben, dass er sie für eine der hysterischen Kühe hielt, die einen Apfel nur aßen, wenn er vom Baum *gefallen*, nicht, wenn er vom Baum *gepflückt* worden war. Wer ist so bescheuert und verzichtet bei fast

vierzig Grad im Schatten freiwillig auf ein bisschen Kühl-
schrankkälte aus der Autobatterie?, hatte sein Blick gesagt.

Britta betrat das Geschäft. Eine Kollegin hatte ihr von
dem kleinen Laden in der Innenstadt erzählt, der nicht nur
Lingerie *in lebensnahen Größen*, sondern auch Umstands-
und Brautmode führte, die man sonst in Deutschland nicht
bekam.

Im Laden war niemand. Britta schaute kurz zur Tür zurück, ob sie vielleicht ein Wir-haben-geschlossen-Schild
übersehen hatte. Hatte sie nicht. Britta sah sich um. Es war
schön hier, aber so unwirklich aufgeräumt und unberührt,
als hätte sie gerade ein Filmset betreten. Dabei war es kurz
nach fünf an einem Sommernachmittag. Alle anderen Lä-
den quollen über von Touristen und Kauflustigen, die nach
Feierabend aus ihren Hotels und Büros in die Innenstadt
strömten, um ihr schwerverdientes Geld für Sachen auszugeben, die sie nicht brauchten. Und hier drin war es still
wie in einer Kapelle. Britta zuckte zusammen.

»Willkommen im Lady Love.«

Britta erkannte sie sofort, die niedliche kleine Blondine,
die ihre Brüste in den Händen gewogen und ihr auf den
Kopf zugesagt hatte, dass sie schwanger war.

»Sie sind es!« Die Verkäuferin kam auf sie zu und nahm
ihre Hände, als wären sie beste Freundinnen, die sich aus
den Augen verloren und endlich wiedergefunden hatten.
Marie? Mimi? Britta sah auf das Namensschild. Melli! Das
war ihr Name. Britta hielt sich ein bisschen gerader, damit

Melli nicht sofort jede Hoffnung verlor, für diesen Tanker von Frau eine passende Bluse zu finden.

Melli sah begeistert auf Brittas Bauch. »Und Sie sind schwanger!«

»Sie hatten den richtigen Riecher.«

»Ich habe Sie im Fernsehen gesehen.« Melli vermaß die Kugel, die Britta vor sich herschob mit einem kundigen Blick. »Jetzt verstehe ich auch, warum Sie nicht mehr hinter Ihrem Tisch hervorkommen.«

Diese Frau hatte eine seltsame Art, etwas ganz und gar Unpassendes zu sagen und Britta damit das Gefühl zu geben, bei ihr auf jede Art der Verstellung verzichten zu können.

»Sie müssen mir helfen.« Britta drückte Mellis kleinen Hände. »Ich bin fett. Und verzweifelt.«

»Sind wir das nicht alle?« Melli wies mit großer Geste in den Verkaufsraum und grinste. »Lady Love. Heimat der Fetten und Verzweifelten.« Sie bugsierte Britta in den hinteren Teil des Ladens. »Sie sind genau da, wo Sie hingehören, Schätzchen.«

Und Humor hatte sie auch noch! Britta merkte, dass sie dabei war, Melli für immer und alle Zeit in ihr arg verbeultes Herz zu schließen.

Melli hatte Britta in einen unendlich weichen Lehnstuhl gesetzt und ihr einen Multivitaminsaft mit gestoßenem Eis gereicht. Britta hatte nie wieder aufstehen wollen. Dann hatte Melli Blusen, Tageskleider, einen Hosenanzug, Unterwäsche, Hemdchen und BHs gebracht, in denen Britta nicht mehr das Gefühl gehabt hatte, ein Luftballon zu sein, den man zu lange an einen geöffneten Wasserhahn gehalten hatte. Sie hatte sich im Spiegel angeschaut, was seit Wochen der ungeschlagen schlimmste Moment des Tages gewesen war, und hatte sich zum ersten Mal seit Monaten wieder richtig wohl gefühlt. Sie hatte sich nicht schlank gefühlt oder auch nur halbwegs an die Körperform erinnert, die einmal Britta van Ende geheißen hatte. Aber sie hatte sich vorstellen können, dass Kleidung ihr wieder *passte*.

Als Britta zwei Stunden später das Lady Love verließ, hatte sie das gute Gefühl, ihr angeschlagenes Karma wieder etwas hergestellt zu haben. Sie war immer noch die Frau, die den Vater ihrer Kinder mit einem einzigen Satz all seiner Träume beraubt hatte. Aber sie war auch die Frau, die einer hoffnungsvollen, aufstrebenden Dessousladenbesitzerin versprochen hatte, ihre Kollegin in der Abendschau auf ihr bezauberndes, kleines Lingerie-Paradies aufmerksam zu machen und alles dafür zu tun, dass diese Kollegin ein zweiminütiges Feature über das Lady Love drehen würde. Melli war außer sich gewesen, genau wie ihr Mitarbeiter Rico, der geschätzte zwanzig Sekunden später im Laden gestanden und Britta vor Dankbarkeit auf beide Wangen geküsst hatte.

Britta stieg in das Taxi, das Melli ihr gerufen hatte, und strich glücklich über das quittengelbe Sommerkleid, das sie anprobiert und gleich anbehalten hatte, während der Fahrer versuchte, all die Tüten zu verstauen, die Rico noch immer aus dem Laden zum Wagen trug. Britta sah sich noch einmal um. Melli stand in der Eingangstür und winkte. Britta winkte zurück. Ihr Blick fiel auf vier riesige Fotografien im

Schaufenster, auf denen prachtvolle Frauen zu sehen waren, die es mit einer beneidenswerten Leichtigkeit fertigbrachten, auf atemberaubend hohen High Heels in Unterwäsche zu posieren und trotzdem unbesiegbar auszuschauen. Allein wegen dieser Fotos, dachte Britta, wird der Bericht ein Knaller.

JENNY

Dass Steffen wirklich, wirklich wütend war, wusste Jenny in dem Moment, als es ihm *scheißegal* war, dass die Kinder ihn hören konnten.

»Das ist mir scheißegal! Ich glaub das nicht! Ich *glaub* das einfach nicht!«

Kim hatte den Streit kommen sehen und war so nett gewesen, Benni mit in ihr Zimmer zu nehmen, das ansonsten eine No-go-Area und Todeszone für ihren kleinen Bruder darstellte. Sie hatte ihm erlaubt, seine Justin-Bieber-CD einzulegen und dazu zu tanzen, und Jenny hoffte, dass die Musik laut genug sein würde, um Benni alles andere überhören zu lassen.

»Ich wollte es dir ja sagen.«

»Ach, wirklich? Was hat dich davon abgehalten?«

»Du warst so sauer.«

»Jetzt bin *ich* schuld, dass *du* mich angelogen hast?«

»Es war nicht direkt gelogen.« War es wohl, aber man

konnte es zumindest versuchen. »Du hast gewusst, dass ich Fotos mache.«

»Ich habe gewusst, dass du Fotos von Schlüpfern auf Pappmaché-Tussis machst!«

»Styropor«, verbesserte ihn Jenny und wünschte sich gleich darauf, sie hätte es gelassen.

»Was ich *nicht* wusste, ist, dass du sämtliche Weiber der Nachbarschaft in unsere Remise schaffst, um ihnen Reizwäsche anzuziehen, die dann in der Abendschau vor einem Millionenpublikum gezeigt wird!«

»Zweihundertsechsundvierzigtausend«, murmelte Jenny entschuldigend. So hoch war die Einschaltquote der Abendschau gewesen, in der der Bericht über Mellis Laden gelaufen war.

Jenny hatte damit gerechnet, dass das Filmteam kurz über das Schaufenster schwenken und dann mit Melli sprechen würde, aber die Redakteurin hatte irgendetwas von *Human Interest* gesagt und sich auf die *Hausfrauen-machen-Pinups*-Geschichte gestürzt. Jennys Models hatten sich mit ihren Familien vor dem Lady Love aufgereiht und stolz filmen lassen, und auch Jenny war befragt worden. Wie sie auf die Idee gekommen sei, statt professioneller Models Mütter aus ihrer Nachbarschaft für ihr Shooting zu nehmen, wo das Shooting stattgefunden habe und ob ihre Familie stolz auf sie sei. Jenny hatte verwirrt gestottert, dass ihr die Idee auf einem Elternabend gekommen war, was sich im fertigen Beitrag so anhörte, als wären diese Elternabende Besäufnisse, auf denen regelmäßig Ideen zustande kamen, wie sich in Unterwäsche fotografieren zu lassen und die Bilder öffentlich zugänglich zu machen. Gott sei Dank hatte an dieser Stelle Melli übernommen und Jennys Fotostrecke zu einer Kampagne gegen die Unterjochung des natürlichen weiblichen Körpers durch das Magerdiktat der Mode erklärt.

Die Presse, die schwer am Sommerloch litt und es leid war, zum hundertsten Mal über die Badequalität der heimischen Gewässer zu berichten, hatte sich daraufgestürzt, und keine vierundzwanzig Stunden später hatte Melli sich vor Anfragen von Zeitungen, Radio- und TV-Sendern nicht mehr retten können.

Jenny hatte geahnt, dass die Sache sich nun nicht mehr unter Verschluss halten lassen würde. Sie hatte *nicht* geahnt, dass Steffen von seinen Kollegen gelöchert werden würde (ob er bei den Shootings dabei gewesen sei und ob er den Mädels persönlich in die Strapse geholfen hätte, hö, hö, hö), *bevor* sie mit ihm hatte reden können.

Steffen nahm sich einen Fruchtzwerg aus dem Kühlschrank. Als die Tür nicht sofort schloss, riss er sie auf und schlug sie wieder zu. Fünfmal. Jenny versuchte, ihr Gesicht so neutral wie möglich zu halten.

Das Problem waren nicht die Fotos. Steffen war nicht prüde. Er war auch kein Spießer. Und Jenny glaubte auch nicht wirklich, dass er wollte, dass sie zu Hause versauerte und nichts aus ihrem Leben machte. Steffen war kein Chauvi. Er war nie einer gewesen. Aber seine Eltern hatten sich scheiden lassen, als er neun Jahre alt gewesen war, und da sie sich aus tiefstem Herzen hassten, hatten sie ihre Umwelt mit ihren beleidigten Tiraden vergiftet und ihre Familien gegeneinander aufgehetzt, sie hatten versucht, den anderen auszustechen und schlechtzumachen, und sie hatten gelogen, gelogen und gelogen, bis Steffen schließlich mit siebzehn vor ihnen geflüchtet und in eine andere Stadt gezogen war, deren größter Vorteil darin bestanden hatte, maximal weit von seinem Elternhaus entfernt zu liegen.

Und jetzt hatte Jenny ihm gezeigt, dass auch auf sie kein Verlass war. Dass *auch sie* ihm nicht die Wahrheit sagte. Dass auch sie zu den *Lügnern* gehörte. Jenny kniff die Lippen zusammen. Das war Mist. »Es tut mir leid.«

»Was?« Steffen sah von seinem Fruchtzwerg auf. »Dass du mich angelogen hast? Oder dass du mich vor allen anderen, die vor mir Bescheid wussten, hast aussehen lassen wie einen Vollidioten?«

»Beides?« Jenny zog eine entschuldigende Grimasse. Hatte Steffen gerade schon nicht mehr ganz so wütend geklungen? Er konnte nie lange böse sein. Kim und Benni gingen meistens zu ihm, wenn sie etwas angestellt hatten, weil sie wussten, dass ihr Vater das weichere Ziel war.

Jenny seufzte. »Ich weiß auch nicht, warum ich gelogen habe. Ich glaube, ich wollte mir unbedingt beweisen, dass ich nicht nur zu Hause rumsitzen und darauf warten kann, dass ihr alle nach Hause kommt.« Sie wischte unsichtbare Krümel von der Tischplatte und tat sich fast schon selber leid. »Ich wollte endlich wieder mal nützlich sein.«

»Du schmeißt hier alles«, sagte Steffen überrascht und schon viel milder. »Du schmeißt unser ganzes Leben.«

Jenny grunzte spöttisch. »Ja, das mache ich wirklich toll. Ich koche, staubsauge und sorge dafür, dass immer genug Joghurt im Haus ist.«

»Joghurt ist wichtig für die Verdauung, und was wären wir ohne sie? Ich liebe Joghurt.« Steffen lächelte.

»Was ich wollte, war, für den Joghurt zur Abwechslung auch mal *bezahlen* zu können.«

»Jenny, wir haben nie in dein Geld und mein Geld gedacht.«

»Trotzdem.«

Steffen stand auf und stellte den Joghurtbecher in die Spüle.

»Okay, was hat dein Job gebracht?«

»Na ja, es war mein erster Job.« Jenny gefiel die Wendung, die das Gespräch nahm, ganz und gar nicht. »Am Anfang muss man erst mal ein bisschen investieren. Das geht allen so.« Konnten sie sich nicht einfach küssen und versöhnen? Musste wirklich immer weiter *geredet* werden?

»Was meinst du mit investieren?« Steffen zog die Stirn kraus.

»Meine Ausrüstung war zwanzig Jahre alt. Alle meine Kameras waren analog. Dann die Stative und die Folien …« Jenny überschlug im Kopf, was sie für das Shooting ausgegeben hatte, und hoffte, dass Steffen nicht weiter nachhaken würde.

»Und was heißt das in Zahlen?«

Jenny schluckte. »Sechs?«

»Sechshundert«, rief Steffen ungläubig aus.

Jenny spürte, wie es in ihrem Magen rumorte. »Sechstausend.«

»Sechstausend *was*?«

Jenny wollte in diesem Moment so überhaupt gar nicht in dieser Küche sein und dieses Gespräch führen, dass sie am liebsten hinausgelaufen und sich wie ein Kind im Garten versteckt hätte. »Euro.«

Steffen starrte Jenny an, ohne zu blinzeln. »Woher hast du sechstausend Euro?«, fragte er leise. Gefährlich leise.

Jenny hatte das Geld von ihrem Postsparkonto genommen, auf dem die Reste einer kleinen Erbschaft lagen. Gelegen hatten. »Das Postsparkonto.«

»Du meinst nicht das Postsparkonto, das wir nie angerührt haben für den Fall, dass mal alles schiefläuft? Einer von uns krank wird? Oder die Kinder irgendwas brauchen?«

Wenn er das so sagte, wollte Jenny den Moment im Fotoladen am liebsten rückgängig machen, in dem sie kurz gezögert und dann die Karte des Postsparkontos aus ihrem Portemonnaie gezogen hatte. Was hatte sie sich nur dabei gedacht? »Ich war mir so sicher, dass Martin mir den Job gibt«, sagte Jenny lahm.

»Deshalb hast du mir nichts gesagt.« Steffen fuhr sich mit den Händen übers Gesicht. Er sah müde aus. »Weil du wusstest, dass die ganze Sache schwachsinnig ist.« Er sah Jenny kopfschüttelnd an und verzog enttäuscht das Gesicht. »Sechstausend Euro für das Hobby einer frustrierten Hausfrau, die dafür auch noch ihre eigenen Kinder beklaut.«

Frustrierte Hausfrau? Die ihre Kinder beklaut? Etwas in Jennys Kopf machte *klick!* und schaltete auf Attacke.

»Das war *meine* Tante und *mein* Erbe! Das war *mein* Geld!«

»Wir sind am Ende jeden Monats so gut wie pleite, Jenny!« Steffen brüllte so laut, dass ihm Spuckebläschen aus dem Mund flogen. »Und wir haben zwei Kinder und ein Scheißhaus, das ein Fass ohne Boden ist! Es gibt kein *mein Geld*! Das Einzige, was es gibt, ist, dass wir zusammenhalten! Dass wir *nicht* so sind wie all die andern da draußen, die sich belügen und verarschen und nur an sich und ihren eigenen Vorteil, an ihren eigenen Spaß denken. Das ist, was unsere Familie ausmacht! Dass wir immer erst an den anderen denken!«

Jenny wusste, dass Steffen mit allem, was er sagte, recht hatte. Aber etwas in ihr wollte sich das nicht eingestehen, etwas in ihr wollte diese Küche in Schutt und Asche legen, egal zu welchem Preis. Ihr Gehirn fühlte sich an, als stünde es in Flammen. »Und was, wenn ich es einfach satthabe, immer an andere zu denken? Wer denkt denn an *mich*, wenn ich es nicht tue? Du etwa? Du bist doch immer nur müde und genervt und rollst mit den Augen, wenn ich dich mit meinen Geschichten langweile! Und ich langweile mich ja selbst! Weil es nichts zu erzählen gibt! Gar nichts! Und warum? Das kann ich dir sagen! Weil nichts *passiert* in meinem *Scheißleben*!«

Steffen war plötzlich ganz ruhig. Er antwortete nicht auf ihre Tirade, sondern schüttelte unmerklich den Kopf. Sein Blick ging an Jenny vorbei zur Tür.

Jenny saß mit der Tür im Rücken, aber sie kannte Steffens Blick. Sie wusste, ohne sich umzudrehen, wer jetzt hinter ihr stand und voller Angst die Hand seiner älteren Schwester umklammert hielt. Und sie hasste sich so sehr dafür, dass es weh tat.

YÜZIL

»Du sagst mir jetzt sofort, wen deine Oma zu meinem Geburtstag eingeladen hat, oder ich verheirate dich mit deiner Cousine Edel aus Ece. Und mach dir keine Sorgen, sie rasiert sich mittlerweile auch im Gesicht.« Yüzil hatte Philipps Nummer gewählt, kaum dass die gläserne Eingangstür hinter ihr zugefallen war. Sie hatte das ungute Gefühl, dass Can und Merve ihr wie immer nicht die *ganze* Wahrheit gesagt und insgeheim den nächsten geheimen Plan ins Rollen gebracht hatten, um ihrer Tochter endlich einen Mann zuzuführen. Sie hatte Philipp tief Luft holen hören. Sie hatte gewusst, dass er am anderen Ende der Leitung ein Übel gegen das andere abwog.

Sollte er die Machenschaften seiner geliebten Großeltern offenlegen oder sich den Zorn seiner Mutter zuziehen, die bei aller Liebe, die sie ihm entgegenbrachte, sehr, sehr nachtragend sein konnte? Schließlich hatte er sich entschieden. »Tante Selva kommt mit Hakan, Metin und Olgun. Onkel Nazim bringt Zülfü und Sadi mit. Opas Freund Haluk kommt mit seinen Kegelbrüdern. Jedenfalls mit denen, die Single genug sind. Und soweit ich weiß, hat Oma noch ein paar alleinstehende Männer im Caféhaus angesprochen.«

Es war schlimmer, als Yüzil gedacht hatte.

»Die beiden freuen sich so auf deinen Geburtstag«, hatte Philipp versucht, an Yüzils schlechtes Gewissen zu appellieren.

»Und du findest, deine arme Mutter sollte ihnen den Gefallen tun?« Yüzil wusste, dass ihr Sohn sie lang genug kannte, um eine Fangfrage zu erkennen, wenn ihm eine gestellt wurde, und nicht darauf zu antworten. »Die ganze Wohnung voller notgeiler türkischer Singles, und ich soll Kuchen mit ihnen essen.« Yüzil hörte durchs Telefon, wie Philipp einen erschöpften Seufzer ausstieß. »Ich danke dir, mein Augenstern. Mach dir noch einen schönen Abend.«

In den darauffolgenden Tagen hatte sie Cans und Merves Anrufe ignoriert, bis die beiden ihre Versuche, Yüzil doch noch zu überreden, ihren Geburtstag für sie auszurichten zu dürfen, eingestellt hatten. Vorerst, wie Yüzil befürchtete. Ihre Eltern – insbesondere ihre Mutter – waren zwei der wenigen Menschen, die Yüzil in Sachen Hartnäckigkeit das Wasser reichen konnten. Yüzil hatte beschlossen, wachsam zu bleiben. Und sie hatte sich entschieden, ihr altes Leben wiederaufzunehmen, das ihr mit einem Mal gar nicht mehr so unerfreulich vorkam. Arbeiten, schlafen, lesen, gut essen, ab und zu joggen gehen, es ab und zu lassen, sich mit Freunden treffen, ins Kino gehen (oft) oder ins Theater (so

gut wie nie), eine Lesung besuchen, ihre Sprechstunde für
Migrantenfrauen im Flüchtlingsheim abhalten und wieder
alles von vorn. Yüzil konnte nicht mehr erkennen, was daran so schlecht sein sollte und warum es ihr noch vor ein paar
Tagen so wichtig gewesen war, daran etwas zu ändern. Auch
zu Hause lief alles bestens. Radu hatte Philipps altes Zimmer
in einen Ruheraum verwandelt. Yüzil hatten die fünf Minuten, in denen sie Radus Werk begutachtet hatte, ausgereicht,
um zu begreifen, dass sie diesen Raum nie benutzen würde. Sie brauchte keine Ruhe. Und erst recht keinen Raum
dafür.

Um sich bei Radu, der sich weigerte, von Yüzil Geld für
die Renovierung anzunehmen, zu bedanken, hatte Yüzil
einen besonderen Tag geplant. Sie hatte mit Radu über den
Wannsee gesprochen und wie wunderschön es dort jetzt im
Sommer war, und Radu hatte ihr verlegen gestanden, die
Stadt noch nie verlassen zu haben. Yüzil hatte Philipp angerufen, der sich mit Freunden eine Datsche auf einer Insel
im Tegeler See teilte, und ihn um einen Tipp gebeten. Philipp hatte sie und Radu eingeladen, an einer Tour mit einem
Hausboot teilzunehmen, das er und seine WG-Freunde sich
für das kommende Wochenende gemietet hatten. Radu hatte vor Aufregung sein Deutsch vergessen und rumänische
Wörter ausgerufen, die, wie sich später herausstellen sollte, samt und sonders Gerichte waren, die er für den Ausflug vorbereiten würde. An den darauffolgenden Aben-
den fand Yüzil Radu in der Küche, Kochbücher wälzend,
mit seiner Mutter am Telefon Rezepte abgleichend oder

mit zwei seiner Maurerkollegen am Küchentisch in lautstarker Diskussion über die wahre Art, Hefezupfbrot zu backen.

Als sie das kleine Hausboot bestiegen, schleppten Yüzil und Radu schwer an zwei IKEA-Taschen voller Tupperdosen. Nudelaufläufe, russische Blini, Hackbraten, Hühnchenquiche, selbstgemachte Köfte mit Tomatencacik und frischgebackenes Pide, eine Feigentarte, ein obszön süßer Schokokuchen mit Erdnussfrosting. Dazu Salate, Joghurts, Dips und in Flaschen abgefüllte Saucen.

Philipps Freunde verliebten sich sofort in Radu, der, wie auch Yüzil fand, wirklich leicht zu lieben war. Er war interessiert an allem, was neu für ihn war, großzügig mit Lob, begeisterungsfähig für jedes noch so alberne Vorhaben. Seine Stimmungen wechselten schnell, das war typisch für ihn, dachte Yüzil, aber er war nicht launisch. Er vergaß nie, die Menschen, die mit ihm zusammen waren, mitzunehmen, in seine Freude wie in seine Melancholie. Er konnte stundenlang Geschichten erzählen über seine Kindheit und Jugend in Rumänien, abstruse Fabeln über sozialistische Bürokratie und rückständige Dörfler, betrunkene Bräute und prügelnde Priester. Aber er konnte sich auch zurückziehen und schweigen.

Radu ließ die Beine ins Wasser baumeln und genoss den Blick über den See. Der Himmel über ihnen spannte sich riesig und tiefblau über die Häuser und das sie umgebende Wasser, alles roch nach Freiheit und Glück, und alle mochten einander. Das kleine Hausboot mit seinem tuckernden

Außenborder schob sich unermüdlich an Villen, Schlössern, Kirchen, Wäldern, Dörfern und Schilffeldern vorbei und schaukelte dabei sanft. Alle hatten ihre Handys ausgestellt. Nach einiger Zeit begann die Stille, die sie umgab, auf sie überzugreifen. Die Gespräche verstummten und machten Platz für ein zufriedenes, ganz und gar willkommenes Schweigen. Der Tag verging viel zu schnell. Philipps Mitbewohner Joschi lenkte das Boot vorbei an der Pfaueninsel und Groß Glienicke, wo der Große Wannsee wieder Havel hieß.

Yüzil vermutete, dass Joschi und Melli, die vor kurzem ihren eigenen kleinen Laden aufgemacht hatte, ein Paar waren, es aber noch nicht zeigen wollten. Sie wichen dem Blick des anderen ein bisschen zu auffällig aus, waren angestrengt darauf bedacht, nicht zu dicht nebeneinanderzustehen, und bei einer zufälligen Berührung von Joschi hatte Yüzil Melli erschreckt zusammenzucken sehen. Yüzil hatte Philipp danach gefragt, aber der hatte nur amüsiert gegrunzt. Melli sei die einzige Frau, mit der Joschi nicht und nie geflirtet habe. Außerdem sei Melli auf der Suche nach einem Bräutigam und Joschi alles andere als ehetauglich.

Philipp hatte sich zu Yüzil und Radu gesetzt und für Radu den Fremdenführer gespielt. Bei den Sehenswürdigkeiten, bei denen er sich nicht wirklich sicher war, und das waren die meisten, hatte Philipp sich Geschichten ausgedacht, um Radu und Yüzil zum Lachen zu bringen, hatte betrügerische Prinzessinnen und korrupte Mätressen erfunden, die sich Schlösser und Sommervillen erschlichen hatten, und etliche

Kirchen zu Mausoleen erklärt, in denen Mumien lägen, die auf verschlungenen Pfaden ihren Weg von Ägypten nach Brandenburg gefunden hätten.

Später hatte Philipp sich in die Hängematte gelegt, um zu faulenzen.

Radu hatte immer neue Snacks für Yüzil zusammengestellt. Yüzil hatte sich revanchiert, indem sie ihm alle Fragen beantwortete, die ihr zu stellen er sich bislang nicht getraut hatte. Radu fand Yüzil sehr tapfer, als sechzehnjährige schwangere Türkin darauf bestanden zu haben, nicht nur das Kind zu behalten, ohne daran zu denken, den Vater des Kindes zu heiraten, sondern auch zwei Wochen nach der Geburt ihres Sohnes zurück in die Schule zu gehen mit dem Plan, Medizin zu studieren. Er beneidete sie um ihre Eltern, die über all das und über all die Jahre zu ihr gehalten hatten, und Yüzil brachte es nicht übers Herz, sein Bild von ihnen zu trüben. Insgeheim gab sie ihm recht. Sie hatte Glück gehabt mit Merve und Can, auch wenn sie sie manchmal in den Wahnsinn trieben. Sie wusste, sie würde sich dafür verfluchen, aber ihr Widerstand gegen die Geburtstagsfeier, die ihre Eltern für sie planten, schwand, je länger dieser Tag auf dem See dauerte.

Als die Sonne tiefer stand, ankerten sie vor einer kleinen Insel und gingen schwimmen. Das Wasser war so klar, dass man den Grund sehen konnte. Yüzil bestimmte für den ignoranten und ahnungslosen Rest der Gruppe Graureiher, Silberreiher, Blässgänse, Graugänse, Mandarinenten, Schwäne, Kormorane und sogar einen Adler. Als Philipp in der

Abenddämmerung die Feuerschale auf dem Badedeck und
Dutzende Lampions anzündete, sang Melli auf der Gitarre
von Joschi begleitet Tracy-Chapman-Songs, und Philipp
jonglierte unter großem Applaus mit fünf Apfelsinen. Zum
Abschied umarmten sich alle.

Yüzil und Radu schleppten sich die Treppen zu Yüzils Wohnung hinauf. Radu hatte zu viel getrunken, und Yüzil fühlte
in ihren Beinen die schwere, warme, wunderschöne Müdigkeit eines Tages, den man im und auf dem Wasser verbracht
hatte. Bevor Radu Yüzil eine gute Nacht wünschte, gab er
ihr einen Kuss auf die Wange, der ihren Mundwinkel streifte
und so beiläufig geschah, dass er Yüzil gar nicht überraschte.
Das war alles.

MELLI

»Wann müssen wir auschecken?«
»Wir haben noch Zeit.«
»Es war eine wunderschöne Hochzeit.«
»Für dich ist jede Hochzeit wunderschön.«
»Haha. Du bist sehr witzig.«
»Und trotzdem willst du von mir nichts wissen.«
»Joschi, das stimmt nicht.«
»Du willst nicht meine Freundin sein.«
»Ich *kann* nicht. Das ist ein Unterschied.«

»Also war diese Nacht für dich ein Fehler?«

»Ich sage nicht, dass es ein Fehler war.«

»Es war toll.«

»Es war wirklich schön.«

»Es war super.«

»Aber es war keine gute Idee.«

»Es war nicht *meine* Idee, Melli. Du hast *mich* geküsst.«

»Aber du hast mich angesehen.«

»Ich wollte wissen, ob auf deinem Nachttisch noch Wasser steht.«

»Ich dachte, du hättest mich angesehen.«

»Ich hätte dich ganz bestimmt irgendwann angesehen.«

»Wir sollten niemandem davon erzählen.«

»Ich schweige wie ein Grab.«

»Und es wird nicht noch mal vorkommen.«

»Absolut. Vielleicht nur ab und zu.«

»Nein, Joschi. Auch nicht ab und zu.«

»Aber wir wohnen zusammen. Es sind fünf Schritte.«

»Ich soll mit dir schlafen, weil es *praktisch* ist?«

»Du sollst mit mir schlafen, weil es toll ist.«

»Joschi, das geht nicht.«

»Okay.«

»Wirklich nicht.«

»Kein Problem.«

»Auch wenn wir beide es wirklich, wirklich wollen.«

»Melli, ich habe okay gesagt.«

»Es wäre einfach nicht fair.«

»Wem gegenüber?«

»Mir gegenüber.«

»*Dir* gegenüber?«

»Was, wenn wir uns verlieben?«

»Alle meine Freundinnen kriegen Freundschaftsbändchen von mir.«

»Freundschaftsbändchen.«

»Es sind sehr hübsche Bändchen.«

»Ich bin fast vierzig, Joschi. Ich brauche mehr als ein Bändchen.«

»Ich leg noch ein Fußkettchen obendrauf.«

»Ich brauche eine Absichtserklärung.«

»Und die sieht *wie* aus?«

»Würdest du mich heiraten?«

»Auf gar keinen Fall.«

»Eben.«

»Was *eben*?«

»Was, wenn ich Mr. Right treffe, aber schon in dich verliebt bin?«

»Warum würdest du Mr. Right Mr. Love vorziehen?«

»Weil Mr. Right mich heiratet. Und Mr. Love mich betrügen wird.«

»Was bei verheirateten Männern so gut wie *nie* vorkommt.«

»Das ist nicht der Punkt.«

»Melli, ich könnte dein Plus-Eins sein.«

»Auf meiner Hochzeit?«

»In deiner Ehe mit Mr. Right.«

»Ich würde ihn nie betrügen.«

»Ich könnte dein kleines, schmutziges Geheimnis sein.«

»So klein nun auch wieder nicht.«

»Missus Melli! You are talking dirty!«

»Was ist das?«

»Was ist *was*?«

»Diese Stimme.«

»Das ist Prissy, aus *Vom Winde verweht*.«

»Prissy ist deine sexy Stimme, wenn du mit einer Frau im Bett liegst?«

»Es ist ausbaufähig.«

»Schon mal daran gedacht, dein Repertoire zu ändern?«

»Prissy und ich sind alte Freunde.«

»Was sagen wir den anderen?«

»Welchen anderen?«

»Philipp!«

»Wir sagen, dass der ganze Mittelteil ein bisschen fad war.«

»Du meinst, die Trauung, die alle zu Tränen gerührt hat?«

»Tränen – Gähnen. Das kann kein phonetischer Zufall sein.«

»Und das hier?«

»Du meinst, der Sex?«

»Meinetwegen.«

»Melli, ich hab mir das nicht ausgedacht. So nennen es die Leute.«

»Meinetwegen! Der *Sex*!«

»Hat nie stattgefunden.

»Wir sind nebeneinander eingeschlafen.«

»Und du bist mir *nicht* an die Hose gegangen.«

»Ich *bin* dir nicht an die Hose gegangen.«

»Bist du *wohl*.«

»Nein. Vielleicht. Kann sein. Ich war betrunken.«

»Nicht wirklich.«

»Joschi, nimm deine Hand da weg.«

»Welche Hand?«

»Die auf meinem Oberschenkel.«

»Da ist keine Hand.«

»Weil sie jetzt auf meiner Brust liegt.«

»Da musst du sie selbst wegnehmen.«

»Warum?«

»Ich greife Mitbewohnerinnen nicht einfach so an die Brust.«

»Nein?«

»Nee. Das musst du schon selber machen.«

»Okay.«

»Melli, du musst meine Hand von deiner Brust nehmen.

»Okay.«

»Das Zimmermädchen kann jederzeit reinkommen.«

»Ich weiß.«

»Na los, nimm sie weg.«

»Gleich. Hetz mich nicht.«

»Melli, da ist eine Hand unter meiner Decke.«

»Wirklich?«

»Ja. Eine fremde Hand. Unter meiner Decke.«

»Ich fürchte, da kann ich dir leider nicht helfen.«

»Okay.«

»Vielleicht ist es so, wie es ist, gut.«

»Hm?«

»Wir hatten diese eine Nacht. Viele haben nicht mal das.«

»Wenn du meinst.«

»Joschi, ich meine es so. Und ich will es so.«

»Das ist also unser letztes Mal.«

»Unser allerletztes. Tut mir leid.«

»Dann halt endlich deine Klappe und küss mich.«

BRITTA

Der Moment, in dem die Panik eingesetzt hatte, war gekommen, als Britta die dritte Stunde des *Kurses für werdende Mamas und ihre Geburtsbegleiter* besucht hatte. Britta hatte den Begriff Geburtsbegleiter angenehm vage gefunden. Er trug der Tatsache Rechnung, dass Väter zu einer aussterbenden Spezies gehörten. Mehr als die Hälfte der Schwangeren hatte mit der Mutter, der besten Freundin, der Schwester, dem schwulen Freund oder der lesbischen Lebenspartnerin auf der Yogamatte gesessen, während Nicole, die Hebamme, die Vorteile des Hypnobirthings erklärt hatte. Nicole zufolge konnten Frauen durch diese Technik das Angst-Spannungs-schmerz-Syndrom vermeiden, das bei einer natürlichen Geburt unweigerlich aufzutreten schien, und auf chemische

Schmerzmittel fast oder gar komplett verzichten. Bislang war es Britta jedoch nicht ein einziges Mal gelungen, in den Zustand der selbstinduzierten Hypnose zu gelangen. Sie dachte ernsthaft darüber nach, so viele chemische Schmerzmittel zu horten, wie legal zu besorgen waren (und den Rest online zu bestellen).

An diesem Tag hatte Nicole ihnen beibringen wollen, wie man Babys badete. Nicole sagte nie *das* Baby oder *dein* Baby. Nicole hatte nach Hunderten von Kleinkindern, denen sie auf die Welt geholfen hatte, wahrscheinlich den Überblick über all die Vornamen verloren, die auf Fotos und Dankeskärtchen an der riesigen Korkwand in ihrem Wartezimmer hingen. Für Nicole waren alle Babys gleich, ob sie nun Leander, Sarah-Lisa, Maximilian, Henry, Babette oder Leontine hießen. Baby war schlicht Baby, was Britta beruhigend geschäftsmäßig fand.

»Also noch einmal«, hatte Nicole an diesem Abend gesagt mit einer Stimme, der man den Unglauben darüber anhörte, dass es Menschen gab, die so etwas Selbstverständliches, wie einen anderen Menschen zu waschen, tatsächlich erst *lernen* mussten. »Was haben wir gemacht, *bevor* wir Baby gebadet haben?« Nicole sah sich unter den Müttern und ihren Geburtshelfern um, die damit beschäftigt waren, leberbraune Kunststoffpuppen zu waschen.

Natürlich nickte sie Britta zu. Britta hatte Nicole insgeheim im Verdacht, sie auf dem Kieker zu haben, weil Britta die einzige Kursteilnehmerin war, die ohne Begleitung gekommen war und auf Nicoles Nachfrage erwidert hatte, dass sie bislang sehr gut allein zurechtgekommen sei und auch nicht vorhabe, das *nur für ein Baby* zu ändern.

»Britta?«

Sie hatte sie definitiv auf dem Kieker. Britta versuchte, den Kopf ihrer Puppe über Wasser zu halten und gleichzeitig die richtige Antwort zu geben. »Wir haben die Temperatur des Badewassers mit dem Ellenbogen kontrolliert.«

»Phantastisch.« Das Gesicht ihrer Hebamme hatte keinerlei Freude an Brittas korrekter Antwort erkennen lassen. »Dann können wir Baby jetzt aus dem Wasser heben.«

Nicole war durch die Reihen gegangen, wie ein Feldwebel, der seine Truppen inspizierte. Den Vergleich fand Britta nicht schmeichelhaft, aber legitim. Nicole sprach oft und gerne in Kriegsmetaphern, wenn es ums Kinderkriegen und -aufziehen ging. Man hatte das Gefühl, dass die Situation einer Frau, die zum ersten Mal für ein Baby verantwortlich war, mit der der Soldaten in den Schützengräben des Ersten Weltkriegs durchaus vergleichbar war.

»Wir unterstützen dabei wie gehabt Kopf und Nacken von Baby mit der Hand. Wir heben Baby auf das vorbereitete Badetuch und tupfen es vorsichtig trocken. Dabei können sich die Eltern gerne abwechseln.« Nicole war hinter Britta stehen geblieben. »Britta, warum werden wir heute nicht mal ein bisschen *realistischer*?« Sie hatte ihr eine zweite Puppe gereicht.

Britta hatte betont lässig mit den Schultern gezuckt. »Kein Problem.«

Britta hatte nach dem zweiten Baby gegriffen, doch leider

hatte sich die Hand des ersten im aufgekrempelten Ärmel von Brittas Bluse verfangen. Mit einer schwungvollen Bewegung hatte Britta ihr Kind von der Wickelkommode gefegt. Unter einem allgemeinen Aufschrei des Entsetzens war Baby kopfüber in einen metallenen Abfalleimer gestürzt. Erschrocken hatte Britta auch ihr zweites Kind fallen gelassen. Es war hart auf dem Terrakottaboden aufgeschlagen. Sein linker Arm hatte sich gelöst und war einer Schwangeren vor die Füße geschliddert, die schockiert in Tränen ausgebrochen war. Nur Nicole war erstaunlich gelassen geblieben.

»Kein Problem«, hatte sie spöttisch wiederholt und war zu dem Regal geschlendert, in dem Dutzende Puppen saßen. »Wir haben ja genug davon.«

»So schnell geht *Baby* nicht kaputt«, hatte Brittas Schwester sie an diesem Abend zu trösten versucht, als Britta ihr noch immer völlig aufgelöst von dem Vorfall in der Hebammenpraxis erzählt hatte.

Ihre Schwester, Hanna, lebte mit ihrem Mann und den drei Söhnen in Bozen. Hannas Mann leitete das Archäologische Museum, in dem es unter anderem Ötzi zu sehen gab, die schaurig schrumpelige Mumie aus der Jungsteinzeit, über die ein Nürnberger Ehepaar bei einem Spaziergang über den Niederjochferner gestolpert war. Hanna betrieb einen Laden in den Arkaden der Bozener Innenstadt, wo sie handgefilzte Sitzkissen, Hüte, Schlüsselbänder und Pantoffeln verkaufte, von denen sie Britta bei jedem ihrer Besuche ein Paar mitbrachte. Unförmige, graue, labbrige Ungetüme, die Britta nach Hannas Abreise ungetragen in den Schrank räumte.

Hanna war vier Jahre älter als Britta und hatte sie immer spüren lassen, dass sie die Existenz einer jüngeren Schwester als lästig und im Großen und Ganzen als überflüssig betrachtete. Britta hatte sich immer gewünscht, die Hanni zu Hannas Nanni zu sein, aber sie waren einander nie wirklich nahe gewesen. Hannas Besuche bei Britta glichen Pflichtvisiten, die Hanna im Allgemeinen so geschickt mit Shoppingtouren, Konzertbesuchen und Besichtigungen verband, dass die Schwestern nie mehr als einen Nachmittag miteinander verbringen mussten. Es hatte Hanna nicht überrascht, dass Britta ihr nicht sagen wollte, wer der Vater ihrer Kinder war, und sie hatte nicht noch einmal gefragt.

»Ich habe meine drei ständig irgendwo fallen gelassen oder angestoßen. In den ersten Wochen ist man Gott sei Dank so verwirrt, dass man es kaum mitbekommt. Aber weil sie so laut sind, kriegt man meistens mit, wenn was schiefläuft. Und wenn sie Hunger haben, schreien sie. Ich habe Kassian mal vor dem Supermarkt vergessen und es erst gemerkt, weil ich die Haustürschlüssel in den Buggy gesteckt hatte und zu Hause nicht reinkam.«

Wie alle Zugereisten war Hanna eine fanatisch lokalpatriotische Südtirolerin, die ihre Kinder nach heimatlichen Berggipfeln benannt hatte. Kassian, Simi und Saldur. Britta hatte einmal ironisch bemerkt, dass die drei eher nach gescheiterten Absolventen von Hogwarts klangen, aber Hanna hatte das nicht lustig gefunden und ihr in diesem Jahr keine Weihnachtskarte geschickt.

»Aber wer wird dir helfen, wenn es erst mal so weit ist?«

Hanna hatte in ihrem Koffer Schinken, Würste und zwei Hefezöpfe mitgebracht, von dem sie jetzt zwei dicke Scheiben abschnitt und mit Butter bestrich. »Hier. Du isst nicht genug.«

Britta wusste, dass sie für Hanna, die die Figur ihrer Mutter geerbt hatte und für ihr Leben gern aß, ihr Leben lang der wandelnde Vorwurf gewesen war. Hanna hatte Britta immer abfällig *Bleistift* genannt und bei ihrer Ankunft an diesem Morgen mit freudestrahlenden Augen bestaunt, was die Schwangerschaft mit dem ehemals flachen Bauch und dem knackigen Hintern ihrer kleinen Schwester angerichtet hatte.

»Niemand wird mir helfen.« Britta knabberte an der riesigen Hefezopfscheibe. »Ich komme allein klar.«

»Hm«, war der knappe Kommentar ihrer Schwester.

»Ich gehe in Mutterschutz. Und danach gebe ich sie in die Krippe. Wie alle anderen berufstätigen Mütter auch.«

»Hm«, machte Hanna noch einmal.

Britta witterte den Vorwurf und ritt zur Attacke. »Wir genießen nicht alle den Luxus, unsere Kinder zur Arbeit mitnehmen zu können und die Großeltern im Haus zu haben«, fuhr Britta gereizt fort. »Und die Krippe ist gut für ihre Sozialisation. Sie sollen keine elitären Snobs werden.«

»Meine Kinder sind keine elitären Snobs«, antwortete Hanna gekränkt.

»Deine Kinder sind perfekt«, sagte Britta und meinte es auch so. Ihre Neffen waren drei wilde, wundervolle Bergtrolle, die sich auf FaceTime gegenseitig damit überboten, ihrer Tante die spannendste Geschichte zu erzählen oder das ekelerregendste Stück Tierleiche, Schleim oder Popel zu präsentieren.

»Sie sind furchtbar«, grummelte Hanna versöhnt, »und du wirst dir noch wünschen, dass du dich mit deinem Leben als Tante zufriedengegeben hättest. So viel kann ich dir heute schon versprechen.« Hanna ließ sich neben Britta aufs Sofa fallen und stopfte sich ein großes Stück Hefezopf in den Mund. »Und der Vater?«

Britta warf Hanna einen warnenden Blick zu.

»Ich *weiß*, dass wir nicht über ihn reden. Aber will er sich denn so gar nicht kümmern?«

»Er würde sich rasend gerne kümmern.« Britta dachte an Philipp, der mit hängenden Schultern in ihrem Hausflur gestanden hatte, und es gab ihr wie immer einen Stich. »Wenn ich ihn lassen würde, wäre er jetzt hier und würde mir ein Kissen in den Rücken stecken, mir die Füße massieren, Duftkerzen anzünden und mir aus meiner *Schöner Wohnen* vorlesen.«

»Das klingt ja wirklich fürchterlich«, kommentierte Hanna mit vollem Mund. »Solche Typen sollte man erschießen lassen.«

»Aber ich will das nicht«, fuhr Britta fort. »Und wenn du ihn kennen würdest, würdest du verstehen, dass wir nicht zusammenpassen.« Und sie würde alles dafür tun, dachte sie, dass es nie dazu kommen würde. »Die Kinder waren ein Unfall. Ein glücklicher. Aber er hat einfach keinen Platz in unserem Leben.« Britta legte eine Hand auf ihren Bauch und kam sich unsagbar tapfer vor.

»Das heißt, er hat dir angeboten, für dich und die Babys da zu sein, obwohl du ihn sitzengelassen und immer wieder weggeschickt hast, und du hast *abgelehnt*?«

Britta zuckte trotzig mit den Schultern. Wenn man es so formulierte, klang es so unfreundlich.

»Du machst es schon wieder!« Hanna hatte die Reste ihres Schinkenbrots auf den Teller geworfen und wischte sich wütend den Mund mit einer Serviette. »«Du wirst dich nie ändern.«

»Was mache ich schon wieder?«

»Was du immer gemacht hast.«

»Und was wäre das?«

»Du fragst andere *nie* um Rat. Du bittest *nie* um Hilfe. Du willst immer alles *alleine* schaffen. Alles alleine zu können, das ist das Allerwichtigste für dich.«

»Was redest du denn da?« Britta hatte keine Ahnung, worauf ihre Schwester hinauswollte.

»Warum, glaubst du, sind wir keine richtigen Schwestern? Warum sind wir nicht mal richtige Freundinnen?«

»Wir *sind* Schwestern.« Britta wusste, dass Hanna mit ihrer Bemerkung recht hatte. Aber die Wahrheit so kalt und hässlich ausgesprochen zu hören hatte fast etwas Unerhörtes.

»Nur dem Namen nach.« Hanna stopfte sich wütend ein Kissen in den Rücken. »Dir durfte man schon als Kleinkind bei nichts helfen. Fahrrad fahren, mit dem Schlitten den Hang hinter dem Gemeindezentrum runterrodeln, der Weg an den bissigen Hunden vom alten Schlehmeyer vorbei. Ich durfte dir nicht mal zeigen, wie man sich die Schuhe bindet. Du wolltest immer alles alleine schaffen.«

Britta erkannte sich in dem Bild, das ihre Schwester da von ihr zeichnete, nicht wieder. War sie wirklich so gewesen? Und, schlimmer, war sie *immer noch* so?

»Hast du dich mal gefragt, warum es dir so wichtig war, vor die Kamera zu kommen?«

»Ich bin ehrgeizig.« Britta hielt sich ein Kissen vor den Bauch und schüttelte es wütend auf. »Und ich habe es satt, mich dafür entschuldigen zu müssen.«

»Das ist kein Ehrgeiz.« Hanna schnaubte wütend, als könne sie nicht fassen, dass Britta so begriffsstutzig war, was ihre eigenen Motive betraf. »Du willst dir nur von keinem sagen lassen, wie du etwas zu tun hast. Und da ganz allein hinter deinem Pult kannst du tun und lassen, was du willst.« Hanna hielt es nicht mehr auf dem Sofa. Sie sprang auf und fing an, das Geschirr zusammenzuräumen. »Du hast dich all die Jahre abgestrampelt, ganz oben anzukommen, weil dir da keiner mehr Ratschläge erteilt. It's lonely at the top – und das ist genau, was dir daran gefällt.«

»Du spinnst ja komplett«, war die wenig erwachsene Antwort, die Britta auf die Vorwürfe ihrer Schwester einfiel.

»Hast du dir schon mal überlegt, was du machst, wenn du nachts mindestens viermal rausmusst, nachdem du tagsüber nichts anderes gemacht hast, als zu stillen und Windeln zu wechseln? Wenn die beiden durch die Kinderkrankheiten gehen, wenn sie anfangen zu zahnen und stundenlang durchweinen? Wenn du so erschöpft bist, dass du deine Beine nicht mehr fühlst und im Stehen einschläfst, während du eins deiner Babys auf dem Arm hast und das andere nicht mehr aufhören will zu brüllen?«

Britta schluckte. Nein. Hatte sie nicht.

»Was glaubst du, warum Ennos Eltern bei uns wohnen? Weil ich so scharf darauf bin, mir mit Lotte und Helmut ein Badezimmer zu teilen?« Hanna schmiss wütend die Klappe des Geschirrspülers zu. »Es braucht ein Dorf, eine Familie, oder wenigstens zwei halbwegs geistig gesunde Erwachsene, um ein Kind aufzuziehen. Von zwei Kindern ganz zu schweigen.« Hanna drehte sich zu ihr um. »Deine Babys brauchen mehr als nur dich, und es ist nicht das Ende der Welt zu sagen, dass man es nicht alleine schafft.«

Britta war mit einem Mal zum Heulen zumute. »Ich dachte immer, ich bin dir lästig. Ich dachte immer, wenn ich dich nicht nerve, dann hast du mich lieber.«

Hanna gab einen tiefen Seufzer von sich. »Für jemanden, der so klug ist, bist du wirklich ziemlich dumm.«

»Bin ich wirklich so? So unbelehrbar? So *allein*?« Sie zog den Rotz hoch, der ihr aus der Nase lief.

»Ich weiß nicht. Hast du denn viele Freunde?«

Britta überlegte. Ihr fiel niemand ein. Dann brach sie in Tränen aus. »Nein. Hab ich nicht.«

Hanna zupfte ein Papiertuch aus dem Spender und reichte es ihrer kleinen Schwester. »Britta, du bist großartig. Alle zu Hause sind so *stolz* auf dich. Ich bin stolz auf dich. Ein bisschen neidisch. Aber hauptsächlich stolz.« Hanna setzte sich neben Britta. »Aber du musst anfangen, andere Leute in dein Leben zu lassen, Schwesterchen. Du kämpfst jetzt nicht mehr nur für dich allein. Es dauert nicht mehr lange, und du hast zwei kleine Menschen. Und die haben nur dich im Moment. Aber sie brauchen mehr. *Du* brauchst mehr. Du brauchst eine ganze Armee von Leuten, die dir beistehen und unter die Arme greifen, wenn es mal gar nicht mehr geht.« Hanna hatte Britta, die jetzt leise vor sich hin heulte, das Taschentuch aus der Hand genommen und ihr damit die Nase geputzt. »Und wenn ich du wäre, würde ich mich sofort ans Telefon setzen und den fabelhaften Kerl anrufen, der mich genug mag, um sich von mir immer wieder eins auf die Mütze geben zu lassen, und es mit ihm versuchen.« Ihre Schwester hatte das Telefon von seiner Station genommen und Britta hingehalten. »Magst du ihn ein bisschen?«

Britta hatte genickt.

»Dann vergiss deinen dummen Stolz und ruf um Hilfe. Laut und deutlich.« Hanna grinste mit bitterem Ernst. »Es wird nicht das letzte Mal sein, das kann ich dir versprechen.«

JENNY

Sie hatte den Zettel mit Steffens Telefonnummer, den er ihr nach dem Fotoshooting mit seinen Brüdern über den Tresen von Kurbjuweits Fotoladen geschoben hatte, zerknüllt und in den Papierkorb geworfen. Als sie am nächsten

Morgen danach gesucht hatte, war der Korb bereits geleert worden.

Sie hatte Steffen – zum zweiten Mal, quasi – kennengelernt, als sie ihre Freundin Ulla auf ein Doppeldate begleitet hatte. Jenny hatte den Gedanken irrsinnig komisch gefunden, wie in einem amerikanischen Film als Anstandswauwau mit einem wildfremden Typen essen zu gehen, nur damit Ulla sich noch vor dem Dessert verdrücken konnte, um sich mit ihrer neuesten Eroberung Hendrik die Seele aus dem Leib zu vögeln, während Jenny mit *irgend so 'nem Taxifahrer* in peinlichem Schweigen dasitzen und auf die Rechnung warten würde. Aber dann waren Ulla und Hendrik in Streit geraten über Chris de Burgh, den Hendrik *geradlinig* fand und Ulla für *einfach nur ungewaschen* hielt. Erst hatten Jenny und Steffen (der kein Taxi fuhr, sondern einen Notarztwagen und ausgebildeter Sanitäter war) noch über die beiden gelacht. Aber dann war der Streit hässlicher geworden, und Hendrik war in Tränen ausgebrochen und gegangen. Ulla war die ganze Sache so peinlich gewesen, dass sie Jenny und Steffen vorgeworfen hatte, sich über sie lustig zu machen und außerdem der eigentliche Auslöser für ihren Streit mit Hendrik gewesen zu sein, weil sie de Burghs *Don't pay the ferryman*, das mit Totos *Africa* und *Kayleigh* von Marillion in Endlosschleife lief, textsicher hatten mitsingen können. Steffen hatte Ulla in seiner unverblümten Art gesagt, dass sie eine Vollmeise habe. Ulla hatte den Rest ihres Rotweins in Steffens Schoß geschüttet und den Thai-Imbiss verlassen, ohne – wie versprochen – zu zahlen. Weder Jenny noch Steffen hatten genug Geld dabeigehabt, also ließen sie beide je einen Schuh als Pfand im Imbiss zurück und humpelten nach Hause. Jenny wohnte noch bei ihren Eltern, Steffen bei einer alten Dame, für die er an zwei Tagen in der Woche einkaufen gehen und für deren Katzen er Frischfleisch zubereiten musste. Die alte Dame liebte ihre Tiere, war aber überzeugte Vegetarierin und verließ während der täglichen Raubtierfütterungen das Haus. Jenny und Steffen trafen sich am nächsten Abend wieder, um ihre Schuhe auszulösen, und nach zwei Wochen stellte Steffen Jenny auf einer Grillparty im Volksgarten als seine feste Freundin vor, ohne dass sie je darüber gesprochen hatten. Dabei blieb es. Immerhin hatte sich das Schicksal mit ihnen solche Mühe gegeben.

Als Steffen den Kredit für seine Ausbildung zurückgezahlt hatte und Jenny ihren ersten Aushilfsjob in einem Fotolabor bekam, zogen sie zusammen in eine winzige Einzimmerwohnung mit Blick auf eine mit Brettern vernagelte ehemalige *Woolworth*-Filiale, deren Windfang die beliebteste Toilette für die Obdachlosen der Umgebung war. Es war nicht immer leicht gewesen, aber sie waren immer noch zusammen. Und liebten einander immer noch.

Hoffentlich, dachte Jenny und zog das Tor zur Remise auf, um die letzten Reste ihres Equipments einzupacken. Es hatte zwei Tage gedauert, bis Steffen nach ihrem schlimmen Streit in der Küche wieder mit ihr gesprochen hatte. So lang hatte er noch nie geschwiegen. Jenny war dankbar gewesen, als die Aufmerksamkeit für Mellis Laden und ihre Fotos, die der Bericht in der Abendschau ausgelöst hatte, langsam abgenommen hatte. Kim hatte die gedrückte Stimmung im Haus, so gut sie konnte, ignoriert und hatte stundenlang mit Freundinnen telefoniert, weil sie wusste, dass weder Jenny noch Steffen in der Stimmung waren, es ihr zu verbieten. Benni war abwechselnd zu Steffen und zu Jenny gegangen und hatte lustige Geschichten erzählt, im Bemühen, seine Eltern wieder miteinander zu versöhnen. Sie hatten ihm den Gefallen getan, vor ihm so zu tun, als sei alles wieder in Ordnung. Aber das war es nicht. Wenn sie allein waren, sprachen sie nur das Nötigste miteinander, und wenn sie ins Bett gingen, hatte jeder von ihnen ein Buch dabei, hinter dem er sich verstecken konnte, bis sie vorgaben, müde zu sein, und das Licht löschten. Nach anderen Streits hatte es unweigerlich den Moment gegeben, an dem sie über irgendetwas so hatten lachen müssen, dass danach alles vergeben und vergessen war. Aber diesmal zogen sich die Nachwehen ihrer Auseinandersetzung in die Länge, bis sich ihre Wut aufeinander wie eine trübe Schicht auf alles gelegt hatte, was sie miteinander unternahmen. Jenny hatte Steffen zu ihrem Lieblingsitaliener eingeladen, aber sie hatten einander so wenig zu sagen gewusst, dass sie beide auf das Dessert verzichtet hatten und schon nach einer Stunde wieder zu Hause auf dem Sofa saßen.

Wenn Jenny zu Melli fuhr, vermied sie es, Steffen davon zu erzählen, bemüht, ihn nicht an die Fotos zu erinnern, die noch immer im Schaufenster von Lady Love hingen. Melli und Rico waren in den ersten Tagen, nachdem der Bericht im Fernsehen gelaufen war, regelrecht überrannt worden und hatten eilig nachbestellen müssen. Mittlerweile hatte sich alles wieder beruhigt, aber wann immer Jenny den Laden betrat, füllte einer der beiden eine der mit Jennys Mädels bedruckten Lady-Love-Tüten mit Dessous und zog die Karte einer Kundin durch das Lesegerät, während der andere Lingerie in eine der Umkleidekabinen reichte. Melli redete zum ersten Mal nicht mehr vom Heiraten, sondern davon, den Laden zu vergrößern und zu dem Hutgeschäft nebenan durchzubrechen, das in ein paar Wochen schließen wollte. Jenny konnte sich nicht erinnern, ihre Freundin je so glücklich gesehen zu haben, und auch wenn Melli es abstritt, war Jenny sich sicher, dass das nicht allein an den Tagesumsätzen lag. Melli musste einen neuen Mann haben, da war Jenny sich sicher. Sie hatte Rico erlaubt, ihre Locken mit einem Verfahren, das sich Milkshake nannte, in ein schimmerndes Aschblond zu verwandeln, trug sogar in der Straßenbahn High-Heel-Sandaletten mit Riemchen und Korkabsatz und sah alles in allem aus wie ein ausgelassenes Pin-up-Girl aus den vierziger Jahren, das es auf einem US-Luftwaffenstützpunkt in Korea so richtig hatte krachen lassen.

Jenny ließ sich kraftlos auf die alte Gartenbank in der Remise fallen, auf der ihr gleich drei ihrer Nachbarinnen ihre Pos entgegengestreckt und Jenny eins ihrer besten Bilder beschert hatten. Es fühlte sich an, als hätte ihr Leben Anlauf genommen, um nach nur ein paar Metern gegen die nächste Wand zu krachen. Es war so unendlich deprimierend, sich mit dem Gedanken anfreunden zu müssen, eine Eintagsfliege gewesen zu sein. Es war so unfair, dass etwas, in dem sie so gut zu sein geglaubt hatte, nie wieder passieren sollte.

Warum las man in jeder verfluchten Frauenzeitschrift Geschichten über Frischgeschiedene, die mit ihren selbstgefalteten Origamileuchten einen Online-Shop eröffnet hatten und jetzt mit ihren Kindern und neuem Mann auf Mallorca lebten, in einer Villa in der Nähe von Port d'Andratx und befreundet waren mit Sabine Christiansen und Til Schweiger? Oder die Frau, die sich bei der Gartenarbeit immer über die Blasen an ihren Händen geärgert und eine Harke mit besonders handschmeichelndem Griff erfunden hatte, die sich, weil ihre Nachbarin die Einkäuferin für ein exklusives Gartencenter war, millionenfach verkauft hatte, und ihr außerdem, weil der attraktive, durchtrainierte Schreiner, der mit ihr zusammen den Griff geschnitzt hatte, sich auf den ersten Blick in sie verliebt hatte, auch den Mann ihres Lebens zugeführt hatte. Jenny hätte am liebsten geschrien, aber sie war sich nicht sicher, wie hellhörig die alte Remise war. Warum passierte *ihr* so etwas nie? Warum wurde *ihr* Leben nicht auf wundersame Weise leichter, heller und freundlicher? In ein paar Wochen würde der Sommer vorbei sein, und dann würde sie beim Bügeln auf die abgestorbenen, matschigen Gräser in ihrem Garten starren und hoffen, dass sie wenigstens noch durchhalten würde, bis die Kinder aus dem Haus waren.

»Hallo?«

Jessicas Kopf schob sich durch das Tor der Remise.

»Sorry, im Haus war niemand, da habe ich gedacht, ich versuch's mal hier.«

Jenny umarmte Jessica, die sich neugierig umsah. »Hier haben wir also Geschichte geschrieben.«

»Ja, das kann man sagen.« Vielleicht hatte Jenny hier, was ihre Ehe betraf, sogar ihre letzte Geschichte geschrieben.

»Ich weiß, es ist albern und peinlich und auch ein bisschen eitel, aber für den Fall, dass ich nicht mehr lange so aussehe, habe ich mir fünfzig Lady-Love-Tüten schicken lassen.«

»Was machst du mit fünfzig Tüten?«

Jessica seufzte wohlig. »Ich seh sie mir immer wieder an und fühle mich sexy. Das mach ich.«

»Du wirst immer toll aussehen.«

»Ja. Aber nicht so toll.«

Jenny fühlte sich sofort ein bisschen besser. Wenn ihre Fotos neben der Werbung für Mellis Laden etwas Gutes gehabt hatten, dann, dass ihre Freundinnen sich wieder so sexy fühlten, wie sie waren.

»Ist Steffen …« Jessica zog das traurige Gesicht eines Clowns, »immer noch sauer?«

Jenny seufzte. »Frag nicht.« Ihr fiel etwas ein, das sie die Mädels schon immer hatte fragen wollen. »War es für Thomy nie komisch, dich halbnackt in Mellis Schaufenster zu sehen?« Von der Viertelmillion, die Jessicas Po im Fernsehen gesehen hatte, mal ganz zu schweigen.

»Ich habe ihn natürlich gefragt«, antwortete Jessica und

schlenderte durch die Remise.»Er hat erst ein bisschen rumgejammert, von wegen was sollen meine Eltern denken. Als wäre ihm das nicht schon seit zwanzig Jahren scheißegal. Dann hat er ernsthaft gefragt, wie ich so für Naomi ein gutes Vorbild sein könnte. Für Naomi! Sie wird *vier*! Ich habe gesagt, wenn sie mal vierzehn ist und in Versuchung, sich den Finger in den Hals zu stecken, nur weil sie denkt, sie dürfe keine Kurven haben, dann werde ich eins meiner Fotos herauskramen und ihr sagen, dass das die Kleidergröße in unserer Familie ist, die als sexy gilt und keine andere. Und du weißt, wie er mit Naomi ist.«

»Er hat geheult.«

»Er hat geheult wie ein Schlosshund und hat gesagt, dass er jeden windelweich prügelt, der seiner Prinzessin eines Tages einzureden versucht, es gäbe an ihr auch nur die kleinste Kleinigkeit auszusetzen.«

Jenny fand Thomys Antwort so entzückend, dass sie am liebsten auch geheult hätte.

»Und als er deine Fotos dann gesehen hat, ist er fast ausgeflippt.« Jessica flüsterte in Jennys Ohr, als wären sie in realer Gefahr, belauscht zu werden.»Jenny, wir haben es im Stehen gemacht. Im Wintergarten. Ohne Jalousien. Das ist seit Jahren nicht mehr passiert.« Jessica schlug Jenny auf den Hintern.»Außerdem hat er einen Fitness-Urlaub gebucht. Er will anfangen zu joggen.« Jessica lachte.

»Thomy?« Jenny dachte an den behaarten Bären, dessen Gang in den letzten Jahren etwas watschelig geworden war.

»Ja!« Jessica wischte sich die Tränen aus den Augen.»Er

sagt, er möchte neben mir nicht eines Tages wie ein Sumoringer aussehen, bei dem die Leute sich fragen, ob er die Frau an seiner Seite küssen oder essen möchte.«

»Thomy will joggen«, sagte Jenny andächtig. Sie konnte sich nicht vorstellen, dass dieser stinkfaule, herzallerliebste Kerl eines Tages freiwillig weiter gehen würde als von seinem Angelstuhl auf der Terrasse bis zum Kühlschrank und wieder zurück. Wenn so etwas möglich war, gab es für sie und Steffen vielleicht doch noch Hoffnung. »Wunder geschehen«, murmelte Jenny.

Jessica nickte bestätigend und legte ihren Arm um Jenny. »Warum ich eigentlich hier bin, Lieblingsnachbarin, ist, um zu fragen, wie viel so ein Shooting kosten würde, wenn du es privat machst. Für private Leute. Privatleute, quasi.«

»Brauchst du noch mehr Fotos von dir?« Jenny lächelte komplizenhaft.

»Nicht direkt von mir.«

Jenny hoffte, Jessica würde sie nicht bitten, ihre Schwester Annika zu fotografieren. Annika war genauso hübsch wie ihre Schwester, aber sie hatte die Körperspannung eines Bullterriers und einen grausamen Zug um den Mund.

»Von uns.« Jessica lächelte Jenny verlegen an.

Jenny hatte für den Bruchteil einer Sekunde den furchtbaren Gedanken, Jessica könnte sich nicht nur in ihr eigenes Konterfei auf Mellis Einkaufstüten, sondern auch in Jenny verliebt haben.

»Jetzt guck nicht so erschrocken, du blöde Kuh.« Jessica gab Jenny einen Knuff in die Schulter. »Nicht *uns* uns! Da

reicht mir der Urlaubsschnappschuss aus Schaprode. Und
wenn ich mal lesbisch werde, dann garantiert nicht mit so
etwas Flachbrüstigem wie dir.«

»Ich bin nicht flachbrüstig! Ich bin grazil.«

»Du bist knabenhaft und solltest deinem Schöpfer dafür
danken. Sogar Thomy kriegt unzüchtige Gedanken, wenn
er dich im Bikini sieht, und du weißt, er hat die Libido eines
Pandas.« Jessica lachte vergnügt. »Fotos von Thomy und
mir. Sexy Fotos. Wie die, die du für Melli gemacht hast. Nur
eben als Paar.«

»Aber das geht nicht!« Jenny war reflexartig einen Schritt
zurückgetreten und hatte dabei ein Stativ umgeworfen. Sie
bückte sich, um es aufzuheben.

»Warum nicht?«

Es gab so viele Gründe, warum sich Jenny gerade der
Magen umdrehte, und Steffen war nur einer davon. »Weil
ich euch *kenne*!«

»Aber du kanntest mich doch und hast mich fotografiert!«

»Aber du hast keinen Penis.«

»Du sollst ja auch nicht seinen Penis fotografieren! Es
soll sexy sein. Nicht pornographisch. Und wir wollen eben
keinen dieser schmierigen Passbildfotografen, die abends
erotische Standbilder von mittelalten Ehepaaren machen.
Wir wollen, dass wir wir bleiben. Nur besser. Wir wollen,
keine Ahnung.« Jessica sah Jenny ratlos an. »Ich denke, wir
wollen, dass du Thomy und mich so siehst, wie du uns Mädels gesehen hast. So, dass wir nicht wieder vergessen, wie

schön wir sind, wenn wir zusammen sind.« Jessica verdrehte
die Augen und schlug sich die Hand vor die Stirn. »Gott,
klingt das blöd.«

Aber das fand Jenny überhaupt nicht.

YÜZIL

Als ihr Flugzeug auf der Landebahn des Aeropuerto de
Fuerteventura aufgesetzt hatte, hatte Yüzil das Gefühl gehabt, einen schrecklichen, schrecklichen Fehler begangen zu
haben.

Das Poster mit dem blendend weißen Strand und den
lachenden Beachvolleyballern hatte sie magisch angezogen.
Sie hatte das Reisebüro betreten, an dem sie jahrelang achtlos vorbeigelaufen war, und hatte kurz entschlossen zehn
Tage voller Sport, Lifestyle und Genuss gebucht. Früher
hatte sie über organisierte Single-Reisen gelacht. Jetzt war
ihr das Versprechen des Reiseveranstalters, auf der Insel
des ewigen Frühlings zu ihrem inneren Gleichgewicht zu
finden, verlockend erschienen. Das Einzelzimmer war
für 42 Euro zu haben gewesen, das Zimmer mit Doppel-
bett (durchgehende Matratze) gegen einen Aufpreis von
20 Euro. Yüzil hatte beschlossen, dass es nicht schaden
konnte, für den Fall des Falles ein Bett zu haben, das es
zwei Menschen gleichzeitig ermöglichte, sich darin auf-

zuhalten, und hatte sich leicht verlegen für das breitere Bett
entschieden. Die Frau im Reisebüro hatte verschwörerisch
gelächelt. Das hätte der erste Hinweis sein sollen, dass
Zeit für Gefühle vielleicht nicht genau das war, was Yüzil
jetzt brauchte. Aber Zeit zum Nachdenken schien nicht
im Angebot zu sein. Yüzil hatte Kai gebeten, für die Zeit
ihrer Abwesenheit ihre Patientinnen zu übernehmen, und
Kai hatte ihr für ihren »Sexurlaub« alles Gute gewünscht.
»Kenia ist auch sehr beliebt bei erlebnishungrigen Europäe-
rinnen«, hatte er ihr noch nachgerufen, als Yüzil fluchtartig
sein Sprechzimmer verlassen hatte. »De boyz dere are bju-
tifull an wid a lot of big penis!«

Yüzil hatte gleich beim Check-in am Flughafen ihre Mit-
reisenden gescannt, von denen die meisten in ihrem Alter
und alle sehr fein herausgeputzt waren. Bei den Herren
schien der Golf-Look sehr beliebt zu sein, bei den Damen
der Mallorca-Style. Bunte Polohemden mit aufgestellten
Kragen und viel weiße Baumwolle. Die aufgekratzt wirkende Hostess, die in der Abflughalle alle Gäste des Algada-
Komfort-Resorts eingesammelt hatte, hatte Yüzil und ihre
Schicksalsgenossen wiederholt *liebe Alleinreisende* genannt
und damit, wie Yüzil fand, den Nagel auf den Kopf getroffen. Nie hatte Yüzil sich einsamer gefühlt als in diesem
Moment, in diesem Flugzeug, eingepfercht mit einhundert-
sechzig Menschen, die von niemandem vermisst werden
würden, wenn der internationale Terrorismus ausgerechnet
sie ausgewählt hätte, sein nächstes Ziel zu sein. Über all dem
aufgedrehten Smalltalk, dem penetranten Geduze und dem

angestrengten Flirten hatte eine tiefe Traurigkeit gelegen. Als die Boeing ihre ideale Flughöhe erreicht hatte und die erste Runde Getränke und Nuss-und-Cracker-Variationen verteilt worden war, hatte sich eine bedrückende Stille über die Reisegruppe gelegt. Es schien nicht nur für Yüzil tödlich anstrengend zu sein, das gewünschte Level an Begeisterung und Interesse auf Dauer zu halten.

Yüzil hatte ihr Zimmer bezogen und ihren Koffer auf das Bett geworfen, das mit seiner Extrabreite plötzlich wie ein stummer Vorwurf auf sie gewirkt hatte. Die Hotelanlage lag traumhaft schön an einem kilometerlangen weißen Sandstrand. Der englische Rasen, der sich bei Betreten als eine sonnenresistente Züchtung entpuppte, die sich wie eine Hartplastikfußmatte anfühlte, umschloss großzügige Poolanlagen, Wellness- und Spa-Bungalows, lauschige Lounge-Huts und die *Single-Bar*, an der zweimal am Tag Bingo gespielt wurde und hauptsächlich Alkoholiker saßen.

Es waren fast ausschließlich Deutsche, Schweizer und Holländer hier untergebracht, als wollte der Veranstalter sichergehen, dass bei all den Hindernissen, denen die vom Leben gebeutelten Alleinreisenden und Alleinlebenden ausgesetzt waren, nicht auch noch die Sprachbarriere für Verstimmung sorgte. Die Animateure des Clubs hatten die Neuankömmlinge noch in der Lobby in die Zange genommen und sie beglückwünscht, einen Urlaub gewählt zu haben, in dem sie, ohne Rücksicht auf die Interessen anderer zu nehmen, mit Gleichgesinnten eine schöne Zeit verbringen konnten. *Ohne Rücksicht auf die Interessen anderer zu nehmen* – dieser Satz des Animateurs war Yüzil als einer der traurigsten erschienen, die sie je gehört hatte.

War das der Grund, warum sie immer noch Single war? Weil sie es insgeheim nicht mehr schaffte, Rücksicht auf die Interessen anderer zu nehmen? Galt das mittlerweile als erstrebenswert? Nur das eigene Vergnügen im Sinn durch die Welt zu fliegen und mit Leuten, die genauso dachten, gemeinsam einsam zu sein? Yüzil wäre am liebsten sofort wieder abgereist, aber noch hatte sie neun Tage zu überstehen. Sie hatte sich einen Ruck gegeben, ihr Strandkleid angezogen und sich unter die Leute gemischt.

Alle Hotelgäste wurden nach einem Modus, der keine Rücksicht auf die Scheuen und Langsamen nahm, allabendlich neu auf 8er-Tische verteilt, wahrscheinlich um auch den letzten Einsamen zu zwingen, sich *einer einzigartigen Atmosphäre hinzugeben*, wie es der Moderator des *abwechslungsreichen Bühnenprogramms* ausgedrückt hatte. Gaby aus Köln, eine überfreundliche Blondine mit Raucherhaut, die anfing, Karnevalslieder zu singen, sobald sie die dritte Weißweinschorle intus hatte. Lothar aus Gießen, Besitzer eines Bestattungsunternehmens, der nicht fassen konnte, dass sich unter all den Singles in der Anlage außer ihm nicht ein schwuler Mann befand. Isa, Münchnerin, deren breites Bayerisch kaum jemand verstand. Der krankhaft schüchterne Arno aus Halle, der am dritten Abend eine Asthma-Panikattacke erlitt und für den Rest des Urlaubs nicht mehr gesehen wurde. Luise und Anita, Zwillinge aus Bocholt, die den elterlichen Kartoffelhof weiterführten und den Zweck des Aufenthalts insofern unterliefen, als sie immer unter sich blieben und kaum antworteten, wenn man sie versehentlich ansprach. Toni aus Graz, der niemanden brauchte, der mit ihm sprach, sondern nur jemanden, der ihm zuhörte. Sylvia aus Bern, die unfassbar hübsch und reizend, aber leider ahnungslos war und anfing, nervös zu kichern, wenn man das Wort direkt an sie richtete. Fast alle hatten sich im Kostümfundus des Hotels bedient, um der Mottoparty des Abends zu entsprechen. *Al Capone's Sexy Swing Time!*

Am nächsten Morgen hatte sich Yüzil einen Mietwagen geliehen, um an den nächsten acht Tagen auswärts essen zu können. Sie hatte ein Café-Restaurant in Puerto del Rosario gefunden, das sie in fünfzehn Minuten erreichen konnte, und eine Strandbar, die *patatas bravas* und *albondigas* servierte. Und einen verteufelt guten trockenen Martini. Zurück in ihrem Hotelzimmer, genoss sie den Blick aufs Meer und das ultraschnelle WLAN. Sie hatte all die neuen Netflix-Serien angeschaut, für die sie in den letzten Monaten keine Zeit gefunden hatte, jeden Tag ohne Reue einen Angus-Beef-De-Luxe-Burger beim Zimmerservice bestellt und war fast überrascht gewesen, als sie eines Abends eine Note an ihrer Türklinke gefunden hatte, die sie daran erinnerte, dass der Check-Out für ihren Heimflug am nächsten Morgen um halb neun beginnen würde.

Als sie zu Hause die Haustür aufschloss, ihren Koffer in den Flur wuchtete und ihr der Duft von Hackbraten in die Nase stieg, war sie in die Küche gelaufen und hatte den überraschten Radu in die Arme geschlossen. Hätte sie gewusst, wie sehr sie das alles hier vermissen würde, hätte sie nicht einen Fuß in das Flugzeug gesetzt. Radu versicherte ihr, er *habe sie gefehlt wie ein Arm oder ein Bein.* Er deckte den Tisch, goss den billigen spanischen Rotwein ein, den er im Tetra-Pack kaufte und an den Yüzil sich inzwischen so gewöhnt hatte, dass sie teurere Weine nicht mehr mochte, legte zwei dicke Scheiben des Hackbratens auf die Teller, brach ein Baguette in Stücke und stieß mit Yüzil auf ihre Rückkehr an. Yüzil erzählte ihm von dem Mann, der gleich drei Frauen hatte gestehen müssen, dass er sie möglicherweise mit Chlamydien angesteckt hatte, von den beiden, die sich gleich im Flugzeug Hals über Kopf ineinander verliebt hatten und von allen beneidet worden waren, bis sie eines Morgens im Frühstücksraum ausgerufen wurde, weil ihr Mann eine dringende Frage an sie hatte. Sie berichtete ihm von Calima, dem heißen Sandsturm aus der Sahara, der den Himmel verdunkelt und einen riesigen Schwarm Wanderheuschrecken über der Anlage ausgespuckt hatte, der den Rasen in zehn Minuten zu Staub verwandelte und danach Selbstmord im Pool beging, wovon Yüzil aber erst aus dem Hotelfernsehen erfuhr, da sie zu dieser Zeit bereits die Stores vor ihren Fenstern auch tagsüber geschlossen hielt, damit die Sonne ihr nicht direkt auf den Bildschirm ihres Laptops fallen konnte.

Wovon sie ihm nichts sagte, war, wie sehr sie ihn vermisst hatte. In dieser ersten Nacht zu Hause stand sie auf, öffnete die Tür zu Radus Zimmer und beobachtete ihn für ein paar

Minuten im Schlaf. Dann ging sie zurück in ihr Zimmer und löschte das Licht. Aber sie schlief nicht ein. Noch lange nicht.

MELLI

Weil Melli immer etwas finden musste, was nicht gut war, hatte sie sich den Vorwurf gemacht, dass sie fast vierzig werden musste, bevor sie den Mut aufgebracht hatte, einen eigenen Laden zu eröffnen. Aber so richtig überzeugend war dieser Einwand nicht einmal für Melli selbst gewesen. Sie war dem Glück gegenüber notorisch misstrauisch, weil es meistens nicht lange hielt, andere traf oder schlichtweg trügerisch war. Aber dieses Mal erlaubte sich Melli, sich Tag für Tag für Tag ein bisschen mehr zu freuen. Sie wusste (und war dankbar dafür), dass es nie zu einer Selbstverständlichkeit oder einer Gewissheit werden würde, aber sie fasste mit jeder Woche, die verging, mehr Mut, den Erfolg zu genießen.

Und andere halfen mit. Philipp, der ihr vorschlug, einen Online-Vertrieb für ihren Laden zu gründen, der tatsächlich einschlug wie eine Bombe, so dass die zwei Praktikantinnen, die Melli eingestellt hatte, schon nach wenigen Wochen in Vollzeit übernommen werden konnten. Jenny, der Melli seit Jahren die schönsten selbstentworfenen Negligés geschenkt hatte und die ihre Freundin zum hundertsten Mal gefragt hatte, warum sie sich nicht traute, eigene Entwürfe unter dem Label *Lady Love Collection* in ihr Sortiment aufzunehmen, und, die, als Melli es endlich tat und sie ihr aus den Händen gerissen wurden, ihr das allererste Stück zurückbrachte, das Melli je für Jenny genäht hatte, eine seidene Boxershorts mit den prophetischen Worten *Lady Love Rules* auf der Kehrseite, die Melli in einer Vitrine hinter Glas ausstellte. Und schließlich Joschi, der Melli angetrieben hatte, das Risiko einzugehen, den Laden um die doppelte Fläche zu erweitern. Er hatte Mauerwerk aufgestemmt und Dielen abgeschliffen, Regale lackiert und Lüster aufgehängt, und als die Erweiterung ihre Eröffnung feierte, hatte er eine geheime Modenschau organisiert, deren Models die Freundinnen von Jenny waren, mit deren Fotos die ganze Geschichte ihren Anfang genommen hatte. Zu Mellis größter Überraschung war auch Britta van Ende mit einem riesigen Blumenstrauß erschienen.

Als die Party auf ihrem Höhepunkt war, hatte Melli sich abgeseilt und sich mit Jenny auf die Bank unter der Linde gesetzt, von der aus sie das Treiben im Laden wie durch die Scheibe eines Aquariums beobachten konnten. Rico war die perfekte Gastgeberin. Er scheuchte den armen Arne als wandelndes Büfett mit Platten voller Buletten und kleiner Mamorküchlein durch die Menge, füllte leere Gläser auf und führte schließlich zu Gnarls Barkleys *Crazy* eine sehr betrunkene Polonaise von dem alten Teil des Ladens in den neuen auf die Straße und wieder zurück.

Jenny hatte für sich und Melli zwei Zigaretten geschnorrt, die sie genussvoll rauchten. Sie hatten vor mehr als zehn Jahren zusammen aufgehört und sich geschworen, dass Rückfälle in alte, schlechte Gewohnheiten nur in Anwesenheit der anderen gestattet waren.

Ob sie jetzt reich sei, hatte Jenny ihre Freundin gefragt, und Melli hatte geantwortet, dass sie auf dem besten Wege sei, bis Ende des nächsten Jahres ihre Schulden zurückzahlen zu können.

»Und bist du glücklich?«

»Es fühlt sich so an«, hatte Melli gesagt, »auch wenn mir die Erfahrung damit fehlt.«

»Herzlichen Glückwunsch, mein Schatz.« Jenny hatte eine Kerze in einen der Mini-Marmorkuchen gesteckt und leise *Happy Birthday to you* für Melli gesungen. Der Abend der Eröffnung war ihr vierzigster Geburtstag, und so wie sie die letzten fünf Geburtstage gefeiert hatte, hatte sie auch diesen gefeiert – gar nicht. Nur Jenny vergaß ihn nie, und sie war die Einzige, von der Melli bereit war, Glückwünsche entgegenzunehmen.

»Du hast es geschafft«, hatte Jenny gesagt. »Du hast dir vor deinem vierzigsten Wiegenfest deinen Traum erfüllt. Glückwunsch, Freundin.« Sie hatte ihren Arm um Melli gelegt, und beide hatten schweigend und mit stiller Freude der Party zugesehen, die so etwas wie Mellis heimliche Geburtstagsfeier war.

Sie hatten nicht über Joschi gesprochen. Dieses Versprechen hatte Melli Jenny abgenommen, nachdem sie ihr von der Hochzeitsfeier erzählt hatte und von der Nacht, in der sie und Joschi miteinander geschlafen hatten.

Joschi und Melli waren am Tag nach der Feier in nervösem Schweigen zurück in die Stadt gefahren, und obwohl Melli während der nächsten Wochen immer wieder in Versuchung gewesen war, nachts aufzustehen und in Joschis Zimmer zu gehen, hatte sie widerstanden. Sie wusste, dass er nicht der Mann war, der ihr das geben konnte, was sie sich am meisten wünschte, und hatte beschlossen, nicht in die alten Muster zurückzufallen, die ihr in den letzten Jahren mit schöner Regelmäßigkeit das Herz gebrochen hatten. Sie waren nach wie vor Freunde. Ohne Joschi, das wusste Melli, hätte sie die Erweiterung des Lady Love nie in Angriff genommen. Aber sie saßen nur noch in der Küche, wenn Philipp mit ihnen dort saß, und nachdem er sich mit seiner Freundin versöhnt hatte und mehr bei ihr war als in der WG, waren auch ihre gemeinsamen Nächte am Küchentisch seltener geworden und hatten schließlich ganz aufgehört. Philipps Abwesenheit hatte aus Joschi und Melli zwei Menschen gemacht, die, auch wenn sie sich eine Wohnung teilten, miteinander umgingen, als wären sie entfernte Bekannte, die sich mit höflicher, fast schüchterner Vorsicht in einem Wohnheim begegneten.

Als Melli am Morgen nach der Feier aufgewacht war, hatte sie den traurigen Aschegeschmack der ersten Zigarette seit fast zehn Jahren auf der Zunge und bohrende Kopfschmerzen. Ihre Arme und Beine waren so schwer, dass sie kaum in der Lage gewesen war, sich zu bewegen, aber sie hatte dringend pinkeln müssen.

Nachdem sie die Kerze ausgeblasen hatte, ohne sich etwas zu wünschen, und sich mit Jenny ihren winzigen Geburtstagskuchen geteilt hatte, hatten sie sich wieder unter die Partygäste gemischt. Kurz darauf war Melli gegangen, ohne sich von irgendjemandem zu verabschieden.

Sie hatte überlegt, ein Taxi zu rufen, sich dann aber doch entschieden, zu Fuß nach Hause zu laufen. Die Stadt war voller Menschen, die von Club zu Club zogen, vor Restaurants auf dem Boden hockten, im Pulk vor Bars standen, aus denen Musik und Stimmengewirr drangen, und sich mit Bierflaschen in der Hand vor Supermärkten sammelten, die vierundzwanzig Stunden geöffnet hatten. Autos schoben sich im Schritttempo und auf der Suche nach einem Parkplatz an Touristen vorbei, die verwirrt von so viel nächtlichem Leben über die Fahrbahn irrten. Melli war durch die dicke, warme Sommerluft geschlendert und hatte mit der Freude, die sich langsam in ihr breitmachte, verabredet, sich in ihre Küche zu setzen und den Abend ausklingen zu lassen. Zu Hause hatte sie ihre Schuhe abgestreift, genussvoll eine halbe Flasche Rotwein weggesüffelt, die sie im Küchenschrank gefunden hatte, und die letzten Monate Revue passieren lassen. Martin, das Kaufhaus, ihr Auszug, ihre Kündigung, ihr erster Tag mit Rico im Lady Love, an dem nicht ein Kunde den Weg zu ihnen gefunden hatte. Das alles schien Jahre her zu sein. Dann hatte sie sich auf ihr Bett fallen lassen und war sofort eingeschlafen.

Melli rollte sich aus dem Bett und setzte die Füße auf die Dielen. Ihre Fußsohlen fühlten sich an, als wären sie mit Watte gefüllt. Sie schlüpfte in den Bademantel aus ihrer Kollektion, auf dessen Rücken sie das Wort *Morgenmuffel* hatte sticken lassen, und öffnete die Tür. Joschi saß in Unterhemd und Shorts am Küchentisch und beobachtete eine hübsche Frau mit raspelkurzen schwarzen Haaren, die am Herd stand und gerade einen Pfannkuchen wendete. Sie trug nichts als einen Slip und Joschis Lieblings-T-Shirt. Melli murmelte einen Gruß und verschwand an Jean Seberg vorbei ins Bad. Sie klappte die Klobrille herunter und setzte sich. Die Enttäuschung schlug ihr wie eine Faust in den Magen.

Das war ja lächerlich, dachte Melli. Das war ja lächerlich! Sie hatten *einmal* miteinander geschlafen. Na gut, vielleicht zweimal. Aber in *einer* Nacht! Hatte sie wirklich gedacht, er würde nie wieder mit einer anderen schlafen? *Sie* hatte beschlossen, dass er nicht der Richtige für sie war. Und jetzt war sie beleidigt, dass *er* sie beim Wort genommen hatte? Melli hatte zwei Probleme, die sie so schnell wie möglich lösen musste. Wie schnell konnte sie ein Zimmer in einer anderen WG finden? Und wie um alles in der Welt sollte sie, ohne vor Wut laut zu schreien, an den beiden vorbei zurück in ihr Bett kommen?

BRITTA

»Im Laufe der Schwangerschaft kann es zu einer Erschlaffung des Darmtraktes kommen.« Philipp hatte fasziniert aus dem Schwangerschaftsratgeber zitiert, den er auf Brittas Couchtisch gefunden hatte. »Der Kot kann sich durch

Vitaminpräparate verdunkeln und verhärten. Die blumenkohlartigen Ausstülpungen am Anus, die dadurch entstehen können, nennt man Hämorrhoiden.« Philipp hatte zu ihr aufgesehen. »Hast du das gewusst?«

Britta hatte sich vorsichtig neben ihn aufs Sofa sinken lassen. »Ich hab mir so was gedacht.«

»Und dass man Hämorrhoiden mit *h* und doppeltem *r* schreibt?«

Britta hatte schwer geseufzt und versucht, sich ein Kissen in den schmerzenden Rücken zu stopfen. »Hast du immer noch vor, hier einzuziehen?«

»Bist du verrückt? Natürlich!« Philipp hatte ihr das Kissen aus der Hand genommen und es unter Brittas Schulterblätter geschoben. »Jetzt, wo es richtig sexy wird.«

Erst einmal war alles überraschend einfach gewesen. Philipp hatte sich über ihren Anruf gefreut. Nein, nicht gefreut. Er war ausgeflippt vor Freude und hatte zehn Minuten später vor ihrer Tür gestanden. Er hatte Hanna, die gerade im Begriff war zu gehen, in die Arme geschlossen und auf beide Wangen geküsst. Hanna hatte Britta zum Abschied umarmt und dabei etwas von »wirklich jung« gemurmelt, bevor Britta ihre Schwester aus der Tür geschoben hatte. Britta hatte Philipp erklärt, dass sie bereit war, sich die Verantwortung für die Zwillinge mit ihm zu teilen. Sie hatte ihm auch erklärt, dass sie nicht mehr mit ihm schlafen würde. Sie würden erst einmal herausfinden müssen, ob sie nur im Bett gut miteinander funktionierten oder ob sie es auch schaffen würden, richtige Gespräche zu führen, Frühstück und Einkäufe zu machen, das Kinderzimmer einzurichten und einen ganzen Abend miteinander zu überstehen, ohne einander die Klamotten vom Leib zu reißen. Philipp hatte in alles eingewilligt, auch wenn Britta das Gefühl nicht losgeworden war, dass er ihr gar nicht zugehört hatte. Er hatte während der ganzen Zeit Brittas Hand gehalten und immer wieder gesagt, wie gut es war, dass er in ihrer Nähe geblieben war, und wieviel Dankbarkeit er gegenüber seinem Großvater empfand. Britta hatte nicht nachgefragt, was das zu bedeuten hatte. Sie würde seine Familie früh genug kennenlernen müssen. Sie hatte ihm die Kommode in ihrem Schlafzimmer freigeräumt, und Philipp hatte sie am nächsten Morgen mit den nötigsten Sachen gefüllt. Er hatte seine Zahnbürste neben ihre gestellt und einen Platz für sein Fahrrad gefunden. Britta hatte darauf bestanden, dass er vorerst sein Zimmer in der WG behielt, obwohl sie das mulmige Gefühl gehabt hatte, dass Philipp jetzt, wo sie ihn einen Fußbreit in ihre Wohnung und ihr Leben gelassen hatte, nicht vorhatte, je wieder daraus zu verschwinden.

In den folgenden Tagen war Britta darauf vorbereitet gewesen, Philipp als lästig zu empfinden und ihn so schnell wie möglich wieder loswerden zu wollen. Aber das passierte nicht. Sie fand es schön, morgens aufzuwachen und seine Hand auf ihrer Hüfte zu spüren. Sie kämpfte gern mit ihm auf dem Sofa um genug Platz für sich und ihren Bauch und gewöhnte sich schnell daran, sich die Zähne zu putzen, während er neben ihr unter der Dusche stand. Sie wünschte sich nur, sie hätte sich nicht für eine vollverglaste

Duschabtrennung entschieden. Philipp nackt zu sehen, ohne zu ihm unter den dampfenden Wasserstrahl zu steigen, erforderte Brittas ganze Selbstbeherrschung. Sie liebte seinen festen Hintern und seine langen Beine, seinen flachen Bauch und die feine, dunkle Haarlinie, die von seiner Brust zu seinem Nabel verlief. Sie selbst achtete sehr darauf, dass Philipp sie nur angezogen zu sehen bekam. Ihr Bauch war mittlerweile ein Naturereignis. Sie hatte nicht geahnt, dass man so schwanger sein konnte, und verhüllte ihren Körper, so wie jede anständige Saudi-Araberin es auch tun würde.

Zur Arbeit fuhren sie getrennt, Philipp auf seinem Rad, Britta mit dem Fahrer, den ihr der Sender stellte. Die Nachricht, dass Britta und Philipp sich eine Wohnung, ein Bett, und Zwillinge teilten, würde noch früh genug die Runde machen. Das Getratsche, das spätestens dann einsetzen würde, konnte sich Britta schon ausmalen, aber der Gedanke daran ließ sie seltsam kalt. Es fiel ihr sowieso schwer, über ihren Bauch hinauszudenken, was ihr die Arbeit allerdings nicht unbedingt erleichterte. Sie hatte vor laufender Kamera ein paar kurze Aussetzer gehabt, zu kurz vielleicht, als dass das Publikum gewusst hätte, warum sie sekundenlang auf die Korrespondentin aus Kuba gestarrt hatte, obwohl die sich längst verabschiedet hatte. Aber immerhin lang genug, dass sie eines Morgens zum Rapport vom Redaktionsleiter einbestellt worden war. Britta war sich sicher gewesen, dass eine von Udos typischen Motivationstrainerreden auf sie wartete. Aber da hatte sie sich kräftig geschnitten.

»Und darum denken wir, dass es das Beste ist, dich in den

vorzeitigen Mutterschutz zu entlassen«, hatte Udo gesagt.
»Natürlich bei vollen Bezügen.«

Neben ihm hatte Nadine, eine fünfundzwanzigjährige Blondine, deren Haare wie gebügelt aussahen, freundlich lächelnd darauf gewartet, ihre spitzen Zähne in Brittas Karriere zu schlagen.

»Aber mir geht's blendend!« Britta hatte die Panik in ihrer Stimme gehört und sich dafür gehasst. »Ich kann auf jeden Fall noch die nächsten Wochen ...«

»Britta«, hatte Udo sie unterbrochen und seine Hände auf seinen Bauch gelegt, so als müsste *er* zwei zusätzliche Lebewesen darin mit sich herumtragen, »eine Schwangerschaft in deinem Alter birgt Risiken.«

Ach, wirklich? Wie gut, dass es ihr endlich jemand sagte. Sie war bis jetzt so sorglos gewesen. Aber wenn Udo es sagt, würde sie ab jetzt besser auf sich aufpassen.

»Man kann gar nicht vorsichtig genug sein«, hatte Nadine ihm beigepflichtet.

»Und Nadine ist bereit, sofort für dich einzuspringen.«

Nadine hatte ein zerknirschtes Gesicht gemacht. Wie schade, dass Britta nicht mehr moderieren würde! Aber sie würde sich opfern. Auch wenn es ihr schwerfallen würde.

»Ich war natürlich erst mal baff, als Udo mich gefragt hat.«

Britta hatte der blonden Schlange kein einziges Wort geglaubt.

»Aber ich bin für dich da.« Nadine hatte Anstalten gemacht, nach Brittas Hand zu greifen, um sie liebevoll zu drücken.

Britta war einen winzigen Schritt zurückgewichen. Hätte Nadine sie berührt, sie hätte ihr die Halsschlagader zerbissen.

Nadine lächelte zuckersüß. »Hauptsache, ich kann irgendwie helfen.«

»Danke, Nadine«, hatte Britta zwischen zusammengebissenen Zähnen genuschelt und den Hauch eines Lächelns zustande bekommen.

»Wir alle hier wollen nur dein Bestes, liebe Britta.« Udo war tatsächlich hinter seinem Schreibtisch hervorgekommen und hatte ihr die Hände auf die Schultern gelegt. Genau wie George W. Bush es bei Angela Merkel gemacht hatte, und die hatte es auch gehasst.

Natürlich wollt ihr alle nur mein Bestes, ihr Wichser. Also meinen Job. Das hatte Britta gedacht. Nicht gesagt. Aber sie war kurz davor gewesen, auf diesen Unterschied zu pfeifen.

Brittas Rache an Udo war es, mit sofortiger Wirkung in den Mutterschutz zu gehen. Sie hatte, kindisch, albern und eingeschnappt, Nadine *aus Zeitgründen* eine geordnete Übergabe verweigert und angekündigt, ihr Büro innerhalb von einer Stunde zu räumen. Wer die Sendung dieses Abends moderieren würde, war ihr schnurzpiepegal.

Britta war gerade dabei gewesen, ihre persönlichen Sachen in einen Karton zu schmeißen, als Philipp in der Tür aufgetaucht war.

»Was hast du vor? Sag nicht, sie geben dir ein Büro, das *noch* größer ist.«

»O doch«, war Britta zu ihm herumgefahren. »Riesengroß! Und es nennt sich vorgezogener Mutterschutz!« Sie hatte wütend einen ihrer Bambis in den Karton gefeuert. Philipp war vorsichtig zu ihr an den Schreibtisch getreten. »Freu dich doch. Dann hast du jetzt erst mal frei.« »Frei?« Britta hätte ihn am liebsten geschlagen. »Freiii?« Ihre Stimme war ihr unangenehm schrill vorgekommen, aber sie war nicht mehr Herrin ihrer Sinne. Schon gar nicht ihrer Stimme. »Wer will denn *frei*haben?« »Eigentlich jeder«, hatte Philipp mit den Achseln gezuckt.

Hatte dieser dumme Mensch sie denn in den letzten Wochen überhaupt gar kein kleines bisschen verstanden? Wusste er nicht, dass Britta ihren Job nicht einfach nur machte, sondern dass sie ihn *liebte*? Und dass sie ihn offensichtlich auch brauchte. Sie ihn mehr als er sie, hatte sie mit leichtem Schrecken begriffen.

»Ich *will* arbeiten! Ich bin nicht gut mit Freizeit. Ich nehme mir sogar in den Urlaub Arbeit mit. Frei«, hatte Britta noch einmal verächtlich gemurmelt und versucht, sich ihr Rückenkissen mit Memoryschaum in den Karton zu stopfen. Freizeit war etwas für Krankenschwestern und Industriekauffrauen, hatte sie trotzig gedacht, die sich von ihrer Arbeit erholen mussten, um sie danach wieder machen zu können. Für Britta war ihre Arbeit vor der Kamera das, was sie ausmachte. Es war ihr Leben. Dass sie kein anderes hatte, war kein Zufall. Sie hatte es so gewollt. Sie war nie besonders erfolgreich in dem gewesen, was andere Privatleben nannten.

»Wenn ich irgendwas für dich tun kann …« Philipp hatte sie erwartungsvoll angesehen.

»Danke. Aber nein, danke.« Britta hatte angefangen, die Schränke hinter ihrem Schreibtisch durchzusehen. »Du hast schon genug angerichtet.«

»Ich?« Philipp hatte Britta überrascht angestarrt.

»Ja, du!« Britta hatte die Schranktür zugeknallt. »Wer steckt denn heutzutage seinen Penis in irgendjemanden rein, ohne zu verhüten!«

»Das ist acht Monate her«, hatte Philipp hilflos ausgerufen.

»Das brauchst du mir nicht zu sagen«, hatte Britta geantwortet.

»Außerdem hast du gesagt, es kann nichts passieren«, hatte Philipp trotzig zurückgegeben.

»Was weiß ich denn schon!« Britta hatte die letzten Worte geschrien und ihrem Bürostuhl einen Tritt gegeben, der ihn durch den Raum sausen und an die gegenüberliegende Wand hatte krachen lassen.

Philipp hatte es geschafft, ihre persönliche Assistentin mit dem Ausräumen ihres Büros zu betrauen und die vor Wut kochende Britta ohne größeres Aufsehen aus dem Sender zu schaffen.

Die darauffolgenden Tage waren Tage voll düsteren Schweigens und genuschelter Verwünschungen gewesen, die Britta im Rückblick peinlich waren, ihr aber im großen Zusammenhang unvermeidlich erschienen.

Am dritten Tag hatte Philipp überraschend verkündet,

Urlaub genommen zu haben. Er hatte sie gezwungen, sich zu duschen und ihren schon leicht fleckigen Sweatcardigan und die ausgeleierte Jogginghose gegen reguläre Straßenkleidung einzutauschen. Er hatte sie vor sich her in den Aufzug und hinaus auf die Straße geschoben, wo Britta eilig nach ihrer Sonnenbrille gegriffen hatte. Die Sommerhitze hatte nicht ein einziges Wölkchen am Himmel zurückgelassen, die Sonne hatte die Farben der Welt ausgebleicht. Die Leute suchten auf der schattigen Seite der Straße Schutz vor ihr und fächelten sich mit allem, was sie finden konnten, Luft zu. Es war Mitte August, mitten im Sommer, und Britta hatte nichts davon mitbekommen. Vielleicht, hatte sie gedacht, mit ihrem Schicksal schon halb versöhnt, waren ein paar Wochen Pause nicht das Schlechteste, was ihr hatte passieren können.

»Und bitte, eine ehrliche Antwort.« Britta ging neben Philipp und hatte zu ihrer eigenen Überraschung eingewilligt, sein *Britta-und-der-neue-Mann-in-ihrem-Leben-lernen-sich-kennen-indem-sie-einander-ihre-privatesten-Dinge-verraten*-Spiel mit ihm zu spielen.

»Oliver Rheingans, Klassenfahrt nach Berchtesgaden.«

»Oliver?« Britta grinste überrascht.

»Es war eine Phase gesunder sexueller Neugierde«, antwortete Philipp ohne eine Spur Verlegenheit. »Und nicht penetrativ.«

Diese Jugend von heute – gendertechnisch so aufgeschlossen.

»Dein erster One-Night-Stand?«

»Herr Kauka.« Britta versuchte, den nächsten Satz so beiläufig wie möglich zu sagen. »Mein Sportlehrer.«

»Dein Sportlehrer!« Philipp schlug die Hände über dem Kopf zusammen und lachte. »Du *bist* gar nicht so clever, wie du immer tust! Du hast dich einfach nur hochgeschlafen!«

Britta gab sich ganz selbstverständlich. »Damit liegst du vollkommen richtig. Sex ist meine stärkste Waffe. Aber sag es bitte keinem weiter.« Er hatte recht. Das war ein ziemlich spaßiges Spiel.

»Ich werde doch die Mutter meiner Kinder nicht in Schwierigkeiten bringen.«

»Deine größte Angst?« Britta spürte, wie sich ihr ganzer Körper entspannte. So fühlte sich also ein Nachmittag an, an dem man nicht arbeitete. Gar nicht so schlecht.

»Mädchen mit stark behaarten Beinen.« Philipp schüttelte sich, um seinen Worten Nachdruck zu verleihen.

»Und was ist mit denen von Oliver Rheingans?«

»Glatt wie ein Aprikose.« Philipp überlegte. »Was du niemals essen würdest?«

»Alles mit Geleefüllung.« Britta hatte nicht lang überlegen müssen. Die Antwort war seit fast vierzig Jahren dieselbe. »Als würde man in eine tote Ratte beißen und am anderen Ende kommen die Eingeweide raus.«

»Okay. Danke, dass ich nie wieder irgendetwas in der Art werde essen können.«

»Wie hat meine Mutter immer gesagt?« Britta gab Philipp einen Klaps auf den Po. »Stell die Frage nicht, wenn du die

Antwort nicht verträgst.« Was konnte sie ihn noch fragen?
»Etwas, das du niemals anziehen würdest?«

»Leggings.«

»Leggings?« Britta hatte mit allem gerechnet. Nur damit nicht.

»Ich habe schrecklich dünne Beine. Wie Salzstangen.« Philipp blieb stehen und sah unglücklich an sich herunter. Und in dieser Sekunde passierte es. Britta fühlte einen Aufruhr in ihrer Brust, als hätte jemand einen Mixer auf die höchste Rührstufe gestellt. Und damit war es um sie geschehen. Sie hatte sich unwiderruflich, unergründlich, unabwendbar und vollkommen haltlos in ihn verliebt.

»Was?« Philipp hatte Brittas Blick bemerkt.

»Nichts.« Britta ging weiter. Philipp schloss zu ihr auf. Sie überquerten die Straße und betraten Mellis Laden. Britta gefiel der Gedanke, in der kleinen, molligen Besitzerin des *Lady Love* eine geheime Verbündete zu haben, seitdem sie ihre Brüste in die Hand genommen und ihr ihre Schwangerschaft verkündet hatte. Melli begrüßte beide mit einer Umarmung und einem Kuss. Britta ging zu der großen, geschnitzten Ladentheke, um Rico zu begrüßen.

»Wir haben schrecklich schlechte Laune«, hörte sie Philipp zu Melli sagen, »und dachten, Shopping könnte helfen.«

»Shoppen hilft immer«, antwortete Melli im Grundton der Überzeugung. »Besser als jede Tablette.«

»Ich bräuchte Stilleinlagen«, sagte Britta zu Rico, leise, damit Philipp es hoffentlich nicht hörte.

»Was sind Stilleinlagen?« Philipp kam neugierig zu ihnen herüber.

Anscheinend hatte sie nicht leise genug gesprochen. Britta seufzte verlegen. Rico kramte in einer Schublade des Tresens.

»Das sind Einlagen aus Baumwolle, Seide oder Viskose, die die auslaufende Muttermilch aufnehmen«, sprang Melli ein.

»Muttermilch kann *auslaufen?*«, fragte Philipp überrascht.

»Bei schwangeren Frauen kann alles auslaufen«, antwortete Melli, ohne mit der Wimper zu zucken.

Das ist also der Moment, an dem ich einfach nur sterben möchte, dachte Britta und wünschte, sie wäre mit Philipp ein Eis essen gegangen oder Schuhe kaufen. Aber die passten ihr im Moment ja auch nicht mehr. Britta warf einen unglücklichen Blick auf ihre bequemen Sneakers mit Fußbett und Klettverschluss.

»Ich fände es schön, wenn du den Moment, in dem du stirbst, noch ein paar Jährchen nach hinten verschiebst.«

O nein. Britta blickte überrascht in die Gesichter der anderen. Hatte sie schon wieder etwas laut ausgesprochen, was sie eigentlich nur hatte denken wollen? Ihr dummes, schwangeres Gehirn kam einfach nicht mehr hinterher.

»Aber ob tot oder lebendig«, fuhr Philipp fort, »ich liebe dich trotzdem.«

Britta konnte das langgezogene, gerührte *Ooooooh!*

förmlich hören, das sich in Mellis und Ricos Gesicht abzeichnete. Philipp nahm drei der Stilleinlagen und fing an, damit zu jonglieren.

»Ja, ich hab es gesagt.« Er grinste Britta fröhlich an. »Verklag mich.«

JENNY

Jenny stieß die Tür zu Mellis Laden auf, ignorierte Rico, der ihr seine Wange zum Kuss hinhielt, zerrte Melli von einer verdatterten Kundin weg und hinter sich her in eine der Umkleidekabinen im hinteren Teil des *Lady Love.* »Ich bin böse.« Jenny zog Melli mit sich auf die kleine Sitzbank der Kabine.

»Und was willst du dann von mir? Soll ich dir jetzt den Hintern versohlen?« Melli zog vorsichtshalber den Vorhang der Umkleide zu.

»Das ist nicht witzig.« Jenny fuhr sich mit der Hand durchs Haar. »Ich bin schlecht. Ich bin ein schlechter Mensch. Ich bin eine schlechte Mutter. Und am allerschlechtesten bin ich als Ehefrau«, schloss Jenny ihre Aufzählung. Ihr war so schlecht wie noch nie in ihrem Leben. Auf ihrer Stirn stand Angstschweiß. Jenny wischte ihn mit dem Ärmel ihrer Jacke weg.

»Na ja, was die Ehe betrifft, bist du kein wirkliches Naturtalent«, versuchte Melli ihre nächste Pointe zu landen.

»Melli! Es ist ernst!« Jenny nahm ihre Freundin an den Schultern und schüttelte sie. »Ich drehe Pornos in der Remise, in der die alten Spielsachen meiner Kinder lagern, und heute hätte mich Steffen fast dabei erwischt!«

»Du drehst *was*?«

»Es sind keine richtigen Pornos.« Jenny wedelte beschwichtigend mit der Hand. »Es sind eher … Scheiße, ich weiß auch nicht genau, was ich da mache.«

»Was ist denn *passiert*?«

Was passiert war, war, dass Jenny eingewilligt hatte, von Jessica und ihrem Mann Thomy eine erotische Fotoreihe zu schießen, die nach und nach außer Kontrolle geraten war. Was angefangen hatte als ein harmloses Fotoshooting mit ihren Nachbarn, die sich als Schneeflittchen und ihr riesiger Zwerg kostümiert hatten, war schließlich in ein heftiges Gefummel auf der alten Gartenbank ausgeartet, die Jenny mit einem alten Samtvorhang und Kissen zu Schneeflittchens Chaiselongue umdekoriert hatte. Jenny konnte selbst nicht sagen, warum sie es getan hatte, vielleicht war sie dem Instinkt der guten Kamerafrau gefolgt, die, ganz gleich was sich vor ihrem Objektiv abspielte, gnadenlos draufhielt. Jedenfalls hatte sie irgendwann von Foto auf Video umgeschaltet.

»Du hast sie dabei *gefilmt*?« Melli hatte offensichtlich einen riesigen Spaß an Jennys Geschichte.

»Sie sind nicht bis zum Äußersten gegangen.«

»Dann ist es auch kein Porno«, sagte Melli enttäuscht.

»Glaub mir, es ist nah genug dran.«

»Wie nah?«

»Sie hat ihre Möpse ausgepackt, und Thomy hat sie massiert, dann hat sie ihm die Hosenlade geöffnet, und dann ...«

»Was ist eine Hosenlade«, unterbrach Melli Jennys Lamento.

Eine Hosenlade, das wusste Jenny auch erst seitdem, war eine Art Klappe im Gesäßbereich einer Lederhose, die man (oder frau) mit einem kurzen Ruck an zwei Druckknöpfen öffnen konnte.

»Warum sollte eine Frau das wollen?«

»Vielleicht, weil es ihr dann mehr Spaß macht, ihm mit ihrer siebenschwänzigen Katze den Arsch zu versohlen?«, fragte Jenny genervt zurück.

»Das hat sie nicht!«

»Doch. Hat sie.«

»Nicht Jessica!«

»Ooooo ja.« Jenny dachte mit Grausen daran zurück, welche Unflätigkeiten Jessica ausgerufen hatte, während sie Thomys Hintern in zwei rotglühende Backen verwandelt hatte.

»Das ist das Beste, was du mir *je* erzählt hast!« Melli presste sich die Hände vor den Mund, um nicht laut loszukreischen. »Und dann?«

»Dann haben sie sich bei mir entschuldigt. Es sei irgendwie mit ihnen *durchgegangen.*«

»Nette Umschreibung für Wir-haben-vor-der-Nachbarin-gevögelt-und-uns-den-Arsch-versohlt.«

»Ich habe ihnen natürlich auch erklären müssen, dass ich alles gefilmt habe. Aber sie waren nicht mal überrascht. Als hätten sie nichts anderes erwartet.«

»Vielleicht *haben* sie ja nichts anderes erwartet?«

»Sie wollten ein Andenken!« Jenny fühlte sich noch immer um ihre Jungfräulichkeit als Dokumentarfilmerin betrogen. »Für später! Eine Art Erinnerungsalbum der Zeit, als sie noch jung, wild und sexy waren.«

»Na ja, das haben sie ja auch bekommen. Irgendwie.«

»Jemand ein Gläschen Prosecco?« Ricos Gesicht schob sich durch den Vorhang der Umkleide.

»Hast du gelauscht?« Melli sah ihren Mitarbeiter streng an.

»Von Anfang an. Jedes Wort«, antwortete Rico ohne eine Spur Reue und zwängte sich neben sie auf die Sitzbank der Kabine.

»Also, wie ging es weiter?«

»Sie haben mich darum gebeten, den Film sehen zu dürfen. Ich dachte, sie wollen sicherstellen, dass ihn niemand anderes in die Finger kriegt.«

»Das wäre eine denkbar schlechte Publicity für Schneeflittchen, wenn sie als Zwergenschänderin geoutet würde.« Rico grinste. Melli biss sich in den Handrücken und quietschte vergnügt.

»Aber tatsächlich wollten sie, dass ich den Film schneide und mit Musik unterlege.« Jenny konnte noch immer nicht glauben, dass sie sich darauf eingelassen hatte.

»Dann *ist* es ein Porno«, kreischte Rico.

»Pschhhhhhht!« Melli presste ihm ihre Hand auf den Mund.

»Und du bist eine Pornoproduzentin«, fügte er mit Blick auf Jenny leise hinzu.

Jenny seufzte unglücklich. Rico konnte nicht ahnen, dass er damit den Nagel auf den Kopf getroffen hatte.

»Nein, ist sie nicht«, verteidigte Melli sie. »Dazu müsste sie in Serie gehen.«

Jenny vermied Mellis Blick. Vergeblich.

»Nein! Das hast du *nicht*!«

»Sie haben mir geschworen, dass es unter uns bleibt!« Jenny fragte sich, wie sie Leuten vertrauen konnte, die eines der schönsten Märchen der Gebrüder Grimm in eine Vorort-Sex-Phantasie für prügelnde Pärchen Anfang vierzig verwandelt hatten. »Aber ein paar Tage später standen Anja und Robert in meinem Garten.«

»Anja und Robert«, echote Rico fassungslos.

»Der Weihnachtsmann und seine Elfenschlampe.« Jenny konnte nicht glauben, in welchen Albtraum sie geraten war. »Sie hatten Jessicas und Thomys Video gesehen und wollten auch eins.«

»Und du hast sie weggeschickt«, gab Melli ihr die einzig logische Antwort vor.

Jenny zuckte mit den Schultern.

»O Jenny.«

»O Jenny, o Jenny«, äffte Jenny Melli nach. »Das hilft mir jetzt überhaupt nicht weiter!«

Rico und Melli sahen sich an.

»Aber wenn Steffen schon Wochen gebraucht hat, um über deine Unterwäschefotos hinwegzukommen«, sagte Melli und schien zu ahnen, worauf die Sache hinauslief, »wie hat er dann auf deine Pornofilmerei reagiert?«

»Sag *du* mir bitte, wie ich ihm das hätte erklären sollen!« Jenny vergrub ihr Gesicht in ihren Händen. »Irgendeine Idee? Irgendjemand?«

Melli und Rico starrten sie ratlos an.

»Er hat mich heute fast dabei erwischt, wie ich einen Film geschnitten habe. Er ist noch mal nach Hause gekommen, weil er sein Portemonnaie vergessen hatte.« Jenny dachte mit Schaudern daran zurück, wie sie gerade noch ihren Laptop hatte zuschlagen können, auf dem ein unschuldiges Bauernmädchen sich gerade von einem bösen Landstreicher ihre roten Stiefel lecken ließ. Jenny konnte nicht glauben, in was sie sich da hineingeritten hatte. »Zu allem Überfluss hat Steffen sich auch noch bei mir entschuldigt. Dafür, dass er mich bei meinem Fotoprojekt nicht so unterstützt hat, wie ich es verdient hätte.« Jenny spürte, wie ihr die Tränen kamen. »Er hat gesagt, er weiß, dass er mir vertrauen kann und dass jeder eine zweite Chance verdient.«

»Das ist nicht gut«, sagte Melli.

»Das ist überhaupt nicht gut«, bestätigte Rico.

»Das ist eine Katastrophe«, fasste Jenny die ganze Sache zusammen.

YÜZIL

Yüzil hatte nach ihrer Rückkehr aus Fuerteventura Can
und Merve besucht und mit ihnen zu Abend gegessen. Die
beiden hatten das Thema vierzigster Geburtstag tunlichst
vermieden und den gesamten Abend nicht einmal nach Yüzils derzeitigem Beziehungsstatus gefragt. Ein sicheres Zeichen dafür, dass sich Unheil über Yüzil zusammenbraute.
Can hatte sein Unverständnis geäußert, wie man eine Ur-
laubsreise nach *Afrika* unternehmen konnte, wenn man in
der Türkei Verwandte besaß, die einen *vollkommen gratis
und kostenfrei* beherbergten. Die beiden hatten Yüzil an
die Sommer erinnert, die sie mit ihr in ihren jeweiligen Hei-
matdörfern verbracht hatten, abwechselnd bei Cans oder
bei Merves riesiger Familie, und hatten sich wie gewöhn-
lich in einen solchen Rausch der Erinnerung geredet, dass
Merve irgendwann aufgesprungen war und eine der DVDs
in den Rekorder geschoben hatte, auf die Philipp, ihr *Lieblingsenkel und Augenlicht*, in mühsamer Feinarbeit ihre alt
und brüchig gewordenen Super-8-Filme übertragen hatte.
Yüzil hatte sich wie immer vehement gegen die Vorführung
gewehrt, nur um dann doch zu Füßen ihrer Eltern vor dem
Sofa zu hocken und mit ihnen zu lachen, zu staunen und zu
weinen. Die Gesichter und Orte, die über den Fernsehbild-
schirm flimmerten, waren über die Jahre in von schwarzen
Rissen durchzogenes Pastell ausgeblichen, aber die Erinne-
rungen an Picknicks mit der ganzen Familie, Kanufahrten,
Wanderungen durch die Berge, Esel- und Kamelritte, an

die Hochzeiten, Taufen und Beerdigungen ihrer weitver-
zweigten Sippe waren so stark, als wäre all das erst gestern
geschehen. So fremd vieles im Leben ihrer Eltern für Yüzil
war, die sich in Deutschland oft als Türkin und in der Türkei immer als Deutsche fühlte (und von ihren anatolischen
Vettern und Cousinen auch so genannt wurde) –, beim Anschauen dieser alten Filme fühlte sie sich ihnen eng verbunden.

Wie einfach damals alles gewesen war. Wie übersichtlich.
Wie unbeschwert. Und wie endlos lang die Tage in den anatolischen Sommermonaten gewesen waren, die mittlerweile
so schnell vergingen, dass Yüzil manchmal kaum zu sagen
wusste, was sie zwischen Aufstehen und Schlafengehen eigentlich gemacht hatte.

Die einzigen Zeiten, zu denen sie ein vergleichbares Gefühl hatte, waren die Abende, in denen Radu für sie kochte
und sie versuchten, in gebrochen gesprochenem und verstan-
denem Deutsch ihre jeweilige Geschichte zu erzählen. Bevor
Radu in ihr Leben getreten war, war manchmal ein ganzer
Tag vergangen, an dem Yüzil nicht einmal gelacht hatte. Jetzt
lachte sie manchmal so sehr, dass ihr die Seiten weh taten.
Radus Blick auf die Welt war so einfach wie ungewöhnlich,
ohne dass Yüzil je das Gefühl hatte, er hätte nicht vollkommen ergründet, worum es bei einem Thema ging. An einem
ihrer Abende hatte Yüzil sich minutenlang bemüht, ihm zu
erklären, wie es dazu hatte kommen können, dass ein Mann
wie Donald Trump Präsident der Vereinigten Staaten hatte
werden können, hatte Wählerprofile seziert und ökonomi-

sche Grundlagen zu Rate gezogen, die immer weiter auseinanderklaffende Schere zwischen Reich und Arm und das verhängnisvolle Urteil des Surpreme Courts, das es Konzernen erlaubte, Kandidaten mit Unsummen zu bedenken, und alle Regeln des fairen politischen Wettbewerbs außer Kraft setzte.

Radu hatte ihr schweigend zugehört. Dann hatte er ihr eine zweite Portion Hühnchen in Blätterteig auf den Teller getan und die Arme ausgebreitet. »Schau, Frau Yüzil. Diese Mann«, Radu hatte auf Trumps Bild auf dem Titel des aktuellen SPIEGEL getippt, »er ist traurig und ist verrückt, beides viel, und die Männer, die haben wählen gemacht ihn, sind traurig und auch verrückt. Und wir werden haben lange Jahre mit viel traurig und viel verrückt. Und dann die Männer, die sind *nicht* kaputt in die Kopf, sie werden sagen *Stopp!* Aufhört mit das alles! Und es wird gewählt geben ganz neu, und gewählt muss ein guter Mensch sein, und wir werden tun reparieren, was böse und verrückt kaputtgemacht.« Radu hatte Yüzil noch eine Portion Gurkensalat mit Chili und Sahne aufgetan. »Alles ist leicht.«

Damit endeten die meisten seiner Betrachtungen. *Alles ist leicht.* Yüzil teilte Radus Optimismus nicht immer, aber an den Tagen, an denen ihr alles schrecklich *schwer* vorkam, wärmte sie sich an seinem *leicht* wie an einem bullernden Ofen. Manchmal stellte sie sich vor, dass ein Mann wie Radu sich zwischen sie und die Welt stellte und sie hinter ihm sicher und geborgen war. Nicht dass sie nicht selbst in der Lage gewesen wäre, sich dem ganzen Mist zu stellen, der das Leben manchmal war. Aber manchmal schien es ihr eine beruhigende Alternative, dass es jemanden wie ihn geben könnte, der einsprang, wenn ihr die Lust oder die Kraft dazu fehlten.

In der Praxis lief es gut, wie immer. Ihre Wohngemeinschaft mit Radu hielt sie immer noch vor Can und Merve geheim (vielleicht war es ihr sogar nur deshalb möglich, sie so ganz und gar zu genießen). Und Philipp schien glücklicher zu sein, als sie ihn je erlebt hatte. Da aus ihm nicht herauszubekommen war, was es war, das ihn strahlen ließ wie eine auf Hochglanz polierte türkische Lira, hatte sie Can gefragt, der immer wusste, was in seinem Enkelsohn vorging. Aber ihr Vater hatte verlegene Grimassen gezogen, mit den Ohren gewackelt und war in die Küche gegangen, um ihr einen süßen Tee zu kochen, um den sie nicht gebeten hatte. Er war ihr ausgewichen, wie immer, wenn er versprochen hatte, etwas für sich zu behalten, das er am liebsten sofort hinausposaunt hätte. Diskretion war sowohl für ihn als auch für Merve ihr Leben lang ein Fremdwort geblieben. Umso erstaunlicher, dass Yüzil diesmal nicht herausbekam, was die beiden miteinander besprochen hatten.

Der Sommer war einer der schönsten seit langem, und Yüzil hatte geahnt, dass es nicht lange so bleiben konnte. Can und Merve waren schließlich damit herausgerückt, dass sie zum vierzigsten Geburtstag ihrer Tochter ein ganzes *Dorf* eingeladen hatten. Sogar die Verwandtschaft aus Bochum, Ingolstadt und Bremerhaven war auf die Bettsofas und Gästematratzen befreundeter Familien und Nachbarn verteilt, um dabei sein zu können, wenn ihre Eltern Yüzil hochleben lassen würden. Als Yüzil sah, wie ängstlich Can und Merve ihr von ihren Plänen berichteten und wie stolz sie waren, ihre Tochter, Mutter des schönsten Jungen, der je auf Erden gewandelt war, erfolgreiche Ärztin, Eigentumswohnungsbesitzerin, BMW-Fahrerin, im Beisein ihrer ältesten Freunde und Verwandten zu feiern, konnte Yüzil nicht anders, als so zu tun, als freue sie sich wie verrückt über diese wundervolle Überraschung. Die Erleichterung ihrer Eltern, die sich mit Händeklatschen, Tränenausbrüchen, Umarmungen und Telefonaten mit allen Betroffenen Bahn brach, bewies Yüzil, wie richtig es war, was Radu ihr zu ihrem Geburtstag gesagt hatte.

»Frau Yüzil, dein Geburtstag gehört nicht du. Dein Geburtstag gehört deine Leute, die dich gemacht hat, die dich gefuttert hat, gelernt hat, wie Mensch zu sein, die dich geweint hat, wenn krank und Angst, und geküsst, wenn alles traurig und verrückt. Dein Geburtstag ist für Leute, die von dir sind. Und am Herzen von dir ganz eng. Und Geschenk ist, wie du sie sagst danke, dass ihr habt meine Welt und mein Liebe und mein Ort, wo zu Hause. Mama und Papa. Anne wie Baba.«

Yüzil hatte sich also einen Ruck gegeben und hatte beschlossen, ihren Geburtstag nicht als ersten Schritt in ein weiteres Jahr anzusehen, in dem ihre Haare grau und immer grauer werden würden, sondern als ihr Geschenk für *Leute, die von ihr sind.*

Ganz ohne Rüstung würde sie allerdings nicht in den

Kampf ziehen. Und ganz bestimmt nicht ohne ein passendes Plus-Eins an ihrer Seite.

Yüzil hatte Kai angerufen. »Wie sehr willst du, dass ich dir deine Unverschämtheiten der letzten Monate verzeihe?«

»Sehr.«

»Wunderbar.« Yüzil hatte Kais Bild auf dem Display ihres iPhones angelächelt und ein Häkchen an den betreffenden Tag in ihrem Kalender gesetzt. »Dann hast du jetzt dein erstes Date mit einer Frau über dreißig.«

MELLI

Melli hatte nicht lange suchen müssen. Das Fräulein Kaschupke hatte beschlossen, dass es an der Zeit war, ins Seniorenwohnheim am Volkspark zu ziehen, mit dessen Annehmlichkeiten sie schon lange geliebäugelt hatte. Sie würde ein Apartment im dritten Stock des sanierten Gründerzeitbaus mit Blick auf den Sommergarten des benachbarten Programmkinos und den Rodelhügel des nahen Parks beziehen und zur Abwechslung einmal andere für sich kochen und putzen lassen.

»Es gibt regelmäßige Tanz- und Bingoabende«, hatte das Fräulein Melli in einem Ton anvertraut, der andeutete, dass es auf diesen Abendveranstaltungen womöglich zum Äußersten kommen könnte. »Es gibt ein warmes Büfett zur Mittagszeit, und Melli, jetzt halten Sie sich fest, ein Schwimmbad im Kellergeschoss.« Eine dramatische Pause hatte auf das grandiose Finale hingedeutet. »Nur für die Bewohner!« Das Fräulein schien im siebten Himmel zu sein. Nur das nötige Kleingeld, um sich in die Residenz einzukaufen, fehlte ihr noch.

Melli hatte mit ihrer Bank gesprochen, das bestens laufende Lady Love und seinen Online-Ableger als Sicherheit angegeben und zum ersten Mal, seitdem sie ein Girokonto besaß, erlebt, dass ein Mensch, der bei einer Bank beschäftigt war, sie freundlich angelächelt, ihr einen Cappuccino mit Sahne geholt und einen Kredit bewilligt hatte, um die Neunzig-Quadratmeter-Altbauwohnung des Fräuleins zu kaufen, die direkt über Mellis Laden lag. Das Fräulein hatte es nicht erwarten können, ihr Seniorenparadies zu beziehen, und so hatte Melli keine zwei Wochen später ihre Möbel und Kartons von einem richtigen Umzugsunternehmen in ihre erste eigene Wohnung tragen lassen können, die sie mit niemandem als sich selbst teilen würde.

Joschi hatte von Mellis Auszugsplänen erst erfahren, als die Männer von *Fix Transport- und Speditionsunternehmen* durch seine Küche gestapft und mit Umzugskartons und mehreren Rollen Noppenfolien in Mellis Zimmer verschwunden waren. Er war fassungslos gewesen. Melli und er hatten seit dem Morgen, an dem Jean Seberg in ihrer Küche für ihn Pfannkuchen gewendet hatte, nur noch sporadisch miteinander gesprochen. Und obwohl sie die bildhübsche Möchtegernfranzösin nie wiedergesehen hatte und obwohl es sie auch nicht das Geringste anging, mit wem Joschi seine Tage und Nächte verbrachte, hatte Melli sich von ihm betrogen gefühlt und ihren unangekündigten Blitzauszug als gerechte Strafe empfunden. Sie wusste, dass es kindisch und schrecklich ungerecht war. Aber es hatte sich trotzdem gut angefühlt.

Melli rollte sich aus dem Bett und zog die Vorhänge beiseite. Sonnenlicht flutete das Schlafzimmer und ließ Fine die Augen zusammenkneifen. Melli hatte außer ihrer Matratze, die auf zwei Europaletten lag, und einer Metallgarderobe von IKEA für 29 Euro keine Möbel gehabt, um die vier Altbauzimmer des Fräulein Kaschupke zu füllen, und war auf Ricos Rat mit ihm, Jenny, Arne und einem geliehenen Mercedes Sprinter nach Brandenburg gefahren, wo sie sich in *Benno's Vintage Scheune* an nur einem Vormittag eine komplette Wohnungseinrichtung aus einem alten Arbeitstisch, einer Werkbank, Bugholzstühlen, einem Art-déco-Regal, Kronleuchtern, einem dänischen Teaksofa und -sessel, einer Anrichte, einem Kleiderschrank und einer Kommode zusammengekauft hatte. Als sie alles hinauf in ihre Wohnung geschafft und an seinen Platz gestellt hatten, kam es Melli so vor, als hätten die Möbel schon immer zu ihr gehört und nur darauf gewartet, dass sie eine Wohnung kaufen würde, die groß genug für sie alle war. Benno war froh, dass er eine Verrückte gefunden hatte, die offensichtlich bereit war, ihm die Hälfte seiner Scheune leerzuräumen, und hatte Melli einige Sachen einfach so mitgegeben. Darunter auch einen sechs Monate alten Boxermischling, der als Letzter seines Wurfs einsam vor der Scheune gesessen hatte und Melli, nachdem sie ihm kurz über den riesigen braunen Schädel gestreichelt hatte, mit verbissener Entschlossenheit gefolgt war. Melli war so überrumpelt gewesen, dass sie einfach nur *Danke* gesagt und Fine auf ihren Schoß genommen hatte.

Da Rico, Arne und Jenny allesamt hundeverrückt waren, hatte sich keiner gefunden, der Melli von einem Welpen, der ganz ohne Zweifel die Größe eines kleinen Ponys erreichen würde, abgeraten hätte, und rückblickend war sie dafür unsagbar dankbar. Es hatte ein paar Tage mit zerkauten Brillen, Büchern und Tischbeinen gegeben, einige Nächte, in denen Melli einen verzweifelten Welpen die Treppen hatte hinuntertragen müssen, damit er sich zwischen den Holunderbüschen im Hof erleichtern konnte. Es musste zwischen ihnen geklärt werden, in welchem Verhältnis Frisch- und Trockenfutter stehen sollten (hier hatte sich Melli durchgesetzt) und wie notwendig es wirklich war, leinenführig zu werden, wenn man doch sowieso nicht die Absicht hatte, sich weiter als fünf Schritte von seinem Frauchen zu entfernen (hier war Fines Starrköpfigkeit das Maß aller Dinge geblieben). Mittlerweile hatte man sich aneinander gewöhnt und ineinander verliebt und kam nicht mehr ohne einander aus. Wo Melli war, war auch Fine. Sie schlief hinter der Kassentheke, spazierte auf dem Gehweg vor dem Laden auf und ab, begrüßte die Hunde und die Bewohner des Viertels, nahm ihre Pflichten als Empfangsdame des Lady Love sehr ernst und brachte Kundinnen, die sie mochte, auch gerne bis an die Tür. So, wie Melli Fines

Rettung gewesen war, die sich ihr ganzes junges Leben nach dem einen Menschen gesehnt hatte, der für sie vorgesehen war, war Fine Mellis Rettung.

Melli liebte ihre neue Wohnung. Aber sie vermisste Philipp und Joschi sehr. Wobei sie Philipp, der mittlerweile bei Britta eingezogen war, häufiger sah, denn Britta war zu einer von Mellis treuesten Stammkundinnen geworden.

Britta liebte Mellis Kollektion und hatte außerdem nach ihrer Beurlaubung schrecklich viel Freizeit, die sie gerne smoothieschlürfend auf der Bank vor Mellis Laden verbrachte, die ihr den neuesten Klatsch erzählte und dafür mit intimen Einblicken in die Welt der Schönen und Telegenen belohnt wurde. Wenn Jenny sich dazugesellte, war es fast eine Party. Britta war mittlerweile so riesig, dass Melli und Jenny sich nicht gewundert hätten, wenn sie statt zweier Babys einen kleinen Elefanten ausgetragen hätte. Rico hatte ihr einmal hinterhergeschaut, wie Britta mit einer Tüte über ihrem linken und einer über ihrem rechten Arm aus dem Lady Love gewatschelt war, und hatte gesagt, es würde ihn nicht wundern, wenn vor dem Laden zwei kräftige Männer auf Britta warten würden, um sie auf einen Tieflader zu heben.

Joschi hatte ein paarmal versucht, Melli anzurufen, aber sie hatte ihn auf ihre Mailbox sprechen lassen und die Nachrichten, ohne sie anzuhören, gelöscht. Jetzt hatte sie seit fast zwei Wochen nichts mehr von ihm gehört und war umso dankbarer, dass sie Fine hatte. Fine schlief in Mellis Bett und roch gut, und mit ihren gleichmäßigen Atemzügen vertrieb sie Mellis schlimmste Niedergeschlagenheit, wenn auch nicht gänzlich. Da Philipp nur noch selten in die WG zurückfuhr, sah auch er Joschi nicht oft und konnte Melli nicht sagen, was aus Joschi und Anne, wie Jean Seberg wirklich hieß, mittlerweile geworden war. Melli nahm an, dass sie immer noch zusammen waren. Anne war schrecklich hübsch, und ihre Pfannkuchen, von denen etliche auf einem Teller auf dem Küchentisch gestanden hatten, mit einer Nachricht an Melli, sich bitte zu bedienen, waren die besten, die Melli je gegessen hatte. Anne hatte sogar ein lächelndes Strichmännchen auf den Zettel gemalt, dessen Strichkörper mit einem Spitzen-BH und einem Slip bekleidet war. Sie war also reizend, witzig, konnte gut backen und war wahrscheinlich längst in Mellis altes Zimmer gezogen. Und wer wollte es ihr verübeln?

Joschi war ein hübscher Kerl. Und er hatte hinter seinem brummigen Getue und seiner coolen Art ein großes Herz. Er hatte Tattoos, die seine liebsten Comic-Helden zeigten. Er trug Tweety auf seinem Schulterblatt. Seitdem er den SpreeRitter führte, gab es dort einen Sandspielplatz für Kinder und einen Wickelraum, eine Hunde-Tränke und kostenloses WLAN und haufenweise nette Leute, zwischen denen die ortsbedingten Hipster nicht mehr so unangenehm auffielen. Joschi war so groß, wie Melli klein war, und er hatte kräftige Hände und breite Schultern. Er liebte alte Trecker und schraubte auf einer Datsche am Sacrower See stundenlang an einem Hanomag R19 herum, der ihn wahrscheinlich für den Rest seines Lebens beschäftigen würde. Er konnte es nicht ertragen, wenn bei einem Barbecue jemand anderes am Grill stand als er selbst. Er fluchte gerne und vertrug für einen Barkeeper erstaunlicherweise wenig Alkohol. Er hatte die Stimme eines alten Säufers, aber die Lache einer hysterischen Zwölfjährigen. Er hatte sich schon bei ihrem ersten Zusammentreffen in Rico und Arne verliebt, die es Melli beide noch immer nicht verziehen hatten, dass sie diesen Prachtkerl hatte laufenlassen.

Sogar Jennys unerschütterliche Solidarität hatte Risse bekommen, als Melli ihr von ihrem Auszug erzählt hatte. »Ich habe dir mal gesagt, dass alle deine Typen dumme Wichser waren«, hatte Jenny gesagt. »Ich fürchte, ich habe vergessen, dir zu sagen, dass er keiner ist.«

»Von wem sprechen wir?«, hatte Britta gefragt, die neben ihnen auf der Bank gesessen und abwesend an ihrem dritten Smoothie genuckelt hatte.

»Joschi«, hatte Jenny geantwortet und auf Brittas verwirrten Blick hinzugefügt, »der scharfe Barkeeper«.

»O du meine Güte«, hatte Britta verträumt gemurmelt, »das war wirklich mal ein Bild von einem Mann. Warum wurde der noch mal weggeschickt?«

Tja. Warum? Melli füllte Fines Napf mit einer grausigen Mischung aus Hühnerhälsen und Blättermagen. Sie konnte es selbst nicht mehr wirklich sagen. Das Einzige, worin sie sich wirklich sicher war, war, dass sie schon wieder eine Chance verpasst hatte.

Es klingelte an der Tür. Melli überlegte kurz, sich etwas

überzuwerfen. Dann erinnerte sie sich daran, dass der Postbote sie schon Dutzende Male in T-Shirt und Boxershorts gesehen hatte, und öffnete die Tür.

Joschi trug einen grauen Cut mit gestreifter Stresemannhose, grauer Weste, weißem Kragenhemd und silbergrauer Krawatte. In seiner Hand hielt er einen Tankstellenstrauß aus gelben Rosen. Er nickte ernst und setzte den Zylinder ab.

»Der Strauß ist Scheiße. Sorry. Aber die Blumenläden haben alle noch geschlossen.«

Melli streckte die Hand nach den Rosen aus, aber Joschi wehrte ab.

»Nee, lass mal, sonst komm ich durcheinander.« Joschi zog ein engbeschriebenes Blatt aus der Innentasche seines Fracks und faltete es auseinander. »Ich les das jetzt zwar ab, aber es ist alles von mir.« Er machte eine kleine Pause. »Na ja, bei ein paar Sachen hat Philipp geholfen. Aber eher so Stilfragen. Inhaltlich ist alles Joschi Schulze.« Joschi Schulze räusperte sich und las von seinem Zettel ab. »Liebe Melli, das ist doch alles Kacke.«

Melli fragte sich, bei welchen Stilfragen Joschi Philipp zu Rate gezogen hatte. Vielleicht hatte er den Anfang ausgespart.

»Ich finde dich scharf, und du findest mich scharf.«

Offensichtlich hatte Joschi Philipp seine Rede nur überfliegen lassen.

»Ich hatte echt viele Girls, die extrem niedlich waren, aber ich habe noch nie jemanden kennengelernt wie dich.«

Melli hatte das Gefühl, dass Joschis Rede doch noch die Kurve kriegen könnte. Wenn auch knapp. *Girls.* Oje. »Du bist superhübsch und lecker, du weißt, was du willst, du arbeitest wie ein Pferd und traust dich, für deine Träume alles aufs Spiel zu setzen. Du bist mutig und tapfer und klug, und ich will dein Mann sein.« Joschi sah von seinem Zettel auf. »Das ist noch nicht alles.«

Melli nickte ihm aufmunternd zu.

»Ich weiß, dass du mich für eine ziemliche Luftnummer hältst, weil ich mich bis heute eigentlich nur um mich und meinen Kram gekümmert habe, aber ich habe es ziemlich satt, so zu sein. Es ist lange nicht so lustig, wie es aussieht. Melli, ich will für dich da sein, und zwar so richtig, mit allem Drum und Dran, und es ist mir scheißegal, wenn ich mich hier zum Affen mache und du mich gleich wieder wegschickst. Ich weiß auch, dass du ein bisschen mehr erwartest als eine schicke Rede und einen Blumenstrauß.« Joschi reichte Melli die Tankstellenblumen, die nur noch von ihrer Zellophanfolie zusammengehalten wurden. »Wie gesagt, die Blumenläden machen viel später auf, als ich dachte.« Joschi verzog unglücklich das Gesicht.

Melli schnupperte an den Rosen. Sie rochen tatsächlich leicht nach Benzin.

»Ich glaube nicht, dass ich jemanden finde, der besser zu mir passt und neben dem ich lieber aufwachen würde, und ich glaube, das gilt auch für dich. Und auch wenn wir nur einmal gevögelt haben, kann ich das einfach nicht vergessen, weil es echt der Hammer war und alles an deinem Body irgendwie zu meinem Body passt und ich noch mit niemandem so viel gelacht habe wie mit dir.« Joschi schaute leicht verlegen von seinem Zettel auf. »Also, nicht beim Vögeln. Das klingt jetzt so, aber darauf bezieht es sich nicht, das mit dem Lachen.«

Melli nickte eilig. Wenn er doch nur endlich weiterlesen würde.

»Ich les jetzt mal den Rest.«

Halleluja, dachte Melli.

»Melli, ich war mir bis jetzt erst bei drei Sachen total sicher in meinem Leben. Das eine war der SpreeRitter. Das andere der Hanomag. Und das dritte bist du. Nicht in der Reihenfolge, logo.« Joschi faltete den Zettel zusammen und steckte ihn wieder ein.

Das konnte ja doch wohl noch nicht alles gewesen sein. Melli schluckte nervös.

»Melli, ich wollte mich eigentlich hinknien, aber der Seppel beim Herrenausstatter hat die Hose viel zu eng gemacht, und wenn ich jetzt in die Knie gehe, reißt mir das Ding genau an der Stelle, wo ich vergessen habe, eine Unterhose drüberzuziehen. Darum bleibe ich jetzt vor dir stehen und frage dich trotzdem, ob wir heiraten wollen, weil, also, ich möchte das, weil ich mir hundertpro sicher bin, dass du meine *Lady Love* bist.« Joschi grinste stolz über seine Schlusspointe. Er zog einen Plastikring aus der Seitentasche seines Fracks, der die Nachbildung einer riesigen Himbeere war, auf der die Biene Maja saß.

»Wenn du diesen Ring tragen willst, den meine Schwester seit der dritten Klasse aufgehoben hat für den Fall, dass jemand eines Tages überraschend um ihre Hand anhält, und den sie mir nur leihweise überlassen hat, und wenn du meine Frau werden willst, dann sag jetzt bitte ja.«

Sie würde alle ihre Verbindungen spielen lassen müssen, um so kurzfristig noch einen passenden Ort für die Feier zu finden, von den Arrangements mit dem Caterer, der Musik, den Blumen und den Kleidern für ihre Brautjungfern mal ganz zu schweigen. Melli reichte Joschi ihre Hand und sagte ja.

BRITTA

Sie hatte es ihm in einer schwachen Minute versprochen, und jetzt gab es kein Zurück mehr. Karin hatte sich bereit erklärt, zu ihr zu kommen, und arbeitete seit zwei Stunden schweigend daran, Britta mit einem weißen Empirekleid, einer Hochsteckfrisur und dezentem Make-up aussehen zu lassen wie etwas, das entfernt an einen menschlichen Körper erinnerte. Philipp zur Geburtstagsfeier seiner Mutter zu begleiten, um ihr und seiner ganzen Familie vorgestellt zu werden, war das Letzte, was Britta in diesem Stadium ihrer Schwangerschaft gebrauchen konnte. Aber irgendwann musste sie es hinter sich bringen, und die Aussicht, alle familiären Fliegen auf einen Schlag zu erledigen, hielt Britta aufrecht. Sie hoffte, dass die Sensation, ihren Sohn am Arm einer siebzehn Jahre älteren, mit seinen Zwillingen schwangeren Frau zu sehen, für Philipps Mutter im Rahmen einer Riesenfeier und umgeben von allen, die sie liebte, leichter zu ertragen war. Im Grunde ihres Herzens hoffte Britta auch darauf, dass die arme Frau davon absehen würde, eine Szene zu machen, wenn sie von Zeugen umgeben war.

Karin trat einen Schritt zurück und begutachtete ihr Werk kritisch.

»Und?«, fragte Britta hoffnungsvoll.

»Nicht so schlimm, wie man denken würde«, kommentierte Karin sachlich.

Britta watschelte ins Schlafzimmer und drehte sich vor den Spiegeltüren ihres Kleiderschranks. Sie sah besser aus als seit Monaten, aber immer noch furchteinflößend. Sie sah aus wie eine Frau, die jederzeit niederkommen konnte, auch wenn es bis zum errechneten Geburtstermin noch fast drei Wochen waren.

Philipp steckte den Kopf durch die Tür und lächelte breit.

»Du siehst unglaublich aus.«

Wenigstens darin waren sie sich einig. Britta atmete einmal tief durch und griff nach ihrer Handtasche. »Na dann. Auf in den Kampf.«

Die letzten Wochen ihrer Schwangerschaft waren schwer gewesen, und ohne Philipp an ihrer Seite hätte Britta sie nicht überstanden. Er fütterte und badete sie, er kaufte für sie ein und wusch ihre Wäsche, er setzte sie aufs Sofa, stopfte ihr Kissen in den Rücken und guckte stundenlang irgendwelche

Serien auf Netflix mit ihr, das Einzige, für das ihre Konzentration noch ausreichte. Wenn er aus dem Sender nach Hause kam, half er ihr vom Sofa hoch und brachte sie nach draußen.

Der Sommer schien in diesem Jahr ewig zu dauern. Die Leute schienen vergessen zu haben, dass es je Zeiten gegeben hatte, in denen man nicht bis spät in die Nacht auf der Straße sitzen, essen und reden konnte, bis man nach dem letzten Glas Wein und der letzten Zigarette durch die noch immer sonnenwarme Luft nach Hause ging. Tagsüber waren alle von der Hitze wie gelähmt (nicht, dass es für Britta, die sowieso nahezu unbeweglich war, einen Unterschied gemacht hätte), abends strömten die Menschen auf die Straßen, um zu flanieren oder Freunde zu treffen, und gaben sich südländisch heiter und gelassen.

Brittas und Philipps Spaziergänge endeten fast immer vor Mellis Laden. Melli war Britta in den letzten Wochen eine Freundin geworden. Zusammen mit Jenny, die die fabelhaften Bilder für Mellis Schaufenster geschossen hatte und die Britta für eine Künstlerin hielt (auch wenn Jenny davon nichts hören wollte und jedes Mal verlegen abwinkte), schwatzten sie stundenlang auf der Bank unter der Kastanie und gaben Britta zum ersten Mal in ihrem Leben das Gefühl, Teil einer Frauengang zu sein, die zusammen durch dick und dünn gehen würde.

Philipp half Britta vom Beifahrersitz des Taxis hoch und zeigte auf eine hell erleuchtete Fensterreihe im zweiten

Stock eines Gründerzeitmietshauses. »Kein Lift. Meinst du, du kriegst das hin?«

Der fehlende Lift war nicht das Einzige, was Britta zögern ließ. »Bist du sicher, dass das hier eine gute Idee ist?«

»Ich bin mir sicher.«

»Vielleicht gehst du doch besser allein.« Britta sah nervös hoch zu den Fenstern, aus denen Musik und Hochrufe schallten. »Und wir warten lieber noch ein bisschen.«

»Du hast recht.« Philipp nahm ihre Hand. »Wir warten noch ein paar Jahre und sagen es meiner Mutter erst, wenn die Kinder aus dem Haus sind.«

»Gute Idee«, seufzte Britta. Sie wusste, dass es für sie keine Ausreden mehr geben würde.

»Und jetzt komm. Sie werden dich lieben.«

JENNY

Sie war kurz davor gewesen, Steffen alles zu sagen, als ihr die rettende Idee kam. Sie hatte damit angefangen. Und sie konnte damit wieder aufhören. Natürlich war es schade um das Geld. Sie hatte mit den letzten fünf Videos allein fast zehntausend Euro verdient, die sie in einem Umschlag versteckt hielt, den sie auf die Rückseite ihres Nachttisches geklebt hatte. Aber sie würde die Nächsten, die fragten, einfach wieder wegschicken. Sie hatte die fertig geschnittenen

Videos, sobald sie die Kopien für ihre Auftraggeber gezogen hatte, von ihrem Laptop gelöscht und nur eine Sicherheitskopie auf einer externen Festplatte aufbewahrt, die unter Bergen von alten Gartenmagazinen auf dem Speicher begraben lag. Irgendwann würde sie vergessen, dass irgendetwas von alldem überhaupt passiert war. Steffen überlegte sowieso, die alte Remise abzureißen und an ihrer Stelle einen Carport zu bauen. Dann wäre auch der Ort ihrer Schande ein für alle Mal ausgelöscht. Die zehntausend Euro würde sie nach und nach in kleinen Scheinen in die Haushaltskasse einspeisen. Steffen hasste es, sich um Finanzen zu kümmern. Umso besser für sie. Jennys Panik hatte sich ein wenig gelegt. Niemand musste von alldem hier erfahren. Niemandes Gefühle würden verletzt werden. Wie eine Geheimagentin würde sie ihre versteckte Identität als Erotik-Filmerin ablegen und wieder zurückkehren zu ihrer beruhigenden Existenz als Hausfrau und Mutter.

Vielleicht würde sie versuchen, mit Tierporträts ein bisschen Geld nebenher zu verdienen. Das war ein Gedanke, der ihr letztens gekommen war. Es war Irrsinn, was die Leute mittlerweile für ihre Hunde, Katzen und Meerschweinchen auszugeben bereit waren. Jenny hatte mal einen Bericht gesehen, in dem einer Boxerhündin künstliche Hüften aus Titan eingesetzt worden waren. Die Operationskosten hatten Steffens Jahresgehalt um ein gutes Drittel überstiegen. Wer weiß, vielleicht würde doch noch alles gut werden. Ganz bestimmt sogar. Sie musste nur noch das letzte Video löschen.

Jenny zog die Schublade der Kommode auf, in der sie ihren Laptop aufbewahrte. Sie war leer. Wo hatte sie ihn zuletzt hingelegt? Jenny ging in die Küche. Steffen schraubte an dem defekten Bewegungsmelder herum, der sie in den letzten Nächten mit seinen spontanen Lichtblitzen fast wahnsinnig gemacht hatte. »Hast du meinen Laptop gesehen?«

Steffen stemmte mit einem Schraubenzieher das Gehäuse des Bewegungsmelders auf und antwortete ihr, ohne aufzusehen. »Den hat sich Kimmi geliehen. Für ihr Schulprojekt.«

»Schulprojekt?« Jenny versuchte, nicht zu alarmiert zu klingen. »Was für ein Schulprojekt?«

»Tiertransporte und ihr blutiger Weg quer durch Europa.« Steffen schüttelte sich vor Ekel. »Es ist alles ziemlich krass. Aber du kennst ja deine Tochter, wenn sie eine Möglichkeit sieht, die Welt zu retten.«

»Tiertransporte?« Jenny verstand noch immer nicht, was hier gerade passierte. Aber irgendetwas sagte ihr, dass es nichts Gutes war.

»Sie haben Projektwoche, und jeder muss eine Präsentation zeigen.« Es gelang ihm, den Deckel abzuheben. Er starrte irritiert auf ein blinkendes rotes Lämpchen, das aussah wie ein Job für ein Bombenentschärfungsteam. »Das Laufwerk an meinem Laptop funktioniert nicht richtig, und da habe ich ihr erlaubt, ihren Film auf deinem Laptop zu zeigen.«

»Film?« Jenny spürte ein Flattern in ihrer Kehle. »Sie zeigt einen Film?«

»Irgendwas mit Fleischverarbeitung.« Steffen sah auf.
»Frag nicht. Es ist schaurig. Sie zeigen ihn vor großem
Publikum in der Aula. Ich hab mir nur fünf Minuten da-
von ansehen können. Das sollte ein paar Vegetarier mehr
geben.«
Jenny ging schwankend zum Fuß der Treppe. »Kim?
Kimmi?«
»Die ist schon weg.« Der Bewegungsmelder gab einen
schrillen Alarmton von sich. »Noch was vorbereiten.«

YÜZIL

Radu hatte mit anderen Arbeitern, die ebenfalls um ihren
Lohn geprellt worden waren, an Demonstrationen vor der
Shoppingmall seines Auftraggebers teilgenommen. Yüzil
hatte ihre Kontakte zu Britta van Ende spielen lassen, und
die hatte sofort ein Kamerateam geschickt, das einen Bericht gedreht hatte, versehen mit einem flammenden Aufruf
an den Bausenator, sich in die Sache einzuschalten. Aber
als auch Wochen später keinerlei Fortschritte zu berichten
waren, hatten Radu und seine Mitstreiter aufgegeben und
ihre Transparente wieder eingepackt. Radu hatte vergeblich
versucht, einen neuen Job zu finden, aber kein Glück damit
gehabt. Er hatte wieder davon gesprochen, nach Rumänien
zurückzukehren, um seinen Vetter um Arbeit zu bitten, und

zum ersten Mal hatte Yüzil ihn mutlos und traurig gesehen.
Sein *Alles ist leicht* hatte einen schweren Schlag erlitten. Um
ihn aufzuheitern, hatte Yüzil für ihn gekocht, aber Radu
hatte schweigend am Tisch gesessen und nur ihr zuliebe
einen zweiten Teller geleert. Der Gedanke, er könnte eines
Tages wirklich seinen Koffer packen und aus ihrem Leben
verschwinden, hatte in ihr eine seltsame Unruhe ausgelöst.
Sie hatte lange überlegt, wie sie ihm helfen könnte. Er würde
von ihr keine Almosen annehmen, das wusste sie. Dafür war
er zu stolz. Eines Nachts war ihr eine Idee gekommen. Sie
war so aufgeregt gewesen, dass sie noch einmal aufgestanden war und an seine Zimmertür geklopft hatte. Als sie
keine Antwort erhielt, war sie in die Küche gegangen. Radu
hatte am Küchentisch gesessen, über seine Deutschbücher
gebeugt.

»Was halten Sie davon, Radu, wenn Sie mir helfen, den
Rest der Wohnung auf Vordermann zu bringen?«

Radu hatte Yüzil erstaunt angestarrt. »Aber diese Wohnung, Frau Yüzil, kann perfekt. Alles Zimmer ist schön und
sehr, sehr fabelhaft.«

»Ja«, hatte Yüzil zugeben müssen. »Das stimmt. Aber ich
habe seit fast zwanzig Jahren nichts mehr darin verändert.«
Sie hatte sich in der Küche umgesehen. »Wir könnten neue
Tapeten anbringen. Und die Böden im Flur und im Wohnzimmer abschleifen.« Was ließe sich noch machen, was ihn
für die nächsten Wochen beschäftigen würde? »Außerdem
brauche ich dringend neue Fliesen im Bad.«

»Aber das Geflieste sind das Gute«, antwortete Radu.

»Vielleicht sind die Fliesen noch gut«, widersprach Yüzil, »aber sie sind nicht mehr zeitgemäß.«

Radu hatte mit den Schultern gezuckt und Yüzil fragend angeschaut.

»Sie sind nicht mehr modern. Sie müssen raus.« Sie hatte sich umgesehen. »Alles hier muss raus.« Schon viel beruhigter hatte Yüzil sich neben Radu gesetzt und sich ein Glas Rotwein eingeschenkt. »Alles hier muss raus«, hatte sie noch einmal bekräftigt und ihr Glas gehoben, »und am besten fangen wir gleich morgen damit an.«

Das war vor zwei Tagen gewesen, und seitdem hatte sich Yüzils Wohnung in ein Labyrinth aus Plastikplanen, Umzugskartons, Tapetenrollen und Farbeimern verwandelt. Radu hatte Yüzil am Morgen mit einem Handkuss verabschiedet, schon wieder ganz der alte hoffnungsvolle Tanzbär mit den strahlenden Augen und der leise dudelnden Bauchtanzmusik aus seinem verstaubten Kassettenrekorder. Als sie abends die Wohnung betreten hatte, hatte er auf einer Leiter gestanden und fröhlich pfeifend Tapete von den Wänden im Flur gekratzt. Yüzil hätte ihn am liebsten geküsst, so glücklich hatte es sie gemacht, ihn so gutgelaunt und sorglos zu sehen.

Ihre einzige Sorge war, dass Radu in seiner Begeisterung ihre Wohnung komplett unbewohnbar machen würde. Sie hatte mit roter Kreide die Wände markiert, die freibleiben mussten, um wenigstens weiterhin von einem Zimmer ins andere gelangen zu können.

Radu hatte über ihre deutsche Gründlichkeit gelacht und

ihr versichert, sie müsse sich *für das Haus die kleine Sorge nicht tun.* »Alles ist leicht!«

Yüzil hätte ihn am liebsten mitgenommen zu ihrer Geburtstagsfeier, aber der Gedanke, ihm erklären zu müssen, in welcher Funktion Kai dort sein würde, und den Aufruhr, den die Tatsache hervorrufen würde, dass der Mann, dem Can für zwei Wochen das alte Zimmer seines Enkels vermittelt hatte, nun schon seit Monaten Yüzils Mitbewohner war, wollte und konnte sie ihm nicht zumuten. Sich selbst auch nicht, wenn sie ehrlich war. Obwohl sie sich nicht dafür schämte, gab es in Yüzil doch die leichte Sorge, wie diese ungewöhnliche Wohngemeinschaft auf ihre Familie und Freunde wirken könnte.

Sie hatte sich ihre grauen Strähnen färben lassen, um Merve und den anderen Frauen ihrer Familie die Gelegenheit zu nehmen, sich gleich in den ersten fünf Minuten vor versammelter Mannschaft über Yüzils Aussehen zu beschweren, und sie hatte sich ein neues Kleid gekauft, da sie ihre ewigen Hosenanzüge selbst nicht mehr an sich sehen konnte.

Kai hatte vor dem Haus ihrer Eltern auf sie gewartet und sah so fabelhaft aus, wie Yüzil es von einem echten Date nie hätte erwarten können. Wie schade, dass er einer ihrer ältesten Freunde und ein ausgemachter Vollidiot war.

»Du siehst gar nicht schlecht aus«, hatte Kai sie begrüßt und ihr einen Kuss auf die Wange gegeben. »Für über vierzig.«

»Ich weiß«, hatte Yüzil kühl geantwortet und seine Unverschämtheit ignoriert. »Grün ist einfach meine Farbe.«

»Es ist nicht nur die Farbe, die heute Abend eine helle Freude ist.« Kai hatte einen schamlosen Blick auf Yüzils Dekolleté geworfen.

Kriegte er so wirklich Frauen dazu, mit ihm zu schlafen? Die Ansprüche mussten weiter gesunken sein, seitdem Yüzil zum letzten Mal mit Männern ausgegangen war.

»Danke, alter Freund. Bis eben hatte ich ganz vergessen, dass ich Brüste habe.«

»Jederzeit«, hatte Kai geantwortet und breit gegrinst.

»Bevor wir reingehen«, hatte Yüzil gesagt und ihm den Blick auf ihren Busen versperrt. »Du kennst diese Familien, in denen alle ein bisschen verrückt sind, aber am Schluss hat man sie trotzdem alle schrecklich gern?«

Kai hatte genickt. »Meine ist *nicht* so.«

Yüzil hatte sich noch einmal den Lippenstift nachgezogen. »Unsere Geschichte?«

Kai hatte wie aus der Pistole geschossen geantwortet. »Wir arbeiten seit Jahren Tür an Tür, und plötzlich hat es zwischen uns gefunkt. Es ist noch zu frisch, um über eine Heirat zu sprechen, aber wir denken definitiv darüber nach. Ich bin verwitwet, ohne Kinder, ohne Schulden oder anderweitige Verpflichtungen und habe nur die besten Absichten.«

Yüzil hatte geseufzt. »Versau es bloß nicht.«

»Mach dir keine Sorgen. Sie werden mich lieben.«

Und natürlich hatte er recht behalten. »Lyiki dogdun! Schön, dass du geboren wurdest! Mutlu Yillar! Glückliche Jahre! Dogum günun kutlu olsun! Möge dein Geburtstag gefeiert werden!«

Nachdem Yüzil die erste Welle von Verwandten, Freunden und gänzlich unbekannten Männern aller Altersklassen, die sich beim Betreten der Wohnung ihrer Eltern über sie ergossen hatte, überstanden hatte und die Hochrufe verklungen waren, hatte sie Kai als ihren neuen Freund vorgestellt. Can und Merve hatten Schreie ausgestoßen, als hätten sie sich an einer heißen Herdplatte verbrannt. Can hatte Kai sofort mit Beschlag belegt und mit sich zum Büfett gezogen, um ihn zu füttern und auszufragen. Merve und ihre Schwester, die unvermeidliche Halma, hatten Yüzil in die Zange genommen.

»Tochter, du bist der Bär im Honigtopf! So ein schöner Mann!« Merve hatte mit glänzenden Augen zu Kai hinübergesehen, der Can und den umstehenden Männern lachend auf die Schultern schlug und ihnen wahrscheinlich die schlimmsten Lügen auftischte. »Schau, wie sie an seinen Lippen hängen. Bei Allah, diese Lippen!«

Hatte Kai Lippen? Welche, die derart bemerkenswert waren? Yüzil hatte sich vorgenommen, beim nächsten Mal genauer hinzusehen.

»Er ist okay«, hatte Yüzil erwidert und den süßen Tee genommen, den Halva ihr angereicht hatte.

»Ich wette, er ist gut zwischen deinen Schenkeln, Tochter.«

»Anne!«, hatte Yüzil überrascht ausgerufen.

»Was?«, hatte ihre Mutter gelacht. »Glaubst du, dich hat der Storch gebracht?« Ihre Mutter hatte ihr zu Yüzils größtem Entsetzen kichernd in die Brust gekniffen.

Halma hatte Yüzil auf beide Wangen geküsst und Kai kokett zugewinkt. Kai hatte eine Kusshand zurückgeworfen, die Halma aufgefangen und sich ins Dekolleté gesteckt hatte. Yüzil hatte sterben wollen.

»Er sagt, du tanzt jeden Abend Bauchtanz für ihn, Nichte.« Halma zwinkerte Yüzil verschwörerisch zu. »Ich habe es immer gesagt. In den Frauen unserer Familie brennt ein Feuer. Und es brennt heiß.«

Sie würde ihn töten. Dafür würde sie ihn töten, hatte Yüzil sich geschworen.

Die beiden Schwestern hatten laut aufgekreischt und waren sich in die Arme gefallen. Dann hatten sie Bauchtanzbewegungen angedeutet und waren Arm in Arm auf Kai zugegangen. Yüzil hatte ihrem Schöpfer gedankt, dass sie Radu nicht mitgebracht hatte. Er hätte unter den anwesenden Damen für Chaos gesorgt.

Kaum waren Merve und ihre Schwester außer Sicht gewesen, hatte sich Can zu Yüzil gesellt. Seine Wangen waren gerötet, und sein Blick war fiebrig vor Glück. »Dein Verlobter macht einen sehr guten Eindruck auf uns.«

»Mein *was*?«

»Dein Verlobter macht einen sehr, sehr guten Eindruck auf uns«, hatte Can wiederholt.

»Mein *Verlobter*?«

»Er hat von Kindern gesprochen.«

»Er hat *was*?«

Kai hatte Yüzil aus einem Kreis kreischender Türkinnen zugewinkt.

»Noch bist du nicht zu alt, um uns ein paar mehr Enkel zu schenken«, hatte Can hoffnungsvoll ausgeführt. »In Italien hat eine Frau Drillinge entbunden. Mit dreiundsechzig!«

»Ich glaube nicht ...«, hatte Yüzil versucht, die Sache richtigzustellen, aber ihr Vater hatte sie unterbrochen. »Ich habe ihn gefragt, wie eure Pläne nach der Hochzeit sind.«

Welche Hochzeit? Yüzil hatte sich an der Schrankwand festhalten müssen, um nicht zu schwanken. Was machte dieser Wahnsinnige da drüben?

»Er hat gesagt, er hält schon Ausschau nach einem Eigenheim. Ein Eigenheim!« Can hatte in die Hände geklatscht und begeistert mit dem Kopf gewackelt. »Wie wir uns für dich freuen!«

»Wie *sehr* wir uns für dich freuen«, hatte Merve gerufen, die zu scheppernder türkischer Folkloremusik in einem Kreis von verschwitzten Tänzern an Yüzil vorbeigezogen war.

Can hatte sich begeistert eingereiht.

Yüzil hatte für einen Moment die Augen geschlossen. Na, wenigstens konnte es jetzt nicht mehr schlimmer kommen. Dann hatte sie ihre Augen wieder geöffnet und ihren Sohn gesehen, der Arm in Arm mit der hochschwangeren Britta das Wohnzimmer betrat.

MELLI

Melli hatte Angst gehabt, dass Fine und Joschi sich gegenseitig umbringen würden. Fine hatte sich mit wildem Geheul auf den Eindringling gestürzt, Joschi hatte sich zu Boden fallen lassen und sein Gesicht mit den Händen geschützt. Melli hatte nicht gewusst, um wen sie sich mehr Sorgen machen sollte, um ihren Hund, ihren Verlobten oder um seinen makellosen Cut. Aber offensichtlich war dieser Kampf auf Leben und Tod nur ein Spiel, wie Jungs wie Joschi es mit jungen Hunden spielten. Joschi hatte seine Hand tief in Fines reißzahnbewehrten Rachen gesteckt, und Fine hatte begeistert darauf herumgekaut. Seitdem waren die beiden ein Herz und eine Seele. Wenn Melli noch ein Zeichen gebraucht hätte, um zu wissen, dass Joschis überraschende Rückkehr in ihr Leben eine gute Sache war, dann dass Fine sofort und instinktiv ihre bedingungslose Liebe zwischen Melli und ihm aufgeteilt hatte.

Die Freude bei Jenny, Steffen, Rico und Arne war nicht wesentlich geringer gewesen. Die vier hatten sich noch am selben Abend in Mellis Wohnung eingefunden, einen riesigen Haufen Pasta gekocht und eine Kiste Rotwein auf den Tisch gestellt. Es war der schönste Abend seit langem gewesen. Melli hatte mit klopfendem Herzen gedacht, dass dieser Abend der erste ihres restlichen Lebens war.

Alles war so gut wie lange nicht. Rico und Arne würden bald heiraten, zwischen Jenny und Steffen war alles wieder im Lot, Britta und Philipp freuten sich auf die Geburt ihrer

Zwillinge, und Melli war damit beschäftigt, ihre Hochzeit zu planen.

Endlich hatte sie Verwendung für den riesigen Ordner, in dem die idealen Orte für eine Trauung und die anschließende Feier in Klarsichtfolie neben Hochzeitsbands, Hochzeitsdekorationen und Hochzeitscaterern abgeheftet waren. Die nächsten Tage hatte Melli am Telefon verbracht, Kostenvoranschläge und Reservierungen gecheckt, Übernachtungsmöglichkeiten für die Gäste gesucht und Termine für Testverkostungen bei den in Frage kommenden Konditoreien vereinbart.

Jenny hatte ihr angeboten, als Fotografin den schönsten Tag ihrer Freundin zu begleiten, Rico hatte Mellis Brautkleid aus ihrer Storage-Box geholt und sich darangemacht, es umzuarbeiten, da Melli in all dem Stress der Ladeneröffnung zu ihrer Überraschung fast fünf Kilo verloren hatte. Sie würde auch noch die dünnste Braut werden, die sie je zu sein gehofft hatte!

Das Schicksal hatte Melli durch beknackte Beziehungen mit einigen der größten Loser des Planeten geführt und beschlossen, dass es an der Zeit war für Wiedergutmachung. Wie es ihre Art war, hatte Melli trotzdem nach einem Haken an der ganzen Sache gesucht. Und keinen gefunden.

Joschi hatte mit Freuden den Mietvertrag für die WG-Wohnung gekündigt, in der er die letzten Wochen allein in der Küche gesessen und, wie er sagte, Löcher in die Wände gestarrt hatte, und war bei Melli eingezogen. Die Wohnung schien auf ihn gewartet zu haben. Joschi hatte mit seinen Gitarren, seiner Plattensammlung, seinen Cowboyboots und seiner behaglichen, brummigen Wärme die letzten Leerstellen gefüllt und die Wohnung endgültig zu Mellis Zuhause gemacht.

Und der Sex war großartig. Er war besser als großartig. Er war eine Offenbarung. Melli hatte die leise Befürchtung gehabt, dass das Feuerwerk, das sie in der prachtvollen Suite des Schlosshotels gemeinsam gezündet hatten, eine einmalige Sache gewesen sein könnte. Aber sie waren verdammt noch mal eine wirklich scharfe Kombination. Melli hatte noch nie so viel Lust gehabt, während des Frühstücks auf den Schoß eines Mannes oder abends zu ihm unter die Dusche zu steigen. Joschi war der warme, große Körper, nach dem sie sich so lange gesehnt hatte, und brachte Melli in jeder Hinsicht zum Leuchten. Es war alles perfekt.

Nur Joschis fehlende Begeisterung für die Details der Hochzeit erinnerte Melli manchmal daran, dass er nicht um ihre Hand angehalten hatte, weil er es unbedingt *wollte*, sondern weil es eine Bedingung war, die Melli gestellt hatte. Manchmal fühlte es sich so an, als wäre es Joschi ganz gleich, ob Melli und er heirateten oder nicht. Manchmal beschlich Melli das Gefühl, dass Joschi sie gefragt hatte, um ihr einen *Gefallen* zu tun. Dann ging sie in ihr Schlafzimmer und schob die Türen des Kleiderschranks auf und sah sich ihr Brautkleid an, das neben Joschis Cut in seiner Plastikschonhülle hing, und alle Zweifel verflogen. Sie hatte alles, was sie sich je gewünscht hatte. Sie würde so glücklich werden, wie sie es sich immer erträumt hatte. Sie musste nur endlich aufhören, daran zu zweifeln. Und das musste sich doch machen lassen.

BRITTA

Anfangs schien es genau so zu sein, wie Philipp es vorausgesagt hatte. Sie hatte an seinem Arm die Wohnung seiner Großeltern betreten, die bei seinem Anblick sofort herbeigestürzt kamen. Sie schienen beide eingeweiht zu sein, denn sie hatten sich ohne Umschweife auf Britta gestürzt, sie in die Arme genommen und mit Küssen bedeckt.

»Wir sind so glücklich«, hatte Merve ausgerufen.

»Wir sind sehr, sehr glücklich«, hatte Can seiner Frau beigepflichtet.

»Sie ist so ein hübsches Mädchen«, hatte Merve anerkennend zu Philipp gesagt.

»Und so dick!«, hatte Can ergänzt und andächtig auf Brittas Bauch gestarrt. »Allah hat unsere Familie gesegnet!«

»Zwillinge«, hatte Merve voller Staunen gesagt und Britta an ihren Busen gezogen. »Ist das zu glauben?«

Philipp hatte mit stolzem Lächeln neben ihr gestanden, und Britta war sich fast ein bisschen schäbig vorgekommen, dass sie ihm diese Freude all die Zeit vorenthalten hatte. Warum hatte sie gedacht, dass alle Menschen so kleinkariert waren wie sie selbst? Welchen Grund sollte es geben, sich nicht zu freuen, wenn zwei Menschen zusammen Kinder bekamen? Wie sollte man nicht glücklich sein, wenn die Liebe zu so etwas Wundervollem führte?

Philipp hatte versucht, Britta durch den engen Flur ins Wohnzimmer zu bugsieren, vorbei an immer mehr Verwandten, die sie umarmt, willkommen geheißen, ihre Hände geküsst und ihren Bauch getätschelt hatten. Britta hatte eine Woge von Wärme und Zuneigung über sich hinwegrollen gefühlt und sich selbst eine ewige Zweiflerin geschimpft. Hier waren Menschen, die ihr Freund innig liebte, und sie hatte sich so lange dagegen gewehrt, sich ihnen zu nähern. Britta würde nicht nur die Kinder bekommen, die sie sich so lange sehnlichst gewünscht hatte. Sie würde auch eine Familie gewinnen, die so ganz und gar anders war, als sie es sich vorgestellt hatte. Offen, freundlich, liebevoll, vorurteilslos und warmherzig.

Philipp hatte nach seiner Mutter Ausschau gehalten und sie schließlich im Gewühl am anderen Ende des langgestreckten Wohnzimmers entdeckt. »Anne!«

Es schien alles genau so zu sein, wie Philipp es vorausgesagt hatte, bis seine Mutter sich zu ihm umgedreht und Britta ihr gegenübergestanden hatte. Yüzils Blick war erst auf Philipp, dann auf Britta gefallen und plötzlich erloschen.

Britta war, so schnell sie konnte, die Treppen hinunter und zu einem Taxi gelaufen, das gerade weitere Gäste der Feier ausgeladen hatte. Ihr war schwindelig von der Anstrengung, und in ihrem Kopf schlug wie wild eine Alarmglocke, deren schrilles Geläut sie in den letzten Wochen überhört haben musste. Philipp versuchte, ihre Hand von der Tür des Taxis zu ziehen, doch Britta hielt sich mit aller Kraft daran fest.

»Sie ist meine Gynäkologin! Deine Mutter ist meine verdammte Gynäkologin!«

»Dann kennt ihr euch immerhin schon mal.«

Britta hätte Philipp für seinen Versuch, auch dieses grauenvolle Zusammentreffen mit Humor zu nehmen, am liebsten ins Gesicht geschlagen.

»Bist du *dumm*? Hast du ihr *Gesicht* gesehen, als sie uns zusammen gesehen hat? *Sie werden dich lieben.*« Sie äffte Philipps Worte nach und spürte, wie sich ihr Gesicht zu einer hässlichen Maske verzerrte. »Ich lach mich tot!« Britta hört sich schrill und verzweifelt auflachen.

»Das ist das Gesicht, das sie immer hat«, sagte Philipp schwach.

»Das ist nicht *lustig*!« Britta war für einen Moment selbst erschrocken, wie laut sie diese Worte geschrien hatte.

»Okay«, räumte Philipp besänftigend ein. »Vielleicht war meine Mutter im ersten Moment ein bisschen überrascht, dich zu sehen.«

»Sie war ein bisschen mehr als nur überrascht«, fuhr Britta ihn an, »das kannst du mir glauben!« Sie versuchte, ins Taxi zu steigen, aber Philipp hielt sie fest.

Der Taxifahrer stieg aus und schien besorgt zu überlegen, ob er eingreifen sollte.

»Und Sie kümmern sich bitte um Ihren eigenen Scheiß«, brüllte Britta ihn an.

Der Fahrer setzt sich wieder auf seinen Platz und schaltete das Taxameter ein.

»Na gut«, gab Philipp zu. »Vielleicht war sie ein bisschen sauer, dass ich es ihr nicht schon früher gesagt habe.«

»Deine Mutter hat sich aufs *Büfett* übergeben!« Britta konnte nicht glauben, dass sie mit diesem schrecklichen Anblick würde leben müssen. Sie wusste nicht, wer ihr im Moment mehr leidtat, Yüzil oder sie sich selbst. Sie schob Philipp von sich weg. »Ich weiß nicht, wie ich mir habe einreden können, dass diese ganze Geschichte auch nur irgendwie ein gutes Ende nehmen könnte. Ich bin so was von bescheuert.«

Philipp zuckte hilflos mit den Schultern. »Meine Großeltern finden dich toll. Und ich bin sicher, dass meine Mutter sich morgen schon wieder abgeregt hat.«

Britta sah Philipps Gesicht an, dass er sich diesbezüglich keineswegs sicher war.

»Weißt du was? Ich weiß nicht, was genau mit deinen Großeltern los ist, aber deine Mutter ist die *Einzige*, die auf diese ganze Katastrophe *normal* reagiert hat.«

»Wir sind keine Katastrophe!«, rief Philipp verzweifelt.

»Du hast recht.« Britta hatte es geschafft, sich in den Beifahrersitz sinken zu lassen und griff nach der Tür. »Wir sind keine Katastrophe. Wir sind ein Witz. Und heute Abend habe ich endlich jemanden darüber lachen gehört.« Sie zog die Tür zu.

Der Fahrer legte den Gang ein und fuhr los. Im Seitenspiegel sah Britta Philipp kleiner und kleiner werden, bis das Taxi um eine Ecke bog und er außer Sicht war.

JENNY

Jennys Laptop stand auf dem Schreibtisch der Rektorin, die Steffen und sie um etwas Geduld gebeten hatte, um sich Jennys Film *noch einmal ganz in Ruhe anschauen zu können*, wie sie sich ausgedrückt hatte.

»Du warst ein böses Flittchen!«, hatten sie eine wütende Frauenstimme rufen gehört. »Sag es!«

Der Peitschenknall, den Jenny bei der Bearbeitung des Videos mit einem langen Hall versehen hatte, zerschnitt die ansonsten absolute Ruhe im Zimmer der Schulleiterin. Steffen hatte seit Minuten keinen Ton mehr von sich gegeben.

»Ich war ein böses, böses Flittchen!«, antwortete die jammernde Stimme eines Mannes.

»Und was machen wir mit ungezogenen, kleinen Ludern wie dir?«

Die Rektorin hatte lächelnd den Laptop zugeklappt und ihre Hände gefaltet.

»Was die Dame mit dem ungezogenen Luder gemacht hat, können Ihnen seit heute Morgen einhundertvierunddreißig Schüler im Alter zwischen vierzehn und sechzehn beantworten.« Sie sah zwischen Jenny und Steffen hin und her. »Und fünf Lehrkräfte, von denen eine sich in psychologische Behandlung begeben musste.«

Jenny hatte nichts zu sagen gewusst. Es gab keine Ausreden mehr. Das hier war das schlimmstmögliche Ende eines schrecklichen Irrtums.

Als sie der Anruf aus Kims Schule erreicht hatte, hatte

sie sich sofort mit Steffen auf den Weg gemacht. Die ersten besorgten Eltern waren bereits eingetroffen, um ihre Kinder abzuholen. Die Projektwochen-Abschlussveranstaltung hatte abgebrochen werden müssen. Kim und ihre beste Freundin Ella waren ihnen mit strahlenden Augen auf der Eingangstreppe entgegengekommen.

»Das war der Hammer, Mama«, hatte Kim begeistert gesagt.

»Der absolute Oberluderhammer«, hatte Ella ihr zugestimmt.

»Papa, alle wollen auf einmal neben mir sitzen!« Kim hatte ein paar ihrer Freundinnen zugewinkt, die mit erhobenen Daumen zurückgrüßten. »Ich bin so was von angesagt!«

»Wie Justin Bieber«, hatte Ella ehrfürchtig gehaucht.

»Mit ein paar aus der Oberstufe musste ich sogar Selfies machen.« Kim schien kein Gefühl dafür zu haben, dass ihr Vater kurz davor war zu explodieren.

Jenny hatte Steffen einen Blick zugeworfen und Angst gehabt, er würde hier und jetzt einen Schlaganfall erleiden.

Er hatte Kim und Ella an den Armen gepackt und in Richtung ihres Wagens geschubst. »Ihr setzt euch jetzt sofort ins Auto und wartet da auf uns!«

»Jetzt lass es nicht an den Kindern aus«, hatte Jenny gemurmelt.

»Zack, zack«, hatte Steffen gebrüllt, und Kim und Ella hatten sich kichernd getrollt.

Die Rektorin hatte in der Eingangshalle auf sie gewartet und sie in ihr Büro gebeten. Auf dem Weg durchs Lehrerzimmer hatte sich Jenny an ihre Schulzeit erinnert gefühlt und an die Male, als sie sich auf denselben Weg hatte machen müssen. Die aufsteigende Panik war dieselbe wie damals gewesen.

»Ich denke, Sie sind mir eine Erklärung schuldig«, hatte die Rektorin gesagt und Jenny und Steffen mit gefährlicher Ruhe angeschaut.

»Das ist nicht dein Ernst«, hatte Steffen plötzlich zwischen zusammengebissenen Zähnen hervorgepresst. »Diese ganze Scheiße kann ja wohl nicht dein Ernst sein!« Er war von seinem Stuhl aufgesprungen und im Zimmer der Schulleiterin auf und ab gelaufen. »Ich hab mich bei dir entschuldigt, weil ich so ein Arsch war! Und du gehst hinter meinem Rücken los und machst *so was*?« Steffen hatte mit ausgestreckter Hand auf Jennys Laptop gezeigt, den die Rektorin sanft mit den Fingerspitzen streichelte.

»Ich wollte erst gar nicht«, hatte Jenny versucht zu retten, was nicht mehr zu retten war. »Aber dann hat es sich einfach so ergeben.«

»Ergeben?«, hatte Steffen ungläubig gebrüllt. »Wie *ergibt* sich denn so was? Du steckst unsere Nachbarn in Lackkorsetts! So was ergibt sich doch nicht einfach!«

Er hatte sich über Jenny gebeugt, die versucht hatte, sich in ihrem Stuhl so klein wie möglich zu machen. Aus den Augenwinkeln hatte sie gesehen, wie die Rektorin das Drama, das sich vor ihr abspielte, zu genießen schien.

»Bist du noch ganz *dicht*? Du lügst!« Steffen hatte sich wütend so hart vor den Kopf geschlagen, dass Jenny sich um ihn Sorgen gemacht hatte. »Ich mache mir die ganze Zeit Vorwürfe, weil ich dich nicht gut genug unterstütze, und du lügst mich die ganze Zeit an!«

»Ah bah bah.« Die Rektorin hatte mit der Hand auf Steffens Stuhl gewiesen, und er hatte sich wieder hingesetzt. »Jetzt wollen wir aber nicht streiten.«

»Das ist alles meine Schuld«, hatte Jenny kläglich zugegeben.

»Ooo ja!«, hatte die Schulleiterin plötzlich mit harter Stimme geschrien und war aus ihrem Sessel emporgeschnellt. »Daran gibt es nicht den *geringsten* Zweifel!«

Jenny und Steffen hatten sich überrascht angesehen.

Die Rektorin hatte tief eingeatmet und übergangslos in ihr sanftes Lächeln zurückgefunden. Mit leiser Stimme hatte sie weitergesprochen. »Aber was mich wirklich interessiert, wirklich, wirklich interessiert …« Wie aus dem Nichts hatte die Rektorin ein hölzernes Lineal hervorgezogen und mit einem scharfen Knall auf die Tischplatte geschlagen.

Steffen hatte einen erschrockenen, schrillen Schrei ausgestoßen. Jennys Hände hatten sich um ihre Stuhllehne gekrallt.

»Wer ist die Frau, die meinen Mann ein böses, böses Flittchen genannt hat?«

YÜZIL

In dem Moment, in dem ihr ein strahlender Can Britta als Philipps neue Freundin vorgestellt und Merve der versammelten Festgemeinde eröffnet hatte, dass die neue Freundin ihres Enkels im achten Monat schwanger war, *mit Zwillingen, stellt euch vor!*, hatte sich unter Yüzil ein Abgrund aufgetan.

Die Begeisterung, mit der ihre Eltern diesen Irrsinn begrüßten, machte die ganze Sache umso schlimmer. Yüzils Bauch hatte sich in einem wilden Krampf zusammengezogen, und sie hatte sich gerade noch abwenden können, bevor sich ihr gesamter Mageninhalt über das warme Büfett ergossen hatte. An das, was darauf folgte, konnte sich Yüzil nur verschwommen erinnern. Sie hatte Kais besorgte Stimme gehört, der ihren Namen gerufen hatte. Sie hatte die Hand ihrer Mutter auf ihrer Stirn gefühlt und aus den Augenwinkeln Tante Halva erkannt, die mit einem Geschirrtuch aus der Küche gelaufen kam, um ihr den Mund abzuwischen. Ihr Vater hatte einen Stuhl herbeigeschleppt. Jemand hatte gerufen, man solle doch endlich die Musik ausstellen. Die Festgemeinde hatte sich in die Zimmerecken gedrückt, als müsse sie Platz machen für einen angekündigten Kampf, der gleich vor ihnen stattfinden würde.

Dann war Philipp wieder ins Zimmer gekommen, blass, wütend, mit zitternden Händen, und hatte sie vor allen angeschrien. »Wie kannst du so gemein sein?«

War sie gemein gewesen? Was hatte sie gesagt? Hatte sie

irgendetwas zu Britta gesagt? Hatte sie sie gebeten zu gehen? Sie hatte sich nicht mehr erinnern können.

»Anne! Britta ist deine *Patientin*!«

Yüzil glaubte erst, sich verhört zu haben. *Er* hatte das alles hier angerichtet! *Ihr Sohn* hatte ihr das angetan! Und jetzt wagte er es, ihr vor ihrer Familie Vorhaltungen zu machen. Eine heilige Wut war in Yüzil gefahren. Sie war aufgestanden und hatte Halvas Geschirrtuch auf den Boden geschleudert. »Meine Patientin? Nicht mehr lange! Darauf kannst du wetten!«

Philipp hatte trotzig den Kopf geschüttelt. »Ich weiß, dass du glaubst, das alles ist ein Fehler …«

»Ein *Fehler*?«, hatte Yüzil ihn unterbrochen, mit einer Stimme, so höhnisch, dass sie sie kaum als ihre eigene wiedererkannt hatte. »Wenn du deine Stromrechnung zu spät zahlst, das ist ein Fehler! Wenn du eine Frau schwängerst, die fast doppelt so alt ist wie du, dann ist das kein Fehler. Dann ist das eine ausgemachte Katastrophe!«

»Yüzil, Tochter …«, hatte Can versucht, sie zu beruhigen.

»Du, sei still!« Yüzil hatte mit einer solch heißen Wut gesprochen, dass ihre Eltern einen Schritt zurückgewichen waren. »Ihr haltet jetzt beide *endlich* den Mund!« Sie hatte gesehen, wie sich die Augen ihrer Eltern mit Tränen gefüllt hatten, aber sie hatte sich nicht mehr zurückhalten können. »Das ist genauso eure Schuld wie seine! Wie lange kann man einem Kind erzählen, dass es ein Prinz ist, ein Augenstern, ein Wunder, das nicht irren kann, bis es richtig nicht mehr von falsch unterscheiden kann?«

»An Britta ist nichts falsch!«, hatte Philipp wütend ausgerufen.

»An deiner Britta ist so ziemlich *alles* falsch!«, hatte Yüzil ebenso aufgebracht zurückgeschrien.

»Kind, du musst jetzt nicht laut werden.« Merve hatte nach Yüzils Arm gegriffen, aber Yüzil hatte ihre Mutter wütend abgeschüttelt.

»Ach, wirklich? Ich finde, jetzt ist der *perfekte* Moment, um so richtig laut zu werden!« Yüzil hatte mit großer Geste auf ihre Geburtstagsgäste gezeigt. »Wo wir doch schon mal die ganze Sippschaft zusammenhaben! Für das, was ihr hier angerichtet habt, sind mir alle viel zu leise!« Sie hatte sich an Philipp gewandt. »Deine Großeltern werden dir wahrscheinlich Babymützchen stricken, und du wirst dir Sorgen machen, dass deine Mutter eventuell ein bisschen zu grob zu deiner kleinen Freundin war, aber ich bin die *Einzige* hier, die bei klarem Verstand ist!« Yüzil sah, wie Kai sich mit der Hand übers Gesicht fuhr. Er schien nicht ganz ihrer Meinung zu sein. Sie sah Philipp enttäuscht an. »Du hast dein Leben ruiniert, bevor es überhaupt angefangen hat.«

Philipp waren Tränen in die Augen geschossen. Can war neben ihn getreten und hatte ihm seinen Arm um die Schultern gelegt. Eine liebevolle Geste, die Yüzil nur noch wütender gemacht hatte.

»Oje!«, hatte sie sich über ihren Sohn lustig gemacht »Habe ich irgendwas gesagt, das die allgemeine gute Laune stört?« Yüzil hatte gemerkt, dass sie dabei war, all die Liebe und Achtung, die ihr Sohn für sie empfand, in Schutt und

Asche zu legen. Aber sie konnte sich nicht mehr beherrschen. Es war zu spät. Sie würde weitermachen, bis sie auch das letzte bisschen Verständnis und Zuneigung unter ihren Füßen zu Staub zertrampelt hatte.

»Ich liebe Britta«, hatte Philipp überraschend ruhig geantwortet. »Und sie liebt mich. Du hast ihr nur Angst eingejagt, das ist alles.«

»Oh!« Yüzil hatte die Hände über den Kopf gehoben und dramatisch die Augen aufgerissen. »Sie sollte Angst haben! Fürchterliche Angst! Ein Kind allein großzuziehen ist ein *verdammt* einsamer Job.«

»Sie ist nicht allein«, hatte Philipp ihr leise widersprochen.

»Du bist hier und nicht bei ihr«, hatte Yüzil kalt festgestellt. »Oder täusche ich mich da?«

»Warum musst du so grausam sein?«

»Grausam?« Yüzil hatte sich mit grimmigem Lächeln umgesehen, als hätte sie vor, Philipps Bemerkung zur Abstimmung freizugeben. »Ich bin nicht grausam. Ich bin nur realistisch.«

Philipp hatte den Arm seines Großvaters abgeschüttelt und war zur Tür gegangen.

»Das bin ich allerdings als *Einzige* hier!«, hatte Yüzil ihm noch hinterhergeschrien. »Und *das* ist das Problem!«

JENNY

Sie hatten Ella bei ihren Eltern abgeliefert und waren nach Hause gefahren. Steffen hatte Kim gebeten, schon ins Haus zu gehen und nach Benni zu sehen, den sie vor dem Fernseher zurückgelassen hatten. Kim war es doch langsam mulmig geworden, nachdem sie während der gesamten Heimfahrt dem tödlichen Schweigen ihrer Eltern gelauscht hatte, und sie war ohne einen weiteren Kommentar im Haus verschwunden. Jenny hatte sich nicht getraut, sich zu bewegen. Schweigend hatte sie neben Steffen gesessen, der das Lenkrad mit beiden Händen umklammert gehalten und mit düsterem Blick aus dem Fenster gestarrt hatte.

Schließlich, nach einer gefühlten Ewigkeit, brach er das Schweigen. »Gibt es irgendwas auf diesem Video, das ich wissen müsste?«

Jenny wusste, es hatte keinen Zweck mehr zu lügen. Steffen würde sowieso am Morgen seine Koffer packen und zu einem Freund ziehen. Oder, schlimmer noch, er würde *sie* bitten, ihre Koffer zu packen. Jenny räusperte sich. »Sie wollte ihm eine Kerze einführen. Aber ich habe gesagt, dass ich nur nonpenetrativ arbeite.«

»Nonpenetrativ.« Steffen runzelte die Stirn. »Ist das überhaupt ein Wort?«

Jenny zuckte mit den Schultern.

»Und du hattest keine Ahnung, dass er …«

»Der Mann der Rektorin ist?«, beendete Jenny Steffens Satz. »Nein, das hat er wohl vergessen zu erwähnen.«

»Wie hat sie ihn gleich noch genannt?«

»Lackluder«, antwortete Jenny.

»Herbert, das Lackluder«, sagte Steffen mit leisem Staunen.

»Ja«, murmelte Jenny.

»Ich fürchte, Herbert das Lackluder wird heute Abend das Lineal seiner Rektorin zu spüren bekommen.« Steffen zog den Schlüssel ab und schnalzte mit der Zunge.

»Ich fürchte«, sagte Jenny, bevor sie sich stoppen konnte, »das ist die größte Freude, die sie ihm machen kann.«

Es war erst nur ein tiefes, kurzes Brummen. Dann ging es über in ein langgezogenes Summen. Und dann brachen beide in ein Gelächter aus, das noch anhielt, als sie längst auf dem Weg ins Haus waren.

YÜZIL

Sie hatte Kais Angebot, sie nach Hause zu fahren, abgelehnt und hatte sich ein Taxi gerufen. Der Fahrer, der sich als begeisterter Hobbymeteorologe entpuppt hatte, hatte mit ihr über den Jahrhundertsommer geredet, der nicht enden wollte und auch im September noch für anhaltend schönes Wetter und sommerliche Temperaturen sorgen sollte. Wie er freundlich erklärt hatte, hatte das Hoch, das über dem gesamten Mittelmeerraum lag, zu großer Wasserknappheit geführt. Die Stauseen und Reservoire besonders auf den Balearen, also Mallorca, Menorca, Ibiza und Formentera, hätten sich bereits gefährlich geleert. Die Inselregierung würde überlegen, das Befüllen der Pools mit Süßwasser zu untersagen, ebenso das Bewässern der Grünanlagen. Der Fahrer hatte noch Zeit, das Phänomen dieses Sommers mit den allgemeinen Klimaveränderungen in Verbindung zu bringen, bevor Yüzil zahlen und aus dem Taxi flüchten konnte. Sie hatte zitternd vor der Haustür gestanden und war erst in der Lage gewesen, ihren Schlüssel ins Schloss zu stecken, als sie hinter sich ihre Nachbarn aus dem Seitenflügel kommen gehört hatte, denen sie auf keinen Fall hatte begegnen wollen. Sie war eilig die Treppen zu ihrer Wohnung hinaufgestiegen und hatte die Wohnungstür geöffnet.

Da, wo früher die Wand zwischen ihrer Küche und dem Wohnzimmer gewesen war, hatte ein riesiges Loch geklafft. Yüzil hatte Radu am Herd gefunden, wo er, über und über mit Mauerstaub bedeckt, gerade dabei gewesen war, ein Pilzrisotto zuzubereiten. Er hatte Yüzil eine Scheibe Toastbrot mit Tomate und Knoblauch angeboten und, als sie abgelehnt hatte, das Risotto kurz vom Herd genommen, um ihr seine Fortschritte bei der Renovierung zu zeigen.

Das Abschälen der Tapete im Flur war ihm langweilig geworden, und daher hatte er sich gemäß Yüzils Anweisungen darangemacht, die Wand, auf die Yüzil mit roter Kreide das Wort WEG geschrieben hatte, einzureißen, bis sich die Nachbarn über den Lärm beschwert hatten und er ihnen versprechen musste, die Arbeiten bis zum nächsten Morgen einzustellen. Yüzil hatte versucht, Radu den Unterschied zwischen den Wörtern *weg* und *Weg* zu erklären. Das eine meinte den Weg, den sie Radu gebeten hatte frei zu lassen. Das andere war der Grund, warum Radu die Wand zwischen Küche und Wohnbereich fast gänzlich abgetragen hatte. Es war ein Missverständnis gewesen. Nicht mehr als eine Verwechslung.

Radu wollte Yüzil gerade etwas von seinem Risotto anbieten, als die obere Abbruchkante der Wohnzimmerwand nachgab und mit lautem Getöse die letzten Reste von Yüzils Eichenparkett zertrümmerte. An jedem anderen Abend hätte Yüzil darüber gelacht. Na ja. Vielleicht nicht gelacht. Aber ganz bestimmt hätte sie nicht die Tür zu Radus Zimmer aufgerissen, seine Habseligkeiten in seinen alten Rollkoffer gestopft, seinen Schlafsack gepackt und ins Treppenhaus geworfen und Radu samt Koffer hinterhergeschoben. Sie hätte auch nicht seine Jacke von der Garderobe gerissen und sie ihm vor die Füße geschmissen, auch nicht sein Necessaire aus dem Bad geholt und dem verdutzten Radu in die Hand gedrückt. An jedem anderen Abend hätte sie sich bestimmt gefragt, warum guten Menschen schlechte Dinge passierten. Aber sie hätte Radu, den sie so sehr mochte und dem sie nur das Beste wünschte, ganz bestimmt nicht das ins Gesicht geschrien, was ihr an diesem Abend als Einziges in den Sinn gekommen war.

»Rauuus!«, hatte Yüzil geschrien, so laut, dass sich ihre Stimme überschlagen hatte. »Raus aus meinem Leben! Und zwar *alle*!«

BRITTA

»Hi. Ich hab nicht so besonders toll geschlafen. Ich hoffe, dir geht's gut, und du hast deine Eisentabletten genommen. Tja. Wie wär's, wenn wir heute blaumachen und raus an den See fahren? Oder shoppen gehen? Oder einen kurzen Spaziergang zu Melli machen? Oder, egal was. Ruf einfach an, wenn du wach bist.«

»Nachricht dreiundsechzig«, sagte die elektronische Frauenstimme auf Brittas Mailbox.

Britta drückte auf die 1.

»Nachricht gelöscht.« Die Mailbox sprang automatisch zur nächsten Nachricht. »Nachricht vierundsechzig.«

»Hi.« Philipps Stimme drang leicht verzerrt aus dem Lautsprecher ihres iPhones. »Nur für den Fall, dass du aus Langeweile Buch führst über meine Anrufe: Ich bin immer noch untröstlich, dass der Abend so ein Mist war. Aber, und das ist die gute Nachricht, ich bin immer noch der Mann deines Lebens. Nicht vergessen! Ruf mich an, wenn du …«

Britta drückte wieder auf die 1.

»Nachricht gelöscht. Nachricht fünfundsechzig.«

»Aloha! Ich bin schon wieder anderthalb Stunden älter und gehe mittlerweile stramm auf die vierzig zu. Wenn du also Lust auf ein Gespräch mit einem Mann in den besten Jahren hast, dann ruf mich …«

»Nachricht gelöscht. Nachricht gelöscht. Nachricht gelöscht.«

Britta warf ihr iPhone auf den Couchtisch und drehte sich mühsam auf die Seite. Es war drückend heiß in der Wohnung. Sie hatte alle Fenster geöffnet, aber draußen regte sich kein Hauch. Die Gardinen bewegten sich nur, wenn der Ventilator, der vor Britta neben dem Sofa stand, sich in ihre Richtung drehte. Sie hatte seit ein paar Stunden starke Bauchschmerzen. Und Kopfschmerzen. Und Gliederschmerzen. Eigentlich tat ihr alles weh. Sie konnte nicht mehr stehen. Sie konnte nicht mehr sitzen. Ihr Bauch machte jede Bewegung zur Qual. Sie wollte nur noch, dass es vorbei war.

Sie hatte ihre Schwester Hanna angerufen und ihr erzählt, was passiert war, und sie hatte sich sofort in den Zug gesetzt. Sie würde heute Abend eintreffen. Britta hatte überlegt, neue Laken auf das Gästebett zu ziehen, aber bis es ihr gelungen war, die Bettwäsche aus dem oberen Fach des Kleiderschranks zu angeln, war ihr der Schweiß in Bächen über den Körper gelaufen, und sie hatte sich für fast eine halbe Stunde in der Küche auf die Fliesen setzen müssen, um wieder zu Atem zu kommen. Hanna würde sich ihr Bett selbst beziehen müssen.

Philipp hatte nicht aufgehört, sie anzurufen, bis sie ihr iPhone schließlich ausgestellt hatte. Die fünfundsechzig Nachrichten auf ihrer Mailbox waren die Ausbeute der letzten vierundzwanzig Stunden.

Die Begegnung mit Yüzil war grauenvoll gewesen, aber sie hatte ihr geholfen, endlich wieder klar denken zu können. Sie war gedankenlos und egoistisch gewesen. Sie hatte Philipps Begeisterung und sein Verantwortungsgefühl mit

Liebe verwechselt, obwohl sie es hätte besser wissen müssen.

Sie hatte Lust auf ein Eis. Britta stemmte sich vom Sofa hoch und ging vornübergebeugt in Richtung Küche. Die Krämpfe waren in den letzten Stunden schlimmer geworden. Vielleicht würde ein Schokoeis mit Mandelsplittern ihren Magen beruhigen. Oder sollte sie lieber einen Tee trinken? Aber sie hatte keine Lust auf Tee. Ihre Mutter hatte immer gesagt, bei Magenverstimmungen solle man das essen, worauf man Lust hatte. Pizza! Sie hatte Lust auf Pizza. Und wo war jetzt der Zettel mit der Nummer vom Pizzaservice?

Gerade als Britta die Tür des Oberschranks öffnen wollte, gab ihr Bauch unter ihr nach. Für einen Moment spürte sie eine unglaubliche Erleichterung. Dann ein grässliches Ziehen zwischen ihren Beinen. Sie atmete tief ein und wieder aus. Das Ziehen ließ nach und verging. Britta sah an sich herunter. Sie stand mit beiden Füßen in einer großen Pfütze. Und Hanna würde noch Stunden brauchen, bis sie am Hauptbahnhof ausstieg. Das war nicht gut, dachte Britta. Das war überhaupt nicht gut.

YÜZIL

Yüzil war in die Küche gegangen. Sie hatte sich an den Tisch gesetzt und auf das riesige Loch in der Wand gestarrt. Ihre

Wut war einer tiefen Traurigkeit gewichen. Sie hatte ihr Bestes gegeben, aber es war nicht genug gewesen. Wie sehr man auch hoffte, die Menschen, die man liebte, vor Fehlern zu bewahren, sie mussten ihre eigenen machen.

Yüzil hatte unwillkürlich die Augen schließen müssen, als sie an das dachte, was in der Wohnung ihrer Eltern vorgefallen war. Aber sie sollten ihr die Mutter eines Dreiundzwanzigjährigen zeigen, die auf die Nachricht, dass die Frau, mit der ihr Sohn Zwillinge bekam, nur drei Tage jünger war als sie selbst, mit einer freundlichen Glückwunschkarte reagierte. Yüzil hatte mit einem langgezogenen Brummton ausatmen müssen, um nicht sofort wieder in Panik zu geraten.

Dann war ihr eingefallen, dass Radu bestimmt noch vor der Tür stand, verwirrt und gekränkt – und beides zu Recht. Sie verfluchte sich, dass sie ihre Wut an ihm ausgelassen hatte, und war aufgesprungen, um sich bei ihm zu entschuldigen. Ihr Sohn und ihre Eltern konnten ihretwegen zum Teufel gehen. Sie alle hatten sie belogen und Geheimnisse vor ihr gehabt, und es geschah ihnen recht, dass ihnen ihre Machenschaften jetzt mit einem gewaltigen Knall und vor zahlreichem Publikum um die Ohren geflogen waren. Sie würde nicht hinter ihnen aufräumen. Dieses Mal nicht.

Yüzil hatte die Tür zum Treppenhaus aufgerissen. Nichts. Dort war niemand. Radu war verschwunden. Yüzil hatte auf dem Weg nach unten zwei Stufen auf einmal genommen. Sie war sich sicher gewesen, dass Radu sich auf die kleine Bank im Vorgarten gesetzt hatte, um Yüzil Zeit zu geben, sich zu beruhigen. Aber er hatte sich nicht auf die Bank im Vorgarten gesetzt. Er saß auch nicht an der Bushaltestelle oder etwas weiter die Straße hinunter in einem der beiden Kioske, die vierundzwanzig Stunden geöffnet hatten. Sie hatte seine Nummer gewählt, aber Radu hatte nicht abgehoben. Sehr viel später hatte Yüzil sein altes Nokia-Handy in der Ritze ihres Sofas gefunden. Yüzil war zurück nach Hause gelaufen, hatte sich das schreckliche grüne Kleid, das sie noch immer trug, vom Leib gerissen, war in eine Hose und einen Pullover geschlüpft und hatte sich auf den Weg zum Bahnhof gemacht. Der nächste Zug Richtung Bukarest, über Nürnberg, München und Prag ging in dreißig Minuten. Nachdem sie ihren Wagen verbotenerweise und unter den ungläubigen Blicken zweier Mitarbeiter des Ordnungsamtes auf einem Grünstreifen abgestellt hatte, war Yüzil noch rechtzeitig zum Gleis gelangt. Aber obwohl sie den gesamten Zug abgelaufen war, hatte sie Radu nirgends finden können.

Als ihr die Ideen ausgegangen waren, war Yüzil zu ihren Eltern gefahren. Alle fuhren zu Can und Merve, wenn sie nicht mehr weiterwussten. Can und Merve waren damit beschäftigt gewesen, ihre Wohnung von den Spuren einer Geburtstagsparty zu befreien, deren Gäste so schnell gegangen waren, dass man fast von Flucht sprechen konnte.

Yüzil hatte keine Umschweife gemacht. »Radu! Er geht nicht ans Telefon! Wisst ihr, wo ich ihn suchen kann?«

Als Can und Merve begriffen hatten, das Yüzil von dem reizenden rumänischen Bauarbeiter sprach, den sie ihrer

Tochter vermittelt hatten, schenkten sie ihr einen Blick, der Yüzil genau zu verstehen gab, dass sie eine ebenso schlimme Lügnerin war wie sie.

Yüzil beschloss, sich jetzt nicht in den Details der letzten Monate zu verlieren. »Ich weiß nicht, wo er ist! Wo kann er sein? Er kann überall sein! Wie soll ich ihn wiederfinden?« Merve hatte genervt mit den Händen gewedelt. »Warum bin ich die Einzige in dieser Familie, die ihr Gehirn zum Denken benutzt?«

Can hatte seiner Frau einen gekränkten Blick zugeworfen.

»Er ist Bauarbeiter! Er wird Arbeit suchen. Er wird auf einer Baustelle sein!«

Während Can seine Kontakte spielen ließ und am Handy jede Baustelle erfragte, die osteuropäische Hilfsarbeiter einstellte, und Yüzil ihren Wagen durch den einsetzenden Berufsverkehr lenkte, erklärten er und Merve alles, was am gestrigen Abend und in den letzten Monaten geschehen war. Auf ihre Weise.

»Du warst sehr aufgeregt, Yüzil«, stellte Can zutreffend fest.

»Du hast vieles gesagt, was du nicht so gemeint hast«, fuhr Merve fort.

Yüzil bestätigte zähneknirschend, dass sie das meiste nicht so gemeint hatte, wie sie es gesagt hatte, und nahm einem Müllwagen die Vorfahrt.

»Wir sind dir nicht mehr böse«, versicherte Can großzügig.

»Aber du musst dich bei allen entschuldigen«, sagte Merve.

»Vor allem bei der Freundin deines Sohnes«, betonte Can.

»Und bei deiner Patentante Halva. Die Ärmste hatte sich so auf das Fest gefreut«, ergänzte Merve.

Yüzil versprach, sich bei allen zu entschuldigen. Vor allem bei der Freundin ihres Sohnes und ihrer Patentante Halva, die notorisch beleidigt und wahrscheinlich überglücklich war, endlich einmal einen triftigen Grund dafür zu haben. In letzter Minute raste Yüzil bei Gelb über eine Kreuzung.

»Wir haben ein bisschen gelogen«, gab Can zu.

»Und du hast ein bisschen gelogen«, erinnerte sie Merve.

»Vielleicht hast du ein bisschen mehr gelogen als wir«, merkte Can an.

»Vielleicht waren unsere Lügen ein bisschen notwendiger«, stimmte Merve zu.

»Wir haben alle ein bisschen gelogen, ihr wahrscheinlich ein bisschen notwendiger als ich«, stimmte Yüzil abgelenkt zu und zog auf der Busspur an einem Stau vorbei, aus dem sie wütend angehupt wurde.

Dann sprachen Can und Merve über Radu und über den guten Eindruck, den er auf sie gemacht hatte, als sie ihn getroffen hatten, um ihm Philipps altes Zimmer anzubieten.

»Er hat einen guten Eindruck auf uns gemacht«, sagte Can.

»Er hat einen *sehr* guten Eindruck auf uns gemacht«, stimmt Merve zu.

Yüzil fragte sich nicht zum ersten Mal, wie ein Mensch beschaffen sein musste, um einen *schlechten* Eindruck auf ihre Eltern zu machen, und wurde wieder einmal daran erinnert, warum sie die beiden so sehr mochte.

»Er beherrscht den Bauchtanz«, sagte Can voller Bewunderung.

»Und er singt sehr schön«, ergänzte Merve.

Yüzil hatte nicht gewusst, dass Radu auch singen konnte, aber es wunderte sie nicht, dass es ihre Eltern ein kurzes Gespräch und eine Tasse Kaffee gekostet hatte, es herauszufinden.

»Es ist kein Wunder, dass du in ihn verliebt bist«, versicherte Can.

»Auch wenn es ein Schlag für deinen Verlobten sein wird«, bedauerte Merve.

Yüzil schnitt einen Mannschaftswagen der Bereitschaftspolizei und bog in eine Baustelleneinfahrt ein. Sie hatte es ihnen bereits erklärt, aber ihre Eltern besaßen eine sehr selektive Wahrnehmung der Realität. »Kai ist *nicht* mein Verlobter, und ich bin *nicht* in Radu verliebt. Wir sind Freunde.«

»Es mag sein, dass Kai nicht dein Verlobter ist«, gab Can zu.

»Aber du bist in diesen Mann verliebt«, betonte Merve und meinte damit Radu.

»Du suchst nach ihm«, sagte Can.

»Du sorgst dich um ihn«, sagte Merve.

»Du bist in ihn verliebt«, beschlossen sie gleichzeitig und nickten sich erfreut zu.

Sie suchten stundenlang nach ihm. Die Stadt schien eine einzige Baustelle zu sein, und überall hatten Cans Informanten von einer Gruppe Rumänen gehört, die gerade eingestellt worden war. Aber sie fanden Radu nicht, sosehr sie sich auch bemühten, ihn den Vorarbeitern und Kollegen zu beschreiben.

»Er trägt seltsame Mützen, aber wenn er sie abnimmt, sieht man erst, wie hübsch er eigentlich ist.« Yüzil konnte nicht glauben, dass sie das zu einem Wildfremden sagte.

»Er hat gütige Augen«, beschrieb ihn Merve.

»Er hat *sehr* gütige Augen«, bekräftigte Can. »Und sein Deutsch ist sehr schlecht!«

»Er hört gerne Musik. Arabische Musik.« Merve schüttelte ihre Hüfte. »Bauchtanzmusik.«

»Er ist der Mitbewohner meiner Tochter!«, schrie Can. »Sie ist in ihn verliebt! Wo ist er? Sagen Sie es uns!«

»Er ist ungefähr so groß, er riecht sehr gut, und er lächelt sehr viel«, sagte Yüzil verlegen.

»Er ist Rumäne. Wissen Sie, wie ein Rumäne aussieht?«, fragte Merve.

»Er sieht aus wie ich! Nur dicker!«, brüllte Can.

Es war Merve, die Radu schließlich in einer der oberen Etagen eines Betonrohbaus entdeckte. Radu hörte Cans Schreie und gab ihnen ein Zeichen, dass er zu ihnen herunterkommen würde, aber Can und Merve hatten Yüzil schon vor sich her in den Drahtkorb eines Lastenaufzugs geschoben.

»Es ist fabelhaft, Sie wiederzusehen, Frau Yüzil.«

»Es ist fabelhaft, Sie wiederzusehen, Herr Radu.«

»Sie muss verzeihen, Frau Yüzil, mit das Loch in die Wand. Unterscheidlichkeiten in Weg und weg. In der Sprache alles ist sehr kompliziert.«

»Nein. Ganz im Gegenteil.« Yüzil küsste Radu sanft auf den Mund. »Alles ist leicht.«

BRITTA

Sie hatten Radus Sachen aus seinem Schließfach am Hauptbahnhof geholt und waren nach Hause gefahren. Yüzil hatte gehofft, ihre Eltern vor ihrer Wohnung absetzen zu können, aber als Radu angeboten hatte, ein rumänisches Gulasch zu kochen, hatten Can und Merve sich begeistert selbst eingeladen. Sie waren die Treppe zu Yüzils Wohnung hinaufgestiegen und hatten Britta auf dem Treppenabsatz sitzend vorgefunden. Sie hatte stoßweise geatmet und offensichtlich starke Schmerzen.

»Was *machen* Sie hier?« Yüzil hatte sich neben Britta auf die Knie fallen gelassen und ihren Puls gefühlt. »Und warum sind Sie ganz allein?«

Britta hatte darauf bestanden, aufzustehen und Radu, Can und Merve mit Handschlag zu begrüßen. Sie stand offensichtlich unter Schock. »Ich weiß nicht. Ich hab mich nicht besonders wohl gefühlt. Und dann ist irgendwas geplatzt.«

Yüzil und Radu hatten Britta untergehakt, während Can nach dem richtigen Schlüssel an Yüzils Schlüsselbund gesucht hatte, um die Tür aufzuschließen.

Brittas Wehen hatten anscheinend eine kurze Pause eingelegt, und Britta hatte angefangen, fast vergnügt zu plaudern. »Ich war mir nicht sicher, ob es nicht vielleicht doch falscher Alarm ist, und meine Schwester kommt erst heute Abend aus Bozen, sie hat da einen wunderschönen kleinen Laden direkt in den historischen Arkaden, also bin ich zu Ihrer Praxis gefahren.«

Yüzil hatte aufmunternd genickt. Wenn es ein netter Schwatz war, der Britta in dieser Situation half, sich zu entspannen, würde sie sie jetzt nicht unterbrechen.

»Aber ihre Sprechstundenhilfe hat gesagt, sie hätten sich heute freigenommen, und da dachte ich, ich könnte vielleicht spontan vorbeikommen, damit sie es sich mal ansehen.« Britta hatte von ihrer bevorstehenden Zwillingsgeburt wie von einem Pickel an ihrem Kinn gesprochen. Dann hatte eine neue Wehe sie in die Knie gezwungen. »Und auch wenn Sie mich hassen«, hatte sie geschrien, »Sie haben einen Eid geschworen oder so was, und Sie *müssen* mir helfen!«

Es war Can endlich gelungen, die Tür zu öffnen, und sie hatten Britta in Yüzils Schlafzimmer getragen, das der einzige Raum war, der nicht aussah, als sei er ein zerbombter Unterstand in einem Bürgerkriegsgebiet. Yüzil hatte die erschrockenen Seufzer ihrer Eltern ignoriert und das Federbett beiseitegeschoben.

»Wer sagt denn, dass ich Sie hasse?«

»Ich habe mit Ihrem Sohn geschlafen!«

»Ich denke, das ist Strafe genug.«

Britta hatte sich unter der nächsten Wehe aufgebäumt und einen tiefen, gurgelnden Schrei ausgestoßen.

Can hatte aus Solidarität mitgeschrien und aufgeregt die Hände gerungen. »Wir brauchen einen Krankenwagen!«

»Ich telefoniere!«, hatte Merve angeboten.

»Gute Idee«, hatte Yüzil nach einer ersten Untersuchung von Brittas Muttermund gesagt. »Aber leider zu spät.«

»Was soll *das* denn heißen?« Britta hatte sich besorgt aufgerichtet.

Radu hatte eine geballte Faust in die Luft gestoßen, als wäre bei einem Fußballspiel das entscheidende Tor gefallen. »Babys komme jetzt!«

»Aaahhhooohhhuuuhhh!«

Merve hatte Philipp angerufen, der sich sofort auf den Weg gemacht hatte.

»*Weg*«, hatte Can Radu überflüssigerweise erklärt. »Mit langem *e*!«

Peinlich berührt, hatte Radu genickt und Brittas Hand noch ein bisschen fester gedrückt.

Yüzil hatte Britta die Haare aus dem Gesicht gestrichen und sie aufmunternd angelächelt. »Es dauert nicht mehr lang. Du hast es fast geschafft.«

Das war vor zehn Minuten gewesen. Britta war mittlerweile schweißnass und erschöpft. Sie hielt beide Hände auf ihren Bauch gepresst, der laut Can aussah *wie zwei kämpfende Schweine unter einer Bettdecke.*

»Das Wasser kocht!« Cans gerötetes Gesicht tauchte im Türrahmen auf und verschwand nach einem Blick auf das Bild, das sich ihm bot, gleich wieder.

»Und ich habe die Handtücher!« Merve legte einen Stapel Handtücher aufs Bett und kniete sich an Yüzils Seite zwischen Brittas Schenkel.

»Ich will nicht mehr!«, Britta ließ sich jammernd in die Kissen sinken. »Ich will, dass das sofort aufhört!«

»Und nicht mehr pressen.« Yüzil schaute auf die Uhr. Sie hatte die Herztöne der Babys in den letzten Minuten nur noch schwach hören können. Es wurde Zeit, dass diese Kinder auf die Welt kamen.

Merve hatte begeistert in die Hände geklatscht und Britta angelächelt. »Ich kann schon das Köpfchen sehen.«

Yüzil konnte in Brittas Blick lesen, dass ihr gerade klarwurde, was die Großmutter ihres Freundes dort unten *noch* alles sehen konnte. Aber sie schien zu kraftlos zu sein, um sich darüber zu beschweren.

»Ich will einen Kaiserschnitt! *Sofort!*«

Yüzil war klar, dass sie diese Option nicht hatten, und zum ersten Mal in ihrem Leben versprach sie Allah, ein besserer Mensch zu werden, wenn er ihre Enkel gesund auf die Welt kommen lassen würde. »Und noch einmal! Mit *allem*, was du hast!«

»Prese din nou! Prese din nou!« Radu wippte hinter Britta vor Begeisterung auf und ab und ließ sie mitschaukeln.

Britta sah Yüzil irritiert an. »Was sagt er?«

»Pressen!«, rief Merve laut.

Eine Viertelstunde später saß Philipp neben einer völlig erschöpften Britta auf dem Bett und hielt seine Kinder im Arm. Yüzil war mit ihrer Religion sehr zufrieden. Allah hatte wieder einmal gezeigt, was er konnte, wenn es darauf ankam. »Ein Junge und ein Mädchen. Mit allem Drum und Dran.« Sie legte Philipp ihre Hand auf die Locken.

Der nahm und küsste sie.

»Du weißt, dass deine Großeltern euch nie wieder eine ruhige Minute lassen werden.« Yüzil lächelte ihren Sohn glücklich an.

Im Flur standen Can und Merve und schrien aus Leibeskräften in ihr Handy. »So schön, wie die Kinder des *Propheten*!«

»Sie sehen aus wie kleine *Perlen*!«

»Ich habe *nie* schönere Kinder gesehen!«

»Ich kenne *keine*, die schöner wären!«

Philipp reichte Yüzil den Jungen und Radu das Mädchen und legte sich neben Britta, die in seinem Arm sofort einschlief.

Und Yüzil berührte mit ihrem Zeigefinger die Wange ihres Enkels und verstand. Nichts von all dem, was ihr vor vierundzwanzig Stunden fast den Verstand geraubt hatte, spielte eine Rolle. Sie waren jetzt, alle zusammen, für diese zwei Kinder verantwortlich. Diese Kinder hatten nur sie. Es gab nichts mehr, was wichtiger war. Es gab nichts anderes, was von Bedeutung war. Yüzil hatte das schon einmal gewusst, aber sie musste es vergessen haben. Wie gut, dass Philipp sie daran erinnert hatte.

Radu trat neben Yüzil und küsste sie. »Jetzt, ich liebe eine Oma.«

Yüzil küsste ihn zurück. »Besser spät als nie.«

MELLI

Es war der perfekte Tag für eine Hochzeit. Der September hatte sich ohne eine Wolke am Himmel seinem Ende genähert, die Sonnensegel, die Melli vor dem alten Sacrower Schloss hatte aufspannen lassen, blähten sich in einer leichten Brise.

Melli und Joschi waren unter den Hochrufen ihrer Gäste in einem weißen Landauer vorgefahren. Joschi hatte darauf bestanden, zu seinem Cut seine schwarzen Cowboystiefel mit Schlangenprint und seinen Lieblingscowboyhut zu tragen, und sah fabelhaft aus. Melli und er waren auf einem gemähten Rasenweg durch die Wildblumenwiese, die vom Schloss bis hinunter zum Ufer der Havel reichte, zum Rosenbogen gegangen, den Rico und Jenny in stundenlanger Feinarbeit für die Trauung geflochten hatten.

Joschi hatte mit seinem Gelöbnis für lautes Gelächter und heiße Tränen gesorgt.

Fine hatte sich auf der Schleppe von Mellis Brautkleid eingerollt und schien fest entschlossen, die komplette Zeremonie zu verschlafen.

Melli faltete den Zettel, auf den sie ihr Gelöbnis geschrieben hatte, auseinander. Ihr Blick traf sich mit Jennys. Jenny nickte ihr aufmunternd zu. Dann faltete Melli den Zettel wieder zusammen. »Ich will dich nicht heiraten.«

»Was?«, schrie Can, der offensichtlich nicht verstanden hatte, was Melli gesagt hatte.

»Ich will ihn nicht heiraten«, rief Melli.

»Sie will ihn nicht heiraten!«, schrie Can. »Sie ist verrückt geworden!«

Ein scharfes *Schhhhh!* von Yüzil ließ ihn verstummen. Can wandte sich empört an Radu und flüsterte ihm seine Bedenken ins Ohr.

»Ich will«, sagte Melli und wandte sich an Joschi, der eine unsichere Grimasse schnitt, »glauben dürfen, dass wir zusammenbleiben werden.«

Joschi griff nach Mellis Hand.

»Ich will glauben dürfen, dass wir hier vor allen unseren Freunden stehen, weil alle Welt wissen soll, wie sehr wir uns lieben.«

»Kein Ding«, antwortete Joschi und grinste. »Ich liebe, und ich bleibe.«

»Du bist der erste Nichtidiot, der sich in mich verliebt hat.« Sie wandte sich an Jenny. »Jenny? Was waren meine Exfreunde allesamt?«

»Dumme Wichser!«, rief Jenny und machte Kim und Benni damit sehr, sehr glücklich.

»Wir haben zwei Tage an diesem Rosenbogen geflochten«, hörte Melli Rico murmeln. Arne tätschelte tröstend seine Hand. Greta und Henry ließen aus Brittas und Philipps Babytragen ein zufriedenes *Haaaiaaaoouu* hören.

»Das alles hier ist so wunderschön«, sagte Melli und lächelte Rico zu. »Schöner, als ich es mir je vorgestellt habe. Aber ich fürchte, es ging mir nie wirklich um die Kutsche und um das Kleid und um die Geschenke. Ich dachte immer, wenn jemand das alles hier mit mir durchzieht, dann kann ich sicher sein, dass es für immer ist. Und dann werde ich glücklich.« Melli sah Joschi an. »Aber ich bin schon glücklich.«

»Scheiß auf die Hochzeit«, murmelte Joschi lächelnd.

»Was hat er gesagt?«, schrie Can.

»Scheiß auf die Hochzeit!«, rief Benni, und alle lachten.

»Okay«, sagte Joschi, sichtlich erleichtert. »Das sind gute Neuigkeiten. Und was machen wir jetzt mit der Torte und der Band?«

»Ich würde sagen«, sagte Melli und warf ihren Brautstrauß hinter sich, der im hohen Gras verschwand, »jetzt, wo wir schon mal hier sind, lassen wir es richtig krachen.«

DAS LEBEN

Es wird nicht leichter werden. Aber es wird weitergehen.

Jenny wird lernen, nein zu sagen, und sie wird lernen, im richtigen Moment ja zu sagen. Sie wird nie wieder *ero-*

tische Filmaufnahmen machen. Sie wird für den Rest ihres Lebens verlegen zusammenzucken, wenn ihre Kinder ihren Freunden erzählen, dass ihre Mutter einmal eine sehr erfolgreiche Pornoproduzentin gewesen ist. Sie wird auch lernen, dass die Mühlen von Bildredakteuren, Verlagen und Galeristen langsam mahlen. Keine zwei Tage nach Mellis Hochzeit wird Jennys Karriere als Fotografin mit einem Anruf der deutschen VOGUE beginnen. Jenny wird wie immer glauben, dass sie nicht gut genug ist, um bestehen zu können. Und sie wird es doch immer wieder sein. Sie und Steffen werden sich weiter streiten und versöhnen, aber sie werden sich nicht mehr belügen. Sie werden die Remise nicht abreißen, und sie werden nie einen Carport bauen.

Britta wird schon bald nach der Geburt ihrer Zwillinge wieder anfangen zu arbeiten. Philipp wird nach einigen Monaten seine Stelle beim Sender kündigen, um sich um Henry und Greta zu kümmern. Sie werden eine weitere Tochter bekommen, die sie Merve nennen werden. Britta wird immer wieder daran zweifeln, dass Philipp sie aufrichtig liebt, und Philipp wird es immer wieder gelingen, sie davon zu überzeugen. Sie werden schlechte Zeiten haben und gute, aber mehr gute als schlechte.

Yüzil und Radu werden nach wenigen Wochen heiraten, um Radus Aufenthaltsrecht zu sichern. Und weil sie sich lieben. Joschi wird mit Yüzil schimpfen, weil sie ihm verschwiegen hat, wie gut Radu kochen kann. Er wird Radu als Koch für den SpreeRitter einstellen, und Radu wird dort glücklich werden. Yüzil wird sich für einen Bauchtanzkurs anmelden und nach der ersten Stunde zur großen Erleichterung ihrer Mitschüler aufgeben. Aus dem Loch, das Radu in Yüzils Wohnzimmerwand geschlagen hat, wird eine Durchreiche entstehen, durch die Yüzil von ihrem Platz auf dem Sofa Radu beim Kochen zusehen wird. Radus Deutsch wird sehr viel besser werden. Aber nie wirklich gut.

Melli und Joschi werden nie heiraten. Aber sie werden in ein Haus mit Garten und Scheune ziehen, wo Joschi an seinem Traktor schrauben und Fine Löcher graben kann. Joschi wird das Angebot bekommen, den SpreeRitter zu einer Kette auszubauen, und er wird ablehnen. Melli wird das Angebot bekommen, mit dem Lady Love in eine Mall zu ziehen, und sie wird ebenfalls ablehnen. Melli wird erstaunt feststellen, wie Joschis Zufriedenheit auf sie übergreift, und sie wird ihm dafür ewig dankbar sein.

Merve wird sehr krank werden und Can bitten, mit ihr zurück in die Türkei zu gehen, um ihre letzten Monate in ihrer Heimat zu verbringen. Can wird fast verrückt werden vor Sorge um seine Frau und ihr diesen Wunsch erfüllen. Merve wird wieder ganz gesund werden und Can bitten, mit ihr zurück nach Deutschland zu gehen, da die Türkei eine Welt voller Verrückter ist. Can wird jedem erzählen, dass Allah seine Sache sehr, sehr gut gemacht hat, als er seine Frau hat wieder gesund werden lassen, und er wird seine Arme noch enger um Merve schließen, wenn sie nachts zusammen im Bett liegen. Can und Merve werden ihre drei Urenkel vergöttern und Britta und Philipp damit in den Wahnsinn treiben.

Rico wird sich von Arne trennen und Teilhaber von *Lady Love* werden. Zwei Jahre nach ihrer Trennung werden sich Arne und Rico zufällig auf dem Jakobsweg wiederbegegnen und nicht an Zufälle glauben. Sie werden beschließen, es noch einmal miteinander zu versuchen, und diesmal werden sie zusammenbleiben.

Kim wird Agrartechnik studieren und während eines Praktikums in Neuseeland ihren zukünftigen Mann kennenlernen. Jenny und Steffen werden lernen, zu skypen und ihre Tochter nicht zu sehr zu vermissen.

Benni wird seine Hoffnungen auf eine Karriere als Tänzer nach einer Knieverletzung begraben müssen. Er wird an die Filmhochschule gehen, und sein Abschlussfilm wird die Geschichte einer frustrierten Hausfrau erzählen, die unfreiwillig zur Pornoproduzentin wird. Die Komödie wird einer der erfolgreichsten deutschen Filme des Jahres werden und Jenny schrecklich peinlich sein.

Kai wird bleiben, wie er ist, und damit auch nicht schlechter fahren als andere.

Nadine, die Wetterfee, wird sich kurze Zeit große Hoffnung auf Brittas Posten machen und später eine sehr erfolgreiche Tiersendung moderieren. Sie wird Tiere immer hassen, aber dieses Geheimnis mit ins Grab nehmen.

Das Leben, die alte Achterbahn, wird sie alle immer wieder nach oben und nach unten tragen, aber ihnen wird gelingen, was nicht vielen gelingt. Sie werden Freunde bleiben. Und immer, wenn sie Trost brauchen, wird einer von ihnen etwas zu essen auf den Tisch stellen und Radu zitieren. Wenn er es nicht selbst tut.

Alles ist leicht.

DANKSAGUNG

Zwei Dinge, die ich gelernt habe. Man sollte sich ausschließlich mit Leuten umgeben, die einem guttun, um mit ihnen in die Schlacht zu ziehen, die das Leben manchmal ist. Und man sollte nicht immerzu versuchen, von anderen gemocht zu werden. Man sollte es erst einmal schaffen, sich selbst zu mögen, um dann in Ruhe zu sehen, wen man noch an seiner Seite hat. Das mögen banale Erkenntnisse sein, aber man muss erst einmal darauf kommen! Es ist ein *work in progress*, aber hier sind einige der Menschen, die daran beteiligt sind:

Philipp Müller. Er hält mich aus, er hält mich aufrecht, er hält mich für unbesiegbar. Ich ihn auch.

Meine Lektora Silke Reutler, mit der das Denken Spaß macht und das Arbeiten auch. Ohne sie gäbe es dieses Buch nicht. Das wird sie nicht gerne hören, da sie notorisch bescheiden ist, aber es ist so. Wir gehören zusammen, wie der Wind und das Meer. Danke.

Unsere Freundinnen Nadine Wrietz und Silke Ungewitter, ohne die wir unser neues Haus nie gefunden hätten und denen wir Brot und Salz und eine rote Laterne verdanken.

Kristine Meierling. Mit ihr ist alles so leicht. Sogar, tief in ihrer Schuld zu stehen. Dass sie zudem klug, lustig und kurz entschlossen ist, macht es noch schnieker, mit ihr befreundet zu sein.

Mein *girlfriend* Jo Anne Hay. Wir ziehen uns die Decke

über den Kopf und whatsappen, was das Zeug hält, wenn wieder einmal alles zu viel wird. This is Africa!

Eike Koch. Ohne sie wäre ich nicht zurück auf die Bühne gegangen. Ich bin mir immer noch nicht ganz sicher, dass ich dort etwas verloren habe, aber Frau Koch gibt mir den Mut, es zu versuchen. Sie hat einen klaren Kopf und ein großes Herz. Das auch noch.

Der Regisseur der Herzen, Torsten Künstler, der mir eine Tür geöffnet hat, nach der ich lange gesucht habe, und dessen Ruhe und Zuversicht eines Tages vielleicht auf mich übergreifen wird. Ich muss mich nur lange genug in seiner Nähe aufhalten.

Diane, die uns mit Uma den perfekten neuen Hund geschenkt hat.

Ich danke unseren Familien, die uns in mehr als einer Hinsicht über Wasser gehalten haben, ich danke der Barefoot und der Pantaleon Family, die mich so herzlich willkommen geheißen haben (besonders Christian, Aysel, Mariella, Carmen, Frankie, Dan, Conni und Domi), und ich danke denen, die immer schon da waren: Danny, Laura, Matthias, Paul, André, Thomas, Käthe, Kristina, Steffen, Uli, Frauke, Jörg, Marc und Hardy. Wir sehen uns zu selten. Wir müssen das ändern.

Carolina De Robertis
Die Tangospielerin
Übersetzt von Adelheid Zöfel
464 Seiten. Gebunden

»Ein Roman, fesselnd bis zur letzten Seite.«
San Francisco Chronicle

Buenos Aires, 1913. Als die siebzehnjährige Leda in Argentinien ankommt, sucht sie vergebens nach ihrem Ehemann Dante. Sie muss erfahren, dass er tot ist. Alles, was ihr von ihm bleibt, ist die Truhe mit seinen Kleidern. Völlig auf sich gestellt, entdeckt sie eine wunderbare, tieftraurige Musik, die sie nie zuvor gehört hat. Aber es ist nur Männern erlaubt, diese Musik zu spielen. Mit kurzen Haaren und im Anzug ihres Mannes schließt sie sich einer Tangogruppe an. Da begegnet sie der Liebe ihres Lebens. Darf sie ihr Geheimnis enthüllen?

Das gesamte Programm gibt es unter
www.fischerverlage.de

VIER FRAUEN UND EIN SOMMER
DAS HÖRBUCH
GELESEN VON SANDRA BORGMANN

5 CDs | EXKLUSIVE LESUNG

ISBN 978-3-86484-428-7

 Hörbuch bei

www.roofmusic.de